문성실 장편소설

신비소설 무 3

운명의 속삭임

달빛정원

巫

신비
소설
무
3

차례

제1화

늙은 무녀의 섬

1

깊은 암자는 숲의 그늘에 겹겹이 감싸여 산 아래 세상에서는 그 존재조차 짐작할 수 없는 곳이었다. 하지만 붉은 태양만은 그 비밀스러운 곳에도 빠짐없이 훈훈한 빛을 뿌려주었다.

오늘도 암자 식구들의 하루는 해가 떠오르기 전부터 시작되었다. 정현은 몸과 마음을 다스리며 무예를 닦느라 바쁘고, 승덕은 북쪽 방의 책들 사이에 파묻혔다. 낙빈은 암자 근처의 작은 폭포수 옆 바위에 앉아 골똘히 생각에 잠겨 있었다.

"차 드세요."

정희는 천신을 위해 따뜻한 차 한 잔을 준비했다. 폴폴 끓는 주전자 물을 손수 말린 찻잎에 부으니 영롱한 연둣빛 물이 은근하게 우러났다.

"고맙구나."

작은 식물의 생명력을 담은 물은 마시기 전부터 마음을 보듬어 주는 힘이 있었다. 그 따스한 기운은 방 안 가득 훈훈한 기운을 불어넣었다.

"정희야."

천신이 차 한 모금을 입에 머금고 물끄러미 정희를 바라보았다.

"네, 스승님."

정희가 다소곳이 자세를 바로잡으며 살며시 대답했다.

"너희가 이곳에 온 지도 벌써 5년이 넘었구나. 5년 전에 너희를 처음 만나던 날 너를 등에 업고 산속을 헤매던 정현이 모습이 오늘따라 생생하구나."

천신은 두 눈을 감으며 그날을 떠올렸다. 그날 찢겨지고 더러워진 회색 승복을 걸친 채로 정신을 잃은 정희를 들쳐 업고 온 산을 헤매던 정현을 만났다. 눈 덮인 산속을 얼마나 헤맸는지 두 발이며 두 손이 꽁꽁 얼어 있었다. 입술에 핏기 하나 없이 새파랗던 정현은 비록 옷자락이 찢어지고 온몸이 피투성이였지만 두 눈은 생생하게 살아 있었다. 누이를 지켜야 한다는 의무감에 어린 소년은 눈길 한번 허투루 두지 않고 산을 헤매고 있었다. 그리고 그들은 운명처럼 천신의 산에 들어왔다. 그렇게 쌍둥이 남매를 만난 것은 아마 그들의 탄생 전부터 이어져 있던 깊은 운명의 얼개탓이었을 것이다.

"정희야, 정현이가 그날 내게 처음으로 무슨 말을 했는지 아느냐?"

천신은 그날 일을 새록새록 떠올리며 만면에 웃음을 지었다. 누이를 업고 흰 눈을 맞으며 깊고 깊은 산속을 헤매던 소년이 천신을 보자마자 이렇게 소리쳤다.

"우리는 미륵불◆을 지킬 운명을 가진 사람들이오. 피치 못할 사정으로 쫓기는 몸이 되었지만, 나를 살리면 세상이 살고 나를 모른 척하면 세상이 망합니다!"

살려달라는 구걸도, 도와달라는 애원도 아니었다. 어린 정현은 두 발이 꽁꽁 얼어 동상에 걸리고 두 손에서 피가 흐르는데도 너무나 당당한 눈빛으로 말했다. 자신을 살리는 것이 곧 세상을 살리는 길이니 알아서 하라고. 정현은 놀라운 기백을 가진 소년이었다.

열네 살밖에 되지 않은 소년의 말이 하도 단호해서 천신은 두말없이 암자의 방문을 열었다. 쌍둥이 남매를 위해 뜨끈뜨끈하게 장작불을 지피고는 빨갛게 얼어붙은 두 아이의 발을 주무르고 치료해주었다. 긴장을 늦추지 않고 추적자를 경계하는 정현을 대신해 보호와 경계의 기운을 펼치기도 했다. 천신이 한없이 푸근한 마음을 갖도록 기운을 모아주고 주변 공기를 바꿔 펼쳤는데도 정현은 한참이나 경계를 풀지 않았다. 천신은 그토록 단호한 정신력을 가진 소년은 처음 보았을 정도였다. 천신이 믿을 만한 사람이라는 것을 직감하고 나서도 한참 동안 긴장하던 정현은 어느 순간 깊은 잠에 빠져들었다. 그것은 정현이 보인 신뢰의 표시였다.

그런 하룻밤의 인연으로 이제 암자는 지친 쌍둥이의 집이 되었

◆미륵彌勒의 어원인 산스크리트어의 '마이트레야Maitreya' 혹은 팔리어의 '메테야Metteyya'는 인도에서 미래의 구원불救援佛을 부르던 칭호다. 이를 중국에서 한문으로 번역하는 과정에서 '충만하다'는 뜻의 '미彌' 자와 새로운 진리의 테두리를 짠다는 뜻의 '륵勒' 자로 기록한 것이다. 미륵불은 말법의 시대, 즉 절망, 극한의 분열, 대립의 시대에 세상으로 내려와 대도大道로 인류를 구원하고 세계를 통일한다고 한다. 흥미로운 점은 불교의 '미륵부처'와 기독교의 '메시아Messiah'가 동일한 어원을 가지고 있다는 점이다. 미륵의 어원인 '마이트레야'는 본래 '미트라'라는 페르시아의 고대 태양신으로부터 유래된 것이다. 기독교의 구세주 '메시아' 역시 미트라에서 유래되었다.

다. 어느덧 세월이 흘러 그때 그 소년은 청년이 되었지만 눈빛만은 변함없이 청명했고, 정신을 잃고 동생의 등에 업혀 있던 소녀는 아름다운 여인으로 자랐다.

"너희가 올해로 열아홉이니 벌써 5년이란 세월이 흘렀구나. 세월이 참으로 유수流水와 같구나. 바로 어제 일어난 일 같은데 말이다."

천신은 찻잔을 들어 천천히 입으로 가져갔다. 천신의 눈은 멀리 깊은 숲 언저리를 바라보고 있었다. 한없이 청명한 바람이 암자의 앞마당을 휘돌았다. 어쩐지 오래전 이야기가 새록새록 떠오르는 날이었다.

하루 일과를 마친 암자 식구들은 시장을 반찬 삼아 나물뿐인 저녁 밥상에 둘러앉았다. 식사가 끝나갈 즈음 천신이 승덕을 쳐다보며 입을 열었다.

"승덕아, 너는 앞으로 어쩔 생각이냐. 네 일은 사람과 사람 사이에서 일어나는 일을 돌보는 것인데, 나무와 흙밖에 없는 이곳에 언제까지 머물 수는 없지 않느냐. 학업을 중단하고 올라왔을 때는 그만한 사연이 있겠지만 벌써 3년이 지났구나. 이제 그만 부모님과 동생을 놓아드릴 때도 되지 않았느냐. 이제 네 길을 가야 할 때가 아닌가, 그런 너를 내가 붙잡아두고 있는 건 아닌가 심히 염려되는구나."

낮부터 옛일을 되새기던 천신은 승덕의 앞날에 대해서도 진지하게 물었다. 승덕은 대답 대신 고민으로 가득한 표정만 지었다.

"아직도 마음이 어지러우냐?"

"아닙니다. 이제는 많이 나아졌습니다. 하지만 아직은 떠날 때가 아니라는 생각이 듭니다. 동생과 같은 이들에게 어떻게 하면 제가 도움이 될지, 아직 생각을 정리하지 못했습니다. 학업을 완전히 포기한 건 아니지만 아직 다시 시작할 자신이 없습니다. 언제고 사람들에게 도움이 되겠다는 생각이 드는 날, 세상으로 나가겠습니다."

승덕이 임상심리학 박사 과정을 중도에 멈추고 산으로 들어왔다는 건 모두가 알고 있었다. 서로서로 아픈 곳을 물어본 적은 없지만 승덕이 이곳에 들어온 것이 동생과 부모님 때문이라는 것을 암자 식구들은 대략 알고 있었다.

"그래, 알았다."

천신이 고개를 끄덕였다. 천신의 눈에는 아직 끝나지 않은 승덕의 고행을 걱정하는 눈빛이 그득했다.

"그래, 낙빈이는 어떠냐? 어머님께서 바라시는 만큼은 아닐지라도 이곳에서 많은 것을 느끼고 또 얻고 있느냐?"

"네, 스승님!"

낙빈은 한 치의 망설임도 없이 고개를 끄덕였다. 낙빈은 어머니와 단둘이 살던 때보다 훨씬 활달해졌다. 승덕의 꾸준한 노력으로 이제 낙빈은 제법 어린아이다운 행동을 할 때가 많아졌다. 영혼에 대한 태도도 많이 달라졌다. 죽은 귀신의 생각과 한에 대해 깊이 생각할 줄 알게 되었고 끊임없이 글을 공부한 덕에 글문 선생, 부적신장과 함께 부적도 쓰게 되었다. 아직 원하는 만큼 신을 받지도, 운용할 줄도 모르지만 암자 식구들과 생활하면서 인간에 대한 기본 도리와 태도도 배우고 많은 정과 사랑도 느끼게 되었다.

"그 점에 관해 말씀드리고 싶은 것이 있습니다, 스승님. 낙빈이가 받을 신이 엄청나게 많고, 그중에는 천상천하 최고의 신도 있다고 들었습니다. 그런데 이렇게 해서는 언제쯤에나 신들을 제대로 운용할지 걱정입니다."

승덕은 낙빈이 가끔 한숨 쉬는 것을 잘 알고 있었다. 낙빈은 신을 모두 받아야 어머니를 만날 수 있는데, 이러다간 평생 다시 만나지 못할까 한탄하고 있었다. 모든 신은 아닐지라도 제법 위대한 신을 받아야 그리운 어머니를 만날 핑계라도 댈 수 있을 것이다.

"스승님, 낙빈이에게 신내림을 해주면 어떨까요? 신내림을 받고 신모神母를 모셔서 굿부터 제수까지 전수받도록 도와줘야 하지 않을까요?"

"그리 생각하고 있었구나. 나도 염두에 두고는 있었지만…… 과연 어느 분이 낙빈이에게 신내림을 해줄 수 있을지 걱정이 되는구나."

천신도 이미 고민하고 있었던 듯 고개를 끄덕였다.

"스승님도 신내림에 대해 생각하고 계셨군요?"

"그래. 신들이 제대로 들어오지 못하는 것 같으니 아무래도 방법을 찾아야겠구나. 하지만 과연 신내림을 해줄 분이 계실지……. 신내림을 받는다 해도 괜히 낙빈이에 대한 소문이 퍼져서 주목을 받게 되는 건 아닐지도 걱정이구나."

천신의 눈빛이 깊었다. 천신 역시 낙빈의 신들에 대해 깊이 고민했음이 분명했다.

"그럼 말이 나온 김에 당장에라도 뿌리를 뽑아보죠, 스승님! 소문이 걱정이라면 낙빈이에게 내릴 신의 이름은 절대 말하지 않고 돌아다녀보겠습니다. 신내림을 해줄 수 있는 분이라면 말하지 않아도 어느 정도 거물급 신들이 올지 대번에 알아볼 테고, 그렇지 않은 분들이라고 해도 낙빈이에 대한 괜한 소문은 돌지 않겠지요. 내일이라도 당장 저랑 정현이가 낙빈이를 데리고 다녀보겠습니다. 스승님께서 움직이시면 주목을 받을 테니까요. 지체할 것 없이 당장 좋은 신어른을 찾아보는 게 어떨까요?"

승덕은 어린 낙빈을 제 동생이나 자식처럼 생각하는 면이 있었다. 낙빈에게 글, 역사, 세계 신앙 등을 열심히 공부시키는 것은 물론이고 신내림에 대해서도 낙빈보다 더 적극적이었다.

그러나 당사자인 낙빈은 두려움과 걱정이 앞섰다. 신내림 자체도 두렵지만 어머니께 가르침을 받으면 좋겠다는 생각도 있었다. 하지만 어머니는 자신이 가르칠 수 없다며 천신에게 낙빈을 보낸 것이다. 어머니께서 그리 말씀하셨는데 낙빈을 가르쳐줄 분이 계실까 걱정되었다.

'신내림…… 내게 신내림을 해줄 신모님이 계실까? 신내림으

로 모든 신을 한꺼번에 받을 수 있는 걸까? 내게 모든 신이 오면 무슨 일이 벌어지는 걸까?'

정체를 알 수 없는 두려움이 낙빈의 마음을 어지럽혔다.

2

말이 나온 김에 뿌리를 뽑자는 승덕의 등쌀에 바로 다음 날 낙빈과 정현, 그리고 승덕은 내림굿을 해줄 신어머니를 찾아 떠났다.

우선 멀지 않은 산을 중심으로 무속인을 찾아볼 생각이었다. 무속인들은 언제나 산이나 강같이 맑고 정한 기운이 있는 곳을 찾아다닌다. 때문에 대부분의 무속인에게 마음의 고향은 산이고 그들의 최대 소망은 산에 사는 것이다. 그러니 보다 신령하고 기운이 정한 무속인일수록 산을 중심으로 터전을 잡는 법이다.

승덕은 험한 악산惡山을 중심으로 유명한 만신들의 정보를 찾았다. 그리고 몇몇 유명한 만신을 찾아나섰다. 승덕의 배낭에는 유명 만신들에 대한 정보가 그득했다. 그는 가방에 가득한 자료를 내보이며 자신만만한 표정을 지었다.

"걱정 마라, 낙빈아. 좋은 신모를 찾아 신내림을 받을 수 있을 거야."

승덕 일행이 가장 먼저 찾은 곳은 지리산이었다. 지리산에서도 산세가 깊고 기운이 맑기로 유명한 엄천사嚴川寺를 찾았다. 엄천사는 한국 무당의 성지聖地라 불릴 정도로 무속의 세계에서는 유명한 곳이었다. 그곳에서는 무당이 한 손에 금방울, 다른 손에 채색 부채를 들고 중얼중얼 주문을 외우며 너울너울 춤을 추고 부처님이나 법우화상◆을 부르며 굿을 한다. 법우화상은 민족의 큰 무당이고 그의 부인은 지리산의 산신인 성모천왕聖母天王이었다.

성모천왕의 기를 받은 무녀를 만나기 위해 지리산행을 결정한 것은 승덕이었다. 그는 지리산의 유명한 무당집을 찾아 헤매다가 주변에 있는 작은 신당神堂에 들어가 물었다.

"저, 이 근처에 천왕보살이라는 무당이 계시다던데 혹시 아십니까?"

"아니, 그 무당은 뭐하러 찾아? 테레비에 나온다고 다 용한 무당은 아니여. 나한테 말해봐. 해결해줄 테니. 뭐여? 일루 들어와봐."

좁은 신방神房 앞에 쭈그리고 앉아 있던 무녀 아주머니가 다짜고짜 승덕의 팔을 끌었다. 우물쭈물하던 승덕이 좁다란 방 안에

◆ 옛날 엄천사에 법우화상이 있었는데 도가 매우 높았다. 어느 날 그가 산속의 시냇가 주변을 노니는데, 갑자기 냇물이 펑펑 불어났다. 이상히 여긴 법우화상이 그 까닭을 찾다가 천왕봉 꼭대기에서 한 여인을 만나게 되었다. 그녀는 지리산의 산신인 성모천왕으로, 인간계에 귀양 왔다가 도술을 부려 법우화상을 불러들였다고 고백했다. 그 뒤로 두 사람은 부부의 연을 맺고 딸만 여덟을 낳아 자손을 번창시켰다. 그리고 자손 대대로 무술巫術을 가르쳤기 때문에 산 아래에 백무촌百巫村이라는 마을이 생길 정도였다고 한다.
이들은 모두 무당일巫業을 가업으로 삼았고 그 후 엄천사는 무당의 성지가 되었다. 때문에 세상의 큰 무당은 반드시 지리산 꼭대기를 찾아가 성모천왕에게 기도하여 접신接神한다는 말이 있을 정도다.

들어서고 다음으로 정현, 마지막으로 낙빈이 뒤이어 들어섰다. 그런데 한참 동안 낙빈을 바라보던 무당 아주머니가 기겁을 하며 뒤로 쓰러졌다.

"어, 왜 그러세요?"

승덕이 일으키려 하자 무당이 갑자기 소리를 질러댔다.

"으아악! 나가! 당장 나가! 당장 나가래도!"

막무가내였다. 무당 아주머니는 신당으로 들어서던 승덕을 있는 힘껏 밀쳤다. 하필이면 맨 뒤에 있던 낙빈이 중심을 잃고 신당 밖으로 콰당 구르고 말았다. 그런데 넘어진 것은 낙빈만이 아니었다. 승덕을 밀어내던 무당이 갑자기 몸을 추스르지 못하고 비틀거리다가 그대로 넘어졌다.

"어라? 이 아줌마가 왜 이런대?"

승덕이 다시 무당을 부축하려 들자 제대로 몸을 가누지도 못한 무당이 발작하듯 온몸을 떨었다.

"왜 온겨? 그렇게 대단한 신들을 모신 놈이 나한테 뭘 얻으러 왔어? 날 잡으러 왔느냐? 나가, 얼른 나가!"

얼떨떨한 표정으로 서 있는 승덕과 달리 낙빈은 두려움에 숨을 죽이고 가만히 있었다. 낙빈은 자신에게 눈을 홉뜨고 소리를 지르는 무당 아주머니의 눈빛이 무서운지 정현의 옷자락을 꼭 움켜쥔 채 덜덜 떨었다.

"아니 아줌마, 왜 그래요? 누가 해코지라도 한대요? 왜 그러세요?"

"그럼 왜 온겨? 저놈은 왜 델꼬 온겨?"

무녀가 아직도 가쁜 숨을 몰아쉬며 소리쳤다.

"신내림을 받으려고……."

"미친놈들!"

말이 채 끝나기도 전에 무당의 입에서 온갖 욕설이 튀어나왔다.

"개 풀 뜯어먹는 소리 하고 자빠졌네! 이 미친놈들아! 어떤 미친 연놈이 저놈한테 내림굿을 해주겠냐? 내림굿하다가 잡아먹힐 일 있냐?"

무당은 막무가내였다. 그녀는 실성한 사람처럼 무작정 승덕 일행을 몰아내더니 사방에 소금을 뿌리기 시작했다. 승덕은 멀쩡히 걸어가다가 날벼락을 맞은 기분이었다. 정현과 낙빈 역시 황망하기 그지없었다. 그러나 이것은 시작에 불과했다.

그들은 어딜 가든 욕을 얻어먹고 내동댕이쳐지고 문전박대당했다. 아무 말도 하지 않는 무당들은 영력이 전혀 느껴지지 않는 가짜들뿐이었다. 영력이 꽤 세게 느껴지는 무당들은 죄다 성을 내며 낙빈 일행을 내쫓았다. 일행은 하루 동안 온갖 욕지거리와 손찌검을 당했다. 그들의 말은 하나같이 똑같았다. 우리 강토에서 낙빈에게 신내림을 해줄 사람은 없다는 것이었다.

아무리 높은 신격을 모시고 있는 사람도 낙빈을 보면 혼비백산 도망치는 것이 현실이었다. 도망치고 타박하는 무속인을 붙잡고 찬찬히 물어보면 뭔지 모르겠지만 어마어마한 것이 낙빈의 뒤에 있어서 자신은 감히 손도 대지 못한다는 얘기였다. 그것이 뭔지 몰라도 무속인이 모시는 몸주身主신들이 난리를 치고 기겁을 하니, 무당들 역시 겁을 집어먹고 도망갈 수밖에 없다고 했다.

일행은 수십 곳을 찾아다니며 다리품을 팔았지만 내림굿을 해줄 신모를 알아내지는 못했다. 단지 누구도 낙빈의 신내림은 함부로 해줄 수 없으며, 해줘도 안 된다는 사실만 절실하게 깨달았을 따름이었다. 일행은 아무런 수확도 없이 녹초가 되어 암자로 돌아오고 말았다.

한밤중에 암자로 들어선 일행은 마음이 착잡하기만 했다. 찬물에 머리를 담가봐도 마음이 답답했다. 책을 읽어도, 노래를 불러도 답답한 마음은 가시질 않았다.

"휴우……."

낙빈은 풀이 죽어 방구석에 쪼그리고 앉았고 승덕은 멀거니 벽을 쳐다보며 한숨만 쉬었다. 이리저리 머리를 굴려봐도 해결책이 없었다. 이래서야 그 수많은 신을 낙빈이 언제 다 받아서 운용하게 될지 아득하기만 했다. 더욱이 신모나 신부神父를 모시고 굿이나 무속 의례를 체계적으로 배울 수도 없으니 무당으로서 낙빈의 앞날은 어둡기만 했다.

"낙빈아, 승덕아, 잠들었느냐?"

잠을 이루지 못하고 한숨을 내쉬던 낙빈과 승덕의 방 밖에서 천신의 목소리가 들려왔다.

"아, 아닙니다. 스승님."

낙빈이 재빨리 문을 열었다. 천신이 방으로 들어왔다. 승덕과 낙빈 모두 풀이 죽어 얼굴빛이 어두웠다.

"좀 앉아보거라."

낙빈과 승덕이 스승 앞에 무릎을 꿇었다.

"너무 상심하지 말아라. 신들이 예비한 이상 어찌 방법이 없겠느냐? 걱정 말고 신념을 가지고 끝까지 노력해보자꾸나. 곰곰이 생각해보았는데, 이달 보름에 내가 아는 분께 함께 갔다 오는 건 어떨까 싶구나. 신내림을 해줄 분은 아니지만 낙빈이에게 앞으로의 일에 대해 계시하실 수는 있을 거다. 이 나라는 물론 온 세계가 천리안이라 칭할 정도로 미래를 꿰뚫어본다는 분이시다. 과연 그분께 낙빈이를 데려가는 게 옳은가 고민해보았다만, 아무래도 도와줄 분이 그분밖에 없구나. 너무 실망하지 말고 오늘은 푹 쉬어라."

"네."

낙빈은 큰 소리로 대답하고 이불을 덮었지만 도통 잠이 오지 않았다. 밤새도록 자신을 향해 욕하던 수많은 무당의 말이 귓가에 맴돌았다.

'무서워. 난 대체 뭘까? 내가 뭐기에 다들 그렇게 기겁하며 도망가는 걸까? 난 무당 중에도 이상한 무당인가? 무서워, 무서워……. 대체 내 신이 누구이기에 그토록 영험한 분들이 모두 내 신들을 바로 보지 못하고 두려워하기만 하는 것일까?'

무녀의 아들로 태어나 자라온 낙빈은 다른 사람은 몰라도 무녀에게만은 왠지 친근감을 느꼈다. 그런 낙빈이 오늘만은 무당이 두려웠다.

낙빈을 찾아올 신들은 낙빈이 어머니와 사는 동안에는 어머니의 눈을 철저하게 가리고 있었다. 그들은 낙빈의 미래도, 낙빈의 신기도 보이지 않게 가렸다. 그리고 어머니가 어떻게 손쓸 도리가 없어졌을 때 신의 발현을 알렸다. 어머니에게 정체를 들킨 신들은 더 이상 낙빈의 신기를 감추고 있지 않는 것이 분명했다.

철저하게 가려졌던 낙빈의 신기가 발현하자 강력한 무당들도 벌벌 떨며 낙빈을 두려워하게 되었다. 무당들은 낙빈에게 찾아올 신의 정체도 모르고 얼마나 많은 신이 올지도 모른다고 했다. 그런데도 자신의 몸주신들이 덜덜 떨며 요동친다고 말했다.

낙빈은 두 팔에 소름이 돋았다. 자신이 괴물처럼 느껴졌다.

3

10여 가구 남짓 모여 있는 마을에 천신 일행이 도착한 것은 그 달 보름이었다. 집마다 작은 어망을 걸어놓고 생선을 널어놓은 모습이 전통적인 어부들의 마을이었다. 앞으로는 바다를 마주하고 뒤로는 울창한 산을 등진 마을 주변으로는 낡은 어선과 낡은 슬래브 지붕뿐이었다.

천신 일행은 어부를 만나 남쪽 바다에 있는 외딴섬으로 향했다. 30분쯤 가다 보니 소나무가 우거진 섬이 눈에 들어왔다. 섬은 유달리 붉은 흙으로 덮여 있고 흙 아래로는 검은 바위들이 삐죽삐죽 고개를 들고 있었다. 어부는 검은 바위들 옆으로 익숙하게 배를 댔다.

일행은 천신의 뒤를 따라 작은 어선에서 내렸다. 막상 섬에 올라보니 눈으로 보던 것보다 훨씬 작았다. 섬 한가운데 작은 언덕은 진한 황토빛 흙으로 뒤덮여 있고, 그 위로는 소나무가 촘촘하게 우거져 있었다. 소나무를 제외하고는 바위와 흙이 전부인 황량하고 작은 섬이었다.

천신은 이 섬을 잘 알고 있었다. 배에서 내려 길도 나 있지 않은 소나무 숲을 헤치며 구불구불 올라가니 작은 언덕 위에 아담한 초가집이 고요히 앉아 있었다. 소나무에 완전히 파묻혀 섬 바깥에서는 전혀 보이지 않던 집을 천신은 한 치의 망설임도 없이 찾아냈다.

낙빈은 자신도 모르게 감탄했다. 쓸쓸해 보이는 작은 초가집은 낡고 볼품없었지만 그곳에서 풍기는 기운이 심상치 않았다. 온몸의 털이 쭈뼛쭈뼛 곤두설 정도로 어마어마한 영적 능력이 느껴졌다. 집으로 좀 더 다가가기 전에 천신이 나지막하게 말했다.

"낙빈아, 아까 말한 걸 잊지는 않았겠지?"

"네, 스승님."

낙빈은 천신이 암자를 떠나기 전에 했던 말을 되새겼다. 천신은 무녀에게 태고지신太古之神에 관해서도, 어머니에 대해서도 절대로 말하지 말라고 당부했다. 그분이 아무리 달래고 꼬드기더라도.

천신이 그 까닭은 말해주지 않았지만 낙빈은 오늘 만나는 무녀님과 어머니가 관련되어 있을 거라고 짐작했다. 낙빈은 무녀님과 어머니, 그리고 태고지신 사이에 무슨 일이 있었는지 모르지만 그리 좋은 일은 아니었을 거라고 생각했다. 예전에 태고지신이 낙빈에게 들어온다는 사실을 알고 경악하던 어머니의 얼굴이 떠올랐기 때문이다.

낙빈은 굳이 기억하려 하지 않는데도 어머니와 신들이 나누던 이야기가 새록새록 떠올랐다. 처음 태고지신이 낙빈에게 예정되어 있다는 소리를 들은 어머니가 울부짖으며 괴로워하던 모습이 파란 하늘을 뒤덮은 먹구름처럼 생생하게 떠올랐다.

태고지신.

낙빈으로서는 어머니와 신들이 싸울 때 처음으로 들어본 이름이었다. 각종 지식을 섭렵한 승덕까지도 고개를 흔들던 낯선 이름의 신……. 어디서도 들어본 적 없는 신의 이름을 어머니와 천신 스승, 그리고 곧 만날 무녀님은 알고 있는 듯하다. 세 사람의 인연이 혹시 태고지신과 관련된 건 아닐까 하는 생각도 들었다. 하지만 그 누구도 태고지신에 대해 명확히 말해주지 않았다. 아니, 어머니도 천신 스승도 태고지신에 대해서는 철저히 입을 다물라고 당부했다.

왜 그럴까? 낙빈이 아무리 머리를 굴려봐도 답은 나오지 않았다. 막연하게나마 태고지신에 대해 생각할 때마다 알 수 없는 불안감이 온몸을 감쌀 뿐이었다.

'태고의 신이란 무엇일까? 어머니께 고통과 번민을 안겨준 신인 동시에 내가 받을 최후의 신이라는 태고지신은 과연 어떤 존재일까? 왜 천신 스승님은 태고지신에 대해 절대 아무 말도 하지 말라고 당부하시는 걸까?'

낙빈은 생각할수록 더욱 궁금하고 불안해졌다. 하지만 애써 그런 생각을 지우려 했다.

섬의 가장 높은 언덕배기에 다다르자 소나무들 가운데 홀로 선 작은 집이 나타났다. 세찬 바닷바람을 피하기 위해 흙을 발라놓은 돌담이 집을 빙 둘러싸고 날실과 씨실처럼 엮인 새끼줄이 초가의 지붕을 덮고 있었다. 일행이 울타리 안으로 들어서자 천신이 모두에게 잠시 기다리라고 손짓하고는 홀로 무녀를 만나러 신방으로 들어갔다. 남은 일행은 좁다란 안마당에서 파란 하늘과 소나무를 둘러보며 철썩이는 파도 소리에 귀를 기울였다. 무슨 말을 나누는지 방문 너머로 두런거리는 소리가 들렸다.

한동안 바닷바람을 맞으며 기다리다 보니 다들 으슬으슬 몸이 얼어왔다. 추위에 이가 딱딱 부딪힐 무렵 창호지가 더덕더덕 붙어 있는 방문이 벌컥 열리면서 천신의 얼굴이 나타났다. 검은 도복 차림의 천신이 안으로 들어오라고 손짓했다.

방 안은 어두웠다. 조그만 탁자 위에 놓인 초가 어둠을 밝히는 유일한 빛이었다. 어둠에 익숙해지자 낙빈은 신방을 찬찬히 둘러보았다. 작고 어두운 신방은 낙빈이 알고 있는 어머니의 신방과는 대조적이었다. 어머니의 신방이 남성적이고 반듯하며 큼직큼직하고 당당하다면, 이 신방은 여성적이고 아기자기했다. 어머니의 신방에 크고 화려한 꽃이 한 아름 있다면, 이분이 신께 바치는 꽃은 작고 여리고 가냘픈 들꽃이었다. 벽에 붙어 있는 신들의 그림도 크지 않고 조막만 한 것이 어머니의 커다란 그림들과 비교되었다. 이것은 아마도 몸주가 되는 신들의 성향 탓인 듯했다. 모시고 있는 탱화◆로 미루어보아 천신 스승의 말대로 매우 높은 예지력을 가진 분임에 틀림없어 보였다. 신방을 빙 둘러 모셔놓은 탱화는 각각 기도대신◆◆과 사해용왕◆◆◆, 와룡선생과 맹인신장◆◆◆◆ 등이었다.

희미한 촛불 바로 앞에는 커다란 염주알을 목에 건 무녀가 앉아 있었다. 그녀는 하늘빛이 들어간 한복 치마저고리를 단정히 걸치고 있었다. 무녀의 얼굴에는 켜켜이 주름이 내려앉았고 머리는 완전히 하얀 백발이었다. 얼마나 나이가 들었는지 짐작조차 되지 않는 무녀가 작은 신방에 꼿꼿하게 앉아 있었다.

"인사드려라. 모모母母 님이시다. 모든 것의 어머니이시며, 모든

◆신령의 그림이나 불당에 모시는 그림을 지칭한다. 탱화도 부적과 마찬가지로 신을 받은 자가 신의 기를 불어넣으며 그리게 된다. 오늘날에는 탱화가 많이 쓰이지 않음에도 꾸준히 이를 그리는 사람이 존재하는 것은 그들 역시 탱화를 그려야 하는 사명을 신으로부터 부여받았기 때문이다.

◆◆하늘, 땅, 바다를 지배하는 신들 중 가장 높은 계급으로, 모든 신의 우두머리 격인 천존天尊과 동격인 하늘의 신이다.

◆◆◆말 그대로 바다에서 일어나는 모든 일을 주관하는 바다의 신이다. 어부들을 보호하고 풍어를 돕는다.

◆◆◆◆점복을 주관하는 신이다.

어머니의 어머님이시지. 이야기했듯이 혜안慧眼이 끝도 없으신 분이니, 오늘을 빌려 좋은 말씀을 얻도록 하자."

"네."

승덕, 정희, 정현, 낙빈이 모두 머리를 숙이며 크게 절을 했다. 그때까지도 무녀는 미동도 없이 눈동자만 움직이며 한 사람, 한 사람을 쳐다보기만 했다. 모두가 자리에 앉자 그제야 무녀는 허리를 펴며 무릎을 탁 쳤다.

"이보게, 천신. 이게 웬일인가? 비로소 천지반복차시대天地反覆此時代◆◆◆◆◆가 도래하고 말법末法시대◆◆◆◆◆◆가 끝에 이르렀단 소린가? 믿을 수가 없구먼. 이런 아이들이 운명의 이끌림에 따라 한

◆◆◆◆◆격암 남사고 선생의 예언서『격암유록格菴遺錄』에 나오는 말이다. 그가 예언한 세계의 파국과 세기말의 시대가 바로 천지반복차시대다. 이때는 천지가 뒤집어지는 시대로, 인류 역사상 일찍이 없었던 초유의 대환란이 일어난다고 한다. 격암은 그때 미륵 부처님이 인간으로 오셔서 세계를 구원할 것이라면서 간방艮方(동북방), 즉 한국에서 진인眞人이 나타날 것이라고 예언했다.

◆◆◆◆◆◆석가모니가 예언한 대환란의 시기다. 석가모니가 죽음을 앞두고 말법의 시대에 대해 설법했다고 한다.
"나의 수명은 이제 얼마 길지 않다. 나뿐 아니라 수많은 나의 제자와 나의 설파를 들어준 많은 이도 언젠가 죽음에 이르게 된다. 그리하면 올바른 나의 교리는 무너지기 시작하여 마침내는 멸망하고 만다. 우선 나의 사후 500년간은 올바르게 전도될 것이다. 그 후 1,000년간은 조금 시들겠으나 그래도 교리는 남아 있을 것이다. 그러나 그 후의 말법시대에는 크게 무너진다."(『월장경』 중에서)
"그때 부처가 세상에 출현하리니 이름은 미륵이라 하리라."(『장아함전륜성왕경』 중에서)
"말법시대에 들어서면 태양도 달도 그 빛을 잃고, 별들의 위치도 바뀌리라. 대지는 진동하고 물은 말라버리며 때 아닌 폭풍우가 인다. 농작물은 완전히 결실을 맺지 못하고, 물웅덩이는 어느새 가뭄이 들어 말라붙으며, 땅은 거북등처럼 갈라져버리리라. 굶어 죽는 자가 끊이지 않고, 정치가는 어찌할 바를 모르게 된다. 부모와 자식이 서로 다투고, 국민은 위정자와 대립한다. 겨우 마련한 먹을 것도 독이 있는 것 같아 맛이 없어진다. 고약한 병들이 잇달아 번지고 거리 전체가 불탄 폐허가 되어버린다."(『월장경』 중에서)
말법시대는 그야말로 혼란의 시대다. 이때 인류를 추수하시는 구원의 새 부처님, 미륵불이 출세하여 중생이 크게 귀의할 곳을 이룬다고 했다.

사람 밑에 들어가 있다가 이렇게 나를 찾아오다니! 이제 진정 세상의 종말이 코앞에 닥쳤다는 말인가?"

그녀가 내는 탁한 저음의 목소리는 여자의 것도, 남자의 것도 아닌 중성적인 것이었다. 얼굴의 주름과 희디흰 백발로 보면 백살을 훌쩍 넘겼을 것 같건만 또랑또랑한 말투나 번쩍이는 안광眼光은 젊은이에 뒤지지 않았다. 그런 무녀가 눈만 커다랗게 뜨고 미동도 없이 승덕, 정희, 정현, 낙빈의 얼굴을 뚫어져라 바라보았다.

"산지기 산신山神이 어찌 산을 버려두고 멀리까지 왔나 했더니, 그렇구먼, 이렇게 놀라운 아이들이 거기에 있었어!"

무녀가 탄식하자 천신은 깊이 고개를 숙였다.

"부족한 저로서는 거둘 수도, 도울 수도 없는 아이들입니다. 그저 이런저런 인연으로 모이게 되었을 뿐입니다. 모모 님의 깊은 혜안으로 이 아이들에게 길을 열어주시지요."

"흘흘…… 자네는 괜찮겠나? 나도 이제 늙어서 손을 놓고 몸을 사리고 있지만 아직은 '그곳' 사람일세. 이런 내게 아이들을 데리고 오다니. 또다시 말세를 헤쳐갈 그 험난한 배에 타기라도 할 셈인가? 내가 이 아이들에 대한 얘기를 풀어놓으면 금세 '그놈들'이 붙을 걸세. 그래도 걱정 없는가?"

무녀는 쭈글쭈글한 주름 사이로 예리하게 눈을 빛내며 천신을 쳐다보았다. '그곳'이니, '그놈들'이니 하는 말은 천신을 제외한 일행이 알아듣지 못하는 암호 같았다. 승덕은 무녀의 말을 한 마디도 놓치지 않기 위해 집중했다. 이야기를 찬찬히 해석해보면 무녀를 통해 어딘가의 사람들에게 낙빈 등이 노출될지도 모른다는 의미 같았다. 그리고 그들 앞에는 천신과 무녀가 이미 겪은 험난한 여정이 기다리고 있다는 말이었다.

천신은 무녀의 눈길을 피하지 않았다. 하지만 그의 얼굴은 캄캄한 방보다도 더 어두워져 있었다.

"이미 각오하고 있습니다. 진흙 사이로 진주를 감춘다고 그 빛이 사라지겠습니까? 모모 님께서 아이들의 일을 말씀하지 않으신다 해도 이런 아이들이 어찌 숨겨지겠습니까? 피할 수만 있다면 피하고 싶은 것이 본마음이지만 모든 것이 필연이지 않겠습니까. 이제 아이들의 능력이 조금씩 알려지면 결국에는 '그들'이 오겠지요. 시간문제일 뿐, 어차피 겪어야 할 운명이라면 더 망설일 이유는 없겠지요."

"그래, 그렇구먼."

백발의 무녀가 고개를 끄덕였다. 그리고 그 날카로운 눈빛으로 일행을 한 명, 한 명 쏘아보기 시작했다.

"말세구나. 말세가 도래했어."

탄식처럼 말세를 부르짖던 무녀는 한없이 슬픈 눈빛으로 천장을 바라보았다. 그러더니 곧장 낙빈에게 시선을 고정했다.

"이보게 작은 박수 양반, 올해 나이가 몇인고?"

"여, 열 살입니다."

뚫어질 듯이 바라보는 무녀의 시선에 낙빈은 저도 모르게 눈을 내리깔았다. 다른 무당들처럼 자신을 내쫓거나 타박하진 않았지만 어쩐지 죄를 지은 것처럼 무섭고 불편한 마음이 들었다.

"열 살이라, 열 살……. 그렇구먼. 자네의 맨 뒤에 있는 몇몇 신이 아주 흐릿해서 보이질 않는구먼. 자네는 이따가 찬찬히 보아줌세. 좀 기다리게나."

낙빈은 등골이 서늘해졌다. 다른 무당들과는 확실히 달랐다. 천신 스승은 절대로 태고지신에 대해 말하지 말라고 당부하셨는데…… 이분이라면 자신의 가장 뒤에 서 있는 태고지신까지 알아버리는 게 아닐까 하는 생각이 들었다.

"하늘님의 뜻은 알다가도 모르겠구려. 이런 아이들이 모두 천신의 아래 있으니, 이 무슨 징조인고? 찾아 헤매는 이들은 따로 있건만 모두를 버리고 떠나버린 그대에게 찾아가다니 참으로 오묘한 하늘의 섭리구먼. 애써 편을 만들지도, 길을 만들지도 말라는 하늘의 뜻일까. 옳고 그름을 스스로 선택하라는 하늘의 뜻인가. 진정 그분의 뜻이 무엇인지 점점 더 안개 속을 헤매는 것 같군."

무녀는 혀를 끌끌 차며 일행을 바라보았다.

"보면 볼수록 다들 여간 아니구먼. 이런 아이들이 한데 모여 있는 것을 보니, 실로 말세가 다가온 모양일세. 천존께서 대체 무슨 꿍꿍이신지. 흘흘. 이보게, 산신 양반. 내게 계신 격암 선생이 입이 근질근질해서 참지 못하시겠는가 보이. 내 몇 마디 주저리주저리 해보겠네."

천신은 슬며시 미소 지으며 고개를 끄덕였다.

"가장 밝은 혜안을 가진 분께서 앞날을 보아주시고 앞길을 염려해주신다니요. 아무리 귀한 보물을 드려도 함부로 보여주지 않으시는 그 길을 보여주겠다고 하시니 그저 황공할 따름입니다."

천신은 무녀를 향해 깊이 고개를 숙였다.

"격암 선생이오?"

낙빈은 어디선가 들은 것 같기는 한데 이름이 잘 생각나지 않아 승덕을 올려다보았다. 눈이 마주치자 승덕이 나지막하게 이야기했다.

"격암 선생은 동양의 노스트라다무스라고 불리는 격암 남사고 선생이야. 조선의 손꼽히는 예언가지. 노스트라다무스와 마찬가지로 16세기의 선지자인데 조선 명종 시대에 사셨어. 그분이 남긴 『격암유록』에는 사건이 발생하는 연도는 물론 월과 날짜까지 정확히 예언되어 있어. 인명과 지명까지 정확해서 노스트라다무스의 예언보다 훨씬 정교한 예언이라는 말을 들을 정도야."

승덕의 말을 듣고 낙빈이 크게 고개를 끄덕였다. 무녀가 모신 신이 엄청난 예지신인 것만은 분명했다. 격암 남사고 선생은 살아생전에도 엄청난 예언가로 유명했다. 그런 분이 영혼이 되어 예언을 해준다면 살아생전의 예언보다도 더 정확할 것이다.

"흘흘…… 자네 말이 맞네. 그 격암 선생이 내게 예언을 해주고 있지."

음성을 낮춰서 속삭이는데도 백 살 무녀의 귀가 참으로 예민했다. 무녀는 날카로운 눈빛으로 승덕을 쏘아보았다.

"흘흘. 자네 한번 일어나보겠나?"

"아, 네."

승덕은 무녀가 시키는 대로 자리에서 일어섰다. 승덕이 천천히 일어서며 허리와 무릎 펴는 것을 바라보더니 무녀가 또다시 바람이 빠지는 듯한 묘한 웃음을 지었다.

"흘흘. 저 원숭이 모양의 긴 팔 하며 기린의 목을 좀 보게. 뒤에 떡 버티고 선 수호령은 동양의 온갖 철인哲人의 지혜를 모으지 않았나? 흘흘. 자네 대단하구먼. 조금만 더 수련하면 자신도 모르는 사이에 세상 이치에 통달하는 혜안을 가지게 될 거야. 흘흘."

무녀는 승덕의 머리부터 발끝까지 꼼꼼히 훑으며 연신 고개를 끄덕였다.

"저 같은 보통 인간이 무슨……."

승덕은 뒷머리를 긁적이며 어수룩한 표정을 지었다. 하지만 무녀는 승덕의 허술한 행동에 넘어가지 않았다.

"그냥 보통 인간과 다르다는 것은 이미 알고 있지 않은가?"

무녀가 눈을 번뜩이자 승덕은 순간 숨이 턱 막히는 느낌을 받았다. 승덕은 그 말의 의미를 누구보다 잘 알고 있었다. 보통 사람처럼 살고 싶었지만 그럴 수 없었던 그의 인생을 무녀는 한눈에 파악하고 있었다.

"생시를 대보게나."

"……모년 모월 모일 모시입니다."

승덕의 생년월일을 듣더니 무녀는 한동안 아무런 미동도 없었다. 일렁이는 촛불 아래서 그녀의 날카로운 눈만 흔들렸다. 잠시 후 그녀가 오른손을 들어 탁자 옆에 놓인 작은 쌀 뒤주에서 쌀알을 꺼냈다. 그러고는 붉게 옻칠한 작은 상 위에 휘익 하고 뿌렸다. 쌀알은 알알이 구르더니 사방에 알 수 없는 형상을 만들어냈다. 다른 사람들에게는 보이지 않지만 그곳에는 무녀의 신령이 들어가 있었다.

"자네에게는 다른 사람과 다른 능력이 있지. 하지만 그딴 능력은 자네의 진정한 능력이 아닐세. 물건 따위를 움직이는 거야 두 팔로는 못하겠는가? 자네의 그릇은 눈에 보이는 걸 움직이는 따위의 하찮은 능력이 아니야. 흘흘."

승덕은 숨이 막히는 듯했다. 암자 식구들 이외에는 알 리 없는 그의 염동력을 무녀가 꿰뚫어보고 있었다. 하지만 무녀는 그것이 승덕의 실체가 아니라고 했다. 승덕에게 중요한 능력은 따로 있었다. 무녀는 설설 고개를 흔들더니 매서운 얼굴로 승덕을 노려보았다.

"혜안의 상이구나. 말할 것도 없이 지혜롭고 영특하구나. 참으로 밝은 눈을 가져서 진리를 꿰뚫어보는 힘이 있도다! 너는 소싯적부터 주변에 죽음이 끊이질 않았을 것이다. 하지만 모두가 너의 눈을 밝히기 위함이었구나. 혈혈단신 의지할 데 없이 외로운 몸으로 혜안을 얻되, 사람을 잃었도다. 혜안과 함께 불행을 얹어주었으니 주위에 연戀이란 연은 모두 끊어지고 사라질 운명이구나. 그러나 어찌하랴, 그것이 혜안의 대가인 것을. 슬퍼 말아라. 진인을 만나면 그 모든 것을 잊을 테니. 혜안이 될 자여, 네가 진인의 앞길을 인도하리라. 너는 미래를 보며, 그것을 직관으로 통찰하리라.

낳아준 자를 나온 자가 살해했다고 원망하고 있느냐. 그로 인해 괴로워하느냐. 그러나 괴로워 말아라. 네 마음속의 바람대로 나온 자가 낳아준 자를 해한 것이 아니니라. 그러니 울지 마라, 두려워 마라. 부디 네 운명을 받아들여라."

아무렇지 않은 척해도 승덕의 심장은 미친 듯이 방망이질 쳤다. 이제껏 그가 걸어온 모든 길을 무녀가 알고 있었다. 그의 주변에 죽음이 끊이지 않고 이어졌다는 것, 그리고 의지할 곳 없는 혈혈단신이라는 점도 그랬다. 낳아준 자와 나온 자에 대한 이야기는 그의 둘도 없는 여동생과 부모님의 이야기가 틀림없었다. 무녀는 승덕의 끔찍한 기억과 죄책감, 그리고 고통의 근원인 가족의 이야기를 하면서 두려워 말고, 괴로워 말고, 원망하지 말라고 했다. 그 말이 승덕의 귀에 맴돌았다. 지금껏 그가 가지고 있던 모든 괴로움과 번민을 한번에 정리해주는 말이었다.

그리고 무엇보다도 승덕에게 인상적이었던 것은 이 모두가 진인을 만나면 잊힐 거라는 예언이었다. 승덕은 그 '진인'이란 단어가 허투루 들리지 않았다. 진인이라고 하면 격암 남사고 선생이 말한 말세의 미륵불을 지칭하는 굉장한 단어였다. 즉 말세를 구원한다는 신인神人을 지칭하는 엄청난 단어인 것이다. 그런데 진인을 만나 외로움을 잊게 된다니? 자신이 말세를 구원하는 자와 관련된다는 말을 들으니 그저 놀랍기만 했다. 승덕은 자신의 운명이 너무나 벅차게 느껴져 온몸이 떨렸다.

승덕은 문득 노스트라다무스의 예언이 생각났다. 동서양을 통틀고 역사를 통틀어 지상 최대의 예언자라 일컬어지는 그도 구원의 거룩한 무리가 동방에서 출현한다고 예언했다. 그뿐만 아니라 격암 선생도 살아생전 간방인 이 땅에서 말세의 위인이 나타날 것이라 예언했다. 동서양의 두 예언가가 말한 거룩한 무리 중 하나가 자신일지도 모른다니, 자신이 말세의 위인을 만난다니, 스스로에게 부여된 운명이 참으로 무겁게 느껴지는 순간이었다.

"흘흘…… 어디 다시 한 번 보자. 이제는 격암 선생의 음성을 그대로 들려주마. 한 자도 놓치지 말고 전부 외우고 기억하거라."

갑자기 늙은 무녀가 몸을 부르르 떨었다. 발끝부터 머리끝까지 커다란 진동이 그녀를 훑고 지나갔다. 거대한 진동이 무녀의 온몸을 휩쓸고 지나가자 그녀의 음성은 걸걸한 남자의 음성으로 변했다. 이미 세상을 떠난 격암 선생이 무녀의 입을 통해 예언을 쏟아내기 시작한 것이었다.

"내 말을 잘 들어라. 말세를 보는 자들이여. 나의 말을 듣고 잊지 말아라. 그리고 말세를 살아갈 길이 될지어다. 말세가 도래하고 있도다. 해와 달이 빛을 잃고 어두운 안개가 하늘을 덮는구나. 한 번도 겪어보지 못한 대천재로 하늘이 변하고 땅이 흔들리며 불이 날아다니다가 땅에 떨어진다. 기나긴 흉년이 세상을 덮치고 정체 모를 질병이 돌아 모두가 죽어가는구나. 돌림병이 세계만국에 유행하면서 토사와 천식과 흑사병, 그리고 이름 없는 하늘의 질병으로 아침에 살아 있던 자가 저녁에는 죽어 있으니 이를 어찌할까. 그날이 오면 하늘 불이 떨어져 인간을 불태울 것이니 십 리를 가도, 백 리를 가도 인간이 보이질 않는구나. 하늘에서 재난이 내려오면서 시체가 산과 같이 계곡을 메우니 길조차 찾기 힘들구나. 죽었던 자들이 살아나 사방에서 날뛰니 온 세상이 뒤숭숭하기만 하구나. 미륵불이 오실 날은 언제인가. 진인께서 중생들을 위하여 크게 귀의할 곳을 이루실 것이니, 너 혜안을 가진 자여, 눈을 크게 떠라.

천상의 하늘님이 지상의 하늘님으로 강림하여 대도大道를 펼치려 하니, 하늘이 감춰두고 땅이 숨겨둔 십승지十勝地에서 그분을 받들어 도와야 하느니라. 그곳 십승지 궁을촌弓乙村◆은 사람이 살 수 있는 유일한 길이며, 모든 인간의 생사가 그곳에서 결정되리라.

혜안을 가진 자여, 잊지 말아라. 네 비록 천상천하의 성지인 십승지 궁을촌에 들어가지 못하고 눈을 감을 것이나 혜안을 가진 너의 희생으로 미륵불이 눈을 뜰 터이니, 원망치 마라. 나의 말을 잊지 말아라. 나의 말은 너의 길이 되고 등불이 될지니라.

너의 혜안이 온 백성을 살리고, 또한 온 백성을 죽일 수도 있으니, 세상을 위해 진인에게 냉정한 진실과 거짓되지 않은 참세상을 보여주어라. 네가 보여주는 길이 만백성을 죽게도, 살게도 만들겠구나. 거대한 짐을 혼자 짊어지고 나온 자여. 네 사명을 다해

◆ 풍수지리에서 말하는 명당 지역. 전쟁이나 천재지변이 일어나도 안심하며 살 수 있는 땅을 말한다.

그분께 길을 밝혀주어라. 나의 말을 잊지 말아라. 나의 말은 너의 길이 되고 등불이 될지니라."

격암 선생은 늙은 무녀를 통해 예언하면서 자신의 말을 잊지 말라고 몇 번이고 당부했다. 모두들 머리가 바짝 곤두설 정도로 그의 말을 경청했으며, 특히 승덕은 한 글자도 놓치지 않으려는 듯 온 신경을 모았다.

예언을 끝낸 무녀가 또다시 온몸을 부르르 떨었다. 승덕에 대한 예지가 끝나고 그녀의 몸에서 격암 선생이 빠져나간 것이다. 그녀는 한참 동안 가쁜 숨을 몰아쉬더니, 날카로운 눈으로 승덕을 노려보았다.

"한 글자도 빠뜨리지 않고 잘 들었느냐?"

그녀는 승덕이 예언을 이해했는지 눈여겨 살펴보는 듯했다.

"네, 잘 들었습니다. 그런데 모모 님, 제가 진인을 만나는 것은 언제고, 진인은 또 누굽니까? 저의 희생으로 진인이 눈을 뜬다고 하셨는데 제가 어떻게 해야 그에게 참세상을 보여주게 되나요? 그리고 제가 어떻게 사람들을 살게도, 혹은 죽게도 만드나요? 과연 제가 그런 큰일을 해낼 인물이나 되는지……. 너무 엄청난 말을 들어서 머리가 복잡하네요."

승덕은 깊은 생각에 잠길 때 종종 그러듯이 턱을 문지르며 눈동자를 굴렸다.

"흘흘…… 진인은 말세의 마지막에야 비로소 모습을 드러내겠지. 아무리 천리안을 가진 나라도 하늘이 숨겨놓은 비밀을 알아낼 수야 있겠느냐? 스스로를 진인이라 칭하는 이들이 나타날 것이나 진정한 진인이 누구인지는 단지 하늘만 아시겠지.

하늘은 진인에게 참세상을 보여줄 사람으로 너를 정하셨으니, 참세상에 대한 모든 것을 차곡차곡 모으고 왜곡되지 않은 그대로의 세상을 진인께 보여드리거라. 너는 스스로의 희생을 통해 만백성을 살리거나 죽일 수 있는 칼을 쥐고 있는 거다. 지금부터라도 정진, 또 정진하여 예비하도록 하거라."

"희생이라면……."

"죽음이다. 죽음으로 길을 열어야 하는 운명이야."

승덕은 '죽음'이라는 말에 순간 두 팔에 소름이 돋는 것을 느꼈다. 진인을 위해 죽는 운명이란 말인가? 승덕은 늙은 무녀의 입을 통해 격암 선생이 들려준 예언을 되뇌었다.

'네 비록 천상천하의 성지인 십승지 궁을촌에 들어가지 못하고 눈을 감을 것이나 혜안을 가진 너의 희생으로 미륵불이 눈을 뜰 터이니, 원망치 마라.'

설마 했던 그것이 정말로 승덕의 죽음을 의미하는 것이었다. 그는 진인이 성지로 들어가기 전에 죽게 된다. 그리고 그의 죽음으로 미륵불은 뭔가를 깨닫게 된다.

승덕은 혼란스러웠지만 애써 티를 내지 않았다. 낙빈과 정희, 그리고 정현이 죽음이라는 말에 얼굴이 새하얗게 질린 채 그를 바라보고 있었기 때문이다. 그런 동생들 앞에서 헝클어진 얼굴을 보일 수는 없었다.

무녀는 이제 회색 승복을 입은 정희와 정현을 바라보았다. 긴 머리를 깨끗하게 땋아 내린 정희는 다소곳이 무릎을 꿇고 앉았고, 눈이 시리도록 짧은 머리의 정현 역시 그 옆에 단정히 무릎을 꿇고 앉아 있었다. 이 둘을 유심히 바라보던 무녀가 무심하게 예언을 시작했다.

"너희는 진인의 등불이 되겠구나. 태어난 날을 대봐라."

"저희는 태어난 연도만 알고 태어난 날은 알지 못합니다. 절 앞에 버려져 있던 것을 아버지 스님께서 키워주셨습니다."

"그래, 그렇구나."

무녀가 고개를 끄덕이더니 오른손으로 쌀알을 모아 눈을 감고 슬슬 흔들었다.

"모년, 모월 모일 모시! 모년, 모월 모일 모시! 한날한시의 쌍둥이로구나!"

그녀는 오른손으로 쌀알을 훅 던지더니 날짜를 불렀다. 분명 쌍둥이가 태어난 연도였다. 지금껏 정희와 정현 자신들도 알지 못했던 생시가 그녀의 입에서 흘러나온 것이다!

무녀는 또다시 붉게 옻칠한 상 위에 쌀을 뿌렸다. 흩뿌린 쌀알이 제각각 신령의 인도대로 모양을 잡아갔다.

"버려지고 버려지는 안타까운 운명이라 한탄 말아라. 너희 역시 진인의 길을 예비하기 위해 아픔과 고통을 받고 있구나. 슬퍼하지도, 노여워하지도, 한탄하지도 말아라. 하늘이 정해준 운명인 것을 어찌하리오. 누구도 원망치 말아라. 슬픔의 계곡을 넘어 천신을 만난 것은 또한 미륵불을 만나기 위함이니, 너희가 그의 길을 밝히겠구나."

무녀의 눈앞에 어둡고 좁은 산길을 등불로 밝히며 걷는 두 아이의 모습이 어른거렸다. 두 아이는 해맑은 얼굴로 등불을 밝히며 연신 뒤를 바라보았다. 그 뒤에 장옷으로 얼굴을 가린 진인, 미륵불이 걸어오고 있었다.

"가만 보자. 버려진 너희를 처음으로 거둔 분이 누구더냐?"

"선광사의 혜광 스님이십니다."

정현이 씩씩하게 대답했다.

"그렇구나. 그분이 혹시 뭐라고 말씀하지 않더냐?"

예리한 무녀 앞에서 정현은 어떤 말도 숨길 수 없음을 직감했다. 이미 무녀는 쌍둥이의 모든 것을 꿰뚫어본 것이 틀림없었다.

"어릴 적부터 저희 둘을 보고 항상 말씀하셨습니다. 어느 가을에 갓난아이였던 저희를 절 앞에서 발견하기 전에 꿈속에서 미륵불을 뵈었다고 하셨습니다. 거대한 후광을 두른 미륵불께서 다가와 출세出世를 보좌할 덕생德生 동자와 유덕有德 동자를 보낸다고 하셨답니다. 혜광 스님은 그 직후에 저희를 발견하시고 저희가 미륵불을 보좌할 두 동자라고 항상 말씀하셨습니다."

"그렇구나. 그렇다면 너희는 운명을 받아들이기 쉽겠구나. 미륵불을 보좌한다는 것은 그분의 그림자가 되고, 등불이 된다는 말이기도 하다. 전 생애를 통해 미륵불을 보좌하기 위해 준비하고 정진하거라. 진인 미륵불의 혜안이 될 자와 미륵불을 보좌할 두 동자가 모였으니 필시 우연이 아니리라. 너희는 곧 진인을 만날 것이니 예비하거라.

하나는 보살을 모시고 세상의 고통과 아픔을 치료하며 염제 신농◆의 뒤를 이어 모든 의약과 생명의 어머니가 되겠고, 또 하나는 한님桓因(하늘님)의 무武를 세워 무인武人의 아버지가 되겠구나. 무인의 아비에게 배우는 자는 검을 배우되, 죽음의 검이 아닌 삶의 검을 배우리라. 생명을 탄생시키고 죽은 자를 살리는 검술을 익히리라. 한님이 이끌어온 잘린 허리가 붙으리니, 그의 안에서 부러진 한님의 검이 붙겠구나.

복숭아꽃이 물 위에 떠서 흐르는 무릉촌이 남쪽 바다에 세워지니, 너희 두 사람이 그곳까지 미륵불을 보좌하여 가리라. 그때 미륵불이 세상을 구원하기 위해 만백성을 살릴지, 죽일지는 하늘만 아는 일이나 마지막의 마지막 순간까지 미륵불을 모시고 정진을 게을리하지 마라."

나이조차 짐작되지 않는 백발의 만신이 잠시의 쉼도 망설임도 없이 모두의 앞날을 훤히 밝히고 있었다. 그녀가 쌍둥이에 대한 예언을 마치고 마지막으로 어린 낙빈을 쏘아보았다.

그녀는 몇 번 말을 할 듯 말 듯하더니 결국 입을 다물었다. 승덕이나 쌍둥이에게는 한 치의 망설임도 없이 툭툭 나오던 예언이 어쩐지 선불리 나오지 않았다.

◆중국의 삼황三皇 가운데 두 번째 황제. 농사와 의약의 시조라 불린다.

"이상타. 이상타. 너는 대체 누군고?"

"……."

낙빈은 아무런 대답도 할 수 없었다. 또다시 불안감과 두려움이 스멀스멀 기어 나와 낙빈의 온몸을 친친 동여매는 것만 같았다.

"이토록 탁 막혀서 앞이 보이지 않는 것은 처음이구나! 그저 마음만 울렁울렁, 신들만 들썩들썩, 제자리를 찾지 못해 방황하니 이 무슨 조화인고? 보이는 것이 있지만 보이는 것이 다가 아니구나. 대체 내게 뭘 숨기고 있는고?"

"……."

낙빈은 점점 불길해지는 느낌을 지울 수가 없었다. 낙빈의 등으로 식은땀이 줄줄 흘렀다. 마치 온몸이 발가벗겨진 채 무녀 앞에 내동댕이쳐진 듯했다. 늙은 무녀가 태고지신까지 모두 꿰뚫어 볼까 불안했다.

"어디 보자……."

무녀는 두 눈을 감고 땀을 뻘뻘 흘리며 금방울을 흔들어댔다. 낙빈은 어머니에게서도 그런 이야기를 들은 적이 있었다. 어찌 된 것이 앞날이 전혀 보이지 않는다는 이야기를. 그런데 이제는 모든 사람의 운명을 한눈에 꿰뚫어본다는 무녀 앞에서도 똑같은 일이 반복되고 있었다. 도대체 자신이 뭐기에 이런 것일까 싶었다. 낙빈이 한참 스스로에 대한 고민에 빠져 있는데 무녀가 말문을 열었다.

"그대의 운명은 하늘도 모르는 것. 어찌 내가 보리오. 아아, 온

인류의 최후가 그대 손에 달렸으니, 그것이 확실한지조차 장담하진 못하겠구나. 그대 곁에는 죽은 자와 산 자가 끝없이 몰려들어 언제나 혼란케 하리니, 매일매일을 마지막이라 생각하며 정성을 다해 성불하도록 도와라. 소중한 것을 잃고 소중한 것을 버리는 순간, 진정으로 눈을 뜨리라.

주위를 조심하라. 죽음의 위기가 수없이 많고, 죽음의 유혹도 수없이 많구나. 그러나 주의하라. 주의하라. 그대는 그대인 동시에 그대가 아니다."

무녀는 말을 마친 뒤에도 여전히 방울을 흔들었으나 닫혀버린 말문은 더 이상 열리지 않았다. 천천히 눈을 뜬 무녀의 얼굴에는 진땀이 잔뜩 배어 있었다.

"흐음. 말씀하지 않으려는 것을 간신히 부탁드려서 겨우 이야기해주셨네. 산신 양반, 자네가 데려온 저 어린 박수는 세상이 끝나가는 말세에 커다란 사명을 지고 있는 것이 틀림없소이다."

무녀는 천신을 바라보며 고개를 설설 흔들었다.

"그 말씀은…… 낙빈이가 진인이며 미륵불이란 말씀이신지요?"

천신의 질문에 오히려 가슴이 철렁한 것은 낙빈이었다. 자신이 무엇이기에 세상을 구하는 진인이며, 미륵불이란 말인가. 낙빈의 작은 어깨는 거대한 태고의 신이 찾아온다는 것을 알았을 때보다 더욱더 무거웠다. 아직 열 살짜리 아이가 받아들이기에는 너무나 힘든 일이었다.

"내 장담치 못하네. 무엇도 장담할 수는 없어. 좀 전에 신령님이 말씀하신 이외에는 한마디도 할 수가 없네. 하늘만이 알고 있는 기밀인데 내 어찌 그것을 발설하겠나? 그러나 생각해보시오. 저 어린 박수를 보아하니 제게 내릴 신을 다 운용하려면 적어도 수년은 걸릴 거요. 까마득히 늘어선 신의 군단이 눈에 어른어른하니, 그들이 누구인지는 세세히 보이지 않으나 이 아이가 그들을 다 받기까지 시간이 얼마나 걸릴지는 상상도 못할 일이외다. 저 아이의 몸과 마음이 성숙해져야 신을 모두 받을 텐데……. 이제 세상의 말세가 지척에 도래했으니 과연 저 아이가 세상을 구할 수 있을지가 문제구려."

"그렇다면 모모 님, 낙빈이가 신내림을 받을 방법이 있겠습니까? 그토록 중대한 과업을 행하려면 낙빈이에게 예비된 신들을 서둘러 받아야 합니다. 그러나 찾아가는 만신이나 박수마다 낙빈이를 내쫓기만 합니다. 아무도 낙빈이에게 굿하는 방법이며, 무구를 다루는 방법을 가르치려 들지 않습니다. 그러니 제발 신을 받을 방법을 알려주십시오."

천신의 말에 무녀가 낄낄거리며 웃어댔다.

"흘흘…… 무당들이 어떤 반응을 보였을지 눈에 선하구려, 흘흘흘. 저 아이에게 신내림을 해줄 무당은 없소. 누가 저런 신들을 상대할 수 있을까. 하지만 방도가 아주 없는 것은 아니야. 스스로 신내림 받을 방법을 찾으면 되지."

"스스로 신내림 받을 방법이라고요?"

승덕이 들떠서 되물었다.

"물론이네. 방도는 있다네. 그렇지 않고서야 저 많은 신이 이 아이에게 내릴 까닭이 없지 않은가?"

무녀가 다시 낙빈을 바라보았다. 낙빈의 뒤로 보이는 새까만 신들의 그림자를 보며 그녀의 고개가 절로 흔들렸다. 또렷이 보이지는 않지만 모두 대단한 분들임에는 틀림없었다. 그런데 어떤 무녀가 저 아이에게 신내림을 해줄까 싶었다.

"아이야, 네 생시가 언제던고?"

"네, 저…… 모년 모월 모일입니다."

무녀는 또다시 쌀알을 흩고는 그 모양을 바라보았다. 그런데 이번에는 뿌린 쌀을 거두지 않고 내내 찡그린 얼굴로 고개를 흔들어댔다. 쌀알이 전하는 메시지가 석연치 않은 듯했다.

"자네가 세상을 구할지 망하게 할지는 모르지만 말세에 큰 힘을 내는 것만은 분명하구나. 세상을 멸망시킬 운명이라면 신을 다 받는 것이 오히려 말세를 부추기겠지만, 만일 세상을 구할 운명이라면 반드시 신을 받아야 힘을 쓰겠지. 자네는 세상을 구할 것 같은가, 아니면 끝장낼 것 같은가, 박수 양반?"

낙빈은 예리한 눈길로 물어오는 무녀를 똑바로 바라보지 못했다. 자신에 대한 이야기가 나오는데도 마치 다른 세상, 다른 은하의 이야기처럼 전혀 실감나지 않았다. 뭐가 말세란 말인가? 누가 세상을 구하고, 또 망하게 한단 말인가? 자신은 이렇게 어리고 힘도 없는데……. 낙빈은 무서웠다.

언젠가 이런 무서운 이야기를 들을 것 같다는 불길한 예감이

든 적도 있다. 하지만 정작 눈앞에서 세상을 구하네 마네 하는 소리가 들려오니 자신이라는 존재 자체가 버겁게 느껴졌다. 그런 미래가 있다는 것이 공포스러웠다.

'내가 세상을 구하고 망하게 할 사람이라고……? 나는 그런 사람이 아닌데…….'

낙빈은 가슴이 답답했다.

무녀는 낙빈의 마음을 눈치챘는지 한결 너그러운 투로 말했다.

"너무 괴로워하지 말게나, 어린 박수 양반. 세상은 그대 혼자 접었다 폈다 할 수 있는 것이 아니야. 혼자 짊어지란 얘기가 아니니까 걱정하지 말게. 자네가 만일 진인이고 미륵불이라면 자네 곁에 있는 세 사람이 도와줄 거야. 그리고 그 외 수많은 사람이 자네와 더불어 세상의 종말에 대비하겠지. 혼자 걱정할 필요는 없네. 더욱이 최초이고 최고이며 최상이자 모든 것의 모체인 '그 신'이 오지 않는다면 자네가 세상을 짊어질 이유는 없을 거야."

무녀의 말이 떨어지자 낙빈은 더욱 울상이 되었다. 마지막 말은 바로 자신에게 오기로 예비되어 있는 '태고지신'을 지칭하는 것이 분명하다는 생각이 들었다. 이미 그가 자신에게 찾아올 날을 예비하고 있다고 했는데……. 그렇다면 꼼짝없이 자신이 세상을 짊어지게 되는 것이 아닌가 싶었다.

"뭐라고?"

낙빈은 날카로운 무녀의 목소리에 고개를 번쩍 들었다.

"뭐라? 태고지신이라?"

낙빈은 깜짝 놀랐다. 마음속으로만 되뇐 말이 어느새 입 사이로 새어나온 것일까? 아니면 무녀가 낙빈의 생각을 읽은 것인가? 낙빈은 순간 안절부절못하고 벙어리가 되어버렸다. 무녀가 쭈글쭈글한 얼굴을 들이대며 날카로운 눈동자로 낙빈을 바라보았다.

"네가 어찌 태고지신을 아느냐? 어린 네가 어찌 태고지신을 아느냐? 태고지신을 보았느냐? 네게 태고지신이 모습을 보이셨느냐? 정말로 네게 태고지신이 온다고 하였느냐?"

속사포처럼 쏟아지는 늙은 무녀의 닦달에 낙빈은 꽁꽁 얼어버렸다. 자신도 모르게 '태고지신'을 내뱉었거나 입술을 달싹인 모양이었다. 분명 천신 스승께서 절대 어머니와 태고지신에 관한 이야기는 꺼내지 말라고 했는데! 이런 실수가!

"아, 저는…… 그것이……."

낙빈은 뚫어져라 자신을 쏘아보는 무녀의 얼굴을 똑바로 바라볼 수가 없었다.

"말씀하신 대로 낙빈이는 태고지신이 예비한 아이일 수도 있습니다."

당황한 낙빈 대신 천신이 가라앉은 목소리로 침착하게 대답했다.

"어찌 된 거야? 그럼 이 아이가 정말로……?"

"모모 님, 선부른 판단은 말기로 하십시다. 예전과 같은 착각과 기대감 속에 수많은 사람을 죽고 다치게 하고 싶지 않습니다. 낙빈이는 태고지신을 직접 만난 것이 아니라 다른 신령에게서 비슷한 말을 전해 들었다고 합니다. 그러니 제발 선불리 판단치 말아 주십시오."

천신은 간절한 눈빛으로 무녀를 바라보았다. 무녀는 불같은 눈길로 천신을 노려보다가 낙빈을 향해 다시 눈동자를 굴렸다.

"진실이냐? 직접 태고지신을 보지 못했더냐?"

"네, 네. 태고의 신을 뵌 적은 없습니다. 그냥 신할아버지께 이야기만 들었을 뿐이에요."

"그래, 그렇단 말이지……."

태고지신의 이야기가 나온 이후 무녀의 얼굴에 어두운 그림자가 드리워졌다. 무녀의 눈은 자신이 뿌려놓은 쌀알을 바라보았다. 순간적으로 그녀의 얼굴에 주름이 깊게 잡혔다. 주름 사이로 깊은 그늘이 드리워졌다. 노무녀는 쌀알과 낙빈을 번갈아 바라보더니 믿을 수 없다는 듯 고개를 흔들었다. 만면에 겹친 주름은 사라질 줄을 몰랐다.

"……혹여 네 어미가 무당이냐?"

"아, 저……."

낙빈은 당황해서 천신을 바라보았다. 그러나 천신은 낙빈과 눈을 마주치지 않은 채 심각한 표정으로 앉아 있었다.

"아, 저……."

태고지신과 어머니에 대한 이야기는 하지 말라는 천신의 당부가 낙빈의 귀에 울려 퍼졌다.

"저, 저……."

무당이 아니라 어떤 사람이 보더라도 '무당'이란 말에 안절부절못하는 낙빈의 모습이 '긍정'을 의미한다는 것을 알아차렸을 것이다.

"네 어미가 무녀구나! 모년 모월 모일에 태어난 빌어먹을 무녀! 그년이 네 어미구나! 그렇지?"

낙빈은 놀라서 뒤로 넘어질 지경이었다. 분명 낙빈이 알고 있는 어머니의 생년과 같았다.

"그 빌어먹을 무녀 년의 아들이냐? 주변에 있는 사람을 모두 저주 속에서 죽게 만든 년! 태고지신을 받는다더니 미친 짓을 하며 사람을 해치던 그년이 네 어미로구나! 그년의 애로구나! 그년의 애! 그년의 애가 또다시 말세를 예비한다고! 그년의 자식이 또다시 태고지신을 받는다고!"

퍼어억!

순식간의 일이었다.

무녀가 불같이 화를 내며 세차게 상을 뒤집어엎으면서 바로 앞에 앉은 낙빈의 이마가 상에 찍혔다. 다음 순간 몸도 불편해 보이는 노무녀가 벌떡 일어나 두 발로 낙빈을 질근질근 밟고는 미친 듯이 욕을 해댔다. 방 안은 순식간에 아수라장이 되고 말았다. 정현은 미친 듯이 발광하는 노무녀를 뜯어 말렸고, 승덕은 그녀의 발아래 밟히고 차이는 낙빈을 일으켜 세웠다.

"왜 이러세요! 그만두세요!"

승덕은 화가 나서 늙은 무녀에게 소리쳤다. 어린 낙빈의 모습은 말이 아니었다. 낙빈은 머리와 옷이 모두 헝클어진 채 제정신을 차리지 못하고 축 늘어져 있었다.

"모모 님! 과거가 그리 중하십니까? 이 아이가 무슨 죄가 있다고 그러십니까!"

천신은 꽂꽂이 앉아 고개를 흔들었다. 과거 저편에 있는 그들의 기억 때문에 천신은 차마 무녀를 말리지도 못하고 괴로워했다.

"이보게 천신, 자네 제정신인가! 그년 때문에 누가 죽었는데? 내가 그년 때문에 누구를 잃었는데! 지금 그년의 아이를 받아다기를 참인가? 자네야말로 제정신이 아니네! 제정신이 아니야! 당장 나가게! 당장 나가! 자네 아이들을 데리고 당장 이곳을 떠나! 이곳에 다시는 발도 디디지 말게! 다시는!"

낙빈이 누구의 아들이라는 것을 안 순간부터 늙은 무녀의 분노는 조금도 사그라들 줄 몰랐다. 그 앞에서 낙빈은 극심한 공포에 손발을 덜덜 떨 뿐, 다른 어떤 것도 할 수가 없었다.

4

일행의 기분처럼 하늘마저 갑자기 어둠침침하게 변하고 빗방울까지 툭툭 떨어졌다. 뒤돌아서는 일행의 발걸음이 어느 때보다도 무거웠다. 낙빈의 신내림에 대해 알아보러 왔다가 그 방법을 채 알아내기도 전에 쫓겨난 것이다.

"낙빈아, 괜찮니?"

정희가 걱정스레 낙빈의 손을 잡았다. 아까 상에 찍힌 이마가 발갛게 부어올라 피가 맺혀 있었다.

"망할 놈의 할멈! 능력만 좋으면 뭐하나?"

승덕은 오히려 제가 얻어맞은 것처럼 속이 상했다. 바로 옆에 있으면서도 어린것이 얻어맞는 것을 뻔히 손 놓고 지켜볼 수밖에 없었던 스스로에게도 화가 치밀었다.

"전 괘, 괜찮아요."

말은 그렇게 하면서도 낙빈은 눈알이 벌겋게 충혈되어 있었다. 낙빈의 귀에는 소리치던 무녀의 외침이 왱왱거리며 멈추지 않았다.

'네 어미가 무녀구나! 모년 모월 모일에 태어난 빌어먹을 무녀! 그년이 네 어미구나! 주변에 있는 사람을 모두 저주 속에서 죽게 만든 년! 태고지신을 받는다더니 미친 짓을 하며 사람을 해치던 그년이 네 어미로구나!'

'도대체 어머니와 저 할머니는 무슨 관계였던 것일까? 도대체 무슨 사연이 있기에 어머니의 아들이라는 이유로 이처럼 벼락같이 화를 내시는 걸까? 게다가 어머니가 사람을 죽였다니 대체 무슨 말일까? 분명 어머니는 그럴 분이 아닌데…….'

낙빈의 마음은 착잡하기만 했다. 더욱이 자신 때문에 입장이 난처해진 천신 스승께도 미안해 고개를 들 수가 없었다. 태고지신에 대해서는 한마디도 하지 말라고 당부하셨건만 입이 방정이지!

낙빈은 천신 스승을 곁눈으로 슬쩍 바라보았다. 그 역시 깊은 생각에 잠겨 있는지 묵묵히 배가 있는 곳으로 발걸음을 뗄 뿐이었다.

배에 다다르니 일행을 기다리던 어부가 사색이 되어 있었다.

"웬 조화인지 모르겠네요. 좀 전까지도 하늘이 맑고 일기예보에도 날씨가 좋다고만 했는데, 갑자기 하늘이 어두워지고 파도가 들썩거리니……."

"그럼 지금 배가 못 뜨나요?"

깜짝 놀라는 일행에게 어부는 딱히 대답을 못했다.

"갑시다. 조금만 벗어나면 되겠죠. 저길 보시오. 조금만 가면 바닷물도 평안하고 해도 비치지 않소."

천신이 가리키는 먼바다를 보자 과연 고요하고 잔잔했다. 파도가 치는 곳은 이 자그마한 섬 주위뿐이었다.

"허 참, 그렇구먼요. 귀신이 곡할 노릇이구먼."

어부는 낡은 배에 일행을 태우고 천천히 조심스럽게 섬 주위를 빠져나갔다. 10분 뒤 배는 더없이 고요하고 맑은 하늘 아래를 나아가고 있었다.

"허, 참. 허, 참."

어부는 처음 경험하는 괴이한 날씨에 연신 혀를 끌끌 차댔다.

"아앗! 저기 좀 보세요!"

낙빈의 말에 다들 고개를 돌려보니 마치 섬 전체를 집어삼킬 듯 파도가 치고, 바람이 불고, 회오리가 몰아치고 있었다. 이곳은 잔잔하기 그지없는데 유독 그 섬 주위에만 미친 듯이 바다가 요동치고 있었다.

"위험해! 그 할머니가 위험해요! 아저씨, 돌아가야 해요!"

낙빈은 조금 전까지 얻어맞고 욕먹은 것을 잊었는지 무녀를 걱정하며 배를 돌리라고 어부에게 부탁했다.

"얘가 미쳤나? 저기 갔다간 다들 죽어버릴 텐데 미쳤나?"

간신히 빠져나왔는데, 아까보다 더 심해진 파도를 뚫고 그곳으로 돌아가자는 말에 어부는 어이가 없었다.

"관둬, 낙빈아! 그놈의 할멈 걱정을 하다니 네가 제정신이냐? 그만둬!"

승덕 역시 말렸지만 낙빈은 자꾸 걱정이 되었다. 낙빈을 때리고 욕하긴 했지만 혼자 사는 할머니가 저 큰 파도에 얼마나 두려워할까 하는 걱정이 점점 눈덩이처럼 커져갔다.

"스승님, 스승님, 할머니가…… 할머니가 잘못되면 어떡해요?"

잠자코 침묵을 지키던 천신이 고개를 돌려 낙빈을 바라보았다. 낙빈의 두 눈에 담긴 마음은 거짓 하나 없는 진실이었다. 어린것이 혼자 사는 할머니에게서 어머니를 떠올린 것일까? 걱정이 가득한 얼굴로 눈물을 글썽이는 모습이 한없이 따뜻하게만 보였다. 낙빈은 천신의 어두운 얼굴이 갑자기 빙긋이 웃는 얼굴로 변하는 것을 눈물이 가득한 눈으로 똑똑히 보았다. 그리고 다음 순간.

파앗!

천신의 손이 어부의 등과 목의 혈을 눌렀다. 어부는 그 자리에서 목석처럼 쓰러졌다.

"용서하십시오."

천신은 쓰러진 어부 대신 키를 잡았다.

"죽은 사람 소원도 들어준다는데 산 사람 소원을 못 들어주겠느냐? 기왕 이렇게 되었으니, 낙빈이 소원대로 해주고 천천히 돌아가자꾸나."

천신은 그대로 키를 돌려 그들이 떠나왔던 무녀의 섬으로 향했다. 아까보다 훨씬 거대하고 무시무시한 파도가 용의 입처럼 무녀의 집을 금방이라도 집어삼킬 듯 세차게 몰아닥쳤다. 거대한 파도는 천신 일행이 타고 있는 자그마한 배도 집어삼킬 듯 입을 벌리고 덤벼들었다. 천신 일행은 배가 이리저리 기울 때마다 함께 휘청거렸다. 더욱 문제인 것은 아무리 애를 써도 배가 섬에 다가가지 못한다는 점이었다.

크워어…….

파도 소리는 마치 짐승의 포효와 같았다. 커다란 파도가 검은 암벽처럼 솟아오르더니 무녀의 집을 금세라도 집어삼킬 듯 혓바닥을 날름거렸다.

"이놈 자식! 마음만 착해가지고!"

승덕은 위태하게 배에 매달린 낙빈의 머리를 세게 내리쳤다.

"아후, 형…… 미안해요."

"미안하긴, 인마!"

승덕은 성질을 내면서도 낙빈의 머리를 쓰다듬었다.

'이렇게 착하고 맑은 녀석이니까 내가 널 돕게 되나 보다. 널 위해 혜안을 가진 사람이 되어주는가 보다.'

승덕은 어린 낙빈이 자신들의 진인이며 미륵불일 거라고 확신하고 있었다. 이렇게 착해빠진 녀석이 세상을 멸망시킬 리 없지 않은가!

"형……."

낙빈은 승덕에게 그저 미안하고 고마울 따름이었다.

일행은 비에 흠뻑 젖어 물에 빠진 생쥐 꼴이 되어서야 간신히 섬에 배를 댈 수 있었다.

"가자!"

"얘들아, 잠깐 기다리거라."

낙빈과 승덕 등이 함께 섬으로 뛰어 올라가는 모습을 보고 천신이 불렀다.

"낙빈이가 가서 모셔 오너라."

"네?"

이 말에 놀란 것은 낙빈만이 아니었다. 낙빈을 보기만 해도 펄펄 뛰는 무녀에게 낙빈 혼자 가라니!

"낙빈이가 가서 말씀드리거라. 우리는 잠시 이곳에서 기다리자꾸나."

천신의 의도를 알 수는 없지만 낙빈은 얼른 고개를 끄덕이고 무녀의 집을 향해 뛰었다.

탁탁탁.

달리는 내내 낙빈의 가슴은 방망이질 쳐댔다. 무녀를 구해야 한다는 간절한 마음에 오긴 했지만 집이 가까워질수록 불안한 마음이 부풀어 올랐다. 자신을 보고 불같이 화를 내면 어쩌나, 또 뭐라고 말씀드리나. 낙빈은 울타리 안으로 들어가 문 앞에 섰지만 도저히 무녀를 불러볼 용기가 나지 않았다.

터어어엉!

거대한 파도가 바위에 부딪히더니 마치 가스라도 폭발한 것처럼 요란한 소리를 내며 하늘로 치솟았다.

후두두둑.

낙빈의 머리 위로, 그리고 초가지붕 위로 바닷물이 세찬 소나기처럼 쏟아졌다. 이제 낙빈은 두려움을 느낄 새도 없이 다급해졌다. 낙빈의 머릿속에는 거동이 불편한 늙은 무녀에 대한 걱정뿐이었다.

"모모 님!"

낙빈은 더 이상 주저하지 않고 신방 문을 활짝 열어젖혔다.

"모모 님, 모모 님! 위험해요! 저희랑 어서 뭍으로 나가세요! 어서요!"

혐오해 마지않는 어린 박수의 얼굴이 문틈으로 보이자 늙은 무녀의 얼굴이 한껏 굳어졌다.

"이놈! 이곳이 어디라고 감히 너 따위가 찾아오느냐? 아까 나가라고 하지 않았더냐! 어서 나가거라!"

"하지만, 하지만 모모 님, 밖을 좀 보세요. 얼마나 위험한지 아세요? 스승님이랑 형을 간신히 설득해서 되돌아온 거예요. 여긴 너무 위험해요. 어서 가세요! 폭풍이 몰아칠 거예요. 그러면 이런 집은 한순간에 날아가버린단 말이에요. 절 미워하셔도 좋아요. 하지만 지금은 우선 안전한 곳으로 피해주세요!"

낙빈은 울상이었다. 무섭고 두려운 마음은 헤아릴 수 없을 정도로 깊었지만 할머니를 혼자 둬서는 안 된다는 마음이 더 절실했다.

"뭐라고? 되돌아왔다고? 미친 녀석! 당장 나가거라!"

늙은 무녀는 끄떡도 하지 않았다. 그녀는 한 발도 움직일 생각이 없는 모양이었다.

"할머니!"

낙빈은 맞아도 할 수 없다는 생각으로 황급히 신방에 들어섰다.

"제발요, 절 미워하셔도 좋아요. 절 때리셔도 좋아요. 뭍에 가면 달게 맞을 테니 잠깐만 제 말 좀 들어주세요. 제발요……."

"썩 나가지 못하냐, 이놈!"

무녀는 방 안까지 물을 뚝뚝 흘리며 들어온 낙빈에게 더더욱 못마땅하다는 눈초리를 보냈다.

"못 나가요! 못 나가요, 할머니! 저희 어머니도 혼자 계시는 걸요? 그런데 저희 어머니 혼자 사는 산에 산사태가 난다면……. 산사태가 금방이라도 어머니가 계신 집을 삼켜버릴지 모르는데 어떻게 제가 어머니를 두고 가겠어요? 할머니처럼 혼자 사는 분을 보면 어머니 생각이 나는데 어떡해요! 할머니는 우리 어머니를 미워하는지 모르겠지만 전 어머니 생각만 하면 할머니 같은 분들을 그냥 내버려둘 수가 없어요. 제발 부탁이에요. 여긴 너무 위험해요, 할머니!"

낙빈은 머리를 숙이며 부탁했다.

"저 멀리까지 빠져나갔다가 고작 나 때문에 돌아온 거냐?"

"고작이라뇨! 한 사람, 한 사람의 목숨이 얼마나 소중한데요! 게다가 할머니는 거동도 불편한데 어떻게 저희만 빠져나가요! 부탁이에요, 할머니. 부탁이에요. 제발 저랑 같이 나가세요, 네?"

낙빈은 머리를 숙이느라 보지 못했지만 굳었던 무녀의 얼굴이 마치 눈 녹듯이 한순간에 풀어지고 있었다.

"네가 가자고 고집을 피웠겠지?"

"에……? 네, 네……."

"그래, 천신은 뭐라더냐?"

"제가 우겼더니 그러자고 하시면서……. 함께 이곳까지 오셔서 저더러 모모 님을 모셔오라고……."

"푸흘흘……."

낙빈은 갑작스럽게 펴지는 무녀의 웃음에 영문을 몰라 어리둥절했다. 대체 뭐가 우습지? 낙빈은 한시가 급해서 속이 졸아드는데 말이다.

"천신, 이 사람이 아주 사람을 골리는 재주가 있구나! 흘흘."

여전히 낙빈은 멀뚱멀뚱 무녀만 바라보았다. 그녀의 표정은 아까처럼 굳어 있지 않았다. 자신을 위해 위험을 무릅쓰고 이곳까지 왔다는 말 때문이었을까? 확실히 그녀는 좀 전보다 부드러워져 있었다.

"얘야, 너도 무당이라면 저 탱화가 뭘 의미하는지는 알겠지? 저것이 무엇이냐?"

낙빈은 그녀가 가리키는 탱화 하나를 보고 아차 하며 무릎을 쳤다.

"사해용왕!"

그 순간 낙빈은 이 괴상한 현상이 벌어진 이유를 이해할 수 있었다. 사해용왕을 모시는 무녀! 무녀의 섬 주변에서만 일었던 엄청난 파도와 해일. 모두 무녀가 한 일이었다.

사해용왕을 모시는 만신인 그녀의 분노가 성난 파도를 일으킨 것이 분명했다. 거센 파도를 일으킬 수도, 잠재울 수도 있는 무녀를 구하겠다고 왔으니 바보 같은 짓이었다.

"아아…… 그렇구나!"

낙빈은 물에 빠진 생쥐 꼴이 되어 예의도 잊고 방 안에 쳐들어온 자신이 부끄러웠다. 게다가 신방을 어지럽힌 것도 더없이 죄송했다. 천신 스승은 무녀가 파도를 일으킨 줄 알면서도 애써 이곳으로 돌아와 낙빈을 무녀에게 보낸 것이었다. 하지만 천신의 생각과 달리 낙빈은 그저 실수와 실례만 거듭하다가 무녀에게 더욱 좋지 않은 인상만 남겼음에 틀림없었다.

"죄, 죄송합니다! 죄송합니다! 이런…… 이런 무례를! 죄송합니다!"

사태를 파악한 낙빈은 얼른 밖으로 뛰어나가 웃옷을 벗어 물에 적신 다음 걸레 삼아 자신이 더럽힌 마루와 신방을 깨끗이 닦아내기 시작했다. 흙물이 뚝뚝 떨어진 신방을 닦으면서도 줄곧 '죄송합니다'가 입에서 떠나지 않았다. 낙빈은 웃옷을 몇 번이나 빨아 신방 구석구석을 깨끗이 닦아냈다. 귀한 신들의 공간을 더럽혔으니 불경 중의 불경을 저질렀다는 생각이 들었다. 낙빈이 다섯 번째로 옷을 빨아 방을 닦아낼 때였다.

"이놈아! 방바닥 닳겠다! 이제 됐으니 얼른 떠나거라!"

"네, 네……."

낙빈은 무례를 용서해달라는 의미로 바닥에 코가 닿도록 절을 하고 밖으로 나왔다. 어느새 날은 화창하게 개어 있었다. 햇빛이 따사롭게 섬을 비추고 물결은 잔잔했다. 무녀의 마음이 조금 풀린 것일까?

"그럼…… 만수무강하세요."

낙빈은 깊이 고개를 숙여 무녀의 낡은 집에 합장하고는 지친 몸을 이끌고 천신 일행이 기다리는 배를 향해 발걸음을 옮겼다. 낙빈은 조금 허탈한 기분이 들기는 했지만 마음만은 편안해졌다. 그때였다.

벌컥!

"이놈, 어린 박수야!"

세차게 신방 문이 열리더니 무녀의 목소리가 쩌렁쩌렁 울려 퍼졌다. 터벅터벅 지친 걸음을 내딛던 낙빈은 자신이 또 뭔가 잘못 한 것은 아닌지 조바심 내며 냉큼 무녀 앞으로 달려갔다.

"네, 네, 부르셨어요?"

"이놈, 박수야! 근성도 없는 놈아! 이래서야 네놈이 태고지신을 받을 수나 있겠느냐, 이놈아! 물을 것이 있어서 왔으면 답을 해줄 때까지 떼를 쓰며 매달릴 줄도 알아야지! 이 한심하고 근성 없는 놈아!"

"에…… 죄, 죄송합니다."

"죄송이 밥 먹여주냐, 이놈아?"

한참 낙빈을 혼내던 무녀는 고개를 숙인 채로 '죄송합니다'만 연발하는 어린 박수에게 피식 웃음을 지었다.

"네놈 어미랑은 하나도 안 닮았구나, 이놈! 신방을 청소해준 값으로 알려주는 거지, 네가 귀여워서 알려주는 것이 아니다. 명심해라!"

"네, 네?"

처음에 낙빈은 무녀의 말을 이해하지 못했다. 그러나 이내 그녀의 입에서는 낙빈이 너무나도 간절히 바라던 '신내림'에 관한 이야기가 흘러나오기 시작했다.

"네가 신을 받을 방법은 두 가지다. 우선 한 가지는 나이를 먹는 것이다."

"나, 나이요?"

"그래, 이놈아. 너무 어린 아이에게는 신이 들어오지 않아. 영적으로 성숙해져야 신도 네게 들어와 너와 동고동락하겠다는 마음을 먹을 것이다. 그러니 우선 나이를 먹어라. 영적으로, 육적으로 말이다."

"네, 네에……."

낙빈은 나이를 먹는다는 것이 무슨 의미인지 고개를 갸웃거렸다.

"두 번째는 어린 박수, 네 스스로 내림굿을 하는 거야."

"스스로 내림굿을요?"

낙빈의 눈이 커졌다.

"아직은 어린 네놈 몸에 들어올 만한 신이 거의 없을 거다. 기껏해야 수호령이나 힘없는 동자신 정도겠지. 예지를 하는 신이라 해도 예지력을 제대로 발휘하지 못할 것이고 무술을 하는 신이라 해도 지금의 네 안에서는 무리일 거야. 그러나 모든 일에는 방도가 있는 법이야. 지금 너와 대화할 수 있고 너를 도울 수 있는 신에게 물어서 거래를 해볼 만한 신을 찾아달라고 해보거라. 처음에는 어린 박수에게 들어오려 하지 않겠지만 거래를 한다면 불가능할 것도 없지."

"거래요?"

신과의 거래라니 이해하기 힘든 말이었다.

"자세한 것은 스스로에게 물어보아라. 혼자서 신에게 바칠 제상 정도야 차릴 수 있겠지? 정성을 다해 신을 모시겠다는 일념으로 한번 차려보아라. 처음부터 끝까지 그 누구의 손도 닿지 않게 혼자서 말이야. 그리고 네 안의 신들과 이야기를 해보는 거야. 될지 안 될지는 모르지만 무리해서 신내림을 받자면 이 수밖엔 없다. 다른 무당은 찾아볼 필요도 없다. 네놈에게 내림굿을 해줄 수 있는 자는 이 나라에 없으니까."

"가, 감사합니다!"

낙빈은 무녀의 얼굴을 바라보며 또다시 연신 고개를 숙였다.

"시끄러운 놈! 얼른 꺼지거라!"

무녀는 팩 하고 문을 닫아버렸지만 낙빈은 닫힌 문을 향해 몇 번이고 고개를 숙였다.

낙빈은 신을 받을 방법이 있다는 사실보다 많이 누그러진 무녀의 태도가 더 감사하게 느껴졌다.

날이 갰다. 휘몰아치던 파도도 해풍도 잦아들었다. 파란 하늘이 무척이나 선명했다. 낙빈이 배로 힘차게 달려가니 저 멀리서 미소 짓는 천신 스승의 얼굴이 눈에 들어왔다. 천신은 말하지 않아도 이미 모든 것을 짐작하는 듯했다. 낙빈도 그에게 배시시 웃음을 지었다.

5

"누나, 자, 잠깐만요. 잠깐 비켜주세요."

암자는 새벽부터 무척이나 분주했다. 늙은 무녀가 알려준 대로 낙빈은 정성껏 제상을 차려 스스로 신내림을 받을 생각이었다. 밥 짓는 일은 어렵지 않았다. 어머니와 함께 지낼 때도 가끔 밥을 지었기 때문이다. 다른 일들은 쉽지 않았지만 찹쌀을 찌거나 과일을 놓을 때마다 동자신이 낙빈의 귀에 소곤소곤 방법을 이야기해주었다. 동자신뿐만 아니라 부엌일에 능숙한 정희도 이것저것 낙빈을 도와주었다.

정희는 상 차리는 것을 도와주고 싶었지만 마음뿐이었다. 이번에는 낙빈 혼자 처음부터 끝까지 정성을 들여야 한다. 그래야 그 정성에 신들이 조금이라도 감복할 테니까.

"조, 조심해, 낙빈아."

"아아, 이제 불은 그만 때고……."

"아아, 조심해. 무너지겠어."

정희는 지켜보기만 하려니까 마음이 조마조마했다. 차라리 자신이 하는 것이 낫겠다 싶었다.

"술은 준비됐지?"

"아차차!"

정희의 말에 낙빈은 이마를 탁 쳤다.

"나갔다 올게요, 누나. 아무것도 만지지 마세요!"

낙빈은 쌩하고 바람처럼 달려 나갔다. 엊저녁부터 차게 식히기 위해 폭포 아래 넣어둔 머루주를 가지러 간 것이다.

"휴우……. 치우는 게 더 일이겠구나. 후후."

정희는 난장판이 되어버린 부엌을 바라보며 작게 웃음 지었다.

낙빈은 비록 솜씨는 없지만 정성껏 준비한 음식을 하나하나 상에 올렸다. 상은 암자 앞쪽의 가장 양지바른 공터에 차려놓았고 그 주위에는 네모반듯하게 금줄을 쳐놓았다. 부정한 것의 접근을 막기 위해서였다. 금줄 밖에는 천신과 암자 식구들이 빙 둘러섰고 낙빈만 금줄 안으로 들어갔다. 낙빈은 천신을 찾아올 때 어머니가 지어준 새 한복을 꺼내 입었다.

낙빈은 무녀의 예언을 처음 들었을 때는 불안하고 무섭기만 했다. 하지만 막상 굿판을 준비하고 상을 차리고 나니 오히려 마음이 가볍고 즐거웠다. 낙빈은 제상 앞에 꿇어앉아 깊이 기도를 드렸다.

"할아버님, 할아버님. 아직은 어리고 미숙하지만 스승이 되어주실 분을 받고자 합니다. 한참 부족하다는 걸 알지만 열심히 노력할 터이니 부디 제게 오실 만한 분을 말씀해주세요."

낙빈은 신을 한 분 점지해달라고 간절히 부탁했다. 곧 백두민족 조상신이 눈앞에 나타났다.

"낙빈아, 네 정성을 보고 네 마음을 봐서 한 분 소개해주고 싶지만 과연 어느 분이 네게 오겠느냐. 네 안에 높으신 장군 어른이 자리 잡으신 후에 능력을 발휘하려고 해도 네 머리가 그분과 의논할 만하지 않고 네 팔이 적을 물리칠 만하지 않으니, 과연 누가 네 안에서 안정을 취하시겠느냐?"

"할아버님, 할아버님……. 작은 머리는 스승으로 모시는 신의 말씀으로 커질 수 있고, 가느다란 팔도 방법을 알려주시면 죽기살기로 단련하겠습니다. 그러니 부디 한 분만 모셔와주세요. 저를 가르쳐주실 분을 알려주세요."

"높은 어르신만 고집하지 말고 병사나 받거라. 그러면 내가 좋은 분을 소개해주마."

낙빈의 입에서 신의 말과 낙빈의 말이 번갈아 나오니, 천신 등도 신과 낙빈의 대화를 귀로 들을 수 있었다.

"할아버님, 할아버님. 물론 병사님들도 강하시지만 수많은 무녀와 무당이 장군신을 모시고도 무찌르지 못하는 악귀가 있습니다. 높은 신을 받아야 그분을 받들고 계신 수많은 병사 어르신도 함께 제 안에서 자리 잡으시지 않습니까? 제가 이리 있다가 거대한 악귀를 만나 혼이라도 빼앗긴다면 더불어 제 신들도 모두 빼앗기게 됩니다. 이 얼마나 신들께도 언짢은 일이겠습니까. 그러니 부디 도와주세요, 할아버지."

한 명의 장군신을 받는다는 것은 그의 아래 있는 수십, 수백의 병사까지 받는다는 의미였다. 그래서 장군신을 받으면 그들 모두의 융합된 힘을 발휘할 수 있게 된다. 그러나 지위가 낮은 병사를 하나 받는 것은 일반적인 수호신을 받는 것과 다를 바 없었다. 아니, 상념을 품고 지상에 남아 있는 영혼을 받는 것과 별반 차이가 없었다. 낙빈이 원하는 것은 높은 계급의 신이었다. 적어도 장군신 이상의 높은 신이 오시길 원했다.

"제게 오실 신이 수없이 많다고 하셨지만 지금부터 준비하지 않으면 언제 다들 제 안에 자리 잡으시겠습니까. 바라옵건대, 부족하다 탓하지 마시고 제 안에 자리 잡고 가르쳐주실 분을 알려주세요."

백두민족 조상신과 낙빈은 한 치의 양보 없이 자신의 주장을 내세우며 승강이를 계속했다. 이렇듯 서로 어르고 달래고 매달리고 거절하는 것이 반복되자 승덕은 슬슬 짜증이 나기 시작했다.

"아우, 할아버지! 그냥 신이나 한 분 데려다주시고 둘이 담판 짓게 하세요. 할아버지도 낙빈이 신이시니 저 애가 얼른 능력을 가져야 좋으실 것 아닙니까? 좋은 분이나 소개해주시고 나머지는 둘이 알아서 하게 내버려두시라니깐요!"

"으험험."

"오빠!"

"혀엉!"

모두의 시선이 송곳처럼 승덕의 얼굴에 박혔다.

"아, 끝이 안 보이니까 그렇지! 질질 끌기만 하고!"

사실 짜증날 만했다. 낙빈과 신의 대화는 마치 인내력의 싸움 같았다.

"질긴 놈! 그래, 저 녀석 말대로 한 분을 모셔올 테니 네놈이 알아서 하거라. 이 쇠심줄보다 질긴 녀석아!"

결국 백두민족 조상신이 항복했다. 아아, 끈기는 성공하리라! 조상신과 담판을 마친 낙빈이 살짝 일어나 주위를 쳐다보았을 때는 이미 얼굴에 땀이 가득했다.

"세상에! 괜찮니, 낙빈아?"

걱정이 되는지 정희의 눈가가 그늘졌다.

"괜찮아요, 누나. 휴우……. 이제부터 시작이에요. 그나마 생각보다 빨리 허락해주신 것 같아요. 전 할아버지가 절대로 안 불러주실 줄 알았거든요. 그럼 어떤 분이 오실지는 모르지만 준비하고 있어야겠어요. 저는 기도를 계속할 테니 그만 안에 들어가 계세요."

"무슨 소리야! 난 여기 있을 거야! 이런 거 처음 본단 말이야."

승덕은 장난스럽게 말했지만 사실은 낙빈이 걱정되어 안으로 들어갈 수가 없었다. 어린 녀석이 온몸에 땀이 흥건하도록 애쓰는데 편히 쉴 수는 없는 노릇이었다.

"그래, 어서 기도나 드려. 나도 여기 있을래. 우린 상관하지 말고 어서."

정희도 낙빈의 등을 두드렸다.

"알았어요, 그럼."

낙빈은 곧 무릎을 꿇고 신이 오시길 기다리며 기도를 드리기 시작했다. 과연 어떤 신을 만나게 될까 가슴이 두근거렸다.

갑자기 바람이 세차게 불었다. 좀 전까지만 해도 맑던 하늘에 갑자기 먹구름이 잔뜩 끼었다. 아직 날이 지려면 멀었건만 마치 밤하늘처럼 어두워졌다. 낙빈은 무릎을 꿇고 기도를 드리느라 처음에는 다리가 저리고 찬 기운마저 스멀스멀 올라왔지만 이제는 신경이 마비되었는지 머리로는 아픔을 느끼지 못했다. 다만 주위에 있는 사람들만 안타까워할 뿐이었다.

백두민족 조상신은 다른 신들을 설득하기가 어려운지, 아니면 딴전을 피우는지 돌아올 생각을 하지 않았다. 조상신이 떠난 지 벌써 네 시간이나 지났는데도. 그 네 시간 동안 어린 낙빈은 다리 한 번 펴지 못하고 내내 기도 중이었다.

딸랑.

갑자기 낙빈의 옆에 놓여 있던 방울이 울리기 시작했다. 낙빈은 눈을 감고 더욱더 기도에 집중했다.

딸랑 딸랑 딸랑.

방울이 저 혼자서 맑은 소리를 내며 흔들렸다. 처음엔 느렸지만 점차 빠르게 울려 퍼졌다. 방울 소리는 좀처럼 그치지 않았다. 오랜 시간이 걸려야 겨우 낙빈에게 찾아올 신이 등장하는 듯했다. 낙빈이 천천히 눈을 뜨고 흔들리는 방울을 붙잡았다. 방울은 갑자기 정신없이 세차게 흔들리더니 언제 그랬냐는 듯 다시 고요해졌다. 방울 소리가 멈춤과 동시에 사방이 고요해졌다. 차갑게 불던 바람 소리까지 잠잠해지는 순간이었다. 아무도 움직이지 않았고 무엇도 움직일 수 없었다.

낙빈에게 점점 느낌이 오기 시작했다. 굉장한 분이라는 짐작이 들었다. 과연 누구일까. 금줄 밖의 일행도 모두 숨죽여 그 모습을 지켜보았다. 갑자기 방울을 든 낙빈의 입에서 성인 남성의 목소리가 흘러나왔다.

"인간의 몸으로 세상을 보는 것이 얼마 만인가? 허허……. 당돌한 어린 박수야, 나를 받고 싶다고 하였느냐?"

굉장한 저음이었다. 낙빈의 성대로 나오리라고는 상상할 수도 없는 엄청난 저음의 목소리가 들려왔다. 한마디 한마디가 마치 깊은 산속에서 울려 퍼지는 듯 아득한 저음이 귓속에서 윙윙거리며 떠나질 않았다. 듣는 사람은 이유 없이 소름이 돋고 온몸이 움츠러들었다. 말 한마디에까지 어마어마한 기운이 담긴 분이었다. 숲도, 짐승들도 숨죽여 그의 거동을 살피는 듯 미동도 하지 않았다.

"지금 오신 분은 누구시온지요?"

"나는 대무신제니라. 나의 할아버님이 고구려를 세운 동명성제시고, 나의 아버님이 그의 아들이신 유리명제시다."

"으음."

천신의 입에서 신음이 새어나왔다.

"이런!"

승덕은 아차 싶었다. 어쩐지 등장할 때부터 심상치 않더라니. 대무신제는 동명성왕의 아들로 강력한 왕권을 휘두른 유리명제의 여섯 아들 중 셋째인 '무휼'이다. 고구려의 세 번째 왕으로, 누구도 따를 수 없을 정도로 총명하고 강대한 분이었다. 웬만한 장군신을 하나 받기도 어려운 때에 이토록 대단한 고구려 왕이라니. 낙빈과 승강이를 벌이던 조상신이 무슨 꿍꿍이로 이런 신을 보내온 것인가 싶었다.

조상신은 조금 전에 지위가 낮고 힘도 없는 신이나 모시라고 하더니 실제로는 가장 강한 신 중 한 분을 보낸 것이었다. 낙빈을 생각한다면 이런 신을 모셔왔을 리가 없다. 그렇다면 백두민족 조상신은 단지 낙빈을 골리기 위해 이분을 모셔온 것인가? 하지만 그럴 리는 없었다. 백두민족 조상신의 임무는 신들과 낙빈을 이어주며 다른 백두민족 조상신들을 받들어 모시는 것이라고 했다. 그런 신이 단순히 낙빈을 곤란하게 하려고 이런 짓을 했을 리 없었다. 어떤 복안이 숨어 있을지 모두들 숨죽여 낙빈을 바라보았다.

"다른 분들도 네가 어서 장성하길 바라고 있단다, 얘야. 내가 너에게 들어가려고 하면 안 될 것도 없다. 하지만 내 힘을 조금이라도 발휘하려고 하면 네가 곤경에 처할 것이야. 아니, 너뿐만 아니라 나도 함께 곤경에 처하겠지."

"곤경이라니요?"

"폭주가 일어난다."

"폭주라니요?"

"그래, 네 몸에서 내 능력을 발휘하기는 극히 어렵단다. 거대한 풍선을 작은 유리벽 안에 넣고 부풀리는 꼴이지. 그렇게 되면 유리벽은 물론이고 풍선까지 산산조각 나고 만다. 폭주가 일어나면 너 역시 제정신이 아닐 거고 나 또한 그럴 거다."

"그렇다면 대무신제 할아버님, 영영 방법이 없는 건가요?"

"아직은 그렇단다. 네가 장성하기 전에도 수많은 시련과 악령이 너를 공격하겠지만……. 그 점은 걱정하지 마라. 비록 네 영혼은 갈 길을 잃겠다마는 우리가 네 몸만은 지켜줄 테니까."

낙빈의 얼굴이 섬뜩해졌다. 영혼을 잃고 몸만 지킨다니…….

이 말은 낙빈의 몸을 신들이 삼켜버리겠다는 뜻이었다.

"무슨…… 그걸 말이라고 하십니까?"

금줄 밖에 서 있던 승덕이 결국 참지 못하고 버럭 소리를 질렀다. 영혼을 잃고 껍질만 남은 낙빈의 육신을 신이 유린하겠다는 말을 듣고는 참을 수가 없었던 것이다. 수백의 신들이 하나의 육체를 자기들 마음대로 한다면 그건 그야말로 중증의 다중인격장애가 아닌가. 단지 낙빈의 몸만 살려둔다는 것은 몸과 마음을 모두 죽이는 것보다 못한 일이 분명했다. 그 순간 승덕의 뇌리에 낙빈이 들려준 늙은 무녀의 이야기가 생각났다.

'아직은 어린 네놈 몸에 들어올 만한 신이 거의 없을 거다. …… 그러나 모든 일에는 방도가 있는 법이야. …… 거래를 해볼 만한 신을 찾아달라고 해보거라. 처음에는 어린 박수에게 들어오려 하지 않겠지만 거래를 한다면 불가능할 것도 없지.'

"한 사람의 몸에 수백의 신이 들어가는 것은 분명 불가능하다고 들었습니다. 그러나 신들은 그러겠다고 하지 않았습니까? 그렇다면 방법이 있는 것 아닙니까? 당신들의 능력이라면 분명 방법이 있을 겁니다. 무엇이든 할 테니 이야기를 해보십시오! 혹시라도 낙빈이의 몸을 당신들 맘대로 장난감처럼 주무르려는 건 아닙니까? 그럴 바에는 차라리 이 자리에서 낙빈이는 죽는 게 낫습니다. 그것이 아니라면 방법이 있을 거 아닙니까? 제발 알려주십시오! 낙빈이는 무엇이든 시키든 대로 해 보일 겁니다!"

승덕은 신의 기분이 어떻든 당당하게 하고 싶은 말을 했다. 대무신제의 얼굴이 잠시 찌푸려지다가 조금 후에는 슬며시 웃음을 띠었다.

"의연한 놈이로고. 좋은 눈빛이구나. 어린 박수야, 너 역시 저리 좋은 눈빛을 가지거라. 언제나 굽히지 않는 눈빛 말이다. 방법이라……. 허허, 방법이라고 했더냐. 그러고 보니 방법이 아주 없는 것도 아니구나."

다들 눈이 휘둥그레졌다.

"그게 무엇입니까?"

"내 벗을 데려와다오."

"벗이라니요?"

"이 아이의 몸에서 내 능력을 발휘하는 것은 무리라고 말했다. 그러나 내가 살아생전에 사용했던 검劍이 있다면 이야기는 달라지지."

"검이라고요?"

"그렇다. 내 최고의 동반자이자 가장 친한 벗이지. 벌써 헤어진 지가 수천 년이 되었어. 내가 죽고 나서는 단 한 번도 보지 못했으니까. 내가 열 살이 되던 해 겨울에 부여군이 쳐들어왔지. 그때 아직은 어린 내게 승리를 안겨준 것이 바로 그였다. 그와 함께 산속

깊숙이 적을 끌어들여 골짜기에 가두고 기습전을 펼쳤지. 그 덕분에 이듬해 나는 태자로 책봉되었다. 그 이후 그는 내가 죽을 때까지 항상 내 곁에 있어주었다. 그 검을 찾아온다면 내 기꺼이 너의 말을 들어줄 것이다."

"검, 대무신제님의 검이라고요?"

"그래, 나의 벗이 온다면 너만으로는 다 받지 못하는 나의 능력들을 그가 받아줄 것이다. 그가 또 하나의 매개가 되어 너를 도와준다는 말이다. 그가 몹시 보고 싶구나. 그를 찾아준다면 네 말을 들어주마."

"가, 감사합니다, 할아버님!"

낙빈은 머리를 땅에 대고 절을 했다.

"그런데 대무신제 할아버님, 어떻게 해야 당신의 벗인지 알아낼 수 있을까요?"

"나의 벗은 나 이외의 주인은 아무도 받지 않는다. 그가 나의 대리인인 너를 알아볼 것이니 걱정 마라. 그가 네 손에 들어오면 나도 네 소원을 들어주마. 네가 그 벗을 찾아내기 전에는 다시는 네 앞에 나타나지 않겠다. 부디 행운을 빈다, 작은 박수야. 그럼 나는 가보겠다."

그의 말이 끝나자 다시 방울이 울리기 시작했다.

"자, 잠깐만요! 그럼 그 검의 이름은 뭔가요?"

승덕이 떠나가는 대무신제에게 재빨리 물었다. 마치 여운처럼 목소리가 울려 퍼졌다. 낮은 목소리가 승덕의 귀를 스치고 지나갔다.

"분명히…… 일월신검日月神劍이라고……."

대무신제가 낙빈의 몸을 완전히 빠져나갈 때까지 방울은 쉬지 않고 울려댔다. 그분이 떠나자 드디어 숲은 제 목소리를 찾았다. 다시 작은 새들과 벌레들의 울음소리가 들리고 잠잠했던 바람도 다시 불었다. 장장 일곱 시간에 걸쳐 기도를 드린 낙빈은 온몸이 땀범벅이 되어 천천히 옆으로 쓰러졌다.

하지만 내림굿은 끝나지 않았다. 이제 시작이었다.

떠나야 한다. 일월신검을 찾아서…….

그리고 다가오는 운명을 향해서…….

제2화

해의 검 달의 검

1

선광사는 하늘을 가릴 정도로 높이 뻗은 자작나무 숲에 있었다. 늙은 자작나무의 허연 둥치들은 껍질이 종잇장처럼 벗겨져 너덜거렸다. 본래 매끈하고 고왔던 나무거죽은 어느새 한없이 거칠어졌다.

어둑한 밤이면 달빛을 받은 자작나무의 새하얀 등걸이 껍질만 남은 사람의 뼈처럼 무시무시했다. 밝고 환하던 자작나무 숲길이 언제부턴가 더없이 차갑고 어둡게 바뀌었다. 그 어둡고 차가운 기운의 중심에 선광사가 있었다. 휘영청 밝은 달빛에 길게 드리워진 나무 그림자가 사찰을 휘덮었다.

우우웅.

밤마다 바람 부는 소리도 아니고 나뭇가지들이 부대끼는 소리도 아닌 괴상한 울음소리가 선광사를 감싸고 돌았다. 그 소리가 어찌나 구슬프고 스산한지 사람의 혼을 뒤흔드는 것만 같았다.

선광사에 길게 드리워진 달 그늘 아래서 중년 여자가 무릎을 꿇고 스님의 옷자락을 붙잡은 채 울고 있었다.

"주지 스님, 부디 이 아이를 살려주십시오. 제발 살려만 주시면 무슨 일이든 하겠습니다."

주지승 법철은 중년 여자가 고개를 꺾어 올려야 겨우 보일 정도로 체격이 장대했다. 여자는 그 앞에 엎드려 손이 발이 되도록 비손하며 애원하고 있었다.

"죽은 사람도 살리신다는 말씀을 들었습니다. 제발 제 아들놈을 살려주십시오! 어떻게 얻은 아들인데…… 어떻게 얻은 내 새낀데…… 이렇게 잃을 수는 없습니다!"

그녀 옆의 소년은 얼굴색이 비정상적으로 노란데다 척추도 비틀어져 곧게 앉아 있기도 불편해 보였다. 소년은 새처럼 가느다란 다리를 커다란 가방에 비스듬히 기대고 있었다. 아이는 하얀 달도, 검은 그림자가 드리워진 선광사도, 해골 같은 자작나무도 모두 무서운지 온몸을 벌벌 떨었다.

"병원에서는 이제 3개월도 안 남았답니다. 스님이라면 살릴 수 있다기에 여기까지 왔습니다. 돈은 얼마라도 내겠습니다. 제발 살려만 주십시오. 제발 살려만……."

여자가 한참을 빌고 울부짖은 뒤에야 법철이 입을 열었다. 그의 목소리는 무척이나 낮은 저음이라 동굴 속에서 말하는 것처럼 공기 중에 낮게 깔려 사방으로 퍼져나갔다.

"네 정성을 보아 이 아이는 살려주겠다. 단, 3년간은 이 아이를 아예 만날 생각도 말아라. 이 아이는 지금 이 순간부터 절에 들어와 3년간은 다른 어느 곳에도 얼굴을 비치지 못할 것이다. 내 말을 따른다면 네 아들을 살려주마."

그는 엄격한 얼굴로 냉정하게 말했다. 여자는 고개를 들어 법철의 얼굴을 바라보았다. 그의 길고 두꺼운 눈썹이 매섭게 치켜 올라가 있었다.

"아이고, 살려만 주신다면 여부가 있겠습니까? 감사합니다, 감사합니다! 무슨 일이든 참겠습니다!"

여자는 코가 땅에 닿도록 엎드렸다. 주지는 냉엄한 얼굴로 여자를 노려보더니 그녀 옆에서 벌벌 떨고 있는 소년의 손을 붙잡아 일으켰다. 소매 밖으로 나온 주지승의 오른손은 마치 파충류의 피부처럼 초록빛이었다. 그것은 살아 있는 사람의 살이 아니었다.

"아들을 살리고 싶으면 앞으로 3년간 절대로 찾지 마라. 또한 이 이야기를 그 누구에게도 발설해서는 안 된다. 약속을 지키지 못하면 네 아들은 그 빚을 죽음으로 갚게 될 것이다. 명심하거라."

그는 소년의 손을 이끌어 절 안으로 들어섰다.

"어마…… 어마아……."

소년은 제대로 걷지 못하고 말도 바르게 내뱉지 못했다. 소년은 고개를 돌려 어머니를 향해 손을 휘저었다. 하지만 여자는 우두커니 멈춰 선 채 가슴이 찢어지는 듯한 고통 속에서 멀어져가는 아들을 바라보았다.

어린 아들의 노란 얼굴에는 두려움이 가득했다. 소년은 엄마를 향해 다시 한 번 가느다란 팔을 뻗었다. 그러나 주지의 초록빛 손이 아이를 단단히 잡고 놓아주지 않았다. 그 손은 아이의 얇은 팔을 아찔하도록 아프게 붙잡았다.

"어마…… 어마…… 어허헝……."

여자는 아무것도 모르는 가엾은 아들의 눈물을 보면서도 옴짝달싹할 수가 없었다. 그녀는 가슴을 내려치며 아들을 향해 손을 흔들었다.

"가거라. 스님이 널 살려주실 거야. 살아라! 꼭 살아서 만나자꾸나!"

여자는 아들의 모습이 사라질 때까지 땅바닥에 엎드려 수없이 절을 해댔다. 선광사의 문이 닫히자 검은 그림자 너머로 거대한 주지승의 뒷모습도, 병약한 아들의 모습도 더 이상 보이지 않았다. 하얀 달빛 아래 새하얀 자작나무등걸 사이로 스산한 바람이 감돌았다. 사찰 주위에는 개미 한 마리 없는지 살아 있는 것들의 소리는 어느 것 하나 들리지 않았다. 다만 저 멀리서 괴상한 소리만 구슬프게 검은 밤하늘에 울려 퍼졌다.

우웅…… 우우웅…….

그것은 바람 소리 같기도 하고 누군가의 낮은 울음소리 같기도 했다.

2

암자의 밤은 적막했다. 작은 풀벌레들과 날짐승들, 그리고 설치류들이 밤새 바삐 움직이긴 했지만 그들의 소리마저 고요한 곳이 바로 암자였다. 홀로 책에 파묻혀 있던 승덕마저 깊은 잠에 빠진, 깊고 깊은 밤 허리에 날카로운 외마디 비명이 북편 방에서 울려 퍼졌다.

"아아악!"

돌연한 비명 소리에 누가 먼저랄 것도 없이 승덕과 낙빈이 벌떡 일어섰다.

"뭐, 뭐야?"

"정희 누나?"

분명 정희의 목소리였다. 낙빈은 재빨리 옆방으로 뛰어갔다.

"누나!"

정희는 눈을 하얗게 뜨고 두 손으로 허공을 휘젓고 있었다. 정현은 정희를 안은 채 안절부절못하고 있었다.

"파…… 팔이! 내 팔이! 아아……."

오른팔을 감싸고 고통스러워하던 정희는 천천히 신음하다가 다시 깊은 잠에 빠져들었다. 정희는 이마 가득 땀이 흥건한 채 악몽에 힘겨워했다. 정현은 가슴만 아파할 뿐, 별다른 도리가 없었다. 정현은 괴로워하는 쌍둥이 누나를 붙들고 있다가 발작이 잦아들면 조심스럽게 자리에 눕히고 밤새 그 곁을 지키는 게 전부였다.

정현은 아무 말 없이 낙빈을 향해 그만 나가도 괜찮다는 고갯짓을 했다.

"정희가…… 또 악몽을 꿨나 보구나."

낙빈이 방에 돌아오자 승덕도 잠이 달아났는지 어둠 속에 앉아 있었다.

"네, 형. 이번에도 오른팔이 잘리는 꿈인지…… 또 팔을 감싸고 있었어요."

"매번 같은 꿈이라니 무슨 이유가 있을 것 같긴 한데……."

"그런 것 같죠?"

정희는 가끔 누군가에게 오른팔이 잘리는 악몽을 꾸었다. 그럴 때면 발작하는 것처럼 소리를 지르고 진땀을 흘리며 괴로워했다.

"아마 정희의 기억과 관련되어 있을 거야."

"네……."

낙빈은 살며시 고개를 끄덕였다.

열네 살이던 쌍둥이 남매가 암자에 들어오기 전까지 몇 년간의 일을 정희는 전혀 기억하지 못했다. 정희는 깊은 겨울날 정현에게 업혀 산속을 헤맨 것도, 누군가 그들을 쫓아오던 것도 전혀 기억나지 않는다고 했다. 한편 정현은 그날의 일을 절대 입 밖에 꺼내지 않았다. 정희의 잃어버린 기억은 그렇게 완전히 어둠 속에 갇혀 있었다.

"정현이는 정희가 악몽에 시달리는 이유를 알겠지. 에라, 자자. 괜히 알아 뭐하겠니? 말하고 싶은 것도 있고, 말하기 싫은 것도 있겠지. 잠이나 자자."

승덕과 낙빈은 정희가 왜 그런 꿈을 꾸는지, 그리고 정희의 잃어버린 기억이 무엇인지 궁금했지만 애써 호기심을 눌러두었다. 감추는 정현이나 굳이 기억을 들추지 않는 정희를 보면서 뭔가 아픔이 있으리라 짐작했기 때문이다.

상처 하나쯤 없는 사람이 어디 있으랴. 승덕은 가능하다면 아픈 상처는 건드리지 않는 것이 낫다고 생각했다. 상처를 가진 사람이 스스로 그 상처에 직면하려는 용기를 갖기 전에는…….

암자 앞마당에 모인 낙빈과 승덕, 정희와 정현이 깊이 고개를 숙여 천신에게 인사했다.

"그럼 스승님, 다녀오겠습니다."

"그래, 나는 산을 오래 비워둘 수가 없어서 같이 가지 못하겠구나. 하지만 너희가 함께라면 걱정하지 않아도 되겠지. 부디 조심해서 다녀오너라. 그리고 급한 마음 먹지 말고 과정에 의미를 두도록 하여라."

천신은 잔잔한 미소를 지으며 떠나는 이들의 뒷모습을 오래오래 지켜보았다. 일행은 대무신제 무휼과의 계약에 따라 일월신검을 찾기 위해 길을 나선 참이었다.

그동안 승덕이 수많은 자료를 찾아보았지만 대무신제 무휼의 검에 대한 이야기는 없었다. 초기 철기시대 검들의 사진을 모아 낙빈에게 보여주어도 영적인 반응이 없었다. 그래도 멍하니 앉아 있는 것보다는 직접 돌아다니며 실마리를 찾아보기로 했다.

대무신제의 말대로라면, 낙빈이 진짜 일월신검을 만나게 되면 검이 반응할 것이다. 그렇다면 어찌 되었든 직접 검을 찾아볼 수밖에 없었다. 대무신제와 일월신검이 그토록 서로를 찾고 있다면 낙빈 역시 자신도 모르는 사이에 일월신검을 향해 나아갈 것이다.

낙빈 일행은 우선 안동의 청운사青雲寺에 가보기로 했다. 꽤 오래된 절인데도 증축한 적이 없어서 규모가 작은 편이었다. 이곳은 대대로 청렴한 주지 스님들이 득도得道와 교화敎化에 힘쓴 곳이라 괜한 증축이나 교세 확장이 전혀 없기로도 유명했다. 또한 청운사는 영적으로 정淨한 기운이 넘치는 곳이라 귀신 들린 고물품古物品과 기가 센 물건들을 정화하는 곳으로 소문나 있었다. 최근에 그곳에서 보관 중인 검이 요상한 현상을 보인다는 말에 일행은 청운사를 첫 방문지로 결정하게 되었다.

승덕은 평소처럼 찢어진 청바지에 군청색 티셔츠와 빛바랜 점퍼를 걸치고 빨간색 모자를 썼다. 정희와 정현은 똑같은 회색 승복을 걸쳤지만 기골이 장대한 정현과 호리호리한 정희는 도저히 쌍둥이로 생각되지 않았다. 일행 중에 유독 어린 낙빈은 귀엽고 단정하지만 조금은 촌스러운 바가지 머리에 흰색 한복을 입었다. 네 사람의 차림새나 나이가 모두 제각각이라 힐끗 보면 무척 어울리지 않는 조합이었다.

"근데 청운사의 검은 왜 우는 걸까요? 검이 정말 울기도 해요?"

낙빈이 산길을 걸으며 고개를 갸우뚱거렸다. 우는 검이라니, 좀처럼 상상되지 않았다.

'검은 어떻게 우는 걸까? 사람처럼 우는 걸까? 아니면 이리나 곰처럼 우는 걸까?'

"명검名劍 중에는 우는 검도 있대."

일행 중에 검에 대한 지식이 가장 해박한 정현이 말했다.

"명검은 왜 우는데요?"

"글쎄다. 진짜 명검은 사람을 알아보기 때문에 정말로 싸워볼 만한 적이 나타나면 검을 뽑을 때 바람 소리 같은 울음소리를 낸대."

"그럼 칼집에 꽂아두면 안 울어요?"

낙빈이 눈을 동그랗게 뜨고 정현을 바라보았다.

"아마도. 칼집 안에서 우는 검에 대한 이야기는 듣지 못했어."

"형, 근데 검은 어떻게 울어요?"

"글쎄다. 그걸 울음이라 하면 울음이고 바람 소리라고 하면 바람 소린데……. 내가 예전에 봤던 검은 칼집에서 뽑으니까 휘잉 하고 바람 소리를 내더라. 근데 진짜 바람 소리와 달리 미묘한 차이가 있어. 검이 부르르 떨면서 바람을 일으킨다고나 할까? 이상한 점은 약한 상대를 만났을 때는 그런 소리가 안 난다는 거야. 나와 대등한 실력을 가진 사람과 대결할 때만 그 소리가 나고 말이야."

"바람을 가르는 소리, 그렇구나!"

두 사람이 두런두런 칼에 대해 이야기하는데, 갑자기 정희가 몸을 부르르 떨었다.

"난 칼이 정말 싫어."

정희는 한기가 드는지 두 팔을 꼭 감쌌다.

"난 칼이 정말 싫어. 칼은…… 뭔가를 죽이려고 쓰는 거잖아. 잔인하고, 무섭고…… 정말 싫어."

부정적인 말이라고는 아예 내뱉질 않는 정희가 싫다는 말을 하자 낙빈은 깜짝 놀라 입을 꾹 다물었다. 정희가 그렇게 정색하는 것은 처음 보았다. 찬찬히 살펴보니 정희는 검 이야기를 하는 내내 어두운 얼굴이었다. 여자라서 검에 관심이 없는 줄만 알았는데 그것이 다가 아니었다.

그런 정희를 지그시 바라보던 정현이 말했다.

"누나, 검은 사람을 베려고 쓰는 게 아니야."

일행은 정현의 얼굴을 동시에 바라보았다. 검의 용도가 베는 것이 아니라면 무엇이란 말인가.

"누나, 진정으로 검을 다루는 사람은 죽이기 위해서가 아니라 살리기 위해서 검을 쓰는 거야."

"그게 무슨 소리야?"

정희가 쌍둥이 동생에게 되물었다.

"제대로 검을 쓰는 사람은 상대방을 죽이려고 검을 휘두르는 것이 아니야. 상대방의 검에 죽어갈 다른 사람과 자신을 살리기 위해 검을 빼드는 거지."

"말은 그렇게 하지만 결국에는 사람을 죽이는 거잖아. 어쨌든 난 네가 칼을 쓰지 않았으면 좋겠어."

정희는 완고했다. 평소라면 결코 고집을 부리거나 주장을 내세우지 않는 정희가 칼에 대해서만큼은 아주 확고했다. 그래서 지금껏 정현이 죽도 이외에 진검을 사용하지 않는 모양이다.

"그래, 아직 검을 쓸 때가 아니라는 건 잘 알고 있어. 지금 내가 검을 쓰면 사람을 죽이기 위한 검이겠지. 사람을 살리는 검을 쓸 수 있을 때까지는 검을 쓰지 않을 거야. 그러니까 걱정하지 마."

정현은 순순히 정희의 말에 따랐다. 그러고는 걱정스레 그늘진 누이의 얼굴을 자기 쪽으로 당겼다. 까만 눈동자 속에 불안하게 흔들리는 누이의 모습이 있었다. 정현은 누이의 작은 어깨를 감싸 안았다.

"걱정 마, 괜찮아."

정현은 정희가 무엇을 두려워하는지 정확히 알고 있는 듯했다.

3

새하얀 달이 허공에 차오르자 우거진 숲의 그림자가 사찰 안을 가득 메웠다. 사찰은 쥐 죽은 듯이 고요했다. 살아 있는 것은 그 무엇도 남아 있지 않은 듯 너무나 적막했다. 그러나 사찰 안쪽의 어두운 공간에는 괴상한 소리가 메아리치고 있었다.

이 거대한 공간에는 창문도, 바람의 숨구멍도 없었다. 그곳은 한없이 거대한 동굴 같았다. 이 메마른 공간을 밝히는 것은 벽에 드문드문 걸려 있는 흐릿한 횃불이 전부였다. 어두운 공간의 한가운데에 차가운 대리석으로 만든 회색 제단이 있었다. 거대한 대리석 제단의 중앙에는 양팔과 양다리를 묶인 아이가 누워 있었다. 뼈밖에 남지 않은 사내아이는 노란 눈동자로 사방을 돌아보며 비명을 질러대고 있었다.

아이를 중심으로 네 명의 승려가 사방을 둘러쌌다. 그리고 사내아이의 머리맡에는 거인처럼 무시무시한 체격의 승려가 버티고 서 있었다. 그의 눈에는 인간의 것이 아닌 섬뜩한 녹색 광채가 번쩍거렸다.

"사, 사려주세…… 사, 사려…… 어헝헝……."

말도 제대로 못하는 소년은 차디찬 대리석에서 벗어나기 위해 팔다리가 끊어지도록 용을 써댔다. 아이의 사지는 단단히 묶인 굵은 밧줄 아래서 꼼짝하지 않았다. 소년은 황달에 걸린 듯 샛노란 얼굴로 승려들을 번갈아 바라보며 애원했다. 하지만 그 누구도 소년과 눈을 마주치지 않았다. 소년은 공포와 두려움에 새파랗게 질려 있었다.

"때가 왔다."

저음의 목소리가 마치 깊은 동굴 속에서 퍼져나가듯 이리저리 부딪히며 끝없이 울려 퍼졌다. 소년의 머리맡에 버티고 있던 거대한 덩치의 승려가 오른팔을 번쩍 들었다. 그 순간 회색 승복 아래서 초록빛 살이 드러났다. 그의 오른손 끝에서 무언가가 번쩍하고 빛났다. 바로 검이었다. 푸른 은빛으로 빛나는 장검長劍이었다.

"사, 사려…… 어, 어마아아!"

어눌한 발음으로 어머니를 부르는 소년의 눈에서 하염없이 눈물이 흘러내렸다. 두려움과 공포가 뒤섞인 아이의 눈동자에서 기다란 칼이 번쩍였다.

우웅…… 우우웅…….

비명을 지르는 소년의 몸 위에서 푸른 은빛의 장검이 부르르 떨었다.

"크하하하!"

소년의 얼굴이 고통에 일그러질수록 승려의 웃음소리는 더욱 크게 울려 퍼졌다.

"어마……. 으아아아악!"

검이 쐐액 소리를 내며 소년의 심장에 내리꽂혔다. 동시에 소년의 심장에서 시뻘건 핏덩이가 튀었다.

"크하하하!"

초록빛 팔의 승려가 자지러질 듯 웃었다. 소년의 심장에 박힌 검이 부르르 떨며 소름끼치는 소리로 울어댔다.

우웅…… 우우웅…….

은빛 검의 울음소리가 절과 숲을 뒤덮었다.

청운사에 도착한 낙빈 일행은 절의 웃어른인 조실 스님과 주지 스님을 찾아 큰절을 드렸다. 조실 스님은 나이를 짐작할 수도 없을 만큼 연륜이 깊어 보였다. 스님은 짧은 머리털이 모두 허옇게 세고 얼굴에도 자글자글한 주름이 가득했다. 그러나 어찌 된 일인지 눈망울만은 맑고 투명했다.

"허허…… 천신, 그분과 함께 계시는 분들이었군요. 잘 와주었습니다. 근래 검의 울음소리가 하도 심상치 않아 걱정하던 차였는데……. 엊그제 보살님께서 귀한 분들이 오신다더니 바로 여러 분이었나 봅니다."

조실 스님이 조용히 이야기했다. 천신과 조실 스님은 서로 알고 지내는 사이인 모양이었다.

"우리 스승님은 참 발도 넓으시네. 산을 지킨다고 잘 내려오지도 않는 분이 신기하기도 하지?"

승덕은 낙빈에게 눈을 찡긋거리며 속삭였다.

"매일 밤 구슬픈 검의 울음소리를 듣자니 이 늙은이가 잠이 오질 않습니다. 부디 늙은이를 봐서라도 저 검의 한을 풀어주십시오. 쿨룩 쿨룩……."

조실 스님은 건강이 좋지 않은지 걸걸한 목소리를 내다가 마침내 심하게 기침을 했다.

"미안합니다. 자세한 이야기는 절 식구들이 들려드릴 터이니, 부디 저 검의 구슬픈 울음을 멈춰주십시오."

잠긴 목소리로 겨우겨우 한두 마디를 하던 조실 스님은 일행에게 양해를 구한 뒤 자리에 누웠다. 대신 주지 스님이 일행을 데리고 선방에 자리를 잡았다.

"우리 절에 귀한 검이 두 자루 있었습니다만, 제 불찰로 5년 전에 한 자루를 도난당하고 말았습니다. 도난당한 직후에는 아무 일도 없었는데, 얼마 전부터 혼자 남은 검이 매일 밤마다 울음을 그치지 않고 있습니다. 제가 세연世緣을 마치기 전까지…… 또한 조실 스님이 세연을 다하시기 전까지 반드시 저 아이의 한을 풀어주고 싶습니다."

청운사 주지인 운정 스님은 미간을 좁히며 이야기했다. 그의 얼굴에는 크게 걱정하고 슬퍼하는 빛이 역력했다.

"재주는 없으나 최선을 다하겠습니다."

두 스님이 진심으로 걱정하는 모습을 보자 일행의 입에서는 저절로 이런 말이 나왔다.

"감사합니다, 감사합니다."

운정 스님은 남들이 보건 말건 그 자리에서 그들 앞에 엎드렸다. 연륜 깊은 노스님이 새파랗게 젊은 일행에게 머리를 숙이니 모두들 몸 둘 바를 몰랐다.

"일어나십시오, 스님. 이러지 마십시오!"

운정 스님에게는 나이도 체면도 중요치 않다는 것을 알 수 있었다. 다만 고통받는 가엾은 이를 도우려는 간절함만 중요할 뿐이었다. 그것이 사람이 아닌 검일지라도 그는 진심으로 가슴 아파하고 있었다. 진정한 불자의 모습을 몸소 느끼게 하는 분이었다.

"며칠 뒤에 큰 법회가 있어서 제가 줄곧 그 일을 챙겨야 합니다. 마음 같아서는 제가 돕고 싶지만 사정이 여의치 않으니, 절의 안살림을 돌보는 스님을 소개해드리겠습니다."

일행은 운정 스님의 소개로 참으로 눈빛이 선한 묘장 스님을 만났다. 일행과 인사를 나눈 묘장 스님은 눈을 동그랗게 뜨고는 정현과 정희의 얼굴을 유심히 바라보았다.

"혹시 정현이 아니냐? 너는…… 정희가 아니냐? 쌍둥이 남매 정희랑 정현이가 아니냐?"

"묘…… 묘장 스님? 진짜 묘장 스님이세요?"

스님의 얼굴을 유심히 바라보던 정현도 환하게 웃었다. 기억을 잃어버린 정희만 놀란 토끼 눈을 떴다. 정희는 잃어버린 기억 속의 누군가가 자신을 알아보는 것이 불안한지 정현의 옷자락을 잡고 자꾸만 뒤로 숨어들었다.

"청운사의 선인암 뒤편은 일반인들이 다니지 못하는 곳이라 참 고즈넉하고 아름답지요."

묘장 스님은 암자 뒤편의 너른 벌판으로 낙빈 일행을 안내했다. 벌판에는 작은 부도탑이 줄지어 늘어서 있었다. 큰스님들이 세상에 남긴 유일한 흔적인 사리가 소중히 보관된 부도탑은 고승의 유골을 지키는 문지기 같았다.

"그나저나 세월도 유수고 인연도 바람과 같다고 생각했는데, 너희를 이렇게 다시 만나다니 참으로 신기하구나."

묘장 스님은 한 손에는 정현의 손을, 또 한 손에는 정희의 손을 잡고 따스한 미소를 지었다.

"아이고, 너희를 처음 만났을 때는 정말 귀여운 아이들이었는데 어느새 이렇게 다 자라다니……."

묘장 스님은 설핏 눈가에 맺힌 눈물을 승복에 문질렀다. 선광사에 버려진 갓난아기들을 큰스님이 데려다 키웠던 기억이 어제 일처럼 새록새록 떠올랐다.

"그때 내가 공사(밥을 짓는 스님)를 맞고 있으면서 너희에게 뭘 먹일지 얼마나 노심초사했던지……. 큰스님은 절밥만 먹으면 자라지 않을까 걱정이 되셨는지 너희에게만은 몰래 육식을 허락하셨지. 얼마나 너희를 걱정하며 키우셨는지 모른다. 참으로 사랑이 많은 분이었는데……."

묘장 스님은 쌍둥이가 더욱더 애틋하게 여겨졌다. 정현도 아스라한 기억 속의 그날을 떠올리며 슬며시 미소를 지었다.

"언제 이리로 오셨습니까?"

묘장 스님이 정희를 힐끔 쳐다보더니 조용히 말했다.

"그때 너희가 절을 나간 뒤에 나도 곧 짐을 싸들고 나와버렸다. 더 이상 선광사는 절이 아니란 생각에 참을 수가 없었다. 큰스님이 돌아가신 뒤 선광사는 법철 스님의 교단이었지. 그자는 불도를 앞에 내세웠을 뿐, 절대 진리를 구하는 자가 아니었다. 너희가 나간 뒤로 나뿐만 아니라 다른 스님들도 절반가량 이적을 하셨다. 그곳은 더 이상 절이 아니라고 생각했기 때문이지."

묘장은 고개를 설레설레 저었다. 낙빈도, 승덕도, 그리고 기억을 잃은 정희도 선광사 이야기에 조용히 귀를 기울였다.

"너희가 나가고 나서 신도가 많이 줄었단다. 병을 고치는 정희를 보고 찾아온 사람들이 떨어져나간 거지. 법철 스님이라고 무슨 방도가 있었겠니."

법철이라는 이름이 나올 때마다 정현의 얼굴이 하얗게 질렸다. 좀처럼 감정을 드러내지 않는 정현의 얼굴에 참지 못할 분노가 휘돌았다.

“큰스님이 돌아가셨을 때 너희를 데리고 나왔어야 했는데…….
그저 미안하구나. 정희나 정현이를 볼 낯이 없구나.”

묘장 스님이 염주알을 돌리며 미간을 좁혔다. 가슴 아픈 일이 그의 마음속에 맺혀 있는 게 분명했다. 하지만 정현은 묘장 스님에게 아무 말도 하지 않았다. 그는 묵묵히 걸음을 옮길 뿐이었다.

묘장 스님이 앞서 걸은 지 10여 분 후에 부도탑도 뜸해진 자갈길에 아주 작은 암자 한 채가 나타났다.

“저 끝에 작은 별당이 보이지요? 저곳에 검이 모셔져 있답니다. 원래는 쌍둥이 검이 있었지요.”

묘장 스님이 가리킨 별채 앞에 젊은 스님이 서 있었다.

“수고하십니다.”

묘장 스님은 집을 지키는 젊은 스님에게 짧게 합장하고 오래된 나무문을 열었다. 그곳에는 한두 사람이 겨우 들어갈 만한 방이 있고 그 벽에는 두 개의 검 받침대가 붙어 있었다.

우우웅…….

검은 검붉은 가죽으로 만든 검집에 담긴 채로 받침대에 걸려 있었다. 기이한 소리는 분명 검에서 나는 듯했다. 방 안으로 바람 한 점 들어오지 않는데도 어찌 된 일인지 검신이 흔들리며 요상한 소리가 났다.

“들리시지요? 아무리 바로 놓아도 저 소리가 끊이지 않고 들려온답니다. 쌍둥이 검이 사라진 뒤로 저렇습니다.”

"울고 있네요? 정말로……."

비록 약하긴 하지만 낙빈의 마음속에 검의 슬픔이 전해졌다. 분명히 이 녀석은 살아서 울고 있었다. 물건에 마음이 있을 리 없으니 아마도 검을 만든 사람의 강한 상념이 담겨 있는 모양이었다.

"밤이 되면 더욱 크게 울어대지요. 저희는 이 검을 해의 검 혹은 일광검日光劍이라 부릅니다. 이 검의 쌍둥이 검은 달의 검 혹은 월광검月光劍이라 불렸지요."

"해의 검과 달의 검?"

낙빈 일행의 얼굴에 팽팽한 긴장감이 가득했다. 대무신제의 일월신검에는 분명 해와 달이라는 말이 들어간다. 그런데 이곳의 검도 해의 검, 달의 검이라고 불리다니! 눈앞의 쌍둥이 검이 대무신제의 검이 아닐까 하는 생각이 모두의 뇌리를 스쳤다.

묘장 스님이 천천히 방으로 들어가 칼집에 꽂혀 있는 해의 검을 정현에게 건네주었다.

"꺼내보겠니?"

스르릉.

정현이 조심스럽게 검집에서 해의 검을 꺼내자 아름답기 그지없는 은빛 검신이 영롱한 빛을 번쩍였다.

우웅…… 웅웅웅…….

밖으로 나온 해의 검은 더욱 크게 울었다.

"정말로 울고 있어요!"

낙빈은 검이 운다는 사실이 너무나 신기했다. 사람처럼 강하지는 않지만 분명 슬픔으로 물든 안타까운 감정이 낙빈의 가슴속으로 스며들었다. 정현은 뽑아든 검을 천천히 아주 조심스럽게 살펴보았다. 무언가 뜨거운 기운이 검을 잡은 두 손에서 솟구쳐 나오는 듯했다.

"이 검이 해의 검인 이유는 수많은 양기를 모으기 때문인가요?"

"정현이 말이 맞아요. 이 검은 세상의 양기를 끌어들이고 쌍둥이인 달의 검은 세상의 음기를 끌어들인답니다. 본래 두 검은 따로 있었지만 음기만 끌어들이는 것도, 양기만 끌어들이는 것도 중용中庸에는 어긋나는 일이지요. 그래서 검이 있던 곳에 자연 재해는 물론이고 요상한 일이 끊이질 않았어요. 마귀가 붙은 검이다, 귀신이 붙은 마물이다라며 천대받던 두 검을 수십 년 전에 노장 스님께서 함께 모셨습니다. 이 검은 홀로 있으면 안 됩니다. 우주의 법칙을 거스르며 반드시 좋지 않은 일을 만들고 말지요. 그래서 하루라도 빨리 달의 검을 찾아야 하는 겁니다."

"그렇군요."

일행이 고개를 끄덕였다.

"두 검을 함께 모시고 있었는데 5년 전에 도둑이 들었습니다. 다른 값비싼 고물품들은 그대로 있건만 유독 달의 검만 사라졌지요. 그 후 잃어버린 검을 찾아 백방으로 수소문했지만 도대체 행방을 알 수가 없었습니다. 그래도 어디선가 안 좋은 소식을 듣는 것보다는 낫다며 위안을 삼고 있었습니다. 그런데 얼마 전부터 혼자 남은 해의 검이 밤이나 낮이나 구슬프게 우는 겁니다. 예전

주인들에게 물어봐도 이렇게 우는 것은 본 적이 없다더군요. 아무래도 달의 검에게 무슨 일이 생긴 게 아닌가 싶습니다. 도대체 무슨 일이 있기에 저리도 울어대는지……."

묘장 스님은 깊은 자괴감에 얼굴을 들지 못했다. 스님들 모두 진심으로 검을 아끼고 위한다는 것이 일행에게 고스란히 전해져 왔다.

"언제부터 저렇게 울었나요?"

승덕이 물었다.

"5년 전에 검을 잃어버렸을 때만 해도 잠잠하더니 3년 전에 갑자기 울더군요. 그 후로는 몇 달에 한 번, 몇 주에 한 번, 그리고 이제는 거의 매일 울고 있습니다."

일행이 묘장 스님의 말을 듣고 있는데 갑자기 검을 들고 있던 정현이 인상을 찌푸렸다.

"잠깐, 어? 이거 왜 이러죠?"

두 손으로 검을 받치고 있던 정현은 갑자기 검이 손에서 빠져나가는 듯한 느낌을 받았다. 정현은 자세를 바꿔 검 자루를 단단히 고쳐 잡았다. 그러자 검은 정현을 끌고 어딘가로 움직이려는 듯 더욱더 거세게 요동쳤다.

"검이 정현이 형에게서 뭔가를 느꼈나 봐요!"

낙빈이 소리쳤다. 정현과 무언가 통하는 것이 있는지 검의 양기가 조금 전보다 훨씬 높아졌다. 정현의 손아귀에서 검은 활활 타오르는 태양처럼 몸 전체로 뜨거운 양기를 뿜어냈다.

낙빈 일행이나 묘장 스님 모두 처음 보는 광경에 놀랄 뿐, 무엇을 어떻게 해야 할지 알지 못했다.

"검이 자꾸 움직이는 것처럼 느껴져요. 절 끌고 어디론가 가려는 것 같아요."

정현은 검 자루를 단단히 잡고 있었지만 세차게 요동치는 검의 움직임에 진땀이 났다. 순간 낙빈이 무언가를 알아차렸다.

"형을 이끌고 쌍둥이 검이 있는 곳으로 가려나 봐요!"

낙빈이 검의 의도를 눈치채자 승덕이 재빨리 소리쳤다.

"지도! 지도를 꺼내봐!"

승덕의 말을 듣자마자 낙빈이 재빨리 배낭 속에서 커다란 전국지도를 꺼냈다. 낙빈은 지도를 들고 재빨리 별당에서 나와 마당 한가운데에 지도를 활짝 펼쳤다.

"이 검…… 정현이 형에게 뭔가 알려줄 셈이에요. 형이 고수라는 걸 눈치챘나 봐요. 정현이 형, 검이 이끄는 대로 가보세요."

정현은 해의 검을 단단히 잡고 검이 이끄는 곳으로 발을 옮겼다.

"네가 원하는 곳으로 가렴. 네가 가려는 곳이 어딘지 알려줘."

낙빈은 두 손을 모으고 검을 향해 그 마음을 쏟아부었다. 낙빈은 검이 알아차리고 정현을 이끌어주길 간절히 바랐다.

웅웅거리는 검의 울음소리가 더욱 커졌다. 갑자기 해의 검이 정현의 손아귀 안에서 급하게 움직이더니 마당에 펼쳐진 지도를 향해 빠르게 이동했다. 마침내 검이 원하는 곳을 확인했는지 정현의 머리 위로 번쩍 치켜 올라가더니 지도의 한 부분을 향해 땅속 깊이 박혔다. 정현은 그곳이 바로 해의 검이 가려는 곳임을 느꼈다. 하고 싶은 말을 다 했는지 정현의 손에서 요동치던 해의 검이 다시 잠잠해졌다. 정현은 땅속에 박힌 검을 빼냈다.

"칼끝이 가리키는 이곳…… 어딘지 확인해주세요."

승덕과 묘장 스님이 함께 지도를 살펴보았다. 커다란 전국 지도에는 검이 지나간 자리가 명확히 찍혀 있었다.

"이럴 수가…… 이럴 수가, 정현아!"

정현은 묘장 스님의 난감한 표정을 보고 검이 지목한 그곳을 뚫어져라 바라보았다.

"설마…… 선광사?"

정현은 무척 당황하고 있었다. 무표정하던 정현의 얼굴에 깊은 그림자가 드리워졌다.

선광사.

그곳은 바로 정현과 정희가 자라난 곳이었다.

일행은 청운사 경내의 한 방에 모여 앉았다. 소박한 절방이라 변변한 가구도 없는 단출한 살림이었다. 흐릿한 호롱불 앞에 묘장 스님과 낙빈 일행이 함께 앉아 앞으로의 일을 계획하고 있었다.

"당장 내일 새벽에 선광사를 향해 출발하겠어요."

정현이 단호하게 말했다. 해의 검을 손에 들고 있던 그는 검이 얼마나 다급해하는지를 또렷이 느꼈기 때문에 검의 바람을 빨리 이루어주고 싶었다. 정현의 말에 낙빈과 승덕이 고개를 끄덕였다. 두 자루의 검을 모두 만나기 전에는 그것이 대무신제의 검인지 섣불리 판단할 수 없는데다 무엇보다 울고 있는 검을 내버려 둘 수는 없는 일이었다.

인연은 인연을 부른다고 했던가. 일행이 쌍둥이 검을 만난 것도 깊은 인연인데다 해의 검이 정현의 손을 빌려 제 뜻을 펼친 것을 보아도 보통 인연은 아닌 듯싶었다. 더구나 검이 가려는 곳이 정희와 정현이 자란 선광사라니, 왠지 검과의 만남이 운명처럼 느껴지기도 했다.

분명 대무신제와 일월신검은 서로를 부른다고 했으니, 대무신제의 기운이 낙빈의 몸에 스며 있는 이상 분명 신비로운 교감을 통해 서로를 만날 것이 분명했다. 그렇다면 지금 낙빈과 일행이 겪고 있는 일은 모두 일월신검을 만나기 위한 운명적인 절차일지도 몰랐다.

"죄송합니다. 저는 조금 피곤해서요……. 먼저 자리에 들겠습니다."

하루 종일 말이 없던 정희가 다소곳이 고개를 숙이며 물러났다. 정희는 오늘따라 무척 피곤하고 힘든 눈치였다. 정희가 사라지자 정현이 묘장 스님을 바라보며 나지막하게 말했다.

"누나가 아는 척하지 않아서 서운하셨죠, 스님? 누나는 저희가 절을 떠나던 그날 이전의 일을 거의 기억하지 못합니다. 아버지 혜광 스님만 간신히 기억하고 있지요."

"아아, 그랬구나. 어쩐지 전혀 몰라보는 눈치더라니. 그래, 차라리 잊는 것이 속 편하지. 불쌍한 것! 그날이 오기 전에도 이상하다, 이상하다고 짐작은 했지만……. 주지란 인간이 그런 짓을 하고 있는 줄은 까맣게 모르고 있었다니! 다 내 죄다. 너희를 지켜주지 못한 우리의 죄야!"

묘장은 두 손으로 가슴을 팡팡 쳤다. 그는 지독한 자괴감에 고개를 들지 못하고 눈물만 뚝뚝 흘렸다.

"미륵불을 모실 아이들이라며 그리도 좋아하시던 혜광 스님의 모습이 눈앞에 어른거리건만……. 그분을 뵈면 어찌 고개를 들까. 너희를 지켜달라고 신신당부하고 떠나셨는데……. 미안하다, 미안해!"

승덕과 낙빈은 그저 숙연해져서 아무 말도 꺼낼 수 없었다. 그저 아픈 상처가 있을 거라고 짐작하며 안타까운 마음만 가득했다.

"혹시 저분들도 알고 계시니?"

묘장의 질문에 정현이 천천히 고개를 저었다. 잠시 침묵을 지키던 정현이 고개를 돌려 승덕과 낙빈을 바라보았다.

"형, 제가 이야기를 안 했지요? 누나의 잃어버린 기억에 대해서요. 선광사로 가게 되었으니, 알고 계시는 게 낫겠네요."

정현의 말에 승덕은 세차게 고개를 흔들었다.

"일부러 이야기할 필요 없다. 괜히 아픈 기억을 꺼내놓을 필요는 없어. 우린 몰라도 괜찮으니까."

승덕은 괜스레 정현의 아픈 상처를 건드리는 것 같아 세차게 고개를 저었다.

"아니에요. 아픔이 치유되려면 숨기기보다는 나누어야죠. 오늘 해의 검을 만난 것도 그 기억에서 빠져나올 때가 되어서인 것 같네요. 선광사로 가기 전에 미리 이야기해두고 싶어요. 형과 낙빈이에게요. 하지만 누나에겐 아직 비밀로 해주세요. 언젠가 누나가 받아들일 준비가 되어 제게 물어보면 그때 이야기하려고 해요."

정현은 이미 결심한 모양이었다.

대체 정희의 잃어버린 기억 속에 무엇이 들어 있는 것일까? 낙빈도 승덕도 궁금했지만 괜히 지난 상처를 헤집을까 걱정스러웠다.

정현은 천천히 정희의 잃어버린 기억에 대해 이야기하기 시작했다.

4

매서운 찬바람이 유난히 기승을 부리던 어느 겨울날이었다. 하얀 자작나무등걸에 자작나무 껍질보다 하얀 눈이 쌓여 선광사의 하늘과 땅이 모두 하얗게 물든 겨울날이었다. 선광사에서 가장 나이가 많은 혜광 스님이 이상한 기척에 놀라 새벽 일찍 눈을 떴다.

"꿈에서 미륵불을 뵈었으니 대체 무슨 일인가?"

혜광 스님은 구부러진 허리를 천천히 펴고 일어섰다. 그리고 몸을 누였던 작은 선방禪房의 문을 열었다. 아직 해도 뜨지 않은 컴컴한 하늘 아래 하얀 눈이 세상을 밝히고 있었다.

겨울 찬바람에 감싸인 사찰의 안마당에는 발자국 하나 찍히지 않은 하얀 눈만 소복했다. 혜광 스님은 등을 곧추세우고 꿈을 찬찬히 되새겨보았다. 꿈속에서 혜광은 잠을 자고 있었다. 그때 저 멀리서 한 줄기 빛이 다가오더니 점차 거대한 빛의 덩어리가 되어 눈앞에 펼쳐졌다. 그 안에서 금빛으로 번쩍거리는 어린아이가 알몸으로 혜광을 바라보았다. 아이의 얼굴과 몸에서 환한 빛이 뿜어 나왔다. 그는 그 아이가 미륵불의 후광을 입고 있는 것을 알아차렸다. 혜광이 급히 일어나 무릎을 꿇고 절을 하니 세상의 목소리가 아닌 듯 온화하고 부드러운 음성이 똑똑히 들려왔다.

"말법시대가 도래하였다. 내 이 세상에 발을 디딜 날이 머지않았도다. 도통맥이 끊어지고 태양도 달도 그 빛을 잃으며 별들은 제자리를 잃고 방황하는도다. 대지는 진동하고 물은 말라버리며 폭풍우가 일고 굶어 죽는 자가 끊이지 않으리라. 부모와 자식이 서로 다투고 죽이며, 위정자는 국민과 대립하고, 사람과 사람이 서로 죽고 죽이며, 사원은 파괴되리니 모든 인간이 죽음에 처하리라. 그리하여 나 미륵보살마하살이 세상에 나타나리라. 내 중생을 거두고 해탈문을 보이기 위해 준비하노니 나의 출세를 보좌할 이들을 예비하라. 덕생 동자와 유덕 동자를 네게 보내노라. 너 혜광은 일어나 받들어 두 동자를 준비하게 하고 성숙하게 하라."

혜광은 절을 하며 일어섰다. 그러고는 자신도 모르게 눈을 번쩍 떴다. 잠에서 깨어난 뒤에도 온화하고 부드러운 미륵불의 음성이 귀에 쟁쟁하게 남아 있었다.

'미륵보살마하살이라면 혼란한 말법시대에 세상을 구원하기 위해 오시는 분이 아닌가!'

미래의 구원불인 그분이 혜광에게 나타나 덕생 동자와 유덕 동자를 맡아달라고, 그래서 두 동자가 미륵불을 받들 준비를 시켜달라고 했다. 혜광은 찬바람을 맞으며 두 눈을 감았다.

'덕생과 유덕이라니? 그게 대체 누구이기에?'

혜광은 아무리 생각해도 누가 미륵불을 보좌할 두 동자인지, 그리고 무엇을 준비하라는 것인지 도통 알 수가 없었다.

찬바람을 맞아도 머리가 맑아지지 않았다. 혜광은 솜을 누빈 두꺼운 겨울 승복을 걸치고 댓돌 아래로 내려섰다. 그는 아직 진한 바다색으로 물들어 있는 이른 새벽하늘을 바라보며 터벅터벅 하얀 눈길을 걸었다. 그는 텅 빈 경내를 지나 절의 대문을 슬며시 열어보았다. 그런데 이게 웬일인가! 바로 문 앞에 커다란 보퉁이가 놓여 있는 것이 아닌가. 게다가 그 보퉁이 위에는 갓난아이 둘이 눕혀져 있었다. 아기들은 자신이 버려진 줄도 모르고 쌔근쌔근 깊은 잠에 빠져 있었다. 혜광이 화들짝 놀라 아기들을 안아 올리니 쪽지 한 장이 툭하고 떨어졌다.

'부디 아이들을 거두어주십시오. 이 아이들의 이름은 정희와 정현이입니다. 쌍둥이로, 계집아이가 누나입니다. 부디 사랑으로 키워주십시오.'

깜짝 놀란 혜광이 혹시 주위에 엄마가 있을까 해서 급히 둘러보았지만 산새와 들짐승 외에는 아무것도 보이지 않았다.

"미륵불의 말씀이 이것이던가!"

혜광은 꿈속의 미륵불이 말씀하신 두 동자가 이 쌍둥이를 가리키는 것이라고 생각했다. 그는 두 아이를 정성껏 보살폈다. 기저귀를 가는 것부터 젖을 먹이는 일까지 모두 스스로 돌보았다. 이러다 보니 어린것들도 자연스럽게 혜광을 '아버지 스님'이라 부르게 되었다. 혜광은 살날이 많지 않은 자신을 '아버지'라 부르다가 혹시 자신이 세연을 마치면 어린것들이 힘들어하지는 않을까 걱정하면서도 아버지라는 호칭이 여간 기쁘지 않았다.

미륵불께서 미리 예비해두신 것인지 네다섯 살이 되면서부터 두 아이는 특별한 능력을 보이기 시작했다. 정희는 아픈 사람을 보면 그 자리에서 울음을 터뜨리며, 반드시 그 아픈 곳을 만져보아야 직성이 풀리는 아이였다. 그런데 이상하게도 정희의 손이 닿은 뒤에는 아픈 사람이 씻은 듯이 낫곤 했다. 정희가 그 사람의 고통을 제 몸으로 받아내 대신 앓아주기 때문이었다. 혜광은 어린것이 남의 고통을 대신 앓아주는 것이 안쓰러워서 말려도 보았다. 하지만 정희는 그것이 제 소임이나 되는 듯이 절을 찾아오는 사람들의 병을 자주 고쳐주곤 했다.

쌍둥이 남동생인 정현은 누나와 몸집부터 달랐다. 정현은 자라면서 점차 기골이 장대해졌을 뿐만 아니라 무인의 골격을 갖춰가고 있었다. 정현이 다섯 살이 되던 해부터 혜광은 이곳저곳의 아는 분들 밑에서 여러 무술을 배우게 해주었다.

혜광 스님과 함께, 아니 그들의 아버지와 함께 정희와 정현은 마냥 행복하기만 했다. 가끔 몇몇 신도는 두 아기 스님을 보면서 부모가 없는 불쌍한 아이들이라고 동정 어린 눈길을 보내기도 했지만 정희와 정현은 충분한 사랑과 관심을 받았고 다른 아이들처럼 행복한 나날을 보냈다.

정희는 몰래몰래 환자들을 고쳤다. 정희가 이렇게 고치다 지치면 어느새 알았는지 아버지가 헐레벌떡 나타나 환자들을 쫓아버렸다. 혜광 스님 때문에 치료는 자주 무산되었지만 정희는 그것이 좋았다. 제 능력을 맘껏 발휘하는 것도 그리 말려주는 사람 덕분에 가능한 것이었다.

정현도 마찬가지였다. 수련을 위해 미친 듯이 정진하고, 때로는 집을 멀리 떠나 있어도 아버지가 있기에 누나 걱정은 하지 않아도 되었다. 오히려 깊은 산에 숨어들듯 박혀 있을 때도 어떻게 알았는지 혜광이 홀로 수련하는 정현을 찾아오곤 했다. 그래서 정현은 수련을 떠나서도 '아버지가 언제쯤 데리러 오실까?' 하는 기대감에 들뜨곤 했다.

절에 들어온 아기 스님은 15세가 되면 속세로 나갈지, 아니면 스님이 될지 스스로 결정해야 한다. 누군가 슬며시 물을 때면 아기 스님들은 주저 없이 혜광 스님의 뒤를 이어 이곳의 스님이 되겠다고 말했다. 아버지와 함께 행복한 그들이었기에…….

그러나 그 행복은 혜광 스님이 세상을 떠나면서 끝나버렸다.

어느 맑은 가을날 혜광 스님은 이승과의 연을 다하고 말았다. 마지막 눈을 감는 순간까지도 그는 두 아이를 걱정했다. 혜광은 당시 선광사의 주지였던 법철에게 어린 쌍둥이를 간곡히 부탁하고, 또 부탁하다가 눈을 감았다. 정희와 정현이 열두 살 되던 해의 일이다.

그때부터 불행이 시작되었다. 혜광 스님을 모시던 수많은 스님이 법철 스님에게 종종 울분을 참지 못하는 일이 생겼다. 그는 겉으로 부처님의 말씀을 외쳐댔지만 어느새 선광사는 이상한 종교집단이 되어버렸다. 주지승 법철의 설법은 더 이상 부처님의 말씀이 아니었으며, 그는 새로운 종교의 교주敎主로 변해가고 있었다.

혜광을 따랐던 많은 스님이 하나둘 다른 곳으로 이적했지만 어린 정현과 정희는 주저했다. 달리 갈 곳도 없던 그들에게는 아기 때부터 자라난 선광사가 유일한 안식처였다. 정희와 정현은 왜 스님들이 절을 떠나는지, 또한 어디로 가는지도 모르는 어린 스님들일 뿐이었다.

법철이 절 안의 모든 것을 장악하면서부터 정현은 자주 먼 여행에 나서야 했다. 왠인지 법철은 정현을 멀리 보내 오래도록 수련하게 했다. 정현은 요상하게 바뀌어가는 선광사에 머무는 것이 싫기는 했지만 홀로 남아 있는 누이가 언제나 걱정되었다. 누이는 정현이 한두 달간 수련을 하고 돌아올 때면 언제나 전보다 수척해진 모습이었다. 정현은 그 이유를 몰랐다.

법철 스님은 정희에게 보약을 먹이고 있었다. 정현은 나날이 수척해지는 누이에게 보약을 지어주는 법철이 고마웠지만 왠지 정희가 무언가를 숨기고 있다는 느낌을 지울 수가 없었다.

정현이 몇 달간의 수련을 마치고 집에 돌아오면 누이는 신발도 신지 않고 달려 나와 기뻐했다. 그러면 정현은 혼자 외로워할 누이를 위해 이번만은 꼭 한 달 정도는 함께 지내야겠다고 마음먹었다. 그러나 주지승 법철은 어떤 이유를 대서라도 단 일주일 만에 정현을 다른 수련터로 떠나보내곤 했다.

그날도 부산 근교에서 석 달간의 수련 중이었다. 그러다가 정현의 머리에 번쩍하고 떠오른 것이 있었다.

"아, 생일!"

그러고 보니 그날은 정희와 정현이 열네 살이 되는 날이었다. 진짜 태어난 날을 알 수 없었기 때문에 혜광 스님은 쌍둥이가 선광사에 들어온 날을 생일로 삼았다. 혜광 스님이 살아 계셨다면 부산까지 정현을 데리러 오셨을 터인데……. 벌써 아버지 스님이 돌아가신 지도 2년이나 지났다.

그러고 보니 작년 생일도 챙기지 못한 것이 기억났다. 정현은 생일날 혼자서 자신을 그리워할 누이를 생각하니 도저히 수련에 집중할 수 없었다. 그래서 사범님께 양해를 구하고 예정보다 한 달이나 앞서 선광사로 돌아오게 되었다. 바로 그날 정현은 왜 누이가 날마다 여위어가는지, 왜 법철이 자신을 밖으로만 내모는지 알게 되었다.

그는 한탄하고, 또 한탄했다. 왜 알지 못했을까? 왜 바짝바짝

여위어가는 누이를 보며 알아채지 못했을까? 자신의 손을 꼭 붙잡고 가지 말라며 눈물을 흘리는 누이를 보면서, 반갑다고 맨발로 뛰어나오는 누이를 보면서, 하루하루 파리해져가는 누이를 보면서 왜 알아채지 못했을까! 그날 정현은 보지 말아야 할 광경을 보고 말았다.

정희가 넘어지고 있었다.

이미 쇠약해질 대로 쇠약해진 정희가 넘어지고 있었다. 넘어진 정희 앞으로 끝없이 늘어선 줄이 보였다.

사람의 줄. 끝없이 늘어선 병자의 줄이었다.

한 명, 한 명이 정희 앞으로 다가올 때마다 법철의 발밑에 무언가 묵직한 것을 내려놓았다. 그러면 정희는 그 사람의 고통을 여린 몸으로 받아냈다. 그 파리한 얼굴로⋯⋯ 그 가냘픈 손마디로⋯⋯.

그러다 정희가 쓰러졌다. 흩날리는 가냘픈 꽃잎처럼. 감당할 수 없는 고통을 죄다 끌어안은 여린 몸이 끝내 버티지 못하고 쓰러졌다. 하지만 정희는 그대로 누울 수도 없었다. 쓰러진 정희를 양옆에 있던 젊은이가 일으켜 세운다. 아우성치는 환자들에게 잠시 기다리라는 법철의 엄숙한 명령이 떨어진다. 한 스님이 시커먼 약을 한 사발 들고 온다. 정희의 오른쪽에 버티고 있던 젊은이가 약사발을 들어 정희에게 먹인다. 잠시 뒤 정희는 또 다른 환자의 손을 잡는다. 그리고 고통을 온몸으로 받는다. 그리고⋯⋯ 또⋯⋯ 또다시⋯⋯.

정희의 여린 어깨가 또다시 힘을 잃고 휘청거린다. 이제는 도저히 일어날 가망이 없는 정희를 내려다보며 법철은 개미 떼처럼 밀려온 병자를 물리친다. '내일 오라, 내일 다시 치료를 시작하겠다'고 말하는 그의 모습은 당당하기 짝이 없었다. 법철은 병자들을 물린 뒤 방문을 굳게 닫아 걸었다. 이제 문 안쪽에는 법철과 정희만 남았다.

누구도 들어오지 못하게 하라는 명령이 있었는지 건장한 두 젊은이가 문 앞을 지킨다. 당시 법철에게는 깊은 병이 있었다. 자신의 세포가 자신의 몸을 죽이는 불치의 병이었다. 아무리 정희라도, 아무리 희생보살의 힘이라도 죽을 사람을 살리지는 못한다. 희생보살은 고통을 대신 받아줄 뿐이다. 법철은 이 점을 잘 알고 있었다.

또한 그는 아무리 불치의 병이라도 매일매일 희생보살의 힘으로 고통을 없앤다면 조금은 생명을 연장할 수 있음을 알고 있었다. 특히 음양의 법칙을 고스란히 따른다면 생명을 연장하기가 더욱 쉬워진다는 것도!

법철은 정신도 제대로 차리지 못하는 정희를 일으키더니 정희의 입을 한 손으로 그러모아 약사발에 담긴 새까만 약을 흘려 넣었다. 그러더니 법철이 옷을 훌훌 벗어 내렸다. 헐렁한 승복은 훌훌 잘도 벗겨졌다. 그리고 그는 힘없이 쓰러져 있는 정희의 사지를 온몸으로 찍어 누른다. 그리고……!

"으아아악!"

이런 광경을 목격한 쌍둥이 동생은 반쯤 미쳐버렸다. 지금껏 믿고 따랐던 주지승 법철이 누나에게 저지른 몹쓸 짓을 알게 되자 정현은 제정신으로 세상을 바라볼 수가 없었다. 정현은 비명 같은 괴성을 지르며 법철에게 달려들었다.

"죽여버리겠어, 죽여버리겠어! 으아아악!"

정현이 정신을 차렸을 때는 법철의 한쪽 이마에 새빨간 피가 주르륵 흘러내리고 있었다. 스스로에 대한 자책과 끓어오르는 분노로 두 눈이 붉게 이글거리는 정현은 제정신이 아니었다. 힘없이 널브러져 있는 누이는 이미 쇠약할 대로 쇠약해서 눈자위가 새까맣게 타들어갔다. 정희는 눈을 떴으되, 정신이 날아간 듯 멍했다.

법철의 부하인 건장한 젊은이들이 정현을 막았지만 정현의 두 발에 명치를 얻어맞고는 끽 소리도 못한 채 바닥에 쓰러졌다.

"죽여버리겠어!"

정현의 비명 소리에 절 안에 있던 스님들이 웅성웅성 모여들었지만 감히 정현을 말릴 생각도 못하고 멍하니 이 놀라운 광경을 바라볼 뿐이었다.

"죽여버리겠어!"

정현은 눈물과 땀으로 범벅이 되어 미친 듯이 법철에게 달려들었다. 하지만 법철의 머리를 향해 뻗어가던 정현의 팔에서 갑자기 으드득 하는 소리가 들려왔다.

"으헉!"

정현이 이성을 잃어서인지, 아니면 법철의 무예도 제법 깊어서인지 정현의 팔이 반대로 꺾인 채 법철의 손아귀에 붙잡혀 있었다.

"이놈! 키워준 은혜도 모르는 놈! 이 배은망덕한 놈!"

법철이 고함을 지르며 어린 정현의 목덜미를 거세게 붙잡았다.

"은혜라고? 개나 줘버려라! 네가 누이를 이용해먹고 누가 누구에게 은혜라고…… 으, 으헉!"

법철의 손아귀가 정현의 목을 옥죄었다. 그 힘이 어찌나 센지 정현은 눈앞이 깜깜해지며 숨도 쉴 수가 없었다. 법철은 거대한 몸집만큼이나 힘도 셌다. 마치 거대한 구렁이가 정현의 목을 죄어오는 느낌이었다.

"이 배은망덕한 놈! 오냐오냐 했더니, 본때를 보여주마!"

법철의 저음이 법당에 쩌렁쩌렁 울렸다. 그가 손아귀에 힘을 주자 정현은 금방이라도 숨이 넘어갈 듯 헉헉거렸다. 시간이 지날수록 정현의 얼굴은 새파래졌다. 흐릿해져가는 정현의 눈에 가물가물 기다란 무언가가 보였다. 법철의 뒤쪽 벽에 붙어 있는 기다란 그 무언가가.

"끄아아악!"

어찌 된 일인지 법철의 비명이 정현의 두 귀를 찢을 듯이 들려왔다. 갑자기 목이 풀리고 공기가 들어오면서 세상이 제대로 보이기 시작했다. 막힌 숨을 몰아쉬며 쿨럭이던 정현은 눈앞의 광경에 경악했다.

정현의 눈앞에 법철의 팔이 있었다. 그의 거대한 오른팔이 정현의 앞섶을 단단히 거머쥔 채로 대롱대롱 매달려 있었다. 그리고 그 뒤로 법철이 있었다. 법철의 어깻죽지에서는 시뻘건 핏물이 분수처럼 울컥울컥 쏟아지고 있었다.

정현은 법철의 뒤에 제대로 옷매무새도 챙기지 못한 채 서 있는 누이를 보았다. 누이의 손에는 기다란 검이 들려 있었다. 기다란 검은 분명 은빛으로 반짝여야 했지만 왜인지 붉은 핏빛으로 물들어 있었다. 누이는 자신이 무슨 일을 저질렀는지 깨닫지도 못하는 얼굴로 발발 떨고 있었다.

정현은 여전히 자신의 앞섶에 매달린 법철의 오른팔을 뜯어냈다. 그러자 그의 온몸에 몸서리가 쳐졌다. 정현은 인형처럼 얼어버린 가엾은 누이를 꽉 안았다. 그리고 그 가녀린 몸뚱이를 번쩍 짊어지고 방을 나섰다.

"내 다시는 오지 않으리라! 이쪽으로는 머리도 두지 않으리라! 내 이곳을 보며 언제나 침을 뱉을 것이다!"

정현의 눈에서 하염없이 눈물이 흘렀다. 정현이 잰걸음으로 법당을 나서자 승려의 무리가 반으로 갈라지며 길을 열어주었다. 그들의 얼굴에는 공포와 경악, 슬픔과 죄책감 등 수많은 감정이 스쳐 지나갔다.

정현이 절을 나와 하얀 자작나무 숲에 숨어들고서야 비로소 인형처럼 얼었던 정희가 온몸을 파르르 떨었다. 가엾은 누이의 입에서 끊임없이 울음이 새어나왔다.

"아버지…… 으흑…… 아버지……."

누이는 정현의 등에 머리를 묻고 쉼 없이 죽은 혜광 스님을 불렀다.

5

태양은 단 한 번의 쉼도 없이 세상을 밝히며 사람들의 머리 위에 떠올랐다. 태양이 고개를 들기 전 일찌감치 선광사를 향해 출발한 일행은 태양이 가장 높이 떠오른 시간이 되어서야 선광사에 도착했다.

"형, 이게 어쩐 일이죠?"

"그러게 말이다. 이해할 수가 없구나."

낙빈과 승덕은 선광사 앞에 펼쳐진 광경에 놀라 서로를 쳐다보았다. 어젯밤 묘장 스님이 들려준 이야기에 따르면, 예전에 선광사에 신자가 끊이지 않았던 것은 정희 덕분이었다. 정희가 사라진 뒤로 선광사는 스님들도 모두 떠난 외로운 절이 되어 있어야 마땅했다. 그러나 놀랍게도 선광사의 정문에는 끝이 보이지 않을 만큼 기나긴 행렬이 이어져 있었다. 정희가 없는데도 왜 이리 사람이 꼬이는지 도대체 알 수가 없었다.

일행은 청운사에서 사라진 달의 검을 찾기 위해 해의 검을 짊어지고 이곳까지 왔다. 혹시 선광사의 누군가가 알아볼지 몰라서 정희와 정현은 해의 검을 가지고 근처에 숨어 있기로 하고 낙빈과 승덕만 선광사를 둘러보는 중이었다.

"형, 그런데요, 이 절 말이에요…… 이상할 정도로 음기陰氣가 가득해요. 숨이 막힐 지경이에요."

"역시 어딘가에 달의 검을 숨겨두고 있다는 말이겠지. 달의 검은 음기를 모은다고 했으니까."

승덕은 코를 막고 고개를 저어대는 낙빈을 바라보았다. 영기를 느끼지 못하는 승덕은 끄떡없었지만 낙빈은 여간 힘들어 보이는 것이 아니었다.

"그런데 이상해요, 형. 검 하나가 이 정도의 음기를 모을 수 있을까요? 음기가 너무 자욱해요. 해의 검이 모으는 양기와는 비교되지 않을 정도로 이 일대가 모두 음기의 소굴이에요."

"역시 그렇구나. 나도 아까부터 좀 이상하다고 느꼈어. 맑던 하늘이 이곳에서는 흐리잖아? 습기가 가득한 숲이라고나 할까? 나 같은 일반인도 느낄 만큼 묘한 기분이 드는 곳이네."

승덕은 자꾸만 팔에 한기가 들었다. 어떤 불길한 느낌이 뒷덜미를 섬뜩하게 만들었다.

그들은 늘어선 신자들 사이에 끼어들었다. 무엇이 어떻게 돌아가고 있는지 직접 확인해봐야 할 것 같았다. 그런데 갑자기 줄의 앞쪽에서 여자 목소리가 들렸다.

"한 번만 만나게 해주십시오, 스님! 보고 싶어서 매일 밤 잠이 오질 않습니다. 잠을 자더라도 꿈자리가 뒤숭숭해서 도저히 견딜 수가 없습니다! 부디 한 번만…… 한 번만 만나게 해주십시오, 스님! 그저 살아 있는가만 보여주십시오. 제발!"

중년 여자가 몇몇 스님 앞에 엎드려 빌고 있었다. 앞뒤로 서 있던 사람들이 일순 웅성거리며 그녀의 모습을 구경했다.

"무슨 일이죠? 무슨 일이에요?"

승덕이 주변에 늘어선 신도들에게 물었다. 그러자 그들 앞에서 있던 수수한 차림의 남자가 대꾸했다.

"보아하니 자식을 고쳐달라고 맡긴 모양이구먼."

"네? 무슨 말씀이세요?"

그는 살짝 주변을 살피며 목소리를 낮췄다.

"모르는구먼? 병이 깊지 않은 사람은 이 자리에서 바로 고쳐주지만 곧 죽을병에 걸린 사람이나 정신병에 걸려서 오래 치료해야 하는 사람은 절 안에서 3년을 보내야 하지."

"네에? 죽을병에 걸린 사람도 고친다고요?"

"물론이지. 다만 환자를 3년간 맡겨놓고 절대로 만나지 않겠다는 약속을 해야 한다더군."

"3년간 만나지 않는다고요?"

"그것도 몰랐구먼?"

남자는 목소리를 더 낮춰 간신히 승덕만 들을 정도로 소곤거렸다.

"그렇군, 아무것도 모르는 양반이구먼. 이 절에 계신 법철 스님은 죽을병에 걸린 사람도 다 고쳐낸다고! 아, 저기! 저 문에서 나오는 분이 바로 법철 스님이야. 그 유명한 법철 스님!"

법철이란 말이 나오자마자 승덕과 낙빈의 눈이 동시에 반짝였다. 중년 여자가 몇몇 젊은 스님 앞에 엎드려 울며불며 난리를 치자 단단히 닫혀 있던 문이 활짝 열렸다.

"웬 소란이냐!"

우렁차게 외치며 밖으로 나온 사람은 어마어마한 체구의 거인이었다. 키는 2미터에 육박할 듯싶었고, 덩치는 거대한 곰을 연상시켰다. 어찌나 체격이 좋고 훤칠한지 웬만한 성인은 그 앞에서 난쟁이로 보일 정도였다.

'저놈이 법철! 저 사이비 중놈이 법철이구나!'

두 사람은 어제 정현의 이야기가 생각나서 자신도 모르는 사이에 주먹을 쥐고 있었다.

"아마도 저 여자가 자기 자식이 보고 싶어서 저러나 보다. 당연하지. 죽을병에 걸린 새끼를 3년간 떼어놓아야 하는데 그게 어디 말처럼 쉽나? 그래도 약속을 했으니 어쩌겠나, 쯧쯧."

남자는 혀를 끌끌 차며 고개를 흔들었다.

"정말로 3년이 지난 뒤에 병을 완전히 고쳐서 나온 사람이 있나요?"

"물론이지! 그걸 말이라고 하나? 아직 많진 않지만 말이야."

"많지 않다니요?"

"아, 3년 전부터 법철 스님이 아픈 사람을 고쳐주기 시작해서 이제야 한두 명이 밖으로 나오고 있거든. 그래도 오늘내일하던 사람이 멀쩡히 살아 나온 모습을 내가 두 눈으로 똑똑히 봤어, 암!"

승덕도 낙빈도 그저 놀라서 눈이 동그래졌다. 정희도 없는 이 절에서 대체 법철이 무슨 수로 환자들을 치료하고, 그것도 모자라 죽을병에 걸린 사람들까지 살려내는지 이해되지 않았다.

"그런데 그러면 뭐하나 싶네. 이제 다시는 보지 못할 사이가 되어버리는 걸."

"네? 그게 무슨 말이에요?"

"그러니까 무슨 소리냐 하면 3년이 지나 병이 씻은 듯이 나아도 자기는 죽어도 집에는 안 간다고, 절에 있겠다고 그런다지 뭔가. 결국 3년간 치료를 받았던 사람들은 다들 중이 되어 선광사에 남는 거지. 절이 얼마나 좋은지 몰라도 가족과 집을 팽개치고 중이 되겠다고, 절에 남겠다고 하도 난리를 쳐서 다들 도로 이별이여. 중이 된다고 해도 어쩌겠나? 병이 낫고 살아난 것만 해도 감사한 것을."

낙빈과 승덕이 서로를 마주 보았다. 죽을병을 치료한다는 핑계로 3년간 만나지 못하게 한다. 게다가 치료가 끝난 뒤에는 다들 중이 되겠다며 남는다? 무언가 이상하고 꺼림칙했다.

"아, 형! 저기 오른팔!"

법철의 모습을 뚫어져라 쳐다보던 낙빈이 깜짝 놀라 승덕에게 속삭였다. 승덕도 이미 알고 있는지 눈을 가늘게 뜨고 법철의 모습을 뜯어보고 있었다.

"그래, 이상하지? 분명히 저놈이 법철이라는데 정현이 말과는 다르게 멀쩡히 오른팔이 붙어 있군. 그때 이후로 정희는 기억도 잃고 오른팔이 잘리는 악몽을 꾸는데, 저놈의 팔은 잘도 붙어 있어!"

"그런데 저 오른팔…… 이상해요."

긴소매로 가려진 법철의 오른팔을 자세히 쳐다보니 낙빈의 말대로 여간 이상한 것이 아니었다. 괴이한 초록빛의 팔. 법철의 오른팔은 마치 파충류처럼 초록빛이었다. 그 팔은 의족이 아니었고 움직이는 데도 전혀 불편함이 없어 보였다.

"저 손이 이상해 보이지? 저것이 기적의 손이야."

이제껏 설명해주던 남자가 황홀한 표정을 지으며 법철의 손을 바라보았다.

"저분의 팔이 무신 사고로 잘렸는데, 부처님의 도우심으로 저렇게 새로 자랐다는 거야! 부처님께 신통력을 받으신 후로 새순이 돋듯 어깨에서 아기 팔이 돋아나더니 점점 자라서 지금처럼 멀쩡한 팔을 갖게 됐다는 거야. 저 손이 바로 신통방통한 치료의 손이지! 저 손이 닿았다 하면 안 낫는 병이 없고 안 되는 일이 없다는 거라! 이제 절 안의 치료방에 들어가 저분이 저 오른손으로 만져주기만 하면 병이 씻은 듯이 낫는 거야."

"흐음. 팔이 새로 났다고요? 새순이 돋듯?"

승덕이 조용히 되뇌었다. 법철의 초록빛 팔을 유심히 바라보던 낙빈이 조용히 중얼거렸다.

"저 팔에서 이상한 기운이 느껴져요. 아주 사악한 기운이오!"

낙빈은 굉장히 강하고 이상한 음기가 그의 오른팔에 집중되어 있음을 느꼈다.

중년 여자가 아들을 만나게 해달라며 떨어질 생각을 하지 않자 법철은 뒤에 서 있는 두 명의 스님에게 손짓했다. 스님들은 중년 여자를 절 뒤쪽 계단 위로 데려갔다. 산을 깎아 만든, 경사가 급한 계단 끝에는 커다란 종을 모신 종루가 있었다. 종루 꼭대기에 올라 앞을 바라보던 여자가 몇십 분 후에 다시 계단을 내려왔다. 그러더니 여자는 법철의 앞에 무릎을 꿇고 엉엉 울어대기 시작했다. 법철은 귀찮은지 여자에게 가라고 손짓하고는 자신이 나왔던 문 안으로 다시 사라졌다. 그녀는 한참 동안 문 앞에 엎드려 절을 하더니 비척비척 뒤로 물러났다. 그녀가 가까이 다가오자 승덕이 여자의 팔을 잡아당겼다.

"아주머니, 무슨 일이에요? 뭘 보셨죠?"

여자의 눈에는 아직도 마르지 않은 눈물이 그렁그렁 맺혀 있었다.

"아들을 봤습니다, 아들을요! 3개월 안에 죽는다던 제 아들이…… 벌써 일 년이 되었는데도 멀쩡하게 살아 있었어요!"

그녀의 말을 들은 주위의 신도들은 '우와' 하고 함성을 질러댔다.

"그럼 좀 전에 아들을 직접 보셨단 말이에요?"

"네! 종루에 올라가니까 저쪽 암자 뒤에서 아들이 나와 손을 흔들었습니다."

"멀리 떨어져 있는데 정말 확실한가요?"

"대화는 못했지만 분명히 제 아들이었어요. 전 어미예요! 아무리 멀리 있어도 알아볼 수 있어요! 분명히 제 아들이었어요!"

여자는 확신 어린 목소리로 말했다.

"분명해요! 제 아들이에요! 3개월이면 죽는다던 제 아들이 일 년이 넘은 지금까지 멀쩡히 살아 있었어요! 확실해요!"

여자의 말이 채 끝나기도 전에 길게 늘어선 줄에서는 탄성과 감동이 소용돌이쳤고, 대부분의 사람이 법철의 방문을 향해 삼배를 올리기 시작했다. 이곳은 석가모니를 모시는 절이라기보다 법철을 모시는 교단 같았다.

6

저녁 어스름에 낙빈 일행은 좁은 민박집 방 안에 모였다. 선광사를 둘러본 낙빈과 승덕이 정희와 정현에게 그곳 상황을 이야기하고 있었다.

"나중에 앞줄에 서 있던 아저씨의 일행인 척하면서 치료하는 모습을 지켜봤어. 낙빈이는 신기神氣를 들킬까 싶어서 들어가지 않았고. 두 명의 젊은 승려가 환자를 한 명씩 방으로 들여보냈어. 그 방은 절의 중심인 대웅전이었어. 하지만 불상은 모두 치워지고 텅 비워졌더라고. 낮인데도 사방을 막아둬서인지 굉장히 어두웠어. 어둠에 눈이 익고 나서 사방을 살폈더니 대웅전 상단에 본

존불이 아니라 무시무시한 야차夜叉◆가 모셔져 있었어. 으스스하게도 양편에 도끼며 칼들이 장식품처럼 걸려 있고, 법철이란 주지승 옆에는 붉은 피가 한 바가지 놓여 있었어.

법철은 중앙에 앉아서 환자들을 직접 치료하고 있었는데, 환자가 들어오면 신기하게도 어디가 아픈지 단박에 알아내더라. 그리고 그 붉은 피를 환자의 이마에 찍어주고, 또 아프다는 부위에도 찍어줬어. 그런데 왼손 대신 초록색의 오른손만 썼어. 신기하게도 환자들은 법철이 아픈 부위에 피를 찍어주는 순간 고통이 씻은 듯 사라졌다고 말했어.

이렇게 고통이 없어지는 경험을 하고 나면 사람들은 그다음에도 재물을 싸들고 다시 찾아오겠더라. 하지만 고통은 일시적으로만 없어지는 것 같아. 내가 따라서 같이 들어간 아저씨도 전에 치료를 받고 한 달쯤 지나면서 다시 아프기 시작했다니까. 아픈 곳이 씻은 듯이 낫는 경험은 일단 맛보면 끊을 수 없는 마약과도 같아서 사람들이 유혹되는 거겠지. 그래서 한 번 왔던 사람은 반드시 다시 찾는다는 말이 나오는 것 같아."

승덕은 정희 앞에서 말하기 힘든 부분, 즉 잘린 팔이 붙어 있더라는 이야기도 아무렇지 않은 듯이 털어놓았다. 정희의 잃어버린 기억을 알기 전과 똑같이 행동하는 것이 정희와 정현을 배려하는

◆무척이나 무섭게 생겼다는 귀신이다. 잡귀가 범접치 못하도록 종종 야차의 모습이 불당 입구에 그려진다. 불보살을 옹호하고 불법을 받들면서 모든 불자를 보살피는 호법신장으로는 범천梵天, 제석천帝釋天, 사천왕四天王, 팔부중八部衆 등이 있다. 야차는 천天, 용龍, 아수라阿修羅, 건달바乾闥婆, 긴나라緊那羅, 가루라迦樓羅, 마후라가摩睺羅迦와 함께 팔부중을 이룬다.

것이라고 생각했기 때문이다.

정현은 승덕의 말을 들으며 깊은 생각에 잠겼다. 도저히 지금 선광사의 상황을 이해할 수가 없었다. 본래 법철에게 치료 능력 따위는 전혀 없었다. 그런데 법철이 사람을 고치다니……. 사술邪術을 쓴다고 밖에는 생각할 수 없었다.

"주변엔 대단한 음기가 깔려 있었어요. 숲이며 절이며 이상할 정도로 음기가 강했어요. 우리가 갖고 있는 해의 검이 불러들이는 양기와는 비교도 안 될 정도로 강한 음기였어요. 아무래도 달의 검에서만 나오는 음기는 아닌 것 같아요. 단지 검 한 자루가 아니라 뭔가 더 있을 것 같다는 느낌이 들어요."

낙빈도 절 주변에서 느꼈던 것들을 이야기했다.

"내 생각엔 밤중에 몰래 들어가는 것이 어떨까 싶다. 일반 신도들은 낮에도 절 안에서 돌아다니는 것이 금지되어 있어."

"저도 그게 좋겠다고 생각해요. 절에서 느껴지는 걸로 봐서는 어마어마한 음기가 쌓여 있고 비밀스러운 일이 벌어지는 것 같아요. 중환자들을 3년이나 집에 못 가게 하는 것도 이상하고요. 낮에는 사람이 워낙 많아서 들어가기도 쉽지 않으니까 밤밖에 기회가 없을 것 같아요."

승덕의 말에 낙빈도 동의했다.

정현은 섣불리 말을 꺼내지 않았다. 여전히 깊은 생각에 잠긴 듯 어두운 얼굴이었다. 한참 말이 없던 정현이 낙빈에게 물었다.

"그런 음기가 어디서 뿜어 나오는지 알 수 있을까?"

"힘들어요, 형. 저도 대체 어디서 나오는가 싶어서 온 힘을 다해 찾아봤어요. 하지만 어느 한 부분에서 집중적으로 나오는 게 아니라 절에 음기가 가득 깔려 있었어요. 자욱한 안개가 깔린 것처럼요. 정말 상상할 수 없을 정도로 거대한 음기 덩어리가요!"

낙빈은 스산한 음기를 떠올리며 작은 어깨를 부르르 떨었다.

"분명 법철은 불치병에 걸려 있었어요. 그가 지금껏 살아 있는 것도, 잘린 오른팔이 자라난 것도 이해할 수 없는 일이에요."

정현은 잔뜩 인상을 쓰며 말했다. 법철을 생각만 해도 무척이나 괴롭고 힘든 것이 분명했다.

"사술을 쓰는 거야."

지금까지 말 한마디 없이 침묵하던 정희의 목소리가 방 안에 울렸다.

"사술이라고?"

"네, 사술요. 사술 중에도 흑주술黑呪術 같은 것을 썼겠죠. 사람을 고친다고는 하지만 일시적으로 감각을 마비시키는 정도일 거예요. 그래서 고통이 느껴지지 않아서 나았다고 생각하는 거지요. 하지만 고통은 곧 돌아오게 되어 있어요. 병의 근본을 고친 게 아니니까요. 그 사람은 자신을 위한 흑주술을 쓰기 위해 환자를 끌어 모아 이용하고 있는 것이 아닌가 하는 생각이 들어요."

낙빈의 눈이 동그래졌다.

"환자들을 이용하다니요?"

"그건 말이지……. 흑주술을 사용하면 그에 따른 대가를 지불

해야 되거든. 낙빈이도 들어봤지? 때문에 흑주술을 쓰는 사람은 당장은 원하는 것을 얻더라도 결국엔 불행해지게 마련이야. 그 사람은 죽어가는 자기 목숨과 새로운 팔이 필요했어. 그래서 찾은 방법이 옳지 못한 사술이었을 거야. 하지만 그런 사람은 자신을 불행하게 하면서까지 사술을 사용할 리가 없어. 자기 대신 고통을 받고 대가를 치를 사람들이 필요했을 거야."

그 순간 낙빈의 머릿속에 3년간 절에 붙들려 있다가 결국 중이 된다는 환자들이 생각났다. 그들이라면 절에서 법철 대신 나쁜 기운을 전부 받아낸다고 해도 가족이나 다른 사람이 그 사실을 절대 모를 거라는 생각이 들었다.

"그렇다면 환자들이 무척 위험하겠네요? 근데 정말로 흑주술이 그렇게 대단해요?"

낙빈은 흑주술을 한 번도 본 적이 없었다. 그저 지나치듯 흑주술에 대해 들은 적은 있지만 그것이 얼마나 대단한지, 얼마나 대가를 지불해야 하는지는 몰랐다. 그런 낙빈에게 승덕이 예를 들어 이야기했다.

"음, 잘 알려진 예가 아돌프 히틀러야. 그자는 나치 군대 안에 오컬트 부서, 즉 초심령 과학 부서를 만들어 점성술이나 노스트라다무스의 예언 등을 연구하게 했대."

"와, 정말요?"

"응. 군대에서 사술을 연구한 것은 사술에 실질적인 힘이 있었기 때문이야. 히틀러는 그런 사실을 알고 자신도 오컬트 연구에 엄청나게 몰두했지. 특히 오스트리아 빈을 침공했을 때는 '롱기누스의 성스러운 창'을 얻기 위해 혈안이 되기도 했대. 이 창은 오스트리아 합스부르크 왕가에 오래전부터 전해온 것인데, '예수 그리스도를 찌른 이 창의 수수께끼를 푸는 사람이 세계를 자유자재로 조종한다'는 전설이 있기 때문이었어.

불교에서도 흑주술에 관한 이야기가 여러 군데 나오지. 티베트의 성자 밀라레파는 일곱 살에 아버지가 죽고 백부가 그 재산을 강탈하자 흑마술로 친척을 몰살시킨 후에 이를 깊이 뉘우치고 히말라야에 가서 수행을 하게 되지."

정현도 눈이 커져서 승덕을 바라보았다.

"밀라레파◆라면 티베트 불교의 광명이라 불리는 그 성인聖人 말인가요, 형?"

"응, 맞아. 티베트 역사상 가장 많은 사람을 교화시키고 영적 지도자들과 정신적 엘리트들의 정신을 고양시킨 분이지. 그런 분이 한때 흑주술을 사용했다고 고백했단다."

일행이 승덕의 이야기를 들으며 감탄하고 있는데 갑자기 소름 끼치는 소리가 들려왔다.

우웅…… 우우우…… 우웅…….

갑작스러운 소리에 모두 흠칫 놀라 해의 검을 바라보았다. 정

◆티베트의 성인이자 불교학자. 장사로 큰돈을 번 아버지가 죽자 백부가 재산을 빼앗고 그의 어머니에게 결혼을 강요했다. 이를 거부한 어머니는 밀라레파에게 흑주술을 배우게 했고, 그는 주문으로 백부의 집을 무너뜨리고 가족을 몰살한다. 그 후 죄업을 뉘우친 밀라레파는 불교에 귀의한다. 신통력을 겸비한 그는 수많은 사람들을 교화하며 '성인'으로 불리게 되었다.

현의 등 뒤에 비스듬히 메여 있는 해의 검은 붉은 가죽으로 만든 검집에 잠들어 있었다.

"해의 검이 아니에요!"

해의 검은 정현의 등 뒤에서 소리에 반응하며 몸을 바르르 떨고는 있었지만 울음소리를 내지는 않았다. 해의 검은 정현의 등에 메인 후로는 한 번도 울지 않았다. 그렇다면 이 울음소리는…….

"저건 달의 검이 우는 소린가?"

정현은 멀리서 울려 퍼지는 낮은 울음소리에 귀를 기울였다. 그리고 그 안에 배어 있는 깊은 슬픔에 가슴이 먹먹했다. 엄청난 슬픔의 소리. 엄청난 괴로움에 발버둥치는 듯한 안타까운 울음소리, 아니 그것은 울음이 아닌 절규에 가까웠다.

7

기묘한 광경이었다. 둥근 달 아래로 하얀 뼈 같은 나무가 줄지어 숲을 메웠다. 벗겨진 나무등걸이 바람에 너덜거리는 것이 금방이라도 움직이려는 시체 같았다.

주위는 고요한 가운데 달의 검이 우는 소리만 사방에 낮게 깔려 있었다. 숲은 어둠에 묻혀 있어서 낙빈 일행은 머리 위에 떠 있는 보름달빛에 의지해 걸음을 옮겼다. 절에 다가갈수록 이상한 소리가 점점 커졌고, 보통 사람이라도 느낄 수 있을 정도로 음기가 강해졌다. 아마도 보통 사람이 이곳을 혼자 걸었다가는 귀신이나 유령을 보았다며 혼비백산하기 십상이었다.

절에 가까워질수록 한 치 앞도 보이지 않을 만큼 숲은 짙은 안개에 감싸여 있었다. 선광사는 희뿌연 안개 위에 둥둥 떠 있는 암굴신전岩窟神殿 같았다.

"기괴하군!"

승덕이 크게 한숨을 내쉬었다. 걸어오는 내내 당장이라도 질식할 것 같은 스산함이 등 뒤에 느껴졌다.

"마침 보름이라 음기가 더 심한 것 같아요."

"달의 검도 저 보름달처럼 눈에 잘 띄는 곳에 있었으면 좋겠다."

승덕은 지끈거리는 머리를 만지며 말했다. 과연 이런 곳에서 달의 검을 찾아낼 수 있을지 걱정스러웠다.

"형, 낙빈아. 이쪽으로 오세요."

14년간 선광사에서 살았던 정현은 어렵지 않게 낙빈과 승덕을 이끌었다. 다만 정희는 데려오지 않았다. 아직도 기억을 찾지 못한 정희가 법철 근처에 가는 건 위험하다고 다들 생각했기 때문이다. 정희도 모두의 결정에 토를 달지 않고 순순히 혼자 남기로 했다.

승덕은 심리적 방어기제로 기억을 지운 정희에게 아픈 기억이 남아 있는 현장을 보게 하는 건 좋지 않다고 생각했다. 그 모든 기억을 받아들일 준비가 되면 정희 스스로 지워버린 기억을 찾을 것이다.

"휴, 여긴 좀 낫네요."

낙빈이 작게 한숨을 내쉬었다. 정현의 인도로 세 사람은 자욱한 안개를 헤치고 절의 담벼락에 도달했다. 오히려 절과 가까워지자 자욱한 안개가 한풀 꺾인 모습이었다.

"저는 절 안으로 들어가 동정을 살피고 올게요. 그동안 낙빈인 음기의 중심부를 살펴봐주기 바란다."

정현이 훌쩍 몸을 날려 담을 넘었다. 마치 고양이처럼 유연하고 안정된 모습으로 맨바닥을 뛰어올랐다가 다시 건너편 바닥에 내려섰다. 정현은 발소리 하나 내지 않고 재빠르게 움직였다.

낙빈은 정현의 말대로 정좌하고 정신을 집중했다. 음기의 중심부를 찾기 위해서였다. 아마도 음기의 중심부에 그들이 찾는 달의 검이 있을 것이다. 정현도 정찰을 가고 낙빈도 음기의 근원지를 찾으니, 잠시 할 일이 없어진 승덕은 조심스레 몸을 일으켜 담 안쪽 사찰 건물들을 바라보았다.

그때였다.

휘릭.

'어라?'

승덕은 두 눈을 비볐다. 자신들이 있는 곳과 조금 떨어진 담벼락에서 누군가 훌쩍 절 안으로 뛰어들었다. 캄캄한 밤이라 똑똑히 보이지는 않았지만 검은 옷의 남자 같았다. 천신의 도복이나 정현의 승복처럼 펄럭거리는 넓은 옷이 아니라 몸에 딱 달라붙는 검은 양복을 입은 사람의 형상이었다.

톡톡.

승덕이 한쪽 발로 낙빈의 엉덩이를 건드렸다.

"윽, 형! 집중하는 중인데……."

낙빈이 샐쭉해서 돌아보자 승덕이 손가락을 입에 대고 조용히 하라고 했다. 낙빈이 날쌔게 일어나 승덕의 옆에 붙었다. 낙빈에게도 웬 그림자가 후다닥 빠른 걸음으로 경내에 들어서는 것이 보였다.

"저쪽 담벼락에서 넘어왔어."

"스님이 아닌데요?"

어둡고 멀었지만 분명히 승복은 아니었다. 검은 양복의 남자는 살짝 주변을 살피더니 종루로 올라가는 계단을 향해 달렸다. 빠르고 정확한 발걸음이었다. 승덕과 낙빈은 숨죽여 그 모습을 지켜보았다. 낮에 법철이 아들을 보여주기 위해 중년 여자를 데리고 갔던 바로 그 종루였다. 그 검은 그림자가 종루를 오르는가 싶더니 첫 번째 층계 앞에서 갑자기 모습을 감춰버렸다.

"어라? 어떻게 된 거지?"

그는 종루로 올라가지 않았다. 그렇다고 내려오지도 않았다. 종루 중간에서 귀신같이 사라져버린 것이었다. 낙빈도 승덕도 놀라서 서로를 멀뚱히 바라보았다.

휘릭!

바로 그때 그들의 머리 위로 뭔가가 펄쩍 뛰어올랐다. 그들은 깜짝 놀라 가슴이 철렁했지만 곧 정현임을 알아차렸다.

"뭘 보고 있어요? 이상하게도 안에는 아무도 보이지 않아요. 개미 새끼 하나 없어요. 낙빈인 어떠니? 달의 검이 어딨는지 알겠니?"

"아니요. 아무래도 모르겠어요. 아마도 제일 강한 음기가 나오는 쪽에 있을 것 같은데, 그게 어딘지 통 모르겠어요. 두루뭉술하게 잡힐 듯 안 잡히는 것이…… 좀 이상해요."

"왜? 뭐가 이상한데?"

"그게, 이상하게 어딘가 음기의 중심이 있긴 한데, 절 건물들은 아닌 것 같아요. 그렇다고 음기가 다른 곳에서 흘러나오는 것도 아니고……. 아휴, 모르겠어요. 뭔가 꽉 막힌 기분이에요."

정현은 좀 암담했다. 사찰 건물이라면 어디든 잘 알고 있지만 건물이 아닌 곳이라니 감이 오지 않았다.

"그것보다 이상한 걸 봤어, 정현아. 누가 저쪽 담을 넘어오더니 저기…… 저 계단 아래로 없어지더라."

"종루 계단이오?"

정현의 눈이 둥그레졌다.

"그래, 저쪽 계단에서 감쪽같이 사라졌어. 혹시 거기 비밀 문이나 지하로 통하는 입구가 있는 게 아닐까?"

"그럴 리가요."

정현은 고개를 저었다.

"제가 있을 때는 없었는……?"

말을 마치지도 않고 뭔가 생각에 잠긴 정현에게 승덕이 다그치듯 물었다.

"왜?"

"그러고 보니…… 저희가 절에서 나오던 그때 저쪽에서 공사를 했어요. 저기…… 저 종루도 그때 만들고 있었어요. 저 종루는 원래 있던 시설이 아니에요."

"그래? 음, 아무래도 느낌이 이상한데? 어차피 건물 안에 있는 것이 아니라면 비밀리에 만들어놓은 어딘가에 있겠지. 종루 쪽을 한번 살펴보자."

"좋아요."

일행은 선광사 담을 넘었다. 이미 정현의 밑에서 수련 중인 낙빈은 혼자 힘으로 가뿐히 담벼락을 넘었다. 승덕도 정현이 도와주자 어렵지 않게 담을 뛰어넘었다. 어차피 개미 새끼 한 마리 없는 절간이니 소리가 나도 별로 걱정스럽지 않았다.

"어, 잠깐만!"

종루를 향해 조심스럽게 움직이는데 뒤쪽에서 정현의 작은 음성이 들려왔다.

"왜요, 형?"

"그쪽이 아닌가 봐. 해의 검이 반대편으로 당기고 있어!"

"에?"

낙빈이 정현의 등에 단단히 묶인 해의 검을 보니, 과연 정현을 어딘가로 이끌고 가려는 의지가 느껴졌다.

"정말 그런데요? 이 검이 쌍둥이 검이 있는 곳을 알려주고 있나 봐요."

낙빈의 말을 듣고도 승덕은 어쩐지 발길이 돌려지지 않았다.

"그럼 너희는 그쪽으로 가봐. 나는 이쪽으로 가볼게. 아무래도 좀 가봐야겠다는 느낌이 들어서……. 아까 사람이 사라진 쪽을 확인해봐야겠어."

"그런 느낌이 든다면…… 알겠어요. 낙빈이가 형하고 같이 가는 걸로 하죠. 전 해의 검이 가자는 곳으로 가볼게요. 낙빈아, 내가 이 부적을 가지고 있으면 네가 어디 있는지 금방 찾을 수 있겠지?"

정현은 자신의 왼쪽 가슴을 가리켰다. 그곳에는 낙빈이 만들어 준 부적이 소중히 들어 있었다.

"네, 제가 만든 부적이 있으니까 형의 상태는 제가 느낄 수 있어요. 부적신장님을 불러내면 대충 형이 어디에 있는지도 알 수 있고요."

"그럼 여기서 헤어지자. 승덕이 형, 너무 깊이 들어가지 말고 위험하면 곧장 나와요. 절대 위험한 일은 하지 마세요. 그럼 잠시 후에 봐요."

"그래."

일행은 둘로 나뉘었다. 정현은 해의 검이 가리키는 절 뒤쪽으로, 승덕과 낙빈은 좀 전에 사람이 사라져버린 종루로 발걸음을 옮겼다.

승덕은 종루로 올라가는 계단 앞에서 한참을 헤맨 뒤에야 작고 네모난 틈을 발견했다. 온 힘을 다해 돌계단을 들어올리니 놀랍게도 그 아래 지하로 내려가는 좁은 계단이 나타났다. 거친 흙과 바위가 만들어낸 기다란 계단을 내려가기 전에 승덕은 잠시 길 위에 떨어진 무언가를 열심히 주웠다.

굴은 무척 어둡고 비좁았다. 하지만 계단을 모두 내려가니 갑자기 공간이 넓어지며 복도가 나타났다. 기다란 복도에는 띄엄띄엄 촛불이 밝혀져 있었다. 벽돌로 벽을 쌓아올린 지하 복도는 장정 서넛이 함께 걸어가도 될 만큼 꽤 넓었다.

"누가 지하에 이런 곳이 있다고 생각할까요?"

낙빈이 감탄했다. 이렇게 어마어마한 굴을 만들어놓다니! 달의 검도 여기 어딘가에 있을지 모르는 일이었다.

"음, 아마 법철이 비밀스럽게 파놓은 것이겠지."

낙빈과 승덕은 발소리를 죽이고 복도를 걸었다.

"흐읍!"

앞서가던 승덕이 갑자기 멈추는 바람에 낙빈이 깜짝 놀랐다. 승덕의 옆으로 고개를 내밀고 바라보니 사람 하나가 바닥에 널브러져 있었다. 회색 승복을 입은 것을 보니 선광사의 스님인 모양이었다. 승덕이 다가가보니 그는 이미 숨이 끊어져 있고 그 옆에는 놋그릇 하나가 엎어져 있었다.

"이것 좀 봐, 프로의 솜씨야! 칼을 빼내는 동시에 왼쪽 목을 찌르고는 그대로 목덜미를 따라 한 바퀴 돌아서 경동맥을 절단

했어."

승덕이 혀를 내둘렀다. 칼을 휘두를 줄은 몰라도 분석할 줄은 아는 승덕이었다.

"으으……."

하지만 낙빈은 시체가 징그럽고 무서워서 승덕의 옷자락만 꼬옥 붙잡았다.

"단도를 갖고 있는 자가 있어. 스님이 죽었으니 아마 아까 우리가 본 그자가 그랬을 거야! 낙빈아, 조심해야겠다!"

"계…… 계속 갈 거예요, 형?"

"응. 저 시체…… 뭔가 아주 이상해서 좀 더 알아봐야겠어."

"뭐, 뭐가요?"

"피가."

승덕은 짧게 대답하고는 시체 옆을 지나갔다. 낙빈은 얼굴을 찌푸리며 승덕의 뒤를 따라갔다. 시체를 살펴볼 엄두는 나지 않았다. 조금 더 걸어가니 갑자기 갈림길이 나왔다. 직선으로 뻗은 길에 90도로 꺾인 길이 나 있었던 것이다. 꺾인 길에서 이상한 소리가 들렸다. 신음 소리 같기도 하고, 웅성거리는 소리 같기도 했다.

"이쪽으로 가자. 낙빈아, 혹시 모르니까 단단히 준비해둬라."

승덕은 긴장한 채로 소리가 나는 굽은 길로 들어섰다. 승덕은 아까 굴 아래로 내려오기 전에 땅에서 주웠던 것을 호주머니에서 꺼내들었다. 다름 아닌 돌멩이였다. 여차하면 돌멩이라도 던져

위기를 모면할 참이었다.

복도를 점차 나아갈수록 소리가 점점 커졌다. 가까이 다가가자 소리의 정체가 분명해졌다. 그것은 고통스러운 신음 소리였다.

통로를 따라 다가가니 좁다란 복도가 끝나고 방같이 생긴 커다란 공간이 나타났다. 달걀의 반쪽처럼 생긴 둥글고 넓은 방이었다. 조심스럽게 주변을 살폈지만 신음 소리 외에 다른 인기척은 느껴지지 않았다. 승덕이 먼저 방으로 들어가고 그 뒤를 낙빈이 따랐다.

"세상에!"

둥그런 넓은 공간에는 길쭉한 창살이 촘촘히 박혀 있었다. 높이 박힌 창살 안쪽에서 고통과 괴로움에 가득 찬 신음 소리가 울려 퍼졌다. 마치 지하 감옥과도 같은 그곳에 사람들이 갇혀 있었다.

"이럴 수가!"

승덕과 낙빈 모두 처참한 광경에 얼굴을 찌푸렸다. 감옥 안에는 열 명가량의 사람이 쪼그리고 있었다. 모두들 두 눈은 아무런 감정 없이 퀭했다. 그늘진 그들의 얼굴은 살아 있는 사람의 모습이 아니었다. 감옥 안쪽에서는 비릿한 냄새가 진동했다. 끔찍한 죽음의 냄새였다. 감옥에 갇힌 사람들은 허연 얼굴로 유령이라도 보듯 낙빈과 승덕을 바라보았다. 그들은 삶의 희망을 완전히 잃어버린 채 고통과 괴로움에 물든 얼굴로 죽어가고 있었다.

저벅.

바로 그때 이 끔찍한 감옥 앞에서 말을 잃은 두 사람의 뒤로 발소리가 들렸다.

"으윽!"

"크윽!"

입을 다물지 못한 채 멍하니 서 있던 승덕과 낙빈의 목을 누군가 죄어오기 시작한 것은 순식간의 일이었다.

"치임입자아…… 주욱인다……."

그들의 목을 조르는 강력한 손아귀 너머로 어눌한 발음이 들려왔다. 승덕은 그 두꺼운 손아귀에 대롱대롱 매달려 사내를 바라보았다. 거대한 체구의 승려가 양손으로 낙빈과 승덕의 목을 잡고 있었다. 그의 눈은 보통 사람보다 살짝 더 벌어져 있었고, 눈의 초점은 서로 맞지 않았다. 두꺼운 목과 두꺼운 팔뚝…… 전형적인 다운증후군 환자의 모습이었다. 회색 승복을 걸친 그는 손아귀 힘이 어찌나 센지 인간의 힘이라고는 생각되지 않을 정도로 그들의 목을 졸라대고 있었다.

"치이미입자아…… 주우이인다……. 내에가아 주욱이인다아……."

"크윽!"

그는 언어 장애자가 국어책을 읽듯 말을 마치고는 더욱 강력한 힘으로 낙빈과 승덕의 목을 졸랐다. 승덕은 사내의 손아귀에 매달려 금방이라도 숨이 넘어갈 것 같은 낙빈을 보았다.

'제길, 낙빈일 구해야 해! 내가 이 정도면…… 어린 낙빈인! 제

발 이번 한 번만 힘을!'

승덕은 초조해졌다. 그는 눈을 감고 최대한 침착하게 염력을 끌어올렸다. 단전으로부터 뜨거운 기운이 모아졌다. 죽을힘을 다해 승덕은 모든 정신력을 끌어모았다. 하지만 채 힘을 끌어 모으기도 전에 목을 조르던 거대한 손아귀가 사라졌다.

"꺽!"

외마디 비명과 함께 사내가 쓰러졌고 그의 손아귀에서 풀려난 승덕과 낙빈도 바닥을 뒹굴었다.

"쿨럭! 쿨럭!"

두 사람 모두 목을 감싸 쥐고 기침을 해댔다. 승덕이 앞을 바라보자 그들의 목을 조르던 사내는 승복의 배 부위에 살짝 번진 핏자국을 감싸고 고꾸라져 있었다. 그리고 그 뒤에 검은색 양복 차림의 남자가 승덕과 낙빈을 굽어보고 있었다. 그는 조금도 동요하지 않은 차가운 눈빛으로 승덕과 낙빈을 찬찬히 바라보았다.

"괜찮소? 옷차림을 보나 정신이 제대로 박힌 것을 보나 여기 승려는 아니군. 당신들은 누구요?"

아까 보았던 그 남자가 틀림없었다. 몸에 잘 맞는 검은 양복 차림의 남자…… 안개 너머로 담을 넘어가던 남자가 분명했다.

그의 눈은 너무나도 날카롭게 반짝였다.

"콜록…… 당신은 누굽니까?"

승덕은 낙빈을 보호하듯 그 앞을 막아섰다. 남자의 오른손에서 반짝이는 작은 단검을 보았기 때문이다. 분명 저 단검이 승려의 배를 찔렀으리라. 승덕은 본능적으로 그가 위험한 남자임을 직감했다. 승덕이 아무 말 없이 그를 노려보는데, 뒤에 있던 낙빈이 겁도 없이 벌떡 일어섰다.

"아저씨가 아까 입구에 있던 사람도 죽였나요? 왜 사람을 마구 죽이는 거죠? 아저씨 살인자예요?"

낙빈은 자신의 목을 조르던 남자가 배에 칼을 맞고 죽어 있는 것을 보고는 검은 양복의 남자를 나무랐다.

"얘야, 살인자라니? 나한테 고맙다고 해야 하는 것 아니냐? 살아 있는 사람을 죽여야 살인이지, 죽은 사람을 죽여봐야 살인이 아니란다."

그는 반짝이는 작은 단검을 품안에 꽂더니 빙글거리며 낙빈을 바라보았다. 승덕은 낙빈의 앞을 막아서며 차갑게 그를 노려보았다.

"당신…… 누구요?"

승덕은 자신도 모르게 뒤로 한 발 물러났다. 뒤쪽에 낙빈을 최대한 감춘 채였다. '위험한 남자다. 무서운 남자다!' 그의 본능이 외쳐대고 있었다.

"목숨을 구해주었으니 먼저 당신들 소개부터 하는 게 순서 아니겠습니까?"

남자가 차가운 눈빛으로 승덕을 바라보았다. 그 눈은 한 치의 흐트러짐도 없이 냉철해 보였다.

"난 승덕이라고 합니다."

승덕은 자신의 이름을 말하는 순간 남자의 눈썹이 잠시 꿈틀거리는 것을 놓치지 않았다. '저 남자는 나를 알고 있다'는 생각이 승덕의 뇌리를 스쳐 지나갔다. 남자는 잠시 동안 승덕을 바라보더니 갑자기 피식하고 미소를 지었다.

"반갑소. 그런데 당신은 왜 여기 있는 거요?"

검은 양복이 되물었다. 승덕은 다른 핑계를 댈까 잠시 고민했지만 곧 사실대로 말하기로 했다. 이 남자에게 거짓을 말하는 것이 어쩐지 아무 의미가 없어 보였다.

"우리는 잃어버린 검을 찾으러 왔습니다. 우리가 찾는 검이 이곳에 있다는 이야기를 들었기 때문에……."

승덕의 말을 듣던 검은 양복이 또다시 큭큭 웃음소리를 냈다.

"여기 땡중이 살인만 하는 게 아니라 도둑질까지 했군요. 하하."

"당신은 왜 이곳에 왔죠?"

"당신들처럼 찾을 것이 있어서 왔다고 해두죠. 이 절의 땡중이 좀 요상한 짓을 하고 있어서 해결할 일이 생겨버렸거든요."

승덕은 여전히 안심이 되지 않는 얼굴로 낙빈을 막아선 채 물었다.

"아까…… 살인을 하지 않았다는 의미는 뭡니까?"

"모르겠나요? 이 시체를 보고 이상한 점을 느끼지 못했나요?"

승덕은 발치에 승복을 걸치고 쓰러져 있는 커다란 사내를 바라보았다. 그리고 좀 전에 보았던 시체와의 공통점을 찾아냈다. 승덕의 입에서 절로 신음이 나왔다.

"피가…… 피가 없어."

"알아보는군요!"

그가 피식하며 입꼬리를 올렸다.

"아까는 대동맥을 끊었고 이번에는 등 쪽으로 돌아가 장기를 손상시켰지만 피는 거의 흐르지 않았어요. 이상할 정도로……."

"바로 맞혔어요."

승덕의 말에 검은 양복은 유쾌한 듯 미소를 지었다. 하지만 미소를 지어도 왠지 남자의 얼굴은 차갑고 날카로워 보였다.

낙빈은 그제야 승덕의 뒤에서 얼굴을 살짝 내밀어 시체를 살펴보았다. 승덕의 말대로 진득하게 배 주변에만 까만 피가 조금 묻어 있을 뿐, 어디에도 피가 튀지 않았다.

"그게 무슨 말이에요?"

승덕은 낙빈을 노출하고 싶지 않았지만 등 뒤에서 말하는 것을 막을 수는 없었다. 아이는 순진하게도 눈앞의 남자가 위험하다는 것을 느끼지 못하는 모양이었다.

"아기 무당님, 보시죠. 내가 죽인 것은 이미 시체였다는 말이지요. 죽은 줄도 모르고 움직이는 시체!"

승덕은 움찔 몸을 떨었다. 그가 처음 보는 낙빈에게 '아기 무당'이라고 말해서인지, 아니면 '움직이는 시체'라는 이상한 말을 했기 때문인지는 알 수 없었다.

"죽은 줄도 모르고 움직이는 시체?"

낙빈은 눈앞의 시체를 바라보며 온몸을 부르르 떨었다.

8

해의 검이 정현을 이끈 곳은 사찰의 한구석이었다. 건물을 돌아 뒤뜰로 가보니 잔디 위에 예전에 세워둔 부도탑들이 보였다. 정현은 작은 부도탑들을 쓰다듬었다. 팔각 연꽃무늬가 손가락을 간질였다. 어릴 적 부도탑들 사이에서 뛰놀던 기억이 새록새록 떠올랐다. 해의 검은 그곳을 지나 낮에도 어두컴컴한 곳간을 가리키고 있었다. 주위를 조심스럽게 살피며 정현은 곳간으로 들어갔다. 어두컴컴한 곳간 여기저기에 박힌 시렁이 모두 텅텅 비어 있었다. 정현이 안을 꼼꼼히 살펴보자 예전에는 보지 못했던 거대한 철문이 벽에 달려 있었다. 철문에 귀를 기울였지만 아무 소리도 들리지 않았다. 정현은 조심스럽게 철문을 열었다.

그긍…….

짤막하게 돌과 철이 부딪히는 소리가 들리더니 어렵지 않게 문이 열렸다. 철문 안쪽에는 울퉁불퉁한 검은색 스펀지 같은 것이 사방을 덮고 있었다.

"방음실이구나!"

안에서 밖으로, 밖에서 안으로의 소음을 완전히 차단한 방음 시설이었다. 정현은 안으로 들어가 철문을 닫았다.

문은 지하로 내려가는 층계와 연결되어 있었다. 사방은 어두컴컴했다. 다만 군데군데 걸린 횃불 덕분에 정현은 겨우 벽에 부딪히지 않고 앞으로 나아갔다. 절 밖에서 들었던 검의 울음소리는 이제 귀를 먹먹하게 할 정도로 크게 울려 퍼졌다.

"검의 울음소리를 막기 위해 방음벽을 설치한 건가?"

그러나 이런 방음 시설이 있어도 온 숲에 달의 검이 우는 소리가 울려 퍼졌다. 따라서 달의 검이 우는 소리만 차단하기 위해 이런 시설을 만들었을 것 같지는 않았다. 정현은 뭔가 또 다른 끔찍한 소리를 막기 위해 방음벽을 설치한 것은 아닐까 하는 생각을 했다.

정현은 귓가에 맴도는 찢어지는 듯한 검의 비명을 향해 천천히 발걸음을 옮겼다.

"정식으로 인사하지요. 나는 신성한 집행자들이 파견한 시찰자입니다. 현욱이라고 합니다."

검은 양복이 빙긋 웃더니 자신을 소개했다. 그러고는 이 비참한 지하 감옥의 사진을 여러 각도에서 찍어댔다.

신성한 집행자들이라…… 승덕은 그 이름을 기억해냈다.

"신성한 집행자들이라면 혹시…… 그…… SAC?"

"흐음, 알고 있다니 대단하군요!"

현욱은 바삐 움직이던 손을 멈추고 승덕을 바라보았다. 몹시 놀랐다는 얼굴과 무척 흥미롭다는 얼굴이 뒤섞인 표정이었다.

하지만 정작 놀란 것은 승덕이었다. 승덕은 이 단체가 실제로 존재하고 있다는 사실에 충격을 받았다. '신성한 집행자들Sacred Administrator's Committee'은 전 세계의 모든 종교에 대해 감사監査 역할을 수행하는 단체로 알려져 있었다. 국가를 초월하여 세계 각국의 지도자와 종교인이 가담하고 있다는 신비롭고 비밀스러운 조직! 모든 국제 관계의 바탕에는 항상 이 단체가 숨어 있다는 설이 있을 정도로 엄청난 힘을 가졌다는 SAC가 실제로 존재한다니 믿을 수가 없었다. 수많은 조사를 했지만 실체가 증명되지 않은 비밀 조직이었다. 그 이름을 이 깊은 구덩이에서 들을 줄이야!

"근데 여기 계속 있어도 되는 거예요? 누가 오면 어떡해요?"

낙빈은 초조해졌다. 살아 움직이는 시체가 언제 또 들이닥칠지 모르는 상황에서 여유롭게 사진을 찍어대는 현욱이 이해되지 않았다. 영혼이 죽은 줄도 모르고 떠돌아다닌다면 몰라도 죽은 시체가 움직인다는 것은 어린 낙빈에게 여간 꺼림칙한 일이 아니었다.

"걱정하지 않아도 됩니다. 오늘은 이곳에 사람들이 없어요. 모두 다른 곳에 모여 있거든요."

남자는 여유롭게 웃으며 대답했다.

"다른 곳이라면?"

"파티가 열리는 곳이라고나 할까요? 이단異端의 중들은 보름달이 뜨는 밤마다 파티를 연답니다."

현욱은 이제 사진을 모두 찍었는지 카메라를 내려놓고 낙빈 쪽을 바라보았다.

"그래, 아기 무당의 눈에는 어떤가요? 이 죽은 자들이 왜 살아서 움직이는 것 같나요?"

낙빈은 갑작스러운 질문에 당황하며 승덕을 바라보았다. 승덕의 얼굴 가득 팽팽한 긴장감이 감돌았다.

"저, 사술일지 모른다고……."

"그렇지요, 사술! 눈치챘나요? 잔인한 흑마법이랍니다. 시육주법屍肉呪法◆이라는 술법이지요."

현욱의 눈이 날카롭게 빛났다. 낙빈은 그의 눈빛을 보며 이 남자가 여기서 벌어지는 일에 대해 이미 모든 것을 파악하고 있다는 생각이 들었다.

"시체가 어떻게 살아나는 거죠? 영혼이 육계肉界에 머문다면 몰라도 영혼이 이미 떠난 시체가 왜, 어떻게 살아 있는 거죠?"

"그건 피의 계약 때문이지요."

"피의 계약이오?"

"그렇습니다. 피의 계약. 죽은 자가 살아서 걸어 다니게 하는 잔인한 계약을 말합니다. 자, 아기 무당님, 저기 저 안에 갇힌 사람들을 유심히 살펴보세요."

낙빈은 감옥 안에 갇혀 신음하는 사람들을 바라보았다.

"팔에 보이나요?"

낙빈과 승덕은 남자의 말대로 그 사람들의 팔을 바라보았다. 그들의 팔에는 계속 링거를 맞아야 하는 환자들에게 꽂아놓는 짧

◆시체를 움직이는 주술법을 의미한다. 시육주법에 의해 움직이는 시체는 자신의 의지는 전혀 없이 언제나 주인의 말에 복종해야 한다. 그 영혼은 이미 육체를 떠난 상태라고 해야 하지만 육체가 겪는 괴로움 탓에 영혼 역시 쉽게 성불하지 못한다.

은 플라스틱 선 같은 것이 달려 있었다.

"이 가루가 뭔지 아나요?"

현욱의 목소리에 낙빈과 승덕은 깜짝 놀라 소름이 돋았다. 그는 동굴 입구 쪽에서 바람처럼 빠르게 감옥 앞까지 다가왔다. 그가 발소리도 내지 않고 귀신처럼 조용히 다가와 낙빈과 승덕 곁에 선 것이다. 그는 무심한 얼굴로 감옥 앞에 떨어져 있는 하얀 가루를 손에 묻혔다. 그러고는 살짝 코 밑에 대고 냄새를 맡았다.

"마약입니다."

그는 낙빈과 승덕에게 흰 가루를 내보였다. 두 사람 모두 흠칫 놀라 한 걸음 뒤로 물러섰다.

"자, 팔에 꽂힌 플라스틱 선과 마약, 걸어 다니는 시체, 거의 남아 있지 않은 피……. 이것들을 조합하면 어떤 흑마술을 사용했는지 짐작이 가지요. 팔뚝에 꽂힌 선을 통해 매일 저들에게서 일정량의 혈액을 뽑습니다. 뽑아낸 피의 일정량은 중들이 가져가고, 일부는 다시 저들에게 주입되지요. 바로 하얀 가루, 마약과 함께 말입니다. 죽기 직전까지 매일 이 과정이 계속됩니다. 동굴 내부를 보면 알겠지만 어디에도 밥을 먹은 흔적은 없습니다. 즉 저들은 음식을 먹지 않습니다. 심지어 물도요. 저들에게 유일한 생명줄은 마약에 섞여 재투입되는 자신의 피뿐이죠. 그러니 어떻겠습니까? 저들은 모두 미친 듯이 피를 갈구하게 되지요. 저들은 갈증 이상의 갈증을 느끼며 서서히 죽음에 이르게 됩니다. 심지어 죽은 후에도 사술은 계속됩니다. 보시다시피, 피의 계약을 통해 저들은 죽어서도 사이비 중의 말을 철저히 따르며, 생명수와 같은 피 한 방울을 얻기 위해 철저히 복종하게 됩니다. 하지만 시체의 주인은 절대로 충분한 피를 주지 않아요. 아주 소량의 피만 주지요. 겨우 살아 움직일 수 있을 만큼만요. 고통이 커질수록 피의 약속은 강해지고 복종은 깊어지니까요."

"피의 계약……."

승덕은 현욱의 말을 곱씹어보았다. 죽을 때까지 지속적으로 피를 빼앗기는 사람들……. 그래서 이 동굴 속에서도 사람들의 얼굴이 백지장처럼 하얬구나 싶었다. 그들은 마약과 흑마법에 매여 죽어서도 자유를 얻지 못한다. 승덕은 현욱의 말을 듣고 보니 이상하게 생각되었던 것들이 서서히 이해되기 시작했다.

반면 낙빈의 얼굴은 완전히 일그러졌다. 살아 있는 사람의 피를 뽑고 또 주입하며 끔찍한 고통을 주다가 죽고 나면 피의 계약을 맺는다니……. 게다가 이런 짓을 하는 자가 신을 모시는 스님이라니, 상상만 해도 무섭고 구역질이 났다.

"세상에는 참 믿기 힘든 일이 많지요."

현욱은 두 사람의 표정을 살피더니 돌아섰다.

"만나서 반가웠습니다. 부디 찾고 있는 물건을 무사히 되찾기를 바랍니다. 그럼."

승덕과 낙빈이 미처 뭐라고 말하기도 전에 그는 바람처럼 사라졌다. 깊은 동굴에는 발소리도, 작은 메아리도 남지 않았다. 승덕은 귀신처럼 사라진 그의 여운을 뒤쫓았지만 소용없는 일이었다.

그를 만난 것이 마치 꿈이나 환상이었던 것처럼 그는 흔적도 없이 사라지고 말았다.

"이러고 있을 때가 아니다. 우리도 어서 가자."

가까스로 정신을 차린 승덕이 낙빈의 손목을 잡고 움직였다. 어두운 복도로 빠져나오는 길에 승덕은 그 현욱이라는 자에 대해 곱씹어 생각해보았다. 검은색 양복을 위아래로 말끔히 차려입고 나타난 위험한 남자. 흔적 하나 남기지 않는 꼼꼼하고 매서운 눈초리. 그리고 무척이나 여유만만한 태도. 무엇보다도 승덕과 낙빈을 이미 알고 있는 듯한 느낌까지……. 승덕은 그가 자신들에게 긍정적인 인연의 사람인지 아닌지는 알 수 없지만, 이것이 그와의 마지막 만남은 아닐 거라는 생각이 들었다.

정현이 지하로 통하는 기다란 계단을 밟고 내려가자 또다시 끝이 보이지 않는 복도가 펼쳐졌다. 쭉 뻗은 복도에는 새빨간 카펫이 펼쳐져 있고 달의 검이 우는 소리 외에도 수많은 사람의 웅성대는 소리가 흘러나왔다.

정현은 사방을 살피며 점점 안으로 들어갔다. 복도의 중간쯤에 이르자 길이 두 갈래로 갈라졌다. 한쪽은 무척 조용해서 아무 소리도 들리지 않고, 다른 쪽은 온갖 소음이 흘러나왔다. 해의 검이 시끄러운 곳을 향해 부르르 검신劍身을 떨었다. 정현은 검이 가리키는 대로 시끄러운 쪽을 향해 한 발을 내디뎠다.

저벅저벅.

동굴 안쪽으로 접어들자 사람들의 발소리가 들려왔다. 방음을 위해 카펫까지 깔아둔 곳이지만 정현의 귀는 미세한 발소리도 놓치지 않았다.

일직선으로 뻗은 복도. 숨을 곳은 없었다. 정현은 발과 손에 기를 모으고 복도 천장에 달라붙었다.

저벅저벅.

발소리가 점점 크게 들려왔다. 거미처럼 천장에 달라붙어 있자니 온몸에서 땀이 배어 나왔다. 정현의 아래로 세 명의 스님이 지나갔다. 회색 승복을 입은 그들은 두 손에 놋그릇을 하나씩 들고 일렬로 걸어가고 있었다. 그릇에 찰랑거리는 것은 검붉은색이었다. 비릿한 냄새가 나는 것으로 보아 피가 틀림없었다.

저벅저벅.

발소리가 사라지자 정현은 몸을 날려 사뿐히 바닥으로 내려왔다.

"휴우……."

정현은 손으로 땀을 닦았다. 조금만 늦었으면 발각되었을 것이다. 이런 상황을 아는지 모르는지 등에 멘 해의 검이 부르르 정현을 재촉했다. 그는 또다시 달의 검이 있는 곳을 향해 걸음을 내디뎠다.

"형, 어쩐지 정현이 형이랑 점점 가까워지는 느낌이에요."

복도를 걷던 낙빈이 이마에 손을 대며 말했다. 정현이 간직한 부적의 힘이 복도 끝에서 느껴졌다. 하지만 아무리 걷고 또 걸어도 더 이상 가까워지지는 않았다. 아마 정현이 일정한 거리 저편에서 움직이는 모양이었다.

도대체 지하가 얼마나 깊고 넓은지 복도가 끝나면 다시 계단이 나오고, 계단을 내려가면 또다시 기다란 복도가 나왔다. 중간중간에 길도 여러 번 갈라져서 마치 미로 같았다.

"겁나는데요? 한번 잘못 들어오면 다시 나갈 수나 있을지 모르겠어요, 형."

"걱정 마라. 계속 표시를 해두었으니까."

승덕은 길을 잃지 않기 위해 등불이 하나 나올 때마다 그 주위에 작게 표시를 해두었다.

"으음. 어느 쪽으로 가야 하지? 여긴가, 아니 여긴가?"

갈림길 앞에서 낙빈이 서성거렸다. 양쪽 모두에서 정현이 가진 부적의 기운이 똑같이 느껴졌다. 낙빈은 한참 고개를 갸웃거리다가 안쪽으로 굽은 길을 택했다.

"여긴가? 앗! 혀어엉!"

낙빈이 외마디 비명을 지르며 두 손을 허우적거렸다. 낙빈의 비명 소리에 승덕이 손을 내밀었지만 이미 너무 늦었다. 승덕이 낙빈을 잡으려 했을 때는 낙빈의 쭉 뻗은 다섯 손가락 외에 아무것도 보이지 않았다. 그 손가락마저 순식간에 깊은 어둠 속으로 빨려 들어갔다. 낙빈이 택한 길 앞에는 지하로 떨어지는 기다란 함정이 기다리고 있었다.

"낙빈아아아!"

승덕은 새까만 굴에 대고 낙빈을 불러보았지만 메아리 외에는 아무 소리도 들리지 않았다. 까마득한 지하 저 아래쪽으로 낙빈의 하얀 한복이 순식간에 사라져버렸다.

9

'지하에 이렇게 거대한 공간을 만들다니!'

정현은 입을 다물 수 없었다. 기다란 복도, 그리고 지하로 통하는 계단, 또다시 기다란 복도……. 정현은 미로처럼 이어지는 복잡한 길을 지나면서 10여 년간 살았던 선광사에 이런 곳이 있다는 사실을 어떻게 까맣게 모를 수가 있었는지 놀랍기만 했다.

해의 검이 이끄는 대로 미로를 헤매던 정현이 마지막에 다다른 곳은 거대한 원형극장 같은 곳이었다. 거대한 오페라 하우스를 닮은 원형극장은 지하 3층까지 있었다. 각 층마다 곳곳에 원형 동굴이 뚫려 있고 정현이 도착한 곳은 2층 끝이었다. 원형극장을 중심으로 수많은 굴이 복도처럼 뻗어 있었다. 가운데 여왕개미를 중심으로 사방에 굴이 뚫려 있는 개미굴 같았다.

정현은 숨을 죽이고 원형극장을 살펴보았다. 원형극장의 앞쪽 중앙에는 높다란 강단이 있었다. 강단은 회색 승복의 스님들이 겹겹이 에워싸고 있었다. 다행히 2층과 3층에는 인기척이 없었다. 정현은 벽 그늘에 몸을 숨기고 아래쪽에서 벌어지는 광경을 유심히 살폈다.

"보름의 계약이 끝났으니, 너희를 속박에서 구원해주리라!"

우렁찬 목소리였다. 배에서부터 끌어올리는 힘찬 목소리. 이 거대한 홀을 쩌렁쩌렁하게 울릴 만큼 커다란 목소리가 강단 중앙에서 울려 퍼졌다.

정현의 미간이 좁아졌다. 거대한 체구, 위풍당당한 사지를 보지 않더라도 놈이 법철이라는 것을 단번에 알아챌 수 있었다.

"오오오!"

강단 아래서 승려들이 정신없이 소리를 질러댔다. 강단 왼쪽에는 세 명의 남자가 대리석 제단에 십자로 누워 있었다. 그들은 살아 있는 인간이라기보다 시체에 가까웠다. 간혹 껌뻑거리는 눈이 살아 있는 사람이란 느낌이 들게도 했지만 새까맣게 타들어간 눈가, 해골과도 같은 얼굴은 도저히 살아 있는 사람으로 보이지 않았다.

"피를 원하느냐?"

강단에 서 있는 법철이 제단에 누운 세 사람에게 물었다.

"피……."

"피! 피!"

그들은 미친 듯이 소리치며 버둥거렸다. '피'라는 소리에 세 명의 눈이 튀어나올 것처럼 커졌다. 갈증에 목마른 그들은 미친 듯이 피를 갈구하고 있었다.

“나의 노예가 되어라. 그리하면 영원한 생명의 피를 얻으리라!”

“오오오!”

사방에 광분한 자들의 아우성이 가득 찼다. 이제 제단의 세 사람뿐만 아니라 법철을 둘러싼 승려들의 입에서도 갈구의 비명이 터져 나왔다.

“고통을 이겨내라! 너희는 영원한 생명을 얻으리라! 피의 계약을 맹세하느냐?”

“맹세합니다! 맹세해요!”

대리석 위에 누운 세 명의 남자는 누가 먼저랄 것도 없이 소리를 질렀다. 메말라 갈라진 그들의 입술이 피를 갈구하고 있었다.

법철이 강단 뒤의 승려들에게 손짓하자 그들 중 네 명이 걸어 나오더니 법철과 가장 가까이에 누워 있는 자의 사지를 붙들었다.

“고통을 이겨내라! 고통을!”

정현은 한 손으로 입을 막았다. 갑작스러운 구토감을 참을 수가 없었다.

비록 시체처럼 비쩍 마르고 핏기 없는 얼굴이었지만 분명히 대리석 위에 누운 자들은 아직 살아 있었다. 그런 사람의 몸을 네 명의 승려가 둘러싸고는 발목뼈를 부러뜨리고, 어깨뼈를 동강내고, 내장을 휘저으며 도저히 상상할 수도 없는 고통을 주고 있었다. 깡말라 미라처럼 보이는 제단 위의 남자들은 뼈가 부서질 때마다, 내장이 휘저어질 때마다 도저히 알아들을 수 없는 고통의 비명을 내지르고 있었다.

"끄아악! 끄아아악!"

죽음보다 더한 고통이 그들의 사지를 휩쓸고 지나갔다.

"크아하하."

그런 신음을 들으며 분명 법철은 즐거워하고 있었다. 놈의 구겨진 얼굴은 도저히 사람의 것이 아니었다. 고통으로 일그러지는 사람의 사지를 바라보며 잔인하게 웃어대는 그놈은 바로 악마의 얼굴 그대로였다!

"고통스러워해라! 더욱 고통스러워해라! 마지막, 너의 모든 고통을 저것이 받을 때까지!"

법철은 미친 듯이 웃어대며 홀 중앙에 높이 걸린 무언가를 가리켰다. 정현은 법철이 가리키는 것을 바라보았다. 두꺼운 쇠사슬에 친친 엉켜 있는 무언가가 새하얀 빛을 반짝였다.

우웅…… 우우웅…… 우우우웅…….

세차게 온몸을 떨며 울고 있는 검. 검신을 흔들며 괴롭게 울고 있는 그것은 바로 은빛 찬란한 쌍둥이 달의 검이었다.

"컥!"

어둠 사이로 승려 한 명이 쓰러지고 있었다. 어둠 속에서 승덕은 한 손으로 승려의 입을 틀어막고 다른 한 팔로 승려의 목을 감아쥐었다. 그러고는 힘껏 목을 비틀었다. 승려는 단 몇 초 만에 고개를 떨구며 쓰러졌다.

"미안합니다."

승덕은 조용히 중얼거렸다. 이 지하에 그들 외에 다른 사람이 있으리라고는 상상도 못한 승려를 제압하는 것은 어렵지 않았다. 다만 그가 숨이 남아 있는 사람인지, 아니면 걸어 다니는 시체인지 구분하기는 어려웠다. 목에서 맥박이 느껴지는 것도 같고 완전히 멈춘 것도 같았다. 어쨌든 고통스럽지는 않을 것이다. 정확히 경동맥을 눌러주었으니까. 인간은 경동맥을 막으면 7초 안에 나가떨어진다. 고통을 느낄 사이도 없이.

승덕은 넘어진 승려를 구석으로 숨기고 승려의 옷을 껴입었다. 이어 넓은 홀의 마지막 기둥에 몸을 가리고 중앙 강단을 바라보았다. 승덕은 혹시라도 누군가 낙빈을 데려올까, 혹시라도 낙빈이 보일까 해서 계속 사방을 둘러보았다. 하지만 법철에게 넋을 빼긴 승려들 외에는 이상한 움직임이 발견되지 않았다.

홀에는 승복 차림의 승려들이 가득했다. 강단 위에는 거대한 몸집의 법철도 있었다. 놈은 승려로서는 상상할 수도 없는 괴상한 짓거리를 하고 있었다.

"커어억!"

괴로워하는 신음 소리가 끊이지 않고 이어졌다.

"고통을 이겨내라! 영원한 생명을 얻으리라!"

법철이 제단에 묶인 세 사람을 고문하며 미친 듯이 외쳐대고 있었다. 이를 지켜보는 승려들도 발광하며 소리를 질러댔다.

그때 한 귀퉁이에서 누군가가 달려 나오더니 법철의 귀에 소곤거렸다. 법철은 그 사람과 몇 마디를 주고받더니 뒤편 어딘가로 잠시 사라졌다가 5분쯤 후에 다시 돌아왔다.

"침입자가 들어왔다!"

법철이 주위를 둘러보며 외쳐댔다.

"어떻게 하길 바라는가?"

찢어질 듯한 외침이 이어졌다.

"죽여라! 죽여라! 죽여라!"

정현은 침을 꿀꺽 삼켰다.

'침입자? 내가 들어온 줄 이미 알고 있는 건가?'

그때였다. 강단으로 끌려오는 흰색 한복을 보는 순간 그의 심장은 얼어버릴 것만 같았다. 사지가 묶인 채 법철이 서 있는 강단으로 나오는 하얀 한복의 소년은 분명 낙빈이었다.

낙빈의 사지를 네 명의 승려가 붙잡았다. 그러고는 네 번째 대리석 위에 낙빈의 몸을 고정시켰다. 무슨 약을 먹였는지 낙빈은 눈을 뜨지 못하고 정신을 잃은 듯했다. 기둥 뒤에 숨어 이 광경을 지켜보는 승덕 역시 입이 바짝바짝 타들어가는 것만 같았다.

"숨어 있는 놈들은 모두 나와라! 들어오기는 쉬워도 나가기는 쉽지 않을 것이다! 나와라! 아니면 이 꼬마가 갈가리 찢기는 꼴을 보여주마!"

홀 안에는 정적이 흘렀다.

"칼을 들어라!"

법철의 우렁찬 목소리와 함께 승려 한 명이 기다란 칼을 높이

쳐들었다. 피로 물든 칼은 이미 세 명의 희생자를 처치하고 끔찍하게 더럽혀져 있었다.

금방이라도 피 묻은 칼날이 낙빈의 심장에 꽂힐 태세였다. 승덕은 눈을 감고 정신을 집중했다.

"찔러라! 갈기갈기 찢어버려라!"

칼을 든 승려의 손이 허공으로 번쩍 치켜 올라갔다. 그의 손이 낙빈의 심장을 겨냥해 내리치는 순간!

"끄아악!"

우두둑!

심장을 찌르려던 승려가 칼을 놓치고 뒤로 나자빠졌다. 뒤이어 무언가 부러지는 소리가 들렸다. 법철은 뒤로 넘어진 자신의 부하를 바라보았다. 어찌 된 일인지 그의 양팔이 반대쪽으로 꺾여 있었다.

"그만둬라! 이 사악한 악마야!"

승려복을 입고 기둥 뒤에 숨어 있던 승덕이 모습을 드러냈다. 그는 승복을 던져버렸다.

"이야아아!"

승덕이 주먹을 불끈 쥐고 힘을 줄 때마다 낙빈의 팔을 잡고 있던 네 명의 손목이 우둑우둑 반대쪽으로 꺾였다.

법철은 이 놀라운 광경에 입을 다물지 못했다. 놀란 것은 법철만이 아니었다. 정현도 마찬가지였다. 정현은 낙빈을 보았을 때부터 홀의 2층 구석에서 기회를 엿보고 있었다. 정현이 검을 든 승려를 향해 공격하려는 찰나, 승덕이 나타난 것이다.

"흐흐…… 염력이 있는 놈이냐? 재미있구나! 재밌는 놈이 왔어! 크하하하."

법철은 곧 정신을 차렸다. 놈의 웃음소리가 동굴 안에 쩌렁쩌렁 울려 퍼졌다. 웃음이 멈추기가 무섭게 거대한 몸이 휘릭 공중을 날았다.

콰쾅!

"이크!"

승덕의 바로 앞 시멘트 바닥이 산산이 부서지고 말았다. 재빨리 뒤로 몇 걸음 움직이지 않았다면 큰일 날 뻔했다. 법칠의 거대한 몸이 순식간에 다가오자 승덕은 적잖이 놀랐다.

"하룻강아지 범 무서운 줄 모른다더니!"

법철의 오른팔, 그 초록색 팔이 승덕의 눈앞을 휘익 지나갔다.

휘이잉!

오른 주먹이 세찬 바람 소리를 내며 승덕의 코앞을 스쳐갔다. 소리만으로도 그 위력이 얼마나 굉장할지 알 것 같았다. 저런 주먹에 맞으면 뼈도 추리기 힘들 거라는 생각이 들었다.

"우우우……."

이제 피할 곳도 없었다. 법철을 따르는 승려들이 승덕을 빙 둘러쌌다. 아니, 승려 복장이었지만 그들의 얼굴은 이미 생명력을 잃은 시체였다. 징그러운 웃음과 함께 또다시 법철의 오른팔이 움직였다. 거대한 팔이 승덕의 사지를 부술 듯이 날아왔다.

"이야압!"

승덕이 인상을 찌푸리며 힘을 쥐어짜자 법철은 마치 단단한 벽에 부딪힌 듯 허공에서 꼼짝하지 못했다. 승덕의 염력이 무형의 장막을 친 것이었다.

그러나 그것도 잠시.

우둑, 우둑, 우둑!

그의 초록 팔이 툭툭 불거져 나오더니 승덕이 만들어낸 염력의 장막 안으로 파고들었다. 쩍 소리와 함께 승덕의 방어벽은 산산이 쪼개져버렸다.

으드득!

방어벽이 깨지는 것과 동시에 세찬 바람 소리가 승덕의 코앞을 스쳤다.

"헉!"

이번엔 왼손이었다. 집게손가락과 가운뎃손가락을 곧추세우고 승덕의 심장을 향해 날아오는 법철의 왼손! 재빨리 고개를 숙이자 법철의 무지막지한 공격이 승덕의 바로 뒤에 있던 승려에게 돌아갔다.

퍼벅!

순식간에 승려의 가슴께로 법철의 손가락이 무시무시하게 꽂혀 들어갔다.

"끄아아악!"

법철의 공격을 받은 승려는 숨이 막혀 제대로 소리도 지르지 못한 채 뒤로 넘어갔다. 그의 입에서 일순 시뻘건 피와 진득한 액체가 튀어나왔다. 단순한 주먹질이 아니었다. 손가락으로 기를 뿜어 상대의 심장과 내장을 모두 파괴할 정도로 강력한 공격이었다.

"잔인한 놈!"

순식간의 일이었다. 법철의 왼손에는 공격당한 승려의 내장이 덜렁덜렁 춤을 추고 있었다. 승덕이 피하지 않았다면 법철의 왼손에 그의 심장이 덜렁거리고 있었을 것이다.

바로 그때였다.

"복호파적伏虎破敵!"

먹이를 잡기 위해 도약하는 호랑이의 모습이 허공을 갈랐다. 기천氣天의 한 수인 복호파적을 외치며 한 마리 호랑이가 둥그런 타원을 그리며 나타났다. 무척이나 부드럽고 아름다워서 춤사위처럼 보였지만 실제로는 가공할 파괴력이 담긴 세찬 공격이 법철을 향해 날아갔다. 동시에 법철의 머리가 반대쪽으로 으득 소리를 내며 돌아갔다.

법철을 공격한 것은 바로 정현이었다.

"형, 여긴 제게 맡기고 낙빈이를 풀어주세요!"

"그, 그래!"

승덕은 정현의 등장에 백만대군을 얻은 기분이었다.

"정현아, 부탁한다! 그리고 중들은 모두 시체야! 움직이지만 산 사람이 아니다. 흑마법을 이용한 시육주법으로 조종되고 있어!"

법철은 정현에게 맡기기로 하고 승덕은 낙빈을 향해 방향을 틀었다. 그러나 채 세 걸음도 떼지 못하고 움직이는 시체들에 둘러싸이고 말았다. 승복을 입은 무리 중에 절반은 정현에게, 나머지 절반은 승덕에게 몰려들었다.

"침입자는 죽여라."

시체들은 침입자를 죽인다는 사명감으로 똘똘 뭉쳐 승덕의 앞을 가로막았다. 그들은 아무 생각도 없는 퀭한 눈동자로 법철의 명령에 따라 인형처럼 움직이고 있었다.

"으윽! 너희와는 싸우고 싶지 않아, 비켜!"

물론 그들의 귀에는 승덕의 말이 들릴 리 없었다. 모두들 핏기 하나 없는 낯빛으로 승덕을 에워쌌다. 온기 하나 느껴지지 않는 넋 나간 얼굴들을 보니 피의 계약을 맺고 껍질만 남은 인간 시체임에 틀림없었다.

"모두 다 죽여라, 남김없이! 강단 위의 꼬마부터 죽여라!"

법철은 갑작스러운 공격에 당황한 것이 분명했다. 잔인한 얼굴이 순간 딱딱하게 굳었다. 법철은 거대한 몸뚱이로 재빨리 날아올라 정현으로부터 멀리 떨어졌다. 이어 자신의 말에 복종하는 시체들에게 외쳤다. 법철의 명령이 떨어지기가 무섭게 한 무리가 강단 위의 낙빈을 향해 몰려갔다. 그리고 정신을 잃은 어린아이를 금방이라도 죽일 기세로 달려들었다.

"안 돼!"

승덕은 미친 듯이 소리치며 시체 무리를 헤치고 낙빈을 향해 달렸다. 동시에 모든 힘을 다해 제단 밑바닥에 집중했다.

요란한 소리와 함께 강단에 있던 제단이 둥실 떠올랐다. 제단 밑으로 먼지가 풀풀 날렸다. 제단은 낙빈을 향해 몰려드는 승려들에게 곧장 떨어졌다. 앞쪽의 승려 몇이 대리석에 깔리고 말았다.

동시에 승덕의 이마에서 진한 땀방울이 뚝뚝 흘러내렸다. 승덕이 모든 힘을 짜내 염력을 끌어올린 것이다.

"허억, 헉……. 비켜! 다치고 싶지 않으면 비키라고!"

승덕이 비틀거리는 몸을 세우며 악을 썼다. 하지만 시육의 술법에 걸린 시체들은 조금의 동요도 없었다. 피의 계약을 맺고 사망한 순간부터 그들은 시체의 주인인 법철의 말만 따를 수밖에 없었다. 정상적인 생각도, 고통에 대한 감각도 잊은 지 오래였다. 그들은 승덕의 위협에도 아무 망설임 없이 몰려들었다.

승덕은 제단 네 귀퉁이에 손발이 묶인 낙빈을 단단히 막아서고 다가오는 승려들을 위협했다. 남은 힘을 짜내 염력을 사용해도 한 무리가 쓰러지면 곧 그다음 무리가 나타나 승덕을 위협했다.

"허억…… 헉……."

쿠쿵!

승덕은 또다시 안간힘을 써 커다란 제단 하나를 공중으로 들어 올린 다음 다가오는 시체들을 향해 내던졌다. 승덕의 앞을 가로막던 시체들이 또다시 대리석에 깔리고 말았다.

"오지 마!"

한 번 염력을 쓸 때마다 기운이 쭉쭉 빠져나가는 느낌이었다. 염력을 쓰지 않은 지 몇 년이나 지난데다 이 능력은 절대 쓰지 않겠다는 정신적 압박을 가하며 살아온 터라 지치는 것이 당연했다.

시체들이 멈칫하는 것은 순간에 불과했다. 또다시 수많은 무리가 몰려왔다. 이제 승덕의 앞쪽뿐 아니라 낙빈의 뒤쪽도 서넛의 승려가 둘러싸기 시작했다.

"제길, 물러나앗!"

승덕의 외침과 함께 순식간에 낙빈이 누워 있는 대리석 제단이 공중으로 떠올랐다. 낙빈의 사지를 잡아 뜯으려던 몇몇이 허공에 손을 휘저었다.

퍼억!

"으흑!"

낙빈에게 염력을 집중한 터라 자신에 대한 방어는 불가능했다. 곧장 승덕의 옆구리에서 시큰한 통증이 밀려왔다.

콰아악!

또다시 오른쪽 어깨에 우악스러운 손길이 느껴졌다. 승덕은 자신의 오른쪽을 향해 발을 뻗었다.

퍼억!

시체 하나가 승덕의 발에 맞아 휘청거리면서 연이어 한 무리가 우르르 쓰러졌다. 잠시 동안 숨 돌릴 틈이 생겼지만 그게 전부였다. 시체들은 다시 일어나 승덕과 낙빈을 향해 달려들었다. 낙빈을 구하면서 자신의 목숨도 구할 방법은 아무리 생각해도 보이지 않았다. 지독한 피로감에 정신마저 가물가물 꺼져버릴 지경이었다.

그 순간이었다.

"좀 곤란해 보이는군요?"

누군가 승덕의 어깨를 질끈 밟더니 휘익 날아가는 것이 보였다. 승덕의 눈이 커다래졌다가 곧 안도의 빛을 띠었다. 검은색 양복을 아래위로 단정히 입은 남자. 두 눈을 번뜩이며 차갑게 주위를 훑어보는 남자. 조금은 비웃는 듯한 미소를 날리며 허공을 날아가는 남자. 승덕은 처음에는 너무나 위험해 보였던 현욱이라는 남자를 보자마자 왠지 강한 안도감을 느꼈다. 적어도 그가 법철과 대립각을 세우고 있는 건 분명했으니까. 귀신처럼 재빠른 저 남자라면 자신들을 도울 수 있겠다는 생각이 들었다.

그는 승덕과 그 주위에 몰려 있는 승려 무리의 어깨를 재빨리 밟으며 마치 징검다리를 건너듯 어렵지 않게 허공에 떠 있는 제단까지 다가갔다. 정말 눈 깜짝할 사이였다. 긴장으로 팽팽했던 승덕의 정신력이 갑작스런 안도감에 흐트러졌다.

우두둑!

결국 잠깐 방심한 사이 왼팔이 어긋나는 소리가 들려왔다.

"크으윽!"

승덕은 아픔을 참지 못하고 쓰러졌다. 승덕의 왼팔을 붙잡은 승려가 핏기 없는 손으로 더욱더 힘을 주었다. 까마득한 고통이 밀려왔다. 승덕은 억 소리도 내지 못하고 바닥에 쓰러졌다. 쓰러진 승덕을 향해 핏기 없는 하얀 손들이 무자비하게 휘몰아쳤다.

"형! 이야압! 모두 물러서랏!"

승덕의 눈앞에 기다란 막대 하나가 회오리바람을 만들며 날아왔다.

"형, 괜찮아요?"

반가운 목소리, 정현이었다. 정현은 긴 막대를 휘두르며 시체들이 다가오지 못하게 위협했다. 같은 회색 승복인데도 유독 정현의 승복에서만 반짝반짝 빛이 나는 것 같았다. 승덕은 눈앞이 점점 더 뿌옇게 흐려졌다.

"미, 미안하다, 정현아. 난 더 이상……."

승덕은 가물가물한 정신의 끈을 그대로 놓아버리고 말았다.

동시에 그의 정신력으로 떠올랐던 거대한 제단 역시 굉음을 내며 바닥으로 떨어져 내렸다.

10

"제독검提督劍 대적출검세對賊出劍勢!"

정현은 육칠 척가량의 기다란 막대를 들고 제독검의 대적출검세를 시연했다. 온통 사면이 적으로 둘러싸인 상황에서도 그의 품새는 조금도 흔들림이 없었다. 정현은 양손에 긴 막대를 들고 사면을 노려보았다. 비록 감정 없는 시체들이었지만 정현에게서 뿜어 나오는 엄청난 기운을 느끼는지 잠시 멈칫거리는 것이 느껴졌다.

그러나 두려움을 잊은 수많은 시체가 곧 정현을 향해 달려들었다.

"진전살적세進前殺賊勢!"

정현은 오른손으로 막대를 빼내며 오른쪽을 비스듬히 베는 듯이 몸을 돌렸다. 동시에 오른발이 앞으로 나아가며 안쪽에서 바깥쪽으로 반원을 그리더니 검이 이마 위에서 휘감기며 왼쪽을 한 번 더 베듯이 비스듬히 그어졌다.

"끄악!"

좌우로 몰려나오던 대여섯 명이 괴성을 지르며 쓰러졌다. 정현과 승덕의 주위로 동그랗게 공간이 확보되었다. 날카로운 눈으로 노려보는 정현에게 놈들은 선불리 달려들지 못했다. 정현은 경계를 하며 제단에 묶인 낙빈을 살폈다.

승덕이 정신을 잃으면서 바닥에 내려앉은 제단 위에는 검은 양복 차림의 낯선 남자가 버티고 있었다. 갑작스럽게 나타난 남자 때문에 적잖이 놀랐지만 다행히 그에게서 악의는 느껴지지 않았다. 정체를 모르는 남자였지만 지금으로서는 그를 믿을 수밖에 없었다.

한편 승덕의 어깨를 밟고 날아올랐던 현욱은 낙빈이 묶여 있는 제단에 우뚝 서 있었다. 승덕이 정신을 잃으면서 허공에 떠 있던 제단이 바닥으로 곤두박질치자 승려들은 낙빈을 향해 득달같이 달려들었다. 검은 양복을 입은 현욱은 낙빈의 목을 감싸쥐고 숨을 끊으려는 시체의 뒤에서 놈의 목을 휘감았다. 이어 다른 한 손으로 승려의 목 깊숙이 단검을 밀어 넣었다.

"끅!"

놈의 목에서 진득한 핏방울이 주르륵 흘렀다. 시체들을 움직이는 소량의 피가 몸 밖으로 새어나오자 놈은 미친 듯이 몸을 떨며 고꾸라졌다.

"침입자는 죽여버린다!"

현욱은 자신을 향해 달려드는 또 다른 시체의 명치에 무릎을 꽂았다. 그와 동시에 목의 경동맥에 깊숙이, 그리고 정확하게 단검을 박았다. 낙빈의 두 다리를 붙잡고 늘어지는 두 시체에게도 마찬가지였다. 현욱은 몸을 돌리며 한 명의 어깨에 단검을 박더니 연이어 머리에서 가장 연약한 부위인 정수리에 단검을 찔러 넣었다.

"끄악! 끄아악!"

낙빈에게 몰려들던 모든 시체가 눈 깜짝할 사이에 외마디 비명을 지르며 떨어져나갔다. 현욱의 공격에는 한 치의 자비도 없었다. 또한 한 치의 낭비도 없었다. 그의 몸이 한 번 움직일 때마다 정확히 한 명씩 사라져갔다.

그는 정현 쪽을 한 번 쳐다보았다. 시체들에 둘러싸인 채 자신을 노려보는 사나운 눈동자가 보였다. 정현은 승덕이 정신을 잃는 바람에 몸을 움직이기가 쉽지 않는데도 현욱을 경계하며 주시하는 중이었다. 그것은 조금이라도 낙빈에게 해가 되는 행동을 했다가는 무사하지 못할 거라는 무언의 협박이었다. 현욱은 어깨를 한 번 으쓱하더니 품속에서 작은 유리병을 꺼냈다.

치익.

그는 작은 향수병 같은 것에 담긴 투명한 액체를 낙빈의 코앞에 뿌리고는 사지를 묶은 밧줄을 풀었다.

"으음……."

액체를 뿌리고 몇 초도 지나지 않아 낙빈이 눈을 떴다. 낙빈은 벌떡 일어나려다가 두 손으로 머리를 감싸고 넘어졌다. 몹시 어지럽고 속도 쓰렸다.

"깨어났나요?"

목소리가 들리는 쪽을 간신히 바라보니 검은 양복 차림의 현욱이 자신을 내려다보고 있었다.

"여긴 어디……?"

"한가하게 그런 설명을 할 때는 아닌 것 같군요."

그는 현기증이 채 가시지 않은 낙빈을 훌쩍 어깨에 들쳐 멨다. 그러고는 울퉁불퉁한 벽면을 밟으며 순식간에 2층 테라스로 뛰어 올라갔다. 거의 수직으로 뻗은 벽을 거미처럼 기어 올라가는데 사람의 움직임이라고 믿어지지 않을 정도로 날렵하고 매끄러웠다.

"아기 무당이 피해줘야 저 친구가 움직일 수 있겠네요. 그럼 이만. 나는 나대로 할 일이 있어서."

그는 우글거리는 시체들과 멀찍이 떨어진 2층 테라스에 낙빈을 데려다두고는 몸을 휙 돌렸다. 그는 수많은 동굴 중 하나로 사라지려다 잠시 멈춰 낙빈을 바라보았다.

"아기 무당님, 도움말을 하나 준다면 저 땡중의 사술은 흑마법이니까 그 반대되는 것으로 맞설 수 있을 겁니다. 즉 백주술白呪術을 쓰면 꽤나 도움이 될 거란 말이죠. 할 줄 안다면 한번 해보시죠, 백주술을!"

그는 이 말을 마치고 발소리 하나 남기지 않고 바람처럼 어딘가로 사라져버렸다. 낙빈은 어지러운 머리를 싸안으며 몸을 일으켰다. 어딘가에서 어둠에 휩싸여 떨어진 것까지는 기억나는데 그 뒤로는 무슨 일이 있었는지 생각나지 않았다. 아래쪽에서 요란한 소리가 들려왔다. 낙빈은 잘 떠지지도 않는 눈으로 간신히 바라보았다. 눈앞이 흐릿하고 어른거렸지만 찬찬히 바라보니 정현이 혼자 수많은 적과 싸우고 있었다.

"향좌격적세向左擊賊勢!"

정현은 오른발을 축으로 하여 정면을 바라보며 회전했다. 회전과 함께 어깨에 있던 기다란 막대가 순식간에 정면을 내지르며 왼쪽에 있는 적들을 가격했다. 시체들이 고함을 지르며 떨어져나갔다.

"향우격적세向右擊賊勢!"

이번에는 오른발을 축으로 하여 오른쪽에 있는 적들을 가격했다. 정현의 막대가 움직일 때마다 여러 시체가 휘청거리며 쓰러졌다. 바로 그때였다.

"어어?"

낙빈은 갑작스럽게 느껴지는 날카로운 냉기에 몸이 떨렸다.

"정현 혀엉!"

안간힘을 쓰며 목소리를 쥐어짜냈지만 아직 목소리를 내기가 쉽지 않았다. 낙빈의 목소리는 채 몇 발 앞에서도 들리지 않을 것처럼 가늘었다.

낙빈의 말이 채 끝나기도 전에 정현의 몸이 재빠르게 움직였다. 그는 거의 자동적으로 위험을 직감했다. 무언가 자신과 승덕을 향해 차갑게 내리꽂히는 느낌이 들었다. 정현은 승덕의 몸을 발끝으로 들어올려 뒤쪽으로 걷어차고 그 앞을 막아섰다.

"크윽!"

승덕을 보호하며 돌아선 정현의 어깨에 시큰한 통증이 밀려왔다. 무언가 날카로운 무기가 정현에게 날아왔다. 보통 공격이 아니었다. 음기로 가득한 차가운 기운이 정현의 뼛속까지 퍼지는 듯했다. 정현은 공격의 근원을 향해 고개를 돌렸다. 시체 무리와 떨어진 홀의 끝부분에서 거대한 법철의 몸뚱이가 정현을 굽어보고 있었다.

"크하하! 애송이들. 죽으려고 환장을 했구나. 다시는 세상 구경을 못하게 해주마. 들어올 때는 마음대로지만 나갈 때는 그렇게 안 된다! 너희에게도 영원한 생명을 주마. 영원한 내 노예로 말이다!"

법철이 한 손에 구부러진 검은 지팡이를 들고 자지러지게 웃었다. 그가 서 있는 자리에서 무언가를 조종하자 갑자기 지진처럼 땅이 흔들리기 시작했다.

그궁, 그그궁…….

멀리서 둔탁한 소리가 울려 퍼졌다. 거대하고 무거운 무언가가 움직이는 소리 같았다.

"이제 모든 문은 닫혔다! 빠져나갈 방법은 없다. 네놈들에게 남은 건 죽음뿐이다! 크하하하하."

낙빈은 법철의 웃음소리에 두 귀를 막았다. 홀에 울려 퍼지는 법철의 음성은 인간의 것이라고 하기에는 엄청난 음기를 뿜어내고 있었다.

'아아……. 이곳은 숨쉬기도 어려워. 토할 것만 같아!'

주변을 가득 메운 음기에 낙빈의 머리가 지끈거렸다.

정현은 법철이 문을 닫는 동안 재빨리 승덕을 들쳐 업었다. 그러고는 두 발에 온몸의 기운을 모은 뒤 두 다리를 굽혔다 펴면서 거대한 기의 뭉치를 발바닥에 뿜었다. 그러자 승덕을 업은 그의 몸이 가벼운 공처럼 튀어 올라 낙빈이 있는 2층 테라스로 단번에 날아올랐다.

정현이 순식간에 시야에서 사라지자 시체들은 어리둥절해하며 웅성거렸다.

"낙빈아, 괜찮니?"

순식간에 눈앞에 나타난 정현을 보며 낙빈은 안도의 한숨을 내쉬었다. 낙빈은 괜찮다며 고개를 끄덕이려 했지만 여전히 약 기운 때문에 정신이 몽롱했다. 홀 주변에서 뿜어 나오는 엄청난 음기 역시 낙빈을 괴롭혔다. 낙빈은 무슨 말을 하려고 했지만 입만 오물거릴 뿐, 소리가 나오지 않았다.

정현은 낙빈 옆에 승덕을 내려놓고 주위를 살폈다. 다행히 2층 테라스 근처에는 위험한 것이 보이지 않았다. 법철이나 시체들로부터도 비교적 안전했다.

"낙빈아, 형을 부탁한다. 되도록 머리를 깊이 숙이고 가만있어라."

정현은 재빨리 말하고는 테라스 난간 아래로 펄쩍 뛰어내렸다. 이어 반대편 저 멀리에 있는 거대한 법철의 몸뚱이를 향해 몸을 날렸다. 낙빈은 멀리 날아가는 정현의 뒷모습을 보았다. 펄럭거리는 회색 승복 때문인지 정현은 마치 한 마리 새 같았다. 그 커다란 새의 등 뒤에 노르스름한 빛의 날개가 달려 있는 것만 같았다. 정현의 등에 대각선으로 단단히 묶인 해의 검이 뿜어내는 뜨거운 양기가 펄럭이는 날개처럼 느껴졌다.

"너, 법철아! 불쌍한 중생을 구하지는 못할망정 희생보살의 힘을 빌려 금품을 빼앗고 어린 소녀를 우롱하더니 이제는 그것도 모자라 불쌍한 신자들을 속이며 그들의 귀한 목숨까지 빼앗고 있느냐! 너 같은 놈이 주지 자리를 꿰차고 있다니 소름끼치도록 무섭고 통탄스럽구나!"

정현의 말에 법철은 잠시 입을 다물고 무시무시한 눈빛으로 정현을 이리저리 뜯어보기만 했다. 희생보살의 힘을 가진 정희를 언급하자 놈의 눈이 가늘어졌다.

"네놈은 누구냐?"

"기억 못하겠느냐? 나와 누이는 매일 밤 네놈의 꿈을 꾸며 지금도 그 악몽에서 벗어나질 못하고 있는데! 꿈에도 잊지 못하고 있는데……. 네놈이 나를 기억 못해?"

정현은 분통이 터져 피를 토하는 심정이었다. 정희와 정현을 지옥에 떨어뜨린 사람이 이토록 멀쩡히 살아 있다니. 그것도 더욱 극심한 악행을 저지르면서! 그동안 놈에 대한 복수심을 눌러온 것이 안타깝기 그지없었다.

"네놈…… 혜광의 꼬마로구나? 혜광의 아기 스님이었어! 크하하하!"

법철은 정현을 확인하자마자 재밌어 죽겠다는 얼굴로 눈알을 굴렸다.

"사악한 놈! 아버지의 이름을 함부로 부르지 마라! 네놈의 입에 오르내릴 분이 아니다!"

"크하하하. 찾아다녔다, 찾아다녔어. 너를 만나고 싶었다. 네 누이는 어디 있느냐? 네 누이 정희…… 크흐흐. 정희가 보고 싶구나!"

"그 더러운 입으로 누이를 부르지 마라! 그 더러운 입으로!"

놈의 입에서 누이의 이름이 나오자 정현은 두 눈이 뒤집히는 것 같았다. 참을 수 없는 분노가 정현의 온몸을 휩쓸었다. 정현이 소리를 지르며 허공으로 튀어 올랐다. 그의 몸이 다닥다닥 뭉쳐 있는 시체 무리를 지나 곧장 법철이 있는 홀의 끝 쪽으로 날았다. 동시에 정현은 오른손에 들고 있던 기다란 막대를 수직으로 뽑아 올리며 놈을 향해 내리꽂았다.

캉!

정확히 법철의 정수리를 겨냥했지만 긴 막대는 텅 빈 바닥에 부딪히고 말았다. 법철의 거대한 몸뚱이가 깃털처럼 가볍게 뒤쪽으로 뛰어오른 탓이었다.

"이야압!"

정현은 잠시의 틈도 주지 않고 오른발을 앞으로 뻗으며 긴 막대를 놈의 몸통에 강하게 내질렀다.

타닥.

그러나 법철은 몸통을 향해 뻗어오는 막대를 오른손으로 슬쩍 들어올려 방향을 바꾸고는 오른발로 빙그르르 원을 그리며 사뿐히 공격을 피했다. 그는 그 거대한 몸으로 믿기지 않을 만큼 가볍고 빠르게 움직였다. 정현은 생각지도 못한 법철의 움직임에 뒷덜미가 서늘해졌다.

'내가 지금 너무 서둘고 있는 것일까? 정신을 제대로 차리지 못하고 냉정하게 휘두르지 못하는 것일까?'

정현은 심한 분노 탓에 냉정하지 못한 공격을 했다는 생각이 들었다.

"이야압!"

정현은 혼신의 힘을 다해 막대 끝에 기를 모았다. 그리고 법철의 왼쪽 어깨를 향해 우友베기를 시연했다.

퍼벅! 콰지직!

이번엔 공격이 정확히 들어갔다. 그런데 완벽한 공격이 들어갔음에도 불구하고 정현의 기를 담은 긴 막대가 산산이 부서지고 말았다.

법철의 시퍼런 오른팔이 정확히 막대의 공격을 막아낸 것이다.

"이럴 수가……!"

정현은 망연자실했다. 자신의 강력한 기운을 담아 내리쳤다면 두꺼운 철근이라도 휘어져야 했다. 그런데 법철의 괴상망측한 오른팔은 엄청난 공격을 깨끗이 막아내고도 멀쩡했다. 법철의 표정에는 작은 고통의 빛조차 보이지 않았다. 놈은 무시무시한 안광을 빛내며 징그러운 웃음을 지었다.

"혜광이 그토록 애지중지하던 아기 중의 실력이 고작 이 정도란 말인가? 내가 나서지 않아도 되겠구나. 이놈을 잡아라! 죽이지 말고 사로잡아. 놈의 쌍둥이 누이가 필요하다. 나머지 놈들은 전부 없애라."

"우워워 우워어어!"

홀 안에 엄청난 함성이 울려 퍼졌다. 잠시 조용했던 시체 무리가 일부는 정현을 향해, 일부는 낙빈과 승덕이 있는 2층 테라스를 향해 일제히 갈라졌다. 법철은 징그러운 웃음을 지으며 시체들의 뒤쪽으로 물러났다.

"도망치는 거냐!"

정현은 몰려오는 시체들을 헤치며 법철을 향해 달렸다.

"이야압!"

정현의 발길질이 허공을 가르고 세찬 바람 소리를 내며 법철의 몸통으로 날아갔다. 법철은 빙글 돌아서며 날아오는 정현의 발을 또다시 시퍼런 오른팔로 막았다.

퍼벅!

이번에도 정현의 공격은 정확했다. 당연히 뼈가 부러지면서 그 자리에 나자빠져야 했다. 그러나 이번에도 법철의 오른팔은 끄떡도 하지 않았다. 오히려 그 푸르죽죽한 오른팔에서 거대한 근육 같은 것이 툭툭 불거져 나오더니 강력한 기운을 뿜기 시작했다. 법철의 눈이 정현을 매섭게 노려보았다.

쐐애액!

바람을 가르는 차가운 소리가 들려왔다. 정현은 본능적으로 허리를 반대쪽으로 휘며 날아오는 퍼런 팔을 피했다.

콰지직!

법철의 오른팔이 정현의 얼굴을 지나 시커먼 동굴 벽에 박혔다. 그 순간 그 단단한 바윗덩이가 쩍 소리를 내며 갈라졌다. 어마어마한 힘이었다. 아니, 단순히 힘만이 다가 아니었다. 초록빛의 오른팔은 심상치 않은 기운을 내뿜고 있었다. 그건 단순한 팔이 아니라 무시무시한 무기였다. 그 어떤 기운으로도 자를 수 없을 만큼 견고하고 강건한 검이었다.

정현의 본능이 위험신호를 울려대기 시작했다.

'위험하다!'

정현은 온몸의 모공이 본능적으로 바짝 닫히는 것을 느꼈다. 마치 거대한 구렁이 앞에 선 작은 쥐처럼 몸이 반응하고 있었다.

"형…… 형……."

낙빈은 승덕의 다리를 흔들었다. 두 팔을 축 늘어뜨리고 기절해 있던 승덕이 움찔거렸다.

"으음…… 음……."

신음 소리를 내던 승덕이 얼굴을 찌푸리며 눈을 떴다. 머리가 지끈거리며 극심한 통증이 밀려왔다. 승덕이 머리를 흔들며 눈앞을 보니 하얀 한복 차림의 작고 어린 낙빈이 걱정스러운 얼굴로 자신을 바라보고 있었다. 승덕은 정신이 몽롱한 가운데서도 말할 수 없는 안도감을 느꼈다.

"낙빈아, 괜찮니?"

"으응, 괜찮아요."

낙빈이 고개를 끄덕였다.

"다행이다, 다행이야."

승덕은 낙빈의 까만 머리를 헝클어뜨렸다. 낙빈은 승덕의 손에서 느껴지는 온기에 그대로 눈을 감았다. 바로 그때였다.

"우워어어!"

갑자기 아래쪽에서 요란한 괴성이 울려 퍼졌다.

낙빈도 승덕도 깜짝 놀라 아래를 내려다보았다. 한 무리의 시체가 저 멀리 법철과 정현을 향해 달려가고 있었다. 또 한 무리의 시체는 2층 테라스에 사다리를 댔고 일부는 검은 통로로 달려 나갔다. 아마도 2층 테라스로 통하는 길이 있는 모양이었다.

"이런……."

승덕의 얼굴이 파랗게 질렸다. 낙빈은 어지러워서 몸을 가누기도 힘들었고, 승덕은 팔이 어긋나서 일어나기 힘들었다.

"크아악!"

어느새 사다리를 타고 올라온 시체 하나가 두 팔을 벌리며 낙빈을 붙잡으려 했다.

"흐압!"

승덕은 남은 힘을 짜내 정신을 한곳에 모았다. 그와 동시에 그들이 놓은 사다리가 반대편으로 기울어지기 시작했다.

"크아악!"

사다리를 오르던 대여섯의 시체가 바닥으로 내동댕이쳐졌다.

"아으……."

승덕은 곧장 머리를 감싸고 쓰러졌다. 아득한 통증이 밀려왔다. 아픈데도 억지로 염력을 사용한 탓인지 머리도, 어긋난 왼팔도 송곳에 찔린 듯이 아팠다.

"형, 왜 그래요?"

"음. 뼈가…… 어긋난 거 같아."

그때였다. 2층 테라스의 한편에서 낯익은 얼굴 하나가 툭 튀어나왔다.

"세상에, 손 좀 줘봐요!"

낙빈은 어둠 속에서 나타난 그녀를 보고 소스라치게 놀랐다.

"저, 정희…… 누나?"

숙소에 혼자 남겨둔 정희가 낙빈과 승덕 앞에 나타난 것이다.

11

"너…… 네가 왜 여기에?"

정희는 놀라는 승덕의 팔을 다짜고짜 붙잡았다.

"참아요, 오빠."

정희는 승덕의 왼팔을 꽈악 잡더니 힘껏 빼냈다.

"악!"

"참으세요!"

정희가 승덕의 팔을 약간 비틀어 끼우니 뼈가 맞았는지 우둑하는 소리가 들렸다.

"아윽!"

승덕은 입술을 꽉 물고 통증을 참아냈다. 눈앞이 노래지고 번쩍번쩍하는 별까지 보였다. 하지만 정희가 승덕의 팔을 붙잡고 정신을 집중하자 곧 엄청난 통증이 사라졌다. 그 모든 고통을 희생보살의 정희가 받은 탓이다.

"후우……."

왼손으로 땀을 닦은 정희는 몽롱한 낙빈에게 다가갔다. 그리고 낙빈의 이마를 짚어보더니 한숨을 내쉬었다.

"약에 취했구나?"

정희는 낙빈의 이마에 손을 대고 눈을 감았다. 낙빈도 눈을 감았다. 낙빈 앞에 아련한 희생보살의 미소가 떠올랐다. 희생보살은 무척이나 따뜻하고 포근한 어머니의 모습이었다. 그 포근한 어머니가 낙빈을 따스하게 감싸 안았다. 그리고 한 손으로 낙빈의 작은 이마를 짚어주었다. 차갑고 시원한 느낌이 이마에 퍼졌다.

'어머니…….'

낙빈은 어머니가 떠올랐다. 갑자기 어머니가 몹시 그리워졌다. 포근한 희생보살의 모습이 푸른빛과 붉은빛으로 물들기 시작했다. 그러더니 청홍青紅의 신령의복神靈衣服을 입은 어머니의 모습으로 바뀌었다. 어머니가 덩실덩실 사방을 돌며 악귀를 몰아내고 있었다.

덩덩…… 덩더덩…… 덩덩…….

원무당의 장구 소리가 귓가에 울려 퍼졌다. 커졌다 작아졌다, 길어졌다 짧아졌다 하는 장구 소리가 멀리멀리 퍼져서 온 세상을 뒤덮었다. 장구 소리가 낙빈의 머릿속을 울리며 지끈거리던 모든 고통을 사르르 녹여버렸다. 숨쉬기 어려울 만큼 자욱했던 음의 기운도 말끔히 사라졌다. 어느 때보다도 정신이 또렷하고 맑아졌다.

낙빈은 자리에서 아주 천천히 일어섰다. 낙빈의 이마를 짚고 있던 정희는 천천히 손을 떼고 대신 낙빈의 손을 꼭 잡았다. 이제 낙빈의 약 기운은 완전히 사라졌다. 그런데 사라진 약 기운 대신 새로운 기운이 낙빈의 몸속에서 불끈불끈 일어났다. 낙빈의 머릿속이 점점 맑아지면서 싱그러운 기운이 샘솟듯 퍼져나오는 것이었다.

낙빈은 천천히 눈을 떴다. 그런데 무언가에 홀린 듯 초점 없이 먼 곳을 바라보는 눈빛이었다. 온 사방이 시체들의 아우성으로 그득했지만 낙빈의 머릿속만은 그 어느 때보다 고요했다.

홍철릭을 입은 어머니의 몸 안으로 신들이 들어왔다. 어머니의 왼손이 허공으로 높이 올라가더니 움직이기 시작했다. 어머니의 손에 들린 아흔아홉 개의 방울이 흔들리기 시작했다.

딸랑 딸랑 딸랑…….

낙빈은 방울 소리에 귀를 기울였다. 어머니가 움직일 때마다 사방으로 흩어지는 소리가 들렸다. 그 소리는 너무나 아름답고 또 처연했다. 생명의 끝에서 몸부림치는 작은 새의 울음처럼 아프고 간절했다. 그 맑고 청아한 소리가 온 세상을 뒤덮었다.

어머니의 오른손이 허공을 휘저었다. 어머니의 오른손에서 신령을 새긴 붉은 부채가 하늘을 가렸다 열었다 하면서 소망하는 간절한 마음을 사방으로 뿌렸다. 붉디붉은 무복이 이리저리 흔들리며 바람에 나부끼는 붉은 꽃잎처럼 움직였다.

덩덩덕 덩덕…… .

원무당의 장단이 빨라지기 시작했다. 어머니의 아름다운 옷자락이 뱅글뱅글 돌아간다. 낙빈의 눈앞에 어머니의 아름다운 춤사위가 아스라이 어른거렸다. 어머니의 모습 위로 아름답고 슬픈 모습들이 겹쳐졌다.

뱅글뱅글…… 어지러이 흩어지는 아름다운 꽃 무덤.

뱅글뱅글…… 바람에 흔들리는 작고 약한 나비의 날갯짓.

뱅글뱅글…… 해가 스러지고 별도 스러지고 달마저 스러진다.

뱅글뱅글뱅글…….

정희는 낙빈이 빙글빙글 돌기 시작하자 붙잡고 있던 손을 놓았다. 이제 정희가 잡아주지 않아도 낙빈의 정신은 말짱했다. 아니, 말짱한 정도가 아니라 말할 수 없이 정淨하고 고귀한 기운이 뿜어 나오고 있었다. 먼 곳을 바라보며 빙글빙글 도는 낙빈의 모습을 정희도 승덕도 그저 바라볼 뿐이었다.

낙빈의 양손에는 아무것도 들려 있지 않았지만 어디선가 맑은 종 소리, 맑은 방울 소리가 들리는 것 같았다. 낙빈의 몸에 굿을 주관하는 누군가가 강신降神을 했는지 모르지만 천천히 그러다가 점점 빠르게 몸을 돌리며 춤을 추는 것이 신기하기만 했다. 어디서 배웠는지 몰라도 무무巫舞를 춰대는 낙빈은 더 이상 아기 무당이 아니라 한 명의 온전한 신의 제자로 느껴졌다. 낙빈이 한 바퀴

돌 때마다 숨쉬기 힘든 강한 음기 속에 맑은 공기가 퍼져나오는 것만 같았다.

"크아악!"

뒤쪽에서 비명이 들려오자 정희와 승덕이 돌아보았다. 기다란 통로를 통과해 테라스로 발을 들이려던 시체 하나가 양손으로 머리를 부여잡으며 앞으로 고꾸라졌다. 뒤를 따르던 여럿 역시 차례로 머리를 부여잡으며 바닥을 뒹굴었다. 시체들은 낙빈이 뿜어내는 해맑은 기운을 견디지 못하고 고통의 몸부림을 치며 뒹구는 것이 분명했다.

덩덩 덩더덕…….

낙빈의 눈앞에 오방기五方旗가 펄럭였다. 오방색인 빨간색, 하얀색, 노란색, 푸른색, 검은색이 어머니의 손 위에서 춤을 추었다. 다섯 색깔의 깃발이 바람에 순응하고 하늘에 순응하며 이리저리 흔들렸다. 오방기를 따라 하늘의 맑고 강한 기운이 사방으로 퍼져나갔다. 오방기가 바람에 흔들릴 때마다 악귀들이 물러났다. 천귀賤鬼와 살귀殺鬼가 길을 잃고 배회했다.

홀의 중앙에 서 있던 정현은 무척 놀랐다. 그를 향해 미친 듯이 돌격하던 시체들이 갑자기 비명을 지르며 바닥에 쓰러져버렸기 때문이다.

"끄악! 끄아아악!"

갑자기 시체들이 머리를 감싸 쥐고 바닥을 구르기 시작했다.

정현은 낙빈과 승덕 쪽을 바라보았다. 2층 난간에 올라서서 떨어질 듯이 위태롭게 몸을 흔들고 있는 것은 낙빈이었다. 낙빈은 테라스의 좁은 난간에 올라 빙글빙글 팽이처럼 몸을 돌려대고 있었다. 두 손을 허공에 흔들고 새하얀 한복을 펄럭이며 처음 보는 춤사위를 추고 있었다.

덩덩 덩덩덕…….

"옥황천존, 삼불제석, 일월성신, 북두칠성, 뇌공신장, 사해용왕, 기도대신, 온갖 산신을 모시니 온갖 천상신天上神◆이 내려다본다. 관성제군, 소열황제, 장장군, 와룡선생, 오호대장, 오방신장◆◆을 다 모시니 모든 만물의 잡신들이 고개를 숙이는구나."

낙빈의 눈앞에서 어머니는 정신없이 뱅뱅 돌았다. 날카롭게 번뜩이는 작두날 위에서 허공을 향해 높이, 더 높이 뛰어올랐다. 새파랗게 날이 선 작두 위에서 어머니의 작고 새하얀 발이 춤을 추었다. 가슴 시리도록 하얗게 벗은 발이 뛰어오르고, 또 뛰어올랐다.

◆여기 언급된 하늘, 땅, 바다의 신은 모두 선관仙官계급과 보살계급으로, 신들 가운데 가장 높은 계급에 속한다. 그래서 몸주의 위치가 낮을 때는 감히 부탁도 드려볼 수 없는 신이다. 옥황천존 혹은 천존은 가장 높은 계급의 신으로 하늘의 최고신이다. 삼불제석은 불교와 복합된 신의 모습이며, 일월성신은 해와 달의 신이 함께 묶인 표현이다. 칠성은 인간의 생로병사를 주관하며, 뇌공신장은 벽력의 신이다. 사해용왕은 바다의 신으로 풍어를 도와주며, 기도대신은 하늘의 신으로 천존과 동격이라 여겨진다. 온갖 산신은 종종 호랑이나 백발노인으로 표현되는, 산을 지키는 신이다.

◆◆선관계급과 보살계급 바로 다음에 오는 두 번째 지위의 신격들이다. 관성제군은 관운장의 별칭이고, 소열황제는 유비를 상징하며, 장장군은 장비를 가리킨다. 와룡선생은 제갈량이고, 오호대장은 조자룡과 황충과 관우의 아들까지 통칭하는 말이며, 오방신장은 인간에게 안과태평安過太平을 준다는 신이다.

정희와 승덕의 눈앞에서 낙빈이 펄쩍펄쩍 뛰어올랐다. 위험천만한 난간 위에서 무서운 줄도 모르고 펄쩍 날아올랐다.

"모든 액살厄煞과 흉화凶禍가 물러나고 길복吉福이 문 안으로 들어오는구나!"

낙빈의 입에서 천상천하 높은 신들이 모두 언급되고 알아들을 수 없는 말이 이어졌다. 그 어린 몸이 곡예를 하듯 2층 난간에 두 발을 딛고 서서 위태롭고 아름답게 돌고 또 돌았다. 감히 누구도 낙빈의 춤을 멈출 수 없었다.

"끄아악!"

그렇게 낙빈이 한 번 돌 때마다 십여 명의 시체가 픽픽 쓰러졌다.

"저…… 저놈! 저놈이……!"

시체들 뒤로 숨어들던 법철이 이를 악물었다. 어린 낙빈이 몸을 돌릴 때마다 더없이 맑은 기운이 뿜어 나와 음기로 가득한 이곳의 기운을 소멸시키는 것에 기가 찼다. 그의 노예인 승려들뿐만 아니라 생명을 지탱해주는 자신의 음기마저 쑥쑥 빠져나가는 느낌이었다.

법철은 낙빈을 한 번 노려보다가 홀 높이 걸려 있는 달의 검을 힐끗 쳐다보았다. 이곳의 모든 음기를 모으고 저장하는 음의 정수精髓가 바로 그것이었다. 법철은 정현이 낙빈에게 고개를 돌린 틈을 놓치지 않았다. 그는 허공에 매달린 달의 검을 향해 몸을 날렸다. 달의 검은 홀의 정중앙 꼭대기에 굵은 쇠줄로 묶여 있었다.

터엉!

법철이 강단 바닥을 쿵 하고 치자 그의 육중한 몸이 가벼운 고무공처럼 공중으로 날아올랐다. 고통스럽게 사람들을 죽여서 그 음기를 모아 담은 달의 검이 법철의 손에 들어간다면 위험해질 것은 분명했다.

"안 돼!"

정현이 반사적으로 법철을 따라 날아올랐다.

쉬이익!

세찬 바람 소리를 내며 두 사람 모두 홀의 천장에 매달린 달의 검을 향해 손을 뻗었다. 법철의 초록빛 손이 달의 검에 닿으려는 찰나 정현의 발이 그의 등을 내리쳤다. 허공에서 중심을 잃은 법철이 달의 검을 잡지 못하고 바닥에 내려섰다.

"비켜라, 이 어린놈!"

법철은 정현을 향해 성큼성큼 다가왔다. 지금껏 정현의 공격을 받았음에도 놈은 조금의 두려움도 없었다. 서슬 퍼런 놈의 눈빛에 정현의 등줄기에서 서늘한 식은땀이 흘렀다. 놈의 시퍼런 오른손이 정현의 얼굴을 향해 날아왔다.

팟!

정현은 펄쩍 뒤로 몸을 날렸다. 놈의 손아귀에 감도는 무시무시한 살기가 아프도록 온몸에 느껴졌다. 정현의 본능이 연신 그 초록빛 팔을 향해 위험신호를 울려대고 있었다.

"크아!"

놈은 정현이 뒤로 피한 사이 다시 달의 검을 향해 몸을 날렸다.

다시 정현도 법철을 따라 공중을 날았다. 또다시 두 사람의 몸이 허공에서 부딪혔다. 법철이 휘두르는 오른팔에서 빈 공기도 벨 만큼 무시무시한 기운이 뿜어 나왔다. 정현은 날쌔게 몸을 비틀며 법철의 어깨를 바닥으로 내리눌렀다. 그의 몸이 땅으로 꽂혔다. 아래로 떨어지는 사이 법철은 정현의 두 다리를 향해 오른팔을 휘둘렀다. 무시무시한 살기가 두 다리를 끊을 듯이 다가왔다. 정현은 재빨리 무릎을 굽히며 서슬 퍼런 공격을 간신히 피했다. 정현이 바닥에 착지하는 순간 그의 머리 위로 낯익은 그림자 하나가 스윽 지나갔다.

"오빠, 절 좀 도와주세요."

정희가 승덕의 팔을 붙잡았다. 낙빈이 뿜어내는 맑은 기운으로 시체들은 감히 다가오지 못한 채 쓰러졌고 남은 것은 법철뿐이었다. 이제 그들은 법철보다 먼저 달의 검을 차지해야 했다.

정현과 법철이 서로 달의 검을 차지하지 못하도록 신경전을 벌이는 사이 정희는 2층 난간을 밟고 달의 검 가까이 다가갔다. 그리고 온 힘을 다해 두 발을 굴렀다. 정희의 몸이 높이높이 허공으로 솟아올랐다. 그러나 홀 천장에 친친 묶인 달의 검까지 닿기에는 터무니없이 먼 거리였다. 나머지는 승덕의 힘이 필요했다. 승덕은 온 힘을 다해 정희에게 염력을 실었다. 그러자 정희의 몸이 중력을 거슬러 달의 검을 향해 둥실 날아올랐다. 잠시 후에 둥둥 떠오르던 정희의 코앞에 두꺼운 쇠사슬에 묶인 달의 검이 나타났다.

12

정현이 허공을 바라보았다. 공중에 떠오른 낯익은 그림자…… 그것은 정희였다.

2층 테라스에서 솟아오른 정희의 두 손에서 기다란 은빛 검이 파르르 반짝였다. 달의 검을 안아든 정희는 은빛 검이 자신의 품으로 미끄러지듯 들어오는 느낌을 받았다. 해의 검이 그러했듯 달의 검 역시 의지를 가진 검임에 틀림없었다. 적어도 정희에게 느껴지는 것은 악의가 아닌 호의에 가까웠다.

승덕의 도움을 받은 정희는 무사히 홀 바닥으로 착지했다. 살짝 무릎을 굽히며 법철과 정현으로부터 조금 떨어진 곳에 내려앉는 정희를 보고 정현은 아연실색했다.

"누나…… 누나가 왜 여기에……?"

"오오, 정희! 정희가 아니냐!"

법철도 정희를 알아보고 얼굴 가득 징그러운 미소를 지었다.

"정희야, 이게 얼마 만이냐, 보고 싶었다. 그동안 널 얼마나 찾았는데, 이제야 만나다니, 이제야!"

법철이 정희를 향해 한 걸음 성큼 뗐다. 하지만 그보다 빨리 정현이 놈의 앞을 단단히 막아섰다. 정현의 두 눈은 법철에 대한 분노로 활활 타올랐다.

"다가오지 마!"

혹시라도 누이가 또다시 두려움에 떠는 건 아닌지, 악몽을 꿀 때처럼 발작을 일으키는 건 아닌지, 기억 저편에 묻어둔 과거를 억지로 꺼내 괴로워하는 건 아닌지 정현은 걱정과 분노로 뒤범벅되어버렸다. 하지만 정현의 우려와 달리 정희는 무척이나 침착했다.

"나는 당신을 모릅니다. 내게 당신에 대한 기억은 없습니다."

감정이 담기지 않은 차분한 목소리였다. 정현은 정희의 앞을 단단히 막아서고 법철을 노려보았다. 등 뒤에서 들리는 누이의 목소리가 공포와 괴로움으로 물들지 않아 정현은 안도했다.

"불쌍한 것, 나를 기억 못하느냐? 안됐구나, 안됐어. 불쌍한 것아!"

법철은 짐짓 마음이 아픈 표정을 지어 보였다.

"하! 이게 다 네놈의 만행 때문인 걸 잊었느냐! 내 오늘 법철 네놈을 죽여버리겠다!"

정현은 짐짓 정희에게 반색하는 법철을 보자 분통이 터질 지경이었다. 놈은 누이에게 일말의 죄의식조차 가지고 있지 않은 게 분명했다. 분노로 온몸의 근육이 요동쳤다. 부르르 떠는 정현의 팔뚝에 갑자기 부드럽고 따스한 감촉이 느껴졌다.

"그러지 마라, 정현아. 그런 몹쓸 말은 하지 마라."

정희가 정현의 부풀어 오른 팔뚝을 지그시 누르고 있었다.

덩덩덕 덩덩덕 덩덩덩…….

원무당의 북이 빠르게 쿵쾅거렸다. 북소리에 맞춰 낙빈의 눈앞에서 무복을 입은 어머니가 더욱더 빠르게 뱅글뱅글 돌았다. 어머니가 빠르게 돌수록 낙빈의 춤사위도 점점 빨라졌다. 그러는 낙빈의 주위로 맑은 양기가 흘러나왔다. 낙빈의 주위에 피어오른 따스한 양기가 음기로 가득한 지하 동굴 사이사이로 퍼져나갔다. 맑은 양기가 퍼져나가자 시육주법에 걸린 승려들이 양쪽 귀를 틀어막으며 바닥에 뻗어버렸다.

2층 테라스 난간에서 춤추는 낙빈이 법철은 꽤나 성가셨다. 낙빈이 내뿜는 양기가 그의 시육주법을 억누르고 무효화시킬 뿐만 아니라 낙빈이 둥둥 떠오를 때마다 법철의 두 귀를 찢을 듯한 북소리가 울려 퍼지는 것 같았다.

"조용히 해라! 네 이놈!"

법철이 잔뜩 찌푸린 눈으로 낙빈을 노려보았다. 그러나 완전히 다른 세상에 빠져버린 낙빈에게는 법철의 말이 들리지 않았다.

"괘씸한 놈!"

법철은 눈살을 찡그리더니 오른팔을 휘둘렀다. 놈이 입은 승복 소매가 펄럭이며 곧 엄청나게 차가운 기운이 맺혔다. 푸르른 팔뚝에 눈으로 보일 정도로 새하얀 음기의 덩어리가 맺히더니 곧장 낙빈을 향해 날아갔다.

"안 돼!"

정현이 크게 소리치며 막으려 했지만 테라스까지는 너무 멀었다. 등 뒤의 누이 때문에 함부로 움직일 수도 없었다. 새하얀 음기가 아무런 방해도 받지 않고 낙빈을 향해 정확히 날아갔다.

쐐액!

퍼펑!

그러나 법철이 쏘아낸 하얀 음기의 덩어리가 낙빈을 스치기 직전 낙빈의 양손에서 갑자기 노란 불꽃이 뿜어 나왔다. 그 노란 불꽃이 낙빈의 온몸을 휘감더니 새하얀 음기로부터 낙빈을 보호했다. 곧이어 노란 불꽃이 한데 모이더니 한 자가량의 커다란 불꽃으로 타오르며 법철의 사악한 음기에 맞부딪쳤다. 양과 음, 정반대의 기운이 맞부딪치자 허공에서 가스가 터지는 듯한 소리가 울려 퍼졌다.

"악귀야, 물러가라! 모든 재액아, 물러가라!"

낙빈은 크게 소리치며 두 손을 아래위로 휘둘렀다. 소년의 작은 몸이 위아래로 콩콩 튀었다. 마치 아무 일도 없었다는 듯 낙빈의 굿거리는 계속되었다. 시간이 지날수록 낙빈이 뿜어내는 양의 기운이 점점 세지는 것만 같았다.

"저놈……!"

법철은 신음 소리를 내더니 더 이상 공격하지 않았다. 어린아이의 몸에서 생각지도 못한 양기가 뿜어 나오다니! 이 위기를 극복하려면 어서 빨리 어린 무당의 목을 베고 양기를 없애야 했다. 그러기 위해선 음기를 모아놓은 달의 검이 절실했다.

"검을 다오, 정희야."

법철은 한 발 더 정희를 향해 다가왔다.

정현이 금방이라도 공격할 듯 움찔거렸지만 정희는 여전히 정현의 팔을 붙잡고 있었다. 정희는 너무나 침착한 목소리로 말했다.

"이제 더 이상 죄를 짓지 마십시오."

단정한 얼굴로, 반듯하게 말하는 정희는 그 어느 때보다도 차분해 보였다. 그러나 정현은 알 수 있었다. 저리 말하는 누이의 손끝이 미세하게 덜덜 떨리고 있음을.

기억이 사라졌다고 작은 티끌도 없이 모두 망각되었을까. 명확한 기억이 사라졌다고 깊디깊은 무의식까지 사라졌을까. 정희에게는 법철에 대한 괴로움과 두려움이 여전히 흔적으로 흐릿하게 남아 있는 게 분명했다. 내색하지 않으려는 누이의 모습에 정현은 더욱더 가슴이 아팠다. 누이가 가엾은 만큼 법철에 대한 미움이 커져갔다.

"이리 내놔라. 착하지, 정희야?"

법철이 한 발 더 다가오자 정현과 정희는 한 발 뒤로 물러났다.

법철이 정현을 노려보며 승복 자락을 펄럭였다. 놈이 정면을 향해 날아오르는 순간 정현 역시 허공을 향해 날아올랐다. 법철이 정현의 코앞으로 다가왔다. 그 순간 정현은 가슴이 철렁 내려앉고 말았다. 정현의 발에 걸린 승복의 느낌이 텅 빈 껍데기였기 때문이다.

놈은 회색 승복을 허공으로 내던지고 슬쩍 몸을 틀어 정희를 향해 손을 뻗었다.

“꺄악!”

시퍼런 법철의 손이 우악스럽게 다가오자 정희는 옆으로 넘어졌다. 두 손으로 달의 검을 움켜쥐고 온몸으로 버텼지만 법철의 무시무시한 힘을 당해낼 수는 없었다. 정현이 다시 정희의 앞을 막아서며 착지했을 때는 이미 법철의 손에 달의 검이 들려 있었다.

“크하하하.”

“이런, 속다니!”

정현은 이를 악물며 넘어진 정희를 막아섰다. 누이를 일으켜 세우는 동안에도 법철에게서 눈을 떼지 않았다.

“나의 검이여! 크아하하하.”

법철은 자지러지게 웃으며 달의 검을 치켜들었다. 그러고는 천천히 은빛 찬란한 달의 검을 두터운 검집에서 꺼냈다. 스르릉 검이 빠져나오는 소리와 함께 달의 검이 온몸을 떨며 우는 소리가 허공에 퍼져갔다.

우웅…… 우우웅…….

검집에서 빼낸 달의 검은 구슬프고 처량하게 울어댔다. 달의 검이 우는 소리가 어찌나 큰지 온 공간에 메아리치고 또 메아리쳤다.

“검아, 음기를 모아라!”

법철이 씨익 웃으며 은빛 검을 치켜들었다.

정현은 눈앞의 광경에 놀라지 않을 수 없었다. 법철이 검을 들어올리자 무형의 기가 달의 검 주위로 모이는 것이 똑똑히 보였다. 새파란 음기가 사방에 널브러져 있는 수많은 시체에게서 빠져나와 법철의 두 손에 쏟아졌다. 놈의 팔뚝부터 검 끝까지 푸른 음기가 커다란 회오리처럼 맺혔다. 검 끝으로부터 느껴지는 차가운 한기에 주변의 모든 것이 얼어버릴 듯했다.

"크아하하하."

법철은 커다란 웃음소리와 함께 음기로 똘똘 뭉쳐진 달의 검을 휘둘렀다.

정현은 눈을 치켜뜨며 정희의 앞을 단단히 막아섰다. 하지만 놈이 쏘아올린 엄청난 기운은 정현이 아닌 낙빈을 향해 봇물처럼 쏟아졌다.

"낙빈아, 피햇!"

정현이 버럭 소리쳤지만 낙빈의 정신은 이미 깊은 신의 세계로 빠져든 상태였다. 낙빈은 정신없이 난간을 돌았고 양기 충만한 노란 불꽃이 낙빈의 몸을 감쌌다.

퍼펑! 퍼퍼펑!

하얀 연기가 피어오를 정도로 엄청난 충돌이었다. 사방으로 폭발음이 퍼졌다. 다음 순간 정현과 정희의 눈앞에서 어린 낙빈의 모습이 사라졌다. 두 사람은 눈이 빠져라 낙빈을 찾아보았다. 끔찍한 두려움에 온몸이 다 오그라들 지경이었다.

낙빈이 춤추던 난간엔 허연 연기만 솟아올랐다.

"낙빈아! 낙빈아!"

목이 터져라 낙빈을 부르던 정희가 안도의 한숨을 내쉬며 가슴을 쓸어내렸다. 난간 너머에서 승덕의 품에 안긴 낙빈의 모습이 삐죽 올라왔기 때문이다. 낙빈의 흰 한복은 기氣의 폭발 때문에 시커멓게 변해 있었지만 몸에 큰 상처는 없어 보였다. 위험이 닥친 순간, 승덕이 난간에 있던 낙빈을 끌어다가 폭발로부터 간신히 지켜낸 모양이었다.

낙빈은 폭발하는 순간 정신을 차렸는지 멍한 눈빛이 아니라 또렷한 까만 눈동자로 멀뚱멀뚱 사방을 둘러보고 있었다.

"크하하, 맛이 어떠냐? 크아하하."

"어린아이를 공격하다니, 나쁜 놈!"

마침내 정현이 참지 못하고 법철을 향해 날아올랐다.

"연풍파각수!"

강력한 발차기가 법철의 턱과 얼굴을 가격했다. 순식간에 법철의 턱이 붉게 물들었다.

"흥! 내게 상처를 남겼느냐?"

법철은 정현을 향해 눈을 희게 떴다. 법철이 푸르게 빛나는 달의 검을 정현을 향해 빼들었다. 은빛 검이 반짝이는 순간 정현은 뒤로 풀쩍 뛰며 그의 공격을 피했다. 그럼에도 앞섶 일부가 검기劍氣로 곧게 베이고 말았다.

"흐업!"

하지만 공격은 그게 끝이 아니었다. 달의 검이 다시 허공을 벨 듯 높이 떠오르더니 정현의 앞에 수직으로 내리꽂혔다. 법철의 공격은 무시무시할 정도로 강하지만 아주 빠르진 않았다. 정현이라면 충분히 피할 법한 공격이었다. 분명 뒤로 멀찍이 날아올라 피했다고 생각했는데도 검 끝에서 무시무시한 검기가 길게 뻗어 나왔다. 한참 멀리 떨어져 있는데도 정현의 회색 승복에 또다시 세로로 깊은 줄이 하나 생겼고 그사이로 붉은 피가 한 줄 배어 나왔다.

"연풍등각수!"

정현은 더욱 강한 공격을 퍼부었지만 법철은 한 팔로 정현의 공격을 막으며 하�고 푸르른 음기를 내뿜었다.

퍼엉!

"헉!"

정현은 허공에서 몸을 틀어 날아오는 음기의 덩어리를 간신히 피했다. 검뿐만 아니라 날카로운 음기까지 자유자재로 사용하는 법철의 공격에 진땀이 흘렀다. 예상할 수 없는 공격 패턴에 긴장감이 배가되었다.

"누나, 내가 막고 있는 동안 어서 낙빈이한테 가요, 어서!"

정현은 정희의 앞을 막으며 소리쳤다. 이대로라면 누이를 지키기도 위태로웠다. 보다 자유롭게 날아다니며 공격을 피하고 막아야 했다. 정현의 마음을 알아챈 정희가 고개를 끄덕이며 법철과 정현에게서 멀어졌다.

"연풍분각수!"

정현의 발길이 법철을 향해 날카롭게 솟아올랐다. 법철은 정현의 공격을 피하지도 않고 오른팔로 받아냈다. 그리고 전방을 향해 검을 뒤집으며 정현의 가슴 쪽으로 내질렀다.

"크억!"

정현은 가슴을 쥐며 털썩 무릎을 꿇었다. 법철의 오른팔을 가격하고 나서 몸을 뒤로 뺐는데도 강한 음기가 정현의 가슴을 파고들었다. 한순간 숨이 멎을 정도로 차가운 기운이 심장을 파고들었다. 정현은 가슴을 움켜쥐며 법철을 노려보았다. 자신도 모르게 눈동자가 흔들렸다.

웬일인지 모든 공격이 막히고 있었다. 좀 전부터 아무리 공격하고, 또 공격해도 법철은 자신의 모든 권拳을 다 알고 있는 듯 너무 쉽게 피해버렸다. 이상했다. 이해되지 않았다. 지금껏 수십, 수백 명과 겨루면서 법철보다 월등한 실력을 가진 사람들을 모두 제압해온 정현이었다. 그런데 웬일인지 법철에게는 모든 것이 막막했다. 무예가 깊지 않은 자로서 움직임이나 공격이 빠르지 않은데도 공격을 예측할 수가 없었다. 웬일인지 법철의 옷깃 하나 스치기 힘들었다. 원수가 눈앞에 있는데도 그의 옷깃 하나 스치지 못한다는 사실이 정현의 가슴을 짓눌렀다.

"크아하하. 가소로운 놈!"

당황해서 흔들리는 정현의 눈을 보며 법철은 재미있어 죽겠다는 듯이 비웃었다.

“형, 검을! 검을 사용하세요!”

폭발의 충격에서 벗어나 정신을 차린 낙빈이 정현에게 소리쳤다. 낙빈은 정현의 등 뒤에 단단히 묶여 있는 해의 검을 가리켰다. 그러나 정현은 침묵했다. 검이 없는 싸움이 얼마나 불리한지 그도 알고 있었다. 그런데도 정현은 검을 들 수가 없었다. 눈앞에서 또다시 법철의 몸뚱이가 베이는 모습을 본다면 누이의 끔찍한 기억이 되살아날 것만 같아서였다.

쐐애액!

또다시 차가운 기운이 정현에게 들이닥쳤다. 매서운 공격이 달의 검 끝에서 뿜어 나와 이리저리 정현을 괴롭혔다. 법철이 검을 휘두를 때마다 엄청난 음기가 길게 뻗어 나왔다. 정현은 무시무시한 기운을 피하는 수밖에 없었다.

정희는 그런 정현의 마음을 가장 잘 알고 있었다. 왜 정현이 맨손으로 법철과 싸우는지, 왜 낙빈의 말을 못 들은 척하는지를. 멀리서 쌍둥이 동생을 바라보던 정희가 소리쳤다.

“정현아, 검을 들어!”

정현은 깜짝 놀라 누이의 얼굴을 쳐다보았다. 정희가 가녀린 몸을 꼿꼿이 세워 그를 향해 외치고 있었다.

“검을 들어. 네가 말했지? 검은 사람을 살리기 위해 쓰는 것이라고. 승덕 오빠와 낙빈이, 그리고 날 위해 검을 뽑아. 우리를 살리기 위해 검을 사용해줘.”

정현은 누이의 얼굴을 뚫어져라 쳐다보았다.

팔이 잘리는 악몽에 시달리는 누이는 당연히 정현이 검으로 승부하기를 원치 않을 것이다. 그러나 지금 이 순간 정현은 그녀에게 알려줄 수 있을지도 모른다. 검은 잔인한 무기이긴 하지만 때로는 인간을 살리는 수단이 된다는 것을. 검을 사용해야 하는 순간이 존재한다는 것을!

정현은 천천히 고개를 끄덕였다. 그리고 등에 질끈 묶여 있는 해의 검을 뽑았다.

스르르릉.

우웅…… 우우웅…….

쌍둥이 검을 만났다는 기쁨의 울음인지, 아니면 법철에 대한 복수의 다짐인지 해의 검은 온몸을 부르르 떨며 길게 울음을 터뜨렸다.

"미안하다, 네 형제와 싸우게 만들어서. 그렇지만 사술의 결계를 부수기 위해, 네 형제를 구하기 위해 우린 싸워야 한다. 해의 검아, 나와 함께하자!"

우웅…… 우우웅…….

정현의 손아귀에서 해의 검이 길게 울어댔다. 그 순간 정현의 마음이 해의 검에게 전해지고, 검의 마음이 정현에게로 이어지는 것만 같았다. 검은 울음으로 정현의 말에 대답하고 있었다. 정현은 은빛 찬란한 검을 빼들고 뚫어져라 법철을 노려보았다.

그제야 정현은 자신이 법철을 이길 수 없었던 이유를 알아챘다. 손에 들린 해의 검이 정현에게 이야기하고 있었다.

‘아아, 그렇구나. 난 검결劍訣을 무시하였다.’

정현은 스승에게서 들었던 검결을 기억했다.

‘칼집 속의 칼은 태극太極, 뽑은 칼은 양陽, 칼집은 음陰. 칼을 휘두를 때는 음으로 시작하여 양으로 베고 음으로 거두어라. 음은 곧 유柔요, 양은 곧 강剛이니 부드럽게 시작하여 강하게 베고 부드럽게 거두어라. 검은 음을 바탕으로 한 양이라. 음은 곧 방어요, 양은 곧 공격이라 방어가 두터우면 공격도 강해지니 양을 키우기 위해서는 음을 두텁게 해야 한다. 칼은 자체로서 강한 양이요, 칼을 잡은 나는 음이라. 마음을 편하게, 기氣를 고르게, 몸을 부드럽게 하라. 마음 가는 곳에 기가 가고, 기가 가는 곳에 힘이 간다. 마음으로 먼저 베라. 마음으로 베지 못하면 다만 칼이 벤 것이지 내가 벤 것은 아니니다. 마음으로 베야 비로소 검의 사직司直이니라.

칼을 바르게 사용하는 법이 검법劍法이요, 검법을 통해 마음을 수련하는 것이 검도劍道라. 하단전下丹田에 힘을 가볍게 주고 자세를 바로 하여 고개를 들고는 무심無心 기氣를 사방에 펼쳐라. 사지의 힘을 빼고 마음을 크게 열고는 허虛로써 준비하여 결정적인 순간 한 점에 심기를 모아 밝게 하라. 칼을 잡고 나를 잊어라. 마음으로 베고 칼을 잊어라. 마음이 곧 칼이요, 칼이 곧 마음일 때 비로소 심검心劍을 이룰 수 있으리라.’

검결의 내용이 하나하나 머릿속을 헤집고 다니자 정현은 자신이 몰린 이유를 깨닫게 되었다.

‘잊고 있었구나. 그저 베기에 급급하고 공격하기에 급급했다.

감정에 얽매여 베려고만 했으니, 어찌 저자를 이길 수 있을까. 나는 내 감정을 위해 싸우는 살인마였다. 이제 검을 들었으니 살인마가 되어서는 안 된다. 이 검의 명예를 더럽히지 않기 위해서라도 나는 생명을 구하는 검사劍士가 되어야 한다. 무심이 되어야 한다.'

정현은 조금 전과 달리 어느 때보다도 마음이 차분해졌다. 감정의 꺼풀이 벗겨지고 악마로만 보이던 법철의 얼굴이 똑똑히 보였다. 검을 잡은 이상 정현은 혼자가 아니었다. 검과 하나가 되어야 하는 검의 주인이었다. 정현이 감정에 치우치지 않자 모든 것이 객관적으로 냉철하게 보였다. 정현은 찬찬히 정면을 바라보며 검을 치켜들었다.

"눈빛이 달라졌구나!"

법철 역시 정현의 변화를 금세 알아챘다.

"이여업!"

정현이 왼발을 내디디면서 법철의 목 오른쪽에서 허리 왼쪽까지 내리 벴다.

"허아압!"

법철이 십자로 검을 막는 동시에 공격을 가했다. 새파란 달의 검이 정현의 머리 위를 갈랐다. 그 순간 정현은 해의 검으로 법철의 검을 걷어 올리며 한 걸음 물러났다. 이번에는 정현이 검 끝을 무릎 높이로 내리고 검의 날은 왼쪽 아래로 향하게 했다.

"허잇!"

정현의 왼발이 앞으로 꼬아 나가더니 시계 방향으로 검을 휘감아 법철의 검을 젖혔다.

"으읍!"

갑작스러운 점검點劍(상대의 검을 젖혀내는 것)으로 법철의 자세가 흐트러졌다. 정현은 이 기회를 놓치지 않았다.

"주진창살奏進創殺."

정현이 오른발을 앞으로 쭈욱 시원스럽게 내밀며 법철의 가슴을 찔렀다.

"으헙!"

법철 역시 만만치 않았다. 그는 흐트러진 자세를 일으켜 세우며 정현의 공격을 살짝 피했다. 법철의 승복 가슴께에 작은 흠이 났다. 그러나 거기서 끝나지 않았다. 법철이 피할 것을 예상했는지 정현은 해의 검을 시계 방향으로 휘감아 무릎을 내리쳤다.

"크으윽!"

법철은 한쪽 무릎을 꿇으며 놀란 표정을 감추지 못했다.

"이럴 수가……."

법철의 입이 벌어졌다. 조금 전만 해도 우습게 보이던 정현의 달라진 모습에 기가 눌렸다. 단지 검을 하나 들었다고 이렇게 달라지다니 믿기지 않았다.

"내가 네게 밀린 건 너보다 못해서가 아니라 너에 대한 끝없는 복수심으로 마음과 몸이 일치되지 못한 채 몸이 앞섰기 때문이다. 법철, 이제 너는 나를 이길 수 없다."

정현은 무릎을 꿇은 법철 앞에서 당당하게 말했다.

"웃기지 마라! 오만방자한 놈! 내 잠시 방심했을 뿐, 너희에게 미래란 없다!"

법철은 검에 베인 다리에 힘을 주면서 일어섰다.

"이야아압!"

법철의 검이 정현의 오른쪽 안쪽으로 파고드는 순간 정현이 두 번 돌며 법철의 검을 쳐냈다.

"이놈!"

법철은 오른쪽으로 돌면서 칼을 뒤집어 정현의 가슴을 찔렀다.

"상도하압직살호구上桃下壓直殺虎口 우각우수직부송서세右脚右手直符送書勢."

정현은 법철의 공격을 돌아치며 놈의 왼쪽 손목을 벴다. 그와 동시에 오른발을 내딛으며, 검의 날을 시계 방향으로 돌려 법철의 배를 찔렀다.

"크으윽!"

또다시 고통스러운 비명이 들렸다. 왼쪽 손목의 공격은 막았지만 법철의 복부에 기다란 칼자국이 선명하게 새겨졌다.

"법철, 넌 이미 자세가 흐트러졌고 호흡도 망가졌다. 더 이상 나와 싸울 수 없으니 그만두어라!"

"어린놈이 못하는 소리가 없구나! 맛을 보여주마!"

법철이 호통을 치며 정현을 향해 달려들었다. 하지만 이번에도 아무 소용이 없었다. 정현의 두 손에서 해의 검이 반짝거리며 양기를 내뿜을 때마다 법철의 승복이 찢어지고 갈라지며 누더기가 되어버렸다.

정현은 완전한 중도, 무심의 마음을 확고히 한 상태이고 법철은 점점 불안감과 조급증에 흐트러졌다. 조금 전까지만 해도 여유만만하던 법철의 가슴이 오그라들고 호흡이 무척이나 거칠어졌다. 게다가 역전된 상황 탓인지 법철의 공격은 지나치게 크고 힘이 들어가 있었다. 그런 법철의 실력은 수년간 무예를 닦아온 정현과는 비교도 되지 않았다. 그럼에도 법철은 좀처럼 자신의 패배를 인정할 수 없었다. 그 옛날 우습던 코흘리개에게 물러설 수는 없는 노릇이었다.

"이야아아압!"

또다시 법철이 정현의 우측으로 검을 휘둘렀다. 정현은 가볍게 몸을 피했다.

정현은 법철의 하반신을 무력하게 만들어 어서 이 승부를 끝내고 싶었다. 그는 왼발을 내딛으며, 법철의 오른쪽 허리를 얕게 벴다. 오른발을 내딛으며, 법철의 왼쪽 허리를 베고 마지막으로 검을 휘감아 양 무릎을 가격했다.

"끄아악!"

엄청난 상처를 입은 법철이 외마디 비명을 지르며 바닥에 주저앉았다. 하복부로 집중 공격을 당한 상태라 더 이상 일어설 수도 없었다.

"마지막이다!"

정현이 오른발을 내딛으며, 법철의 왼쪽 목에 칼을 들이대고 수평으로 그었다.

사아악.

바람을 가르는 소리가 허공에 퍼졌다. 그대로라면 법철의 목은 몸과 분리될 것이 분명했다. 낙빈도 승덕도 그 끔찍한 모습을 보지 않으려고 눈을 질끈 감았다. 하지만 정희만은 두 눈을 감지 않았다. 정희는 맑은 두 눈을 부릅뜨고 칼끝을 바라보았다.

사아악.

해의 검이 허공을 가르는 소리가 한순간 사라졌다. 낙빈과 승덕은 슬며시 움찔거리며 눈을 떠보았다. 법철의 목은 잘려나가지 않았다.

해의 검이 법철의 목 앞에 멈춰 있었다. 죽이고 싶었는데. 언젠가 만나면 반드시 죽이리라 마음먹었건만……. 정현의 손아귀에서 해의 검이 부르르 떨렸다. 법철은 바닥으로 고개를 떨군 채 심판을 기다리는 듯했다.

정현의 매서운 눈빛이 점점 더 사그라졌다. 정현은 고개 숙인 법철을 한동안 바라보다가 천천히 검을 거두었다. 그리고 정희를 향해 몸을 돌렸다. 정희와 승덕, 그리고 낙빈은 안도했다. 정희 앞에서 또 다른 상처를 만들지 않아 다행이었고, 이미 완전히 패한 적에게 불필요한 살생을 저지르지 않은 것도 다행이었다.

복수란 참 허무하고 부질없어서 정현의 마음이 헛헛했다. 그래도 자신을 바라보며 살며시 고개를 끄덕이는 쌍둥이 누이의 얼굴을 바라보니 마지막 분노를 잘 참았다는 생각이 들었다. 정현은 천천히 정희와 일행을 향해 발을 내디뎠다.

정현이 몸을 돌린 그 순간이었다.

"크아아. 죽여주마!"

고개를 떨구고 미동도 않던 법철이 갑자기 소리를 지르며 몸을 일으켰다. 놈은 갈가리 찢어진 승복 사이로 시퍼런 오른손을 번쩍 들어올렸다. 놈의 오른손에서 날카로운 것이 반짝거렸다.

"정현아!"

일그러지는 누이의 눈썹을 보며 정현은 반사적으로 몸을 날렸다. 날아오른 무릎 옆으로 새하얀 음의 기운이 반짝이는 것에 실려 날아왔다. 정현은 빙그르르 몸을 돌리며 법철을 바라보았다. 법철에게서 그 하얗고 반짝이는 것들이 또다시 바람처럼 날아왔다.

챙! 채챙!

정현은 해의 검을 세워 날아오는 것들을 막아냈다. 작은 은빛 표창들이 해의 검에 부딪히며 사방으로 떨어졌다.

법철의 왼손이 품속에서 무언가를 꺼내려 움직거렸다. 동시에 놈이 바닥에 떨어진 은빛 달의 검을 향해 오른팔을 뻗었다. 정현은 법철의 작은 움직임도 놓치지 않았다. 정현은 곧장 몸을 돌리더니 법철의 오른팔을 향해 해의 검을 내리그었다.

"끄아아아악!"

자지러지는 비명과 함께 법철의 시퍼런 오른팔이 바닥으로 나

뒹굴었다. 놈이 쥐고 있던 달의 검은 정희 앞에 떨어졌다.

"비겁한 놈! 암수暗數까지 쓰다니!"

정현은 혀를 차며 법철을 노려보았다. 진척하며 방심하게 한 사이 표창을 던지다니 비겁한 짓이었다. 정현은 해의 검이 자른 법철의 오른팔을 유심히 바라보았다. 시퍼런 초록의 팔. 그 괴상한 오른팔의 단면에 새카맣게 변색되어 썩어 문드러진 살이 보였다. 놈은 팔이 잘렸지만 겨우 몇 방울의 피밖에 흘리지 않았다.

"설마 했는데 자기 몸에도 시육주법을 걸었구나!"

승덕은 한숨을 내쉬며 중얼거렸다. 시퍼렇게 색이 바랜 오른팔이 혹시나 했던 생각을 사실로 밝혀주었다. 놈은 자신의 오른팔을 시육주법으로 재생시킨 것이 분명했다.

"크으흐흐. 보아라, 나를! 내 육신은 절대 시들지 않는다. 네놈이 비록 지금은 나를 이겼을지 몰라도 나의 육체는 다시 살아날 것이다. 나는 불사의 몸이다! 그리고 나의 노예들 역시 불사의 몸을 가지게 되었다. 정현아, 너도 내 부하가 되어라! 내가 지금의 너보다 만 배는 강하게 만들어주고 영원한 생명을 주겠다. 정희야, 너만 있다면 나의 주술은 더욱더 막강해질 것이다. 정희야, 내게 오너라. 크흐흐흐."

"이, 이놈! 정신 나간 소리를!"

정현은 법철의 입에서 누이의 이름이 나오는 것도 치가 떨렸다. 정현은 불같이 화를 내며 해의 검을 법철의 목에 바짝 댔다.

"그만둬, 정현아!"

정희가 급히 달려와 정현의 팔을 붙잡았다. 금방이라도 법철을 내리그을 것만 같은 정현의 모습에 덜컥 겁이 났다. 정희는 더 이상 법철로 인해 정현이 흔들리지 않기를 바랐다. 정희는 가슴 가득 애원을 담아 정현을 붙들었다. 간절한 누이의 마음이 전해지자 정현은 검을 천천히 내렸다. 더 이상 누이의 마음을 아프게 할 수는 없었다.

바로 그때였다.

"놈의 목을 잘라요!"

갑자기 일행의 뒤쪽에서 날카로운 음성이 들렸다. 일행은 모두 고개를 돌려 시선을 옮겼다. 검은 양복을 말쑥하게 차려입은 남자, 바로 현욱이었다. 그는 종이뭉치와 책이 잔뜩 담긴 배낭을 등에 둘러메져고 있었다. 법철과 관련된 중요한 문서인 듯했다.

"지금 놈을 죽이지 않으면 그의 흑마법은 영영 사라지지 않을 겁니다. 지금 눈앞에 쓰러져 있는 시체들도 곧 되살아날 거고요. 흑마법의 주인이 살아 있는 동안은 영원히 되풀이되는 주술이니까요. 저 주지승이 살아 있는 동안 이런 끔찍한 광경은 다시 반복되고 또 반복될 겁니다. 망설이지 말고 어서 죽여요!"

현욱의 말에 정현은 주먹을 꽉 쥐었다. 해의 검이 정현의 손아귀에서 몸을 부르르 떨었다. 정희 앞에서 법철을 베기가 두려웠다. 고민으로 헝클어진 정현의 머릿속에 정희의 가녀린 목소리가 울려 퍼졌다.

"당신은 어째서 이렇게 끔찍한 짓을 한 거죠?"

정현을 꼬옥 붙잡은 채 정희가 법철에게 말하고 있었다.

"……죽음이 닥쳐왔을 때 수긍하는 사람이 몇이나 될까?"

법철은 정희를 바라보며 스산한 미소를 지었다.

"살려고 발버둥치는 것은 인간의 본능이다. 나는 죽지 않는 방법을 알게 되었고 그것을 실현했을 뿐이다. 그것이 비록 어린 소녀를 겁탈하는 것일지라도, 죽어가는 자의 피를 마시는 것일지라도. 나는 어떤 끔찍한 대가라도 치렀을 뿐이다. 그저 본능에 충실하게 살아왔을 뿐이다. 과연 누가 욕할 수 있을까? 살 방도를 알면서 따르지 않는 것은 자연의 법칙에 위배되는 것이 아니겠느냐? 살기 위해 사슴뿔을 잘라 먹고, 수백 수천 마리의 지렁이와 뱀을 잡아먹는 필부匹夫들의 행위와 무엇이 다르냐?

그래서 너를 이용한 것이다. 나는 이미 말기 암을 선고받은 상태였지. 그래서 네가 필요했어. 희생보살……. 그래! 희생보살은 스스로를 희생하는 것이 아니겠느냐? 난 신이 나에게 내려준 선물이 너임을 알고 있었다. 아직은 죽을 때가 아니라고, 아직은 살아야 한다고 너를 주었지."

법철은 눈을 가늘게 뜨고 정희를 바라보았다.

법철은 여전히 한없이 맑고 하얀 영혼을 가진 정희가 눈부셨다. 그래서 더욱더 그 하얀 영혼을 더럽히고 짓밟고 싶었다.

"그래, 내가 죽을 날이 얼마 남지 않았을 때 마침 혜광이란 노인도 죽어주었다. 그리고 너를 내게 부탁했지. 바로 내게 말이야! 너는 그게 우연이라 생각하느냐? 아니다, 그것은 신의 섭리였다.

날 살리겠다는. 반드시 살아야 한다는 삶의 본능을 내린 것도 바로 신이었다.

기억나니, 정희야? 본당에서 수많은 환자를 치료하던 것이. 모든 치료가 끝난 후에 나와 함께한 시간이. 네 능력을 발휘하는 최고의 치료 방법은 음양의 조화. 그중 최고가 바로 남녀 합화의 비법이었다. 그리고 너와 나는 함께 나를 살리기 위한 치료의 시간을 보냈다. 기억나지 않느냐? 나와 함께했던 그 시간이…… 너도 즐긴 것이 아니었더냐?"

"그만!"

정현이 정희의 두 귀를 꽉 막았지만 이미 정희의 얼굴은 새파랗게 질려 있었다.

"아, 아아……. 아아악!"

정희가 외마디 비명을 지르며 털썩 주저앉았다. 어지러운 머릿속에 잊혔던 기억의 조각들이 뒤죽박죽 튀어나오기 시작했다. 머릿속 가득 잊고 싶었던 것들이, 감추고 싶었던 어린 날의 일들이 휘몰아치며 떠올랐다.

"누나!"

"정희야!"

승덕과 낙빈이 뛰어들어 정희의 몸을 받았다. 두 사람이 정희를 부축하자 정현이 곧장 법철을 향해 내달렸다.

"이 짐승만도 못한 자식!"

분노한 정현의 주먹이 법철의 얼굴로 내리꽂혔다. 단단하고 징그러운 놈의 얼굴이 휙 돌아가도록 주먹을 날리는데도 법철은 킬킬거리며 웃음을 멈추지 않았다.

"크크크…… 크아하하!"

미친 듯이 웃어젖히는 놈의 멱살을 잡던 정현은 갑자기 등 뒤에서 느껴지는 싸늘한 기운에 움직임을 멈추었다.

"누…… 누나?"

정현은 천천히 뒤로 돌아 일행을 확인했다. 낙빈과 승덕 사이에 정희가 있었다. 고개를 빳빳이 들고 두 발로 선 정희가 기다랗고 하얀 검을 들고 이쪽을 바라보고 있었다.

"누나……."

핏기 없이 새하얗게 질려버린 정희의 얼굴에 더없이 차가운 살기가 어려 있었다.

"죽…… 죽여버릴 거야……."

그 하얀 얼굴에서 나온 음성은 더욱더 차가웠다. 정희는 반쯤 넋이 나가 있었다. 용서할 수 없는 과거의 시간이 뒤죽박죽 뒤섞이면서 형용할 수 없는 분노가 정희의 온몸과 온정신을 휘감고 있었다. 정희의 하얀 두 손에서 달의 검이 파르르 떨고 있었다. 정희와 마찬가지로 법철을 향한 분노와 미움이 달의 검에도 가득했다. 마치 검과 정희가 한 몸이 되어 원망과 증오를 드러내는 듯했다.

"죽여……버리……."

정희의 말이 채 끝나기도 전에 그녀의 두 다리가 움직였다. 달의 검을 치켜든 쌍둥이 누이가 법철을 향해 내달렸다.

푸우욱!

법철의 목덜미로 기다란 검이 정확히 파고들었다. 머리와 몸이 둘로 나뉘며 놈의 징그러운 얼굴이 검은 바닥을 굴렀다. 정희도, 정현도, 낙빈과 승덕도 시간이 멈춘 듯이 움직이지 못했다.

무엇이 어찌 된 것일까? 그들은 잠시 동안 무슨 일이 벌어졌는지 혼란스러웠다.

법철을 향해 칼을 들고 달리던 정희는 승덕과 낙빈에게 양팔이 잡혀서 더 이상 앞으로 나서지 못했다. 누이의 모습에 얼음처럼 굳어버린 정현도 그 자리에서 움직이지 않았다. 하지만 누군가 법철의 목을 그었다. 너무나 깨끗하고, 빈틈없이…….

"분노는 또 다른 분노를, 복수는 또 다른 복수를 낳는 법입니다. 따라서 살인할 때는 감정을 빼야 합니다. 아무런 감정 없이 깨끗이 끝내야 뒤탈이 없는 법이지요."

어느새 검은 양복을 입은 남자가 그들 곁에 와 있었다. 현욱은 정현의 손아귀에서 해의 검을 뽑아들고 법철의 목을 그었다. 단 번에. 어떤 감정도 없이 너무나 깨끗하게!

현욱은 정현 앞에 해의 검을 툭하고 던졌다. 정현의 발아래 챙강 하는 금속성이 들린 후에야 일행은 간신히 숨을 들이쉴 수 있었다.

"모두 끝났군요."

그는 아무런 감정도 없는 미소를 지으며 일행의 얼굴을 하나하나 훑어보았다. 하얗게 질린 네 사람이 멍하니 현욱을 바라보았다. 정희와 정현 대신 손을 더럽혀줘서 고마운 건지, 아니면 아무리 악인이라도 일말의 감정도 망설임도 없이 죽여서 경악스러운 건지 그들도 알 수가 없었다.

그들 앞에서 법철의 목을 자른 현욱은 마치 아무 일도 없었다는 듯한 표정이었다. 그는 여유로운 얼굴로 승덕과 낙빈, 정희와 정현을 흥미롭게 바라보고 있었다.

“이제 되살아나진 못합니다. 시육주법의 주인이 죽었으니 다른 승려들의 시체도 모두 되살아나지 못할 겁니다.”

현욱은 빙글 몸을 돌려 홀 안쪽에 있는 장치를 작동시켰다. 그는 이곳에 대해 모두 아는 것처럼 익숙하게 행동하고 있었다. 그런 현욱의 모습이 참 부자연스러웠다. 아주 자연스럽게 사람을 죽이고, 아주 자연스럽게 괴물을 바라보고, 또 아주 자연스럽게 이 모든 일을 대하는 그의 모습이 너무나 부자연스러웠다. 이 괴상한 일들에 익숙한 그의 행동이 이곳에서 가장 이상하게 느껴졌다.

일행은 모든 것이 실감나지 않았다. 머나먼 곳에서 이 상황을 관람하는 듯한 느낌이었다.

“자, 나갑시다.”

현욱은 홀의 한쪽에서 무언가를 조종했다. 그러자 지진처럼 땅이 울려대며 문이 열리는 소리가 울려 퍼졌다.

13

숲의 공기는 차가웠다. 이른 새벽바람이 그들의 콧날을 발갛게 물들였다. 아직도 검은빛이 가득한 시퍼런 하늘 아래 하얀 자작나무들만 바람에 흔들렸다.

낙빈 일행이 현욱을 따라 긴 지하 동굴을 빠져나오자 검은 양복을 차려입은 남자 열댓 명이 그 주위를 빙 둘러싸고 있었다.

"기다리고 있었습니다."

그들은 현욱에게 꾸벅 인사했다. 검은 양복을 입은 무리는 현욱에게 더없이 깍듯했다. 언뜻 보더라도 현욱이라는 남자가 꽤나 높은 위치임을 짐작케 하는 행동이었다.

현욱은 그들과 몇 마디 나누더니 낙빈 일행에게 다가왔다.

"만나서 반가웠습니다. 이곳은 SAC에서 처리하겠습니다. 뒤처리는 걱정하지 않으셔도 됩니다."

그는 마치 친근한 사람을 대하듯 빙긋 미소를 지었다. 무척이나 냉정하고 차가운 느낌이 드는 미소였다.

일행은 어쩐지 현욱이란 사람에게 뒤죽박죽된 감정을 느꼈다. 위험한 순간에 낙빈과 승덕을 구해주고 정희의 살인까지 막아준 셈이니, 고맙긴 하지만 왠지 설명하기 힘든 이질감이 있었다. 현욱에게 가장 이상한 점은 마치 낙빈 일행을 이미 알고 있다는 듯 그들에게 별다른 질문도 의문도 갖지 않는다는 것이었다. 그는 낙빈의 굿거리와 승덕의 염력, 정현의 무술과 정희의 분노를 모두 보았지만 어떤 호기심도 내비치지 않았다. 그런데 그가 괜한 관심을 보이지 않는 것에 고마운 마음이 드는 대신, 그가 이미 모든 것을 알고 있을지 모른다는 의심이 들었다.

"이제 걱정하지 말고, 찾고 있던 검을 가지고 이곳을 떠나십시오."

승덕은 그렇게 말하는 현욱을 찬찬히 살펴보았다. 그가 말해준 SAC라는 단체 외에 알아낼 만 한 정보가 더 있을까 꼼꼼히 살펴보았지만 실마리가 될 만 한 것은 보이지 않았다. 승덕이 현욱 앞으로 한 걸음 다가가 악수를 청했다.

"어쨌든 오늘 도와줘서 고맙습니다. 그런데 예전부터 SAC 측이 이곳에 대해 미리 조사를 했던 모양이죠?"

승덕의 물음에 현욱이 빙긋이 미소 지었다.

"그렇습니다. 계속 조사를 하다가 더 이상의 희생을 막기 위해 오늘을 청소하는 날로 잡았습니다. 어쨌든 여러분 덕분에 생각보다 쉽게 끝났군요."

"우리가 알기로는 법철이 원래 사술을 쓰던 승려는 아니었습니다. 원래 별 능력이 없는 일반 승려였을 텐데, 그랬던 그자가 어떻게 사술을 쓰게 되었죠?"

승덕의 물음에 현욱이 눈을 깜박였다. 감정이라고는 도무지 드러내지 않는 사람이었지만 잠시 침묵하는 모양이 이야기를 할지 말지 고민하는 듯했다.

"흑단인형을 아시나요?"

"……흑단인형?"

승덕이 되물었다.

순간 승덕은 낙빈과 승덕, 정희와 정현의 표정을 훑어보는 현욱의 눈길을 느꼈다. 그는 흑단인형이라고 내뱉고는 그들의 반응을 지켜보는 것 같았다.

"인형처럼 생긴 검은 생머리의 여자아이지요."

"검은 생머리의 인형 같은 아이……?"

승덕과 낙빈의 눈동자가 흔들렸다. 현욱은 그 순간을 놓치지 않았다. 승덕과 낙빈은 언젠가 '내일신문' 사이트에서 만났던 자살자의 영혼을 기억해냈다. 그리고 그에게 끝없이 반복되는 자살의 고통에서 빠져나올 방법을 알려주었다는 인형처럼 생긴 여자아이를 떠올렸다.

"어린 여자아이가 어떻게 그런 일을 했다는 거죠?"

"어린아이로 보인다고 다 아이는 아니지요."

승덕은 조금이라도 더 알아내고 싶었지만 현욱은 수수께끼 같은 말만 남기고 몸을 돌렸다. 그는 순식간에 일행으로부터 멀어졌다.

현욱의 뒷모습을 보며 낙빈은 두 팔을 감쌌다. 알 수 없는 운명의 끈이 낙빈의 온몸을 단단히 묶고 있다는 기분을 떨쳐버릴 수가 없었다. 낙빈은 뒷골이 서늘했다.

선광사를 떠나 청운사로 돌아오는 일행의 입은 과묵했다. 기대와 달리 해의 검, 달의 검이 모두 모였지만 대무신제는 침묵했다. 대무신제가 찾는 일월신검이 아니라는 뜻이었다.

정희는 잃었던 기억을 모두 되찾았지만 끔찍하게 괴로운 기억들을 온전히 받아들이고 치유하는 데는 오랜 시간이 필요할 듯싶었다. 그곳에서 만난 비밀스러운 단체와 현욱이라는 남자도 일행의 머릿속을 어지럽히는 새로운 물음으로 떠올랐다.

일행이 청운사에 도착했을 때는 이미 해가 중천에 떠올라 있었다. 푸른 숲 속에 아담하게 자리 잡은 청운사 밖으로 조실 스님과 주지 스님을 비롯해 수많은 스님이 주르르 나와 일행을 기다리고 있었다.

"아아, 감사합니다. 감사합니다."

조실 스님은 백발에 굽은 허리로 내내 바닥에 머리가 닿을 정도로 고개를 숙였다. 큰스님이 이러시니 다른 분들은 무릎까지 꿇고 머리를 조아렸다.

"아이고, 이러지 마세요!"

낙빈 일행도 함께 무릎을 꿇고 절했다.

정현은 등 뒤에 가위자로 단단히 묶은 두 자루의 검을 꺼냈다. 새하얀 천 위에 검을 나란히 놓으니 서로 반가운지 우웅 하고 기쁜 소리를 냈다. 그 모습이 어찌나 정겨운지 다들 미소를 지었다.

정현은 검을 들어 주지 스님께 건넸다.

"감사합니다. 감사합니다."

주지 스님 역시 연신 감사의 말을 되뇌며 검을 받아들었다.

"어?"

"오오…… 이런!"

두 자루의 검이 이상하게도 정현의 손아귀에 달라붙어 떨어지려 하지 않았다. 정현뿐만 아니라 주지 스님 역시 똑같은 느낌을 받았다. 두 검이 무슨 조화인지 자꾸자꾸 정현의 손으로 되돌아가려 했다.

"검이…… 정현 형한테 있고 싶대요."

낙빈이 조용히 중얼거렸다. 비록 사물에 불과하지만 그곳에 담긴 대장장이의 깊은 마음이 검의 혼이 되어 머물러 있었다. 그 혼이 검의 주인으로 정현을 선택했다.

"오오, 검이 당신을 선택했군요. 검이 주인을 만났어요! 우리의 검이 주인을 만났군요!"

조실 스님이 두 손을 마주 비비며 고개를 숙였다.

"젊은이, 이 검의 주인이 되어주시오. 이 검의 주인이! 이 못난 사람들이 귀한 물건을 잘못 다루었으니, 이제는 귀히 모신다고 약속드리기도 민망하고 검도 바라지 않는 것 같습니다. 게다가 차후에 또다시 쌍둥이 검을 갈라놓는 일이 생길까 심히 걱정됩니다. 검이 선택했으니, 바로 검의 주인이 되실 분입니다. 두 자루 모두 거두어주시고 이 녀석들이 행복하도록 절대 서로를 떠나지 않게 해주십시오."

조실 스님은 그 자리에서 정현을 향해 큰절을 했다. 검을 받으려던 주지 스님도 손을 거두고 정현을 향해 천천히 머리를 숙였다.

"아니, 스님…… 스님……!"

제 나이의 몇 배나 되는 큰스님이 절을 하니 정현이 당황했다. 그분들을 향해 정현 역시 맞절을 하면서도 쌍둥이 검은 손에서 놓지 않았다. 아니, 놓을 수가 없었다. 해의 검과 달의 검은 정현의 손아귀에서 떨어질 생각을 하지 않았다.

그날 밤 청운사 스님들이 모두 모여 쌍둥이 검에 대해 의논했다. 검이 선택한 주인인 만큼, 그리고 두 검을 만나게 해준 장본인인 만큼 청운사는 정현에게 두 자루의 검을 양도하기로 결정했다. 정현이 이토록 귀한 검을 받을 수 없다며 극구 사양했지만 무엇보다도 두 자루의 검이 고집을 부리니 다른 방법이 없었다. 정현의 두 어깨에 가위자로 기다란 검 두 자루가 얹어졌다.

비록 낙빈의 일월신검은 찾지 못했지만 이번 여정을 통해 정현의 짝이 될 쌍둥이 검을 찾았다. 해의 검과 달의 검을 만난 것도, 현욱이라는 사람을 만난 것도, 정희의 잃어버린 기억을 되찾은 것도 모두 운명처럼 느껴졌다.

일행은 또다시 대무신제의 검을 찾아 발길을 돌렸다.

깊은 숲 속을 지나 아래로, 아래로 내려가니 청명한 하늘이 모습을 드러내기 시작했다.

달각달각.

정현의 어깨에서 쌍둥이 검이 서로 부딪히는 소리가 들려왔다.

낙빈은 두 자루의 검을 바라보다가 문득 두 검의 목소리가 귀에 들리는 듯했다.

달각달각.

쌍둥이 검이 서로 부대끼며 정겹게 이야기하고 있었다.

우리 이제 다신 헤어지지 말자고…….

제3화

붉은 인형

1

하루는 너무나 길다.

너무나 길고 길어서 끝나지도 않는 날이 바로 우리의 하루다.

나는 언젠가부터 끝나지 않는 하루를 살고 있다는 것을 알아차렸다. 아니, 나뿐만 아니라 우리 중에 몇몇은 그런 하루를 살고 있다는 것을 어느 순간부터 알아채고 있었다. 하지만 우리는 하루를 끝낼 방법을 알지 못한다. 끝없이 이어지는 하루하루 속에서 어떻게 도망칠지, 어떻게 빠져나갈지, 어떻게 이런 끔찍한 고행을 마감할지 도대체 알지 못한다.

내 손에는 오늘도 정과 망치가 들려 있다. 나는 흙인지 손인지 분간되지 않을 정도로 엉망인 채로 땅을 파고 또 팠다. 등이 다 벗겨지고 온몸의 살점이 너덜너덜해지도록 등짐을 지고, 흙을 퍼내고, 시멘트를 붓고, 자갈을 날랐다. 끔찍한 노동 사이에 조금 쉬기라도 할라치면 욕설과 함께 내 등으로 채찍이 날아왔다.

"이 나라의 수치들! 네놈들 때문에 대일본제국이 아직도 전쟁에서 승리하지 못하는 거다! 일어나라, 이 범죄자들아! 나라의 배신자들!"

엎어지고 넘어질수록 잔인하고 혹독한 매질은 더욱 심해졌다. 단 하루도 매질에서 벗어날 길이 없었다. 전쟁에 반대한다는 뜻으로 학도병을 거부한 나는 강제징용에 끌려왔다. 전쟁에 반대하는 것이 크나큰 죄악인 시대이니 별수 없는 일이었다. 나는 흉악무도한 범죄인이 되고 말았다. 그리고 나라의 수치가 되어 전쟁터 대신 혹독한 노역장으로 끌려와야 했다. 우리는 모두 노예였다. 영원히 풀려날 수 없는 노예. 뼈만 앙상한 몸으로 허기를 채우지도 못하고 옷도 제대로 입지 못한 채 매일매일 끊임없이 노역을 하는 노예들이었다.

나는 내 옆에 앉은 노인의 얼굴을 바라보았다. 뼈만 앙상한 몸에 보잘것없는 하얀 수염이 자란 노인은 아예 생각조차 하지 않는 듯 초점 없는 눈으로 먼지가 풀풀 날리는 바닥을 바라보았다. 그의 옆에는 학도병이 되기에는 너무나 어린 소년이 돌을 깨고 있었다. 아이는 너무 오랫동안 굶은 탓인지 핏기조차 없었다. 그렇게 시체처럼 죽지 못해 노예가 된 이들이 끝없이 나의 오른쪽과 왼쪽에 길게 늘어서 있었다.

그나마 우리는 괜찮은 편인지도 몰랐다. 일본인이 아닌 조선인 징용자들의 처우는 더욱 끔찍했다. 그들은 우리가 깨놓은 돌무더기와 모래더미를 가지고 천 길 낭떠러지 위에 다리를 놓아야 했다. 그들은 하루에도 몇 번씩 끔찍한 비명 소리가 들리는 그곳으로 수없이 고된 매질을 받으며 다가가 돌무더기를 쌓고 다리를 놓다가 끝도 보이지 않는 죽음의 골짜기 아래로 떨어지고 말았다.

바로 그 죽음의 골짜기를 보면서 나는 이곳이 죽어서도 벗어날 수 없는 끔찍한 지옥이라는 것을 알았다.

언제였을까? 반복되는 하루 속에서 날을 헤아릴 수도 없을 만큼 오래전의 어느 날 나는 이곳의 정체를 알아챘다. 그날도 나는 모진 매질에 등이 다 벗겨지고 피가 철철 흐르는 고통 속에서 등짐을 지고 낭떠러지 근처에 자갈과 흙을 쌓았다. 항상 바닥만 보며 걷던 내게 그날따라 웬일인지 누군가 중얼거리는 소리가 들렸다.

"우리는 완전히 갇혀버렸어. 다람쥐 쳇바퀴처럼 벗어날 수 없는 반복의 지옥에 갇혀버린 거야."

발음이 조금 이상한 것을 보니 그는 일본인이 아니었다. 우리 동포들과는 생김새가 조금 다르고 발음도 다른 것이 조선인이 분명했다. 까만 머리가 모래로 흠뻑 뒤덮인 남자는 비쩍 말랐는데도 팔과 다리에 근육이 남아 있었다. 아마도 오랫동안 굶지 않았다면 몸이 꽤나 좋았을 것이다.

나는 웬일인지 그날 그의 목소리를 듣고 고개를 들어 그 남자를 바라보았다. 그리고 너무나도 날카롭게 빛나는 그 남자의 시선과 정면으로 마주쳤다. 그러고 보니 이 지옥 같은 곳에서 다른 사람과 눈이 마주치기는 처음인 것 같았다. 내 기억으로는 이곳에 끌려와 다른 사람의 눈을 똑바로 쳐다본 적이 없었다.

그는 나를 뚫어져라 바라보더니 괴상하게 얼굴을 찌푸렸다. 그건 어쩐지 웃음 같기도 했다. 하도 웃지 않아 웃음을 잃어버린 사람이 웃음을 흉내 내다 실패한 것처럼 일그러진 표정이었다.

"너도 알게 되겠지. 날 봐. 날 잘 봐둬. 그리고 잊어버리지 마. 우린 갇혔어. 반복의 지옥에 갇혔다고."

그가 나를 보며 낮게 중얼거렸다. 그런데도 그의 목소리가 쩌렁쩌렁 뇌리에 박혔다.

"이 조센징! 네가 나가! 네놈이 저기 끝에까지 다리를 놓으란 말이야!"

그때였다. 길고 가는 채찍이 그의 등을 후려갈겼다. 황토색 군복을 입은 군인이 어느새 그의 곁으로 다가와 인정사정없이 그를 내리쳤다. 그의 구릿빛 어깨가 몇 번의 매질에 시뻘건 피로 물들었다. 그는 이글거리는 눈빛으로 묵묵히 무거운 돌짐을 졌다. 그리고 천 길 낭떠러지 저편을 향해 저벅저벅 걸어갔다.

나는 그대로 바닥에 털썩 주저앉아 허리춤에 꽂고 있던 정과 망치를 들어 바닥을 내리쳤다. 이곳은 내 자리가 아니었지만 나는 조선인 남자의 뒷모습을 마저 보려고 슬쩍 다른 자리에 앉아버린 것이다. 나는 정을 쾅쾅 내리치며 그를 지켜보았다.

그는 낭떠러지 위에 차근차근 쌓이고 있는 기다란 다리 끝으로 다가갔다. 깊고 깊은 계곡 사이 하늘처럼 높은 이곳에 기다란 다리를 만드는 것이 우리가 맡은 일이었다. 하지만 수많은 나날이 지났는데도 다리는 여전히 완성되지 않았다. 그 남자는 만들어지고 있는 다리의 끝부분까지 무거운 등짐을 지고 다가갔다. 그는 얼기설기 나무틀로 짜여 있는 다리 끝으로 다가가 철근을 붙들고 시멘트를 부었다. 그때 그를 모질게 매질했던 군인이 다가가고 있었다. 그는 다가오는 군인을 매섭게 노려보았다. 그의 눈에서 불꽃이 튈 듯 강한 분노가 이글거렸다. 그 분노가 얼마나 강렬한지 내가 앉아 있는 곳에까지 느껴질 지경이었다.

군인이 그런 남자를 가만둘 리 없었다. 먼지가 풀풀 묻은 까만 구둣발로 차는 순간 남자는 군인의 발을 단단히 붙잡았다. 하지만 그의 등 위로 날카로운 매질이 이어지자 남자는 구둣발을 놓치고 말았다. 뒤이어 그는 허리를 휘청였다. 허공에서 위태롭게 허우적대는 남자에게 주어진 것은 도움의 손길이 아니라 매질이었다. 머리와 얼굴, 그리고 목으로 세찬 매질이 이어지자 그는 휘청거리는 몸을 주체하지 못하고 천 길 낭떠러지 아래로 떨어졌다.

"끄아아아악!"

끔찍한 비명이 들려왔다. 그동안 수없이 들어온 비명이었다. 하지만 그날의 비명은 더욱더 끔찍했다. 죽을 사람과 두 눈이 마주쳤기 때문일까? 이상했다. 너무나 끔찍하고 두려워서 온몸이 덜덜 떨릴 지경이었다. 그래서 잊을 수가 없었다. 그 모습, 그 광경 모두가 생생했다. 매일 반복되는 생활 속에 뇌리에 박히는 사건이라고는 단 하나도 없었는데 그 사건만은 잊을 수가 없었다.

그리고 하루, 또 하루, 또 하루…….

며칠이 지난 어느 날 나는 믿을 수 없는 광경을 목격했다. 동시에 내가 떨어진 곳이 끔찍한 지옥이라는 것도 알아챘다.

그를 다시 보았을 때 나는 숨이 멎을 것만 같았다. 분명 천 길 낭떠러지 아래로 떨어져 죽은 그 남자가 어느 날, 저 멀리 내 앞에 다시 나타났다. 나는 벗겨진 등에 모래 짐을 지고 있었고, 그는 이글거리는 눈동자로 나를 바라보고 있었다. 죽은 그가 다시 살아나 나를 바라보자 내 눈은 뒤집어질 듯 커졌다. 그와 내 눈이 부딪히는 순간 그가 외쳤다.

"넌 잊지 않고 기억했구나. 너도 드디어 알게 되었구나. 우리가 끔찍한 쳇바퀴에 갇혔다는 것을!"

그의 중얼거림이 끝나기도 전에 길고 가는 채찍이 그의 등을 후려갈겼다.

"이 조센징! 네가 나가! 네놈이 저기 끝에까지 다리를 놓으란 말이야!"

황토색 군복을 입은 군인이 지난번과 똑같이 말하며 그에게 다가왔다. 그의 구릿빛 어깨가 시뻘건 피로 물들었다. 남자는 묵묵히 무거운 돌짐을 지고 걸었다. 그리고 한 차례 승강이 끝에 또다시 끝없는 낭떠러지 아래로 떨어졌다.

"끄아아아악!"

이번에 소리를 지른 것은 남자가 아니었다. 바로 나였다.

우리가 죽어서도 끝나지 않는 감옥, 끝나지 않는 죽음의 중노동에 갇힌 노예라는 것을 알게 된 나는 미친 듯이 비명을 질러댔다. 뒤이어 발작처럼 소리치는 나의 등 뒤로 수많은 발길질과 매질이 퍼부어졌다.

우리가 이렇게 시간의 굴레에 갇혀 있는 것을 아는지 모르는지 군인들의 매질도 반복되었다. 그 매질과 발길질에 차라리 죽었으면 좋으련만. 그대로 사라져버린다면 좋으련만. 나는 죽을 수가 없었다. 끔찍한 고통과 아픔만 고스란히 남은 채 다시 하루가 반복되고 또 반복되었다. 반복되는 하루 속에 갇혀버린 것을 알아도 달라질 것은 없었다. 다만 하루하루가 더욱더 끔찍해졌을 뿐이다.

또 그렇게 며칠이 지났을까. 똑같은 나날들 속에 날짜의 흐름조차 망각되어버린 어느 날, 내 앞에 구릿빛 어깨의 조선인 노동자가 또다시 나타났다. 나는 이제 귀를 막지 않을 만큼 그의 죽음에 익숙해져가고 있었다. 이곳이 절대로 빠져나갈 수 없는 굴레라는 것을 알아챈 후에도 그는 자신의 죽음에 익숙해지지 않은 모양이었다. 그는 수없이 죽었으면서도 자신이 죽는 것에 분노했다. 그리고 이 지긋지긋한 쳇바퀴에 익숙해지지 않으려고 발버둥쳤다.

"이봐, 붉은 천사가 너에게도 나타날 거다. 이곳의 비밀을 알게 되면 천사가 나타나지. 우리를 가엾게 생각하는 유일한 존재. 그 천사의 말을 들어. 우리가 지옥에서 빠져나갈 방법을 알려줄 거야."

이번에 그는 또 다른 말을 내게 지껄였다.

내가 이곳이 생지옥이라는 것을 깨달았다는 사실을 아는지 그는 자신이 알고 있는 또 다른 비밀을 지껄였다. 그 중얼거림 후에 또다시 매질, 승강이, 그리고 죽음이 고스란히 반복되었다.

"붉은…… 천사……?"

나는 의미 없이 그 말을 되뇌었다.

"붉다니, 허……."

한심해서 비웃음이 나올 지경이었다. 주위를 둘러보라지. 온통 마른 흙과 돌과 먼지의 빛깔밖에 없었다. 낭떠러지 아래서 시퍼렇게 넘실거리는 무시무시한 숲을 제외하고는 모두 메마른 돌의 빛깔이었다. 심지어 우리가 걸치고 있는 찢어진 바지와 윗옷마저 본래 빛깔을 다 잃어버리고 온통 흙과 먼지로 뒤덮여 있었다. 그런데 붉은 천사? 하. 이 흑암의 세계에 절대로 어울리지 않는 색을 말하다니, 너무나 한심하고 딱했다.

나는 내게 떠오르는 가장 오래된 기억까지 거슬러 올라가보았지만 이곳에서 붉은색 따위는 구경도 해본 적이 없었다.

퍼억. 퍽.

나는 어이도 없는 그 남자의 말에 실소를 지으며 팔을 놀렸다. 시커먼 정에 맞은 돌이 발아래에서 쩍쩍 갈라졌다. 그의 말은 지옥에서 빠져나갈 방법이 아예 없다는 것처럼 들려서 나를 더욱 괴롭혀댔다.

또 며칠이 지났을까. 또 얼마나 오랜 시간이 지났을까.

나는 지옥에서 끊임없이 돌을 깨고, 흙을 파고, 등짐을 졌다. 등이 까지고 벗겨져도, 등짐을 메기 힘들 만큼 비쩍비쩍 말라서 뼈가 툭툭 튀어나와도 기나긴 하루는 멈추지 않았다. 어떤 진실을 알았다고 해도 여전히 군인들의 매질은 아팠고 중노동은 견디기 힘들었다.

퍼억. 퍽.

손가락이 터지고 손톱이 빠져도 나는 돌을 깨야 했다. 한없이 기나긴 강제징용 노예들의 줄 속에서 나는 영원히 닳지 않을 나의 정을 놀렸다.

푹.

그런데 내가 기억하는 시간 속에서는 한 번도 느껴본 적이 없는 다른 느낌이 흙을 파던 나의 손아귀에 느껴졌다. 단단한 돌을 깨는 느낌이 아니라 무언가 푹신한 것이 닿는 생소한 느낌이었다. 갑자기 등줄기가 오싹해졌다. 나는 조심스럽게 주위를 돌아보았다.

까앙. 깡.

끊임없이 들려오는 망치 소리뿐, 나에게 관심을 갖는 사람은 단 한 명도 없었다. 나는 미친 듯이 땅을 파내기 시작했다. 정으로 긁어대고 손가락으로 파내다가 마침내 작은 천 조각이 보이자 살점이 터져나간 볼품없는 손으로 땅을 벅벅 긁어댔다.

그것은 천 조각이었다. 붉은 천 조각.

노예로 끌려오고 나서 한 번도 본 적 없는 붉디붉은 색이었다. 암영에 묻힌 이 세계에서 혼자만 색을 가진 한 줄기 빛처럼 붉게 물든 그것을 파냈다. 작은 인형이었다. 손바닥에 쏙 들어와 주먹으로 쥐면 숨겨질 만한 목각 인형! 목각 인형은 반짝이는 붉은 기모노를 입고 있었다. 기모노 자락 하나하나에 금박으로 곱게 수가 놓인 인형은 땅에 박혀 있었는데도 먼지 한 톨 붙어 있지 않았다. 붉은 기모노와 대비될 정도로 인형의 피부는 백옥처럼 하얬고 머리카락은 흑단처럼 새까맸다. 얇은 두 줄기 눈썹 아래 흰자위가 보이지 않게 쭉 찢어진 검은 눈이 그려져 있고, 작디작은 코 아래로 새빨갛고 작은 입술이 도톰하게 그려진 전통 일본 인형! 이곳과는 절대로 어울리지 않는 앙증맞고, 또 고귀해 보이는 인형이었다.

저벅. 발소리가 들리는 순간 나는 얼른 인형을 품에 감추었다. 저벅저벅. 날 향해 다가오던 구둣발 소리가 서서히 멀어졌다.

"붉은…… 천사……."

나는 직감적으로 그것이 붉은 천사임을 깨달았다. 나를, 그리고 우리를 이 끝없는 지옥에서 해방시켜줄 거라는 붉은 천사! 나의 심장은 터질 것처럼 쿵쾅거렸다.

나는 미친 듯이 발밑에 쌓인 돌무더기를 향해 정을 내리쳤다. 정에 맞은 돌덩이가 퍽퍽 소리를 내며 깨져나갔다. 흥분으로 펄떡이는 심장만큼이나 내리치는 힘도 강해졌다. 깨진 돌이 사방으로 튀었다. 그러거나 말거나 나는 망치를 휘둘렀다. 품속에 감춰둔 붉은 천사를 들키지 않도록 더욱더 미친 듯이, 보란 듯이 팔을 내둘렀다. 손바닥이 갈라지고 터져도 아프지 않았다. 희망이 나를 다시 숨 쉬게 만들었다.

날이 지고 캄캄해지자 기나긴 중노동의 시간이 끝나고 잠시 동안의 휴식이 주어졌다. 그것은 휴식이라기보다 중노동에 지친 노예들이 더 이상 움직일 기력이 없어 쓰러지는 순간이라고 하는 것이 더 옳았다. 하늘이 검게 변할 때쯤 지칠 대로 지친 우리 노예들은 커다란 동굴로 자리를 옮겨 차갑고 딱딱한 바닥에 몸을 웅크리고 잠이 들었다. 그곳에는 침구도 침대도 없다. 이슬만 간신히 막아주는 동굴 안에서 우리는 그나마 편편한 자리를 찾아 지친 몸을 누였다. 그리고 짧은 수면 시간이 끝나면 다시 간신히 움직일 힘을 얻은 우리 노예들에게 더욱더 끔찍한 내일이 돌아오는 것이다. 끝나지 않는 내일, 또 내일이…….

무언가 생각할 겨를도 없이 쓰러져 눈을 감던 날들과 달리 오늘은 잠을 이룰 수가 없었다. 코 고는 소리가 시끄럽게 울려 퍼지는 가운데 찢어진 윗옷 속에 숨겨둔 작고 붉은 인형을 꺼냈다.

캄캄한 밤인데도 인형은 눈부시게 붉은빛을 발하고 있었다. 붉은 기모노에 가늘게 수놓인 금빛 문양들도 반짝였다. 심지어 흑단같이 검디검은 머리카락까지 캄캄한 어둠 속에서 반짝거렸다. 그것은 마치 이 세계의 물건이 아닌 것처럼 다른 빛깔을 내고 있었다.

나는 두 손바닥을 둥글게 세워 누구도 인형을 보지 못하게 가렸다. 그리고 인형을 이리저리 살폈다. 작은 전통 일본 인형은 살아 있는 사람처럼 당장이라도 숨을 쉴 것만 같았다. 그렇게 한참을 바라보는데, 갑자기 인형의 허리를 감고 있던 오비(기모노의 허리 부분을 감싸는 띠)가 도르르 풀렸다. 인형의 등에 단단히 매여 있던 오비가 왜 갑자기 스르르 풀어지는지 알 수가 없었다.

나는 고귀한 천사가 훼손된 것처럼 깜짝 놀라 재빨리 오비를 받아들었다. 왼손으로 인형을, 오른손으로 오비를 들어올리는 순간 무언가가 반짝하고 빛났다. 글씨였다. 천사가 돌돌 매고 있던 오비에 길게 적힌 글자!

나는 허겁지겁 인형의 허리춤에 도로 천을 둘둘 말았다. 조심스럽게 오비를 인형의 등 뒤로 접어 넣고는 가슴에 인형을 올리고 드러누웠다.

두근두근.

심장이 미친 듯이 요동쳤다. 나는 조금 전에 읽었던 그 말을 마음속으로 수없이 되풀이했다.

'기록의 바위를 깨라!'

길게 줄지은 우리는 아침 햇살을 받으며 다시 중노동의 현장으로 향하는 내내 모두 바닥만 바라보았다. 어디선가 들려오는 끔찍한 매질 소리와 고함 소리마저 너무나 익숙해서 누구도 눈을 들어 확인하지 않는다. 나는 너무나 익숙하게 지나치는 그 길에 '그 바위'가 있다는 것을 알면서도 몰랐다.

우리 모두는 그 바위가 그곳에 있다는 것을 알고 있지만 누구도 그 존재를 인식하지 못했다. 하지만 붉은 천사의 글을 읽은 뒤로 나는 그 바위를 드디어 '알게' 되었다.

나는 기나긴 노예의 줄에 섞여 걸어가면서 슬쩍 옆을 쳐다보았다. 우리 옆에서 우리를 내려다보는 거대한 회색 바위. 그 바위 위에는 시커멓고 지저분한 줄이 여러 개 그려져 있었다. 바위 곳곳에 깨알같이 그어져 있는 수많은 줄은 왠지 모르게 엄청나게 끔찍한 느낌을 주었다.

그것은 기록이었다. 날들의 기록……. 끝없이 이어지는 독한 노예 생활이 언제 끝날지를 생각하며 긋고, 긋고, 또 그어댄 우리의 기록이었다.

언젠가는 끝나겠지. 이 바위에 작은 줄이 가득 차는 언젠가 모든 고난이 끝나겠지 하며 하루하루 그어댄 끔찍한 기다림의 기록. 그 기록의 바위를 나는 알지만 모르고 지내왔다. 누군가 그어댔을 수많은 기록을 보면서도 그것이 우리의 해방을 막고 있는 방해물이며, 우리를 해방시켜줄 유일한 출구라는 사실을 몰랐다.

나는 고개를 들었다. 그리고 줄줄이 이어진 노예들의 대형에서 멈춰 섰다. 그러자 바닥만 보며 걸어갈 때는 보이지 않던 것이 눈에 들어왔다. 나는 처음으로 자욱한 안개 속에 끝없이 늘어선 노예들 사이로 우리를 매질하던 구둣발의 주인들을 보았다. 군복을 입은 까만 구둣발의 주인들은 새하얀 달걀 같은 얼굴이었다. 그들은 눈도, 코도, 입도 새겨지지 않은 새하얀 탈이었다.

또한 나는 알았다. 수많은 노예 사이에서 걸음을 멈춘 것이 나만은 아니라는 사실을. 나를 비롯한 몇몇은 이미 우리의 비밀을 눈치채고 있었던 것이다. 그들은 붉은 천사의 계시를 받은 이들이 분명했다.

나는 매일 돌을 깨고, 또 깨도 닳지 않는 시커먼 정을 하늘 높이 들었다. 그리고 군복 차림의 얼굴 없는 귀신들이 까만 구둣발을 딸각거리며 기다란 채찍을 휘날리는 순간 미친 듯이 바위를 향해 내달렸다. 그리고 보았다. 나 이외에도 멈춰 선 몇몇 노예가 나와 똑같이 새까만 정을 휘두르며 바위를 향해 달려 나오는 것을. 그 가운데는 내게 이곳이 끔찍한 지옥이라는 것을 알려준 그 조선인 노예도 있었다. 우리는 우리를 향해 달려드는 무시무시한 얼굴들을 피하며 힘껏 기록의 바위를 향해 달려들었다.

카강!

카앙, 캉!

날카로운 쇳소리와 함께 우리의 까만 정이 기록의 바위에 내리꽂혔다. 온 힘을 쥐어짰지만 기록의 바위는 꿈쩍하지 않았다. 등짝은 피범벅이 되었지만 우리는 붉은 천사의 계시대로 마지막 힘까지 쥐어짜 망치를 휘둘렀다. 끔찍한 구타와 매질 속에서도 우리는 손을 멈추지 않았다.

우리는 알고 있었다. 매일매일 파헤치는 흙더미는 다음 날이면 다시 전날처럼 부풀어 올랐지만 기록의 바위에 입힌 상처는 다음 날이 되어도 아물지 않는다는 것을. 얼마나 걸릴지는 알 수 없어도 언젠가 기록의 바위는 우리의 까만 정 아래에서 부서질 것이다. 그것이 우리를 살게 하는 희망이 되었다.

붉은 천사가 건네준 우리의 유일한 희망.

2

오늘따라 아침부터 하늘이 어둑어둑 흐리더니 짙은 안개 같은 비가 추적추적 내렸다. 우산을 쓸 정도의 비는 아니었다. 게다가 우산을 쓴다고 해도 옷 전체가 축축하게 젖어드는 물안개 자욱한 날씨였다. 눈이 부시도록 파란 하늘 아래 여행을 가는 것도 좋겠지만, 온몸이 으슬으슬 춥고 흐린 날도 온천을 하기에는 더없이 좋다는 엄마의 말을 들으며 다마미는 시큰둥한 얼굴로 창밖을 바라보았다.

올해 여덟 살인 다마미는 어쩐지 일곱 살과 여덟 살은 완전히 다르다는 느낌을 받고 있었다. 엄마는 이러나저러나 모두 어린애라고 했지만 다마미의 마음속에서는 뭔가가 달랐다. 어쩐지 청소년의 세계로 발을 디딘 기분이라고나 할까? 그래서인지 온천 여행에 들떠 있는 엄마가 어쩐지 멀게만 느껴졌다.

다마미가 일곱 살이었다면 엄마와 함께 손바닥을 마주치며 비가 오는 날도 좋다고 맞장구를 쳐주었을 텐데, 이제는 모른 척하며 차창 밖으로 고개를 돌리는 것도 그랬다.

"다마미, 아빠가 조금 피곤한데 잠깐 쉬었다 갈까?"

운전대를 잡은 아빠가 다마미 쪽을 흘끗 바라보며 말을 걸었다.

"응."

이러거나 저러거나 상관없었다. 어쩐지 일곱 살의 여행과 여덟 살의 여행은 많이 달랐다. 조금 심심하다고나 할까? 언니도 없고 동생도 없고 친구도 없는 가족 여행이 하품이 나올 만큼 심심하게 느껴졌다.

한참 동안 고속도로를 달리던 차는 긴 터널 길로 접어들었다. 워낙 산이 많은 지형이라 터널이 끝도 없이 나타나자 다마미의 아빠는 졸리는 모양이었다. 한참 이어지던 터널을 빠져나오자 멀리 휴게소 푯말이 나타났다. 그리고 곧이어 지붕이 파랗고 아담한 휴게소가 눈에 들어왔다.

"어머나, 다마미, 정말 멋지지 않니?"

호들갑스러운 엄마의 말을 들으며 다마미는 물끄러미 바깥 풍광으로 눈을 돌렸다.

"와!"

아이처럼 굴기는 싫었지만 이번엔 다마미의 입에서도 탄성이 흘러나왔다. 한참 동안 캄캄한 터널 길을 달리느라 몰랐는데, 차는 어느새 무척이나 높은 고지대에 올라와 있었다. 구름인지 안개인지 모를 자욱한 그림자 사이로 까마득히 먼 아랫마을이 눈앞에 펼쳐졌다. 눈앞에 펼쳐진 아름답고도 무시무시한 높이감에 다마미는 두 눈을 깜빡였다.

"여보, 여기 휴게소에는 오미규 쇠고기가 유명하대. 오미규 라멘이랑 오야코동을 먹으면 어떨까? 다마미는 어때?"

엄마는 여행서를 뒤적거리며 산지의 유명한 음식들을 찾아냈다.

"그래, 좋아."

다마미는 짧게 대답하고 후딱 차에서 내렸다.

차에서 내리니 높이감과 깊이감이 더욱더 실감났다. 휘잉 하고 부는 바람에도 어쩐지 몸이 날아갈 것만 같은 불안감이 들었다. 다마미는 몸을 돌려 차에서 내리는 엄마에게 물었다.

"엄마, 나 고소공포증이 있나?"

"어머나, 어린애가 무슨 고소공포증이야? 그런 말은 또 어떻게 알아?"

또 어린아이 취급이다. 다마미는 도로 입을 꾹 다물고 까마득한 계곡들을 굽이굽이 바라보았다. 아직도 터널 길이 많이 남아 있었다. 저 멀리 높다란 산들의 중심부에 뚫린 구멍이 마치 검은 입 같았다.

"다마미, 여기 휴게소를 나가면 저기 계곡 사이를 연결한 긴 다리를 건널 거야."

어느새 다가왔는지 아빠가 다마미의 어깨에 팔을 둘렀다. 다마미는 아빠가 가리키는 손가락 끝을 바라보았다. 그러고 보니 멀리 터널들로 들어가려면 휴게소 옆으로 쭉 뻗은 긴 다리를 지나야 했다. 다마미는 그 다리를 바라보았다. 다리 아래로 끝도 보이지 않는 무시무시한 낭떠러지가 입을 벌리고 있었다.

"저 다리는 근래 바닷길 다리가 생기기 전까지 일본에서 가장 높고 긴 다리로 유명했어. 저 다리를 만들기 위해 사람들이 정말 많이 죽었대. 제국 시대에 전쟁 물자를 나르기 위해 놓은 다리지. 나중에 더 넓히는 공사가 이뤄졌지만 그 옛날에 산과 산을 잇는

다리를 놓았다니 정말 굉장하지?"

"우와."

다마미는 두 팔을 감쌌다. 어쩐지 다리를 건너 저편 터널로 들어갈 생각을 하니 오싹한 기분이 들었다. 다리를 건너는 것도 이렇게 무시무시한데 저걸 놓은 사람들은 어떠했을까?

"아유, 춥다, 추워. 구경은 먹고 나서 하자. 난 추우니까 오미규 라멘이야. 넌 뭐 먹을래?"

"으응, 나도 오미규 라멘 시켜줘."

다마미는 엄마를 바라보며 고개를 끄덕였다. 갑자기 온몸이 추워져서 따끈한 국물이 절실했다.

"아빠, 난 조금만 더 구경하다가 들어갈게. 엄마랑 먼저 들어가 있어. 금방 갈게."

아빠는 다마미에게 무슨 말을 하려다가 그만두었다. 아빠는 엄마만큼 다마미를 아기 취급 하지 않았다.

"음, 그럼 아빠 휴대전화를 가지고 있어. 밥 나오면 전화할 테니까 빨리 안으로 들어와. 먼저 음식 시켜놓을게."

"알았어."

엄마는 어린애를 혼자 두고 간다며 몇 마디 투덜거렸지만 이내 아빠와 함께 휴게소로 들어갔다.

다마미는 다리를 좀 더 보고 싶었다. 무서워서 덜덜 떨리는데도 다리가 얼마나 길고 높은지 눈으로 확인하고 싶었다. 다마미는 주차장 끝으로 다가가 자욱한 안개 너머 길게 펼쳐진 다리를 바라보았다. 다마미는 한 발 한 발 내디뎌 마침내 관광객을 위해 만들어놓은 벽돌 울타리를 넘어 무성한 풀밭에까지 발을 디뎠다. 비록 포장된 길은 아니지만 풀밭은 평평하게 이어져 있어서 굴러 떨어지거나 넘어질 위험은 없었다.

툭.

다마미는 발끝에 부딪히는 단단한 감촉에 문득 아래를 바라보았다.

"어라?"

다마미는 삐죽 나와 있는 회색 돌덩이를 발견했다. 다마미는 갑자기 나타난 돌에 놀라 앞을 가린 풀들을 두 발로 꾹꾹 눌러보았다. 어쩐 일인지 돌덩이 주변에만 다마미의 허리춤까지 올라오는 풀이 무성했다. 기다란 풀을 전부 발로 꾹꾹 누르고 보니 팔로 다 안지도 못할 만큼 커다란 바위가 삐죽 솟아 있었다.

"이게 뭐지?"

게다가 바위에는 이상한 낙서가 있었다. 누군가 가늘고 날카로운 칼로 죽죽 그은 것처럼 보기 싫은 줄이 바위 가득 새겨져 있었다. 자연적으로 생겼다기에는 너무나 인위적이고 못생긴 자국이었다. 다마미는 그 자국을 따라 점점 바위 아래까지 시선을 내려보았다. 자국은 흙에 묻힌 아래까지 계속 이어져 있었다. 분명 눈에 보이지 않는 땅속에까지 이런 자국이 이어져 있을 것 같았다. 이 바위가 얼마나 깊이 묻힌 것인지 다마미는 바위 주변의 기다란 풀 한 무더기를 낑낑거리며 뽑았다. 손바닥만큼 풀을 뽑는데도 진땀이 났다.

풀이 뽑힌 아래로 유난히 검게 젖은 흙이 드러났다. 다마미는 바위를 덮은 흙을 파냈다. 그러자 역시 직직 그어놓은 가는 줄들이 눈에 들어왔다.

"내 생각이 맞았어."

다마미는 이어지는 자국을 보자 어쩐지 큰일이라도 한 것처럼 기분이 좋아졌다. 흙에 파묻힌 이 바위는 보이는 게 다가 아니었다. 땅속까지 지저분한 줄들이 그어져 있는 게 분명했다. 과연 얼마나 깊이 이 회색 바위가 묻혀 있을까 궁금했다.

"어?"

그러다 문득 커다란 바위 끝부분에서 하얗고 동그란 것이 눈에 들어왔다.

"어? 이거…… 달걀인가?"

다마미는 작은 달걀 모양의 것을 만져보았다. 그때였다. 머리 위에서 작고 가느다란 여자아이의 목소리가 울렸다.

"달걀 아니야."

혼자인 줄 알았던 다마미는 깜짝 놀라 굽혔던 허리를 세웠다. 다마미는 목소리가 들려온 쪽으로 고개를 돌렸다. 놀랍게도 커다란 바위에서 1미터쯤 떨어진 곳에 있는 나지막한 소나무 위에 작은 소녀가 위태롭게 앉아 있었다.

그 아이는 다마미보다 조금 작거나 거의 비슷한 체구였고 아주 불편해 보이는 빨간 기모노를 입고 있었다. 개량된 기모노가 아니라 허리춤에 오비까지 친친 감은 옛날식 기모노였다. 게다가 발에는 하얀 타비 양말(일본 양말)에 불편하기 짝이 없는 게다(일본 나막신)까지 신고 있었다.

아이는 햇빛이 다 흡수될 것만 같은 까만 머리를 허리까지 길게 드리우고 이쪽을 보고 있었다. 그리고 그 얼굴에는…… 새까만 눈동자와 작고 빨간 입이 그려진 하얀 탈을 쓰고 있었다.

"넌 누구야?"

다마미는 아이를 올려다보며 두 눈을 동그랗게 떴다. 아이는 마트나 여행지에서 파는 인형 같은 모습이었다. 왜 저런 차림으로 위험하게 나무 위에 앉아 있는지 이상하기만 했다. 다마미의 질문에 아이는 아무런 대답도 하지 않았다. 나뭇가지 위에서 몸을 흔들어대며 다마미만 바라보았다.

"달걀이 아니라고?"

아무런 대답이 없으니 다마미가 다시 물었다.

"그럼 뭐야?"

"흐응……."

아이는 대답 대신 휘파람 소리 같은 것을 내며 고개를 돌렸다. 그리고 조금 전까지 다마미가 바라보던 길고 높은 계곡 위의 다리를 응시하는 듯했다.

"저 다리에 영혼들을 묶어놓는 주술이야."

"뭐?"

다마미는 아이의 말을 알아듣지 못하고 다시 물었다.

"저 다리에서 많은 사람이 죽었어."

아이의 목소리는 새처럼 가늘고 높았다. 그래서인지 금방 허공에 퍼져 사라지고 말았다. 다마미는 아이의 말소리를 놓치지 않으려고 귀를 쫑긋 세웠다.

"아, 나도 아빠한테 들었어. 옛날에 다리를 만들던 사람이 많이 죽었다고. 너도 알고 있었어?"

이번에도 아이는 다마미의 말에 대답하지 않았다.

"많은 사람이 끌려왔어. 그들이 두 손이 묶이고 두 발이 묶여서 노예처럼 일하던 곳이야. 아무리 일해도 벗어나지 못하는 곳이었지. 죽어야만 벗어나는 죽음의 일터였어."

"어마, 그럼 가족도 못 만나고 여기서 죽었단 말이야?"

다마미는 생각보다 끔찍한 옛이야기에 인상을 찡그렸다. 여태껏 들었던 이야기들 중에 제일 끔찍했다.

"여기에 오고 싶어 한 사람은 없었어. 다들 억지로 끌려왔지. 군대 대신 끌려오고, 신원이 확실치 않다고 끌려오고, 천황에 대한 믿음을 증명하라고 끌려오고……. 그리고 결국 살아남지 못하고 목숨을 잃었지. 그래서 원혼이 되었어. 너무나 원통하고 비참하고 억울해서."

"뭐?"

다마미는 아이의 말이 잘 이해되지 않았다. 원혼이니 원통이니 비참이니…… 너무 어려운 단어들이었다. 하지만 이번에도 아무 설명이 없었다.

"사람들은 노예 생활 속에서도 희망을 잃고 싶지 않았어. 언젠가 이곳에서 벗어날 수 있다고 믿었어. 그래서 바위에 새겼어. 매일매일 하나씩 하나씩 막대기를 새겨 넣었지."

"아, 이 바위에 있는 게 그거구나?"

다마미는 아이의 말에서 바위에 대한 힌트를 얻었다. 지저분한 회색 바위에 매일매일 막대기를 그어 넣었다는 말은 이해할 수 있었다. 아이의 체구는 다마미와 비슷했지만 그 아이가 아는 것은 다마미와 비교조차 되지 않았다. 다마미는 아이의 말을 모두 이해할 수 없었지만 나름 이해하려고 애를 쓰며 가늘고 높은 목소리에 귀를 기울였다.

"하지만 바위가 모두 차서 더 새겨 넣을 곳이 없는데도 그들은 풀려나지 못했어. 끔찍한 죽음밖에 벗어날 길이 없다는 것을 알게 되었지. 그래서 너무나 원통하고 비참하고 억울한 마음에 그들은 원혼이 되었어. 깊고 깊은 원한이 그들을 이 세계에서 떠날 수 없게 했어."

"너무너무 불쌍해."

다마미는 아이의 말을 완전히 이해하지 못했지만 그 불쌍한 사람들이 죽을 때까지 고생했다는 것은 알아들었다. 다마미는 자기만 한 아이가 어려운 말을 해대는 것이 신기하기만 했다.

"그런데 그런 원혼들을 영원한 노예로 만들었지. 아주아주 유명한 법사가 원혼들을 그냥 두면 다리를 무너뜨릴 거라고 했어. 그래서 그들을 다시 영원한 노예의 시간 속에 가두어버렸단다.

하얀 돌멩이 하나로 말이야."

다마미의 앞으로 한 줄기 바람이 지나갔다. 다마미는 깜짝 놀라 눈을 질끈 감았다가 다시 떴다. 어느새 다가왔는지 나뭇가지 위에 앉아 있던 빨간 기모노를 입은 아이가 다마미 바로 앞에 서 있었다. 아이는 똑바로 서 있는 대신 바람이 불어올 때마다 몸을 흔들흔들 움직였다. 다마미는 그 모습이 신기해서 아이를 머리부터 발끝까지 훑어보았다. 그러다 아이가 평평한 흙 위에 서 있지 않음을 알아차렸다. 아이는 조금 전에 다마미가 찾아낸 달걀처럼 생긴 새하얀 돌 위에 올라서 있었다.

"우와, 혹시 이 돌멩이가 그거야? 법사인지 누군지가 가두었다는 그……?"

다마미가 몸을 쭈그리고 하얀 돌멩이 쪽으로 고개를 숙이자 또다시 세찬 바람이 불어왔다. 다마미가 머리카락을 쓸어 올리며 고개를 들자 어느새 그 아이가 도로 나뭇가지에 올라 다리를 달랑거리고 있었다.

"어떻게 한 거야?"

다마미는 너무 신기해서 물었지만 이번에도 아이는 아무런 대답도 하지 않았다.

"그러면 이 하얀 돌멩이 때문에 옛날 옛날에 죽은 사람들이 아직도 여기에 붙들려 있는 거야?"

다마미는 대답을 기대하지 않고 땅속에 박힌 달걀 모양의 돌멩이를 바라보았다. 돌멩이는 사실 달걀보다 조금 더 컸다. 다마미가 주먹을 대보니 주먹보다 조금 더 컸다. 땅속에 박히고 반쯤만 땅 위로 삐쭉 솟아 있는 달걀 모양의 하얀 돌멩이가 고약하게 느껴졌다.

"그들은 죽어서까지 노예처럼 일하고 있지. 영원히 깨지 않는 하루하루를 살면서."

인형 같은 아이는 다마미에게서 고개를 돌려 길게 뻗은 다리를 지그시 바라보았다. 다마미는 어쩐지 자신이 가족과 떨어져 무시무시한 계곡 위에 다리를 놓는 모습이 상상되었다. 살아서는커녕 죽어서도 가족을 만나러 가지 못하고 저 다리에 붙들린 채 한없이 다리를 놓는 모습이 머릿속에 그려지자 온몸이 서늘해졌다.

"너무너무 불쌍하다."

다마미는 울상을 지었다.

"그래, 인간이란 그토록 잔인한 족속이란다. 상상할 수도 없는 끔찍한 일을 저지르는 유일한 존재지."

빨간 기모노를 입은 아이의 목소리가 깊은 한숨처럼 들려왔다. 아이도 다마미처럼 슬픔을 느끼는 모양이었다.

"이런 거…… 이런 거…… 너무해!"

다마미는 작고 하얀 돌 주변을 고사리 같은 손으로 파헤쳤다. 달걀 모양의 작고 하얀 돌은 얼마 지나지 않아 아랫부분까지 모습을 드러냈다. 다마미는 그 돌을 두 손으로 붙잡고 힘껏 용을 쓰며 일어섰다. 그런데 웬일인지 그 작은 돌이 엄청나게 무겁게 느껴졌다.

"그거…… 정말 뽑을 거니?"

빨간 기모노를 입은 아이가 다마미에게 물었다. 아이의 목소리가 무섭도록 차갑게 느껴졌다.

"응, 뽑을 거야. 너무하잖아."

다마미는 다시 힘을 주었다. 하얀 돌은 여전히 꿈쩍도 하지 않았다.

"그래, 네 뜻대로 하렴."

다마미 앞으로 또다시 세찬 바람이 불었다. 이번에 다마미는 눈을 반만 감은 채 흐릿한 시선으로 앞을 바라보았다. 멀리 나뭇가지에 앉아 있던 아이의 붉은 치맛자락이 한순간 다마미 앞으로 획 다가오더니 다마미가 붙잡고 있는 새하얀 돌멩이 위에 두 발이 다닥 하고 올라서는 것이 느껴졌다. 다시 한 번 바람이 반대쪽으로 불자 붉은 옷자락이 다마미의 시야에서 사라졌다.

다마미는 재빨리 눈을 깜빡이며 주위를 살폈다. 조금 전까지 아이가 있던 나뭇가지에도, 하얀 돌 위에도, 주변 풀숲에도 빨간 기모노를 입은 아이는 보이지 않았다. 아이는 마술처럼 사라졌다.

"야, 어떻게 한 거야?"

다마미는 허공을 향해 소리쳤다. 하지만 아무런 대답도 들려오지 않았다.

"아이 참."

이상한 기분이 들었지만 다마미는 우선 하얀 돌부터 치워야겠다고 생각했다. 이번엔 더욱 힘을 주며 하얀 돌을 들어올렸다.

쿵.

신기한 일이었다. 조금 전까지는 아무리 용을 써도 움직이지 않던 돌이 쑥 하고 뽑혔다. 돌은 아주 가벼웠고 덕분에 용을 쓰던 다마미는 엉덩방아를 찧고 말았다. 빨간 기모노를 입은 아이가 사라지기 직전 하얀 돌에 다닥 하고 발을 올려놓은 덕분이라는 생각이 들었다. 다마미는 돌을 들어 살펴보았다. 다마미는 땅속에 묻혀 있던 흰 돌의 바닥 쪽에 깨알처럼 적혀 있는 글자들을 보았다. 글자인지 그림인지 도저히 알아볼 수 없는 지렁이 같은 자국이었다.

"어머나, 다마미! 거기서 뭐하는 거야?"

다마미가 풀숲에 철퍼덕 앉아 하얀 돌을 살펴보는데 엄마가 호들갑스럽게 소리치며 다가왔다.

"아유, 전화도 안 받고 여기서 뭐해? 얼른 와. 라멘 다 불어터지겠어!"

엄마는 다마미를 번쩍 일으켜 세우고는 어깨를 감쌌다. 그러고는 등을 밀며 휴게소 식당으로 달렸다. 다마미는 힐끗 등 뒤를 바라보았다. 빨간 기모노를 입은 아이는 그림자도 보이지 않았다.

다마미는 한숨을 내쉬며 엄마를 따라 식당으로 들어갔다. 식당에는 빨간 쇠고기가 고명으로 얹힌 따뜻한 라멘이 기다리고 있었다. 다마미는 몇 마디 꾸중을 들으며 후루룩 라멘을 들이켰다. 모르고 있었는데 어느새 온몸이 차갑게 식어 있었던 모양이다. 라멘 국물을 후루룩 들이켜자 온몸이 짜르르 떨렸다.

"근데 아빠, 엄마……."

다마미는 조금 전에 만난 이상한 아이의 이야기를 하려다가 입을 다물었다. 기모노를 입고 하얀 가면을 뒤집어쓴 아이가 바람이 불 때마다 새처럼 날아서 나뭇가지에 앉았다가 사라졌다 하는 이야기는 하지 않는 게 나을 듯했다. 자신도 잘 믿기지 않는 이야기를 엄마 아빠가 순순히 믿어줄 것 같지 않아서였다.

다마미는 라멘을 그릇 바닥이 보이도록 뚝딱 해치우고 일어섰다. 배도 부르고 몸도 따뜻해져서 휴게소로 들어올 때보다 훨씬 더 기분이 좋았다. 그렇게 휴게소 문을 열고 밖으로 나오는데 이상한 굉음이 다마미 가족의 귀를 찢어놓았다.

"꺄악! 저게 뭐야?"

사람들의 한숨과 비명도 울려 퍼졌다.

다마미는 사람들의 시선이 향한 곳이 다리라는 것을 알아챘다. 사람들은 끝이 보이지 않는 계곡 위에 세워진 긴 다리를 바라보며 경악하고 있었다. 다마미도 그들의 시선을 따라갔다. 그곳에 다리가 있었다. 수많은 사람을 노예처럼 부리고 그들의 생명을 앗아가며 세운 끔찍한 역사 속의 다리가 있었다. 죽어서도 도망가지 못하게 그들을 가두었다는 이야기 속의 다리가 고무줄처럼 위아래로 흔들리고 있었다. 마치 계곡 아래에서 거센 바람이 부는 것처럼 다리가 위로 올라갔다가 아래로 떨어지고, 다시 위로 올라갔다가 아래로 떨어지면서 휘청거렸다. 그리고 가운데부터 서서히 부서지기 시작했다. 거대한 시멘트 덩어리가 끝없이 깊고 깊은 계곡 아래로 떨어졌다. 불행히도 때마침 다리를 건너던 차들이 장난감처럼 허공으로 떠오르며 시멘트 덩어리와 함께 깊은 심연으로 떨어지고 있었다.

"꺄아악! 꺄아악! 꺄아아악!"

다마미는 믿기지 않는 광경을 보며 두 귀를 막고 소리를 질렀다. 얇은 철판처럼 휘어지며 떠올랐다 가라앉는 다리를 보면서 다마미는 온몸에 소름이 돋는 것을 느꼈다. 아빠는 재빨리 다마미의 눈을 가리고 자신의 품에 감싸 안았다. 심연으로 추락하는 자동차들 가운데 자신들의 차가 있었을 수도 있다는 생각에 휴게소의 모든 사람이 비명을 질러댔다.

다마미는 덜덜 떨리는 손을 주머니에 찔러 넣었다. 주머니에서 하얀 달걀 모양의 돌이 만져졌다.

"으악! 으아악!"

다마미는 미친 듯이 소리를 지르며 하얀 돌을 내던졌다. 끔찍한 시체라도 되는 것처럼 작고 하얀 돌멩이를 힘껏 멀리멀리 내던져버렸다.

"꺄아아악!"

다마미는 아빠의 품에서 비명을 지르고 또 질렀다. 하지만 아무리 비명을 질러도 두려움과 공포가 떠나지 않았다.

3

야마토 경시가 얼굴을 찌푸렸다. 국적도 모르는 수상한 남자가 이런 중대한 일에 끼어들어 마음껏 수사를 하고 다닌다는 것이 이해되지 않았다. 하지만 검은 양복을 입은 남자가 내민 수첩은 절대적이었다. 그 수첩 앞에서 누구도 불만을 토로할 수가 없었다. 여기저기 전화를 걸어 이 남자를 사건 현장에서 빼버리려 해도 들려오는 소리는 '절대적으로 지원하라'는 말뿐이었다.

"대체 누구이기에 다들 꼼짝을 못하는 겁니까?"

경부가 물어도 대답할 말이 없었다. 현욱이라고 자신을 소개한 남자는 일본은 물론 세계 어느 나라도 손댈 수 없는 인물이라는 말만 수화기 너머에서 들려올 뿐이었다.

"도대체 뭘 찾고 있는 겁니까?"

야마토 경시는 일부러 남자의 뒤를 따라다녔다. 도대체 어떤 사람이기에 이토록 대단한 지원을 받는지 궁금해서였다. 그런데 이 남자가 사건을 수사하는 방식은 참으로 이상했다. 그는 부서진 다리라든가, 계곡 아래로 떨어진 차량이라든가, 흩어진 다리 파편들을 보는 것이 아니라 다리 인근의 첫 번째 휴게소 근처를 배회하는 것이었다.

"사람들의 진술을 들었겠지요? 다리가 갑자기 얇은 철판처럼 구부러지면서 끊어졌다는 이야기 말입니다. 당시 계곡 주변에는 바람이 세게 불지 않았는데도 이런 일이 벌어졌다는 말이죠."

경시가 고개를 끄덕이며 대답했다.

"뭐, 부실 공사 때문이겠죠."

"부실 공사가 원인이 아니라는 건 알고 있지 않나요?"

그가 심드렁하게 대답했다. 그의 말대로였다. 사람들의 증언을 들을수록 도대체 이해되지 않았다. 다리가 고무줄처럼 위아래로 튀어올랐다가 떨어지는 걸 반복했다니 말이 되는가? 주변에 심한 바람이나 허리케인이 휘몰아칠 것도 아닌데 말이다. 처음에는 다리를 수리하고 검사하는 건설 회사에 모든 책임이 있는 것으로 생각되었지만 지금까지 확보한 자료에서 특별한 문제는 발견되지 않았다. 그렇다고 해도 누군가는 책임져야 한다. 미심쩍은 부분이 있긴 해도 모든 책임은 다리를 재보수한 건설 회사가 지게 될 것이다.

그런데 검은 양복을 입은 남자가 아까부터 휴게소 주변을 빙빙 돌며 무언가를 찾는 모습이 여간 이상한 것이 아니었다.

"역시……."

그는 휴게소 끝으로 이어진 수풀 사이에서 이상한 모양의 바위를 발견하더니 고개를 끄덕였다. 경시는 그의 곁으로 다가가 바위를 이리저리 살폈다. 지저분한 줄이 직직 그어진 이상한 바위였다.

"이게 뭐죠?"

야마토 경시는 도대체 모르겠다는 얼굴로 그에게 연신 질문을 던졌다. 그는 대답 대신 주머니에서 작고 동그란 것을 꺼내더니 중얼거렸다.

"지름 10센티가량의 원형 또는 타원형 돌을 찾도록. 오래되어 영력이 반감되었겠지만 분명 영적 기운이 남아 있을 것이다."

그는 누군가를 향해 그렇게 중얼거리고는 야마토 경시를 향해 미소를 지었다.

"저 다리가 끊어진 직접적인 원인은 사람의 마음입니다."

"뭐, 뭐라고요? 그게 무슨 소립니까?"

검은 양복을 입은 남자는 생각에 잠긴 듯한 표정으로 커다란 바위를 물끄러미 바라보았다.

"이게 뭔지 아십니까?"

"글쎄요……."

경시가 고개를 흔들었다.

"사람들이 그어놓은 삶의 마지막 희망입니다. 저 다리를 건설한 사람들은 하루하루가 지날 때마다 이렇게 희망을 새겼습니다. 한 사람이 죽으면 그다음 사람이, 그 사람이 죽으면 또 그다음 사람이. 언젠가 이 바위에 줄이 가득 차면 이곳을 빠져나가 가족에게 갈 수 있을 거라는 희망을 품고 말이죠. 한마디로 이 바위에는 잔혹한 노동에 시달리던 사람들의 마음이 담겨 있는 기록의 바위입니다. 하지만 수많은 사람이 결국 자유를 얻지 못하고 이 깊은 계곡에서 죽음을 맞이했지요."

"무…… 무슨 말이오, 그게?"

야마토 경시는 그가 무슨 의도로 이런 말을 하는지 몰라 고개를 흔들었다. 일본의 강제징용과 제국주의 시대를 비판하는 건가 하는 생각도 들었다. 갑자기 뜬금없이 역사주의 발언이라니 이해가 되지 않았다.

"그 마음이 너무나 깊고 그 원한이 너무나 커서 이 바위를 묶어 놓아야 했던 겁니다. 차라리 달래고 달래서 하나하나 저세상으로 보냈으면 좋았겠지만 전쟁 당시엔 그런 원혼이 너무나 많아서 그 마음을 모두 달랠 겨를이 없었던 것이겠지요."

그는 여전히 알아들을 수 없는 말을 지껄이고 있었다. 그는 경시가 알아들을 수 있게 차근차근 설명할 마음이 조금도 없는 것 같았다. 바로 그때 두 사람 곁으로 또 다른 검은 양복 차림의 남자가 바람처럼 달려왔다.

"찾았습니다."

그의 손에는 작고 하얗고 동그란 돌멩이 하나가 쥐어져 있었다. 그 남자는 무척이나 조심스럽게 현욱이란 남자에게 돌을 건넸다.

"그게 뭐요?"

경시의 질문이 끝나기도 전에 현욱이란 남자가 몸을 돌렸다.

"세상에는 이성으로 이해할 수 없는 현상이 많지요."

그는 경시가 듣든 말든 혼자 중얼거리며 발걸음을 옮겼다. 경시는 멀리 사라져가는 검은 양복 차림의 남자를 멍하니 바라보았다. 이어 남자가 한참 동안 바라보았던 커다란 바위 쪽으로 시선을 돌렸다.

"이게…… 하루하루 날을 새긴 거라고?"

그는 바위에 새겨진 줄 하나에 손가락을 대고 문질러보았다. 몇 번을 그었는지 하나의 줄 아래로 거칠거칠한 자국이 여러 개가 만져졌다. 그 자국 하나하나에 희망을 담은 사람들이 있었다는 사실을 생각하니 두 팔에 스산한 소름이 가득 돋아났다.

제4화

거울 속의 견우와 직녀

1

지영은 새하얀 병원 건물을 빠져나와 번화한 거리를 천천히 걸었다. 그녀는 힘없이 어머니의 팔에 기대며 비틀거렸다. 가는 발목은 한 발 한 발 내딛기도 어려울 만큼 위태로워 보였다. 굳이 병원에서 나오지 않았다 하더라도, 위태롭게 발걸음을 떼지 않는다 하더라도 푸른빛이 감도는 하얀 얼굴을 보고 있노라면 큰 병이 그녀를 엄습했음을 짐작할 수 있었다. 벌써 몇 달째 통원 치료가 계속되었다.

지나치는 사람들은 힘없이 발걸음을 옮기는 그녀를 쳐다보았다. 그녀의 얼굴을 확인한 사람은 모두 걸음을 멈추고 그녀가 사라질 때까지 뒷모습을 바라보았다. 사람들이 그녀의 얼굴을 힐끗거리는 것은 병색 짙은 파리함 때문이 아니었다. 그녀가 지하철을 탈 때도, 버스에 오를 때도 사람들이 넋을 잃고 그녀를 바라보는 것은 너무나도 아름다운 얼굴 때문이었다.

크고 까만 눈, 오뚝한 콧날, 찰랑찰랑 반짝이는 길고 검은 머리카락……. 무엇 하나 아름답지 않은 것이 없었다. 무엇보다도 슬픈 듯이, 아픈 듯이 살짝 찡그린 표정은 가슴 시리도록 아름다워서 사람들의 눈을 사로잡는 마력이 있었다. 파리한 병색이 그런 아름다움을 배가시켰다. 호리호리한 몸에 하얀 원피스를 입은 지영의 모습은 모든 사람의 시선을 모으기에 충분했다.

동네 어귀에 모여 두런두런 이야기꽃을 피우던 아주머니들도 아름다운 지영을 보자마자 저절로 고개가 돌아갔다.

"아이고, 참 예쁘기도 하지?"

"성형수술을 받은 것도 아니라면서?"

"믿을 수가 없네. 완전히 딴사람이야, 딴사람……."

멍하니 지영을 바라보던 동네 사람들은 아름다운 모습에 한숨만 내쉬었다. 몇 달 전만 해도 평범했던 아이가 모두의 부러움을 살 정도로 예뻐진 것이 참으로 이상했다. 하지만 신은 공평한지 아름다움 대신 건강을 앗아가버렸다. 몇몇은 지영이 걸린 병 때문에 예뻐지는 거라고 짐작하기도 했다.

집에 들어온 지영은 조용히 방으로 들어갔다. 수많은 인형과 하얀 레이스 커튼, 그리고 분홍빛 벽이 여성스럽기만 했다. 예쁘고 단정하게 꾸며놓은 전형적인 여고생의 방이었다. 그러나 파리한 지영의 얼굴빛만은 생기발랄한 또래들과 달리 피곤에 찌들어 있었다.

그녀는 천천히 침대에 기대앉더니 침대 머리맡 선반에 놓인 경대를 물끄러미 바라보았다. 네모난 경대는 보석상자 모양으로 뚜껑을 열면 안쪽에 붙은 사각 거울이 올라왔다. 거울 양쪽에 견우와 직녀로 보이는 남녀의 모습이 정교하게 새겨졌고, 두 사람 사이에는 여린 연잎과 까마귀들이 새겨져 있었다. 짙은 밤색 오동

나무로 미루어보건대 꽤나 오래된 골동품임에 틀림없었다.

지영은 경대에 새겨진 견우와 직녀의 모습을 이리저리 바라보았다. 다시 보고, 또 보아도 너무나 세밀하고 아름다운 조각이었다. 한참 동안 두 사람을 바라보고 있노라면 금방이라도 살아 움직일 것만 같았다. 때로는 눈물이 날 것처럼 두 사람의 모습이 슬퍼 보이기도 했다. 지영은 작게 한숨을 내쉬더니 경대의 윗부분을 들어올렸다. 잘 닦인 거울 속에 아름다운 그녀의 얼굴이 비쳤다.

똑똑.

부드럽게 문 두드리는 소리가 들렸다.

"병원 갔다 오느라 피곤하지 않니? 좀 쉬어라, 지영아."

어머니가 방문을 살짝 열고 걱정스럽게 지영을 바라보았다. 그녀는 지영의 방으로 천천히 들어왔다. 손에는 한약과 과일이 들려 있었다. 지영은 어머니가 건네주는 약과 사과 조각을 간신히 삼키더니 그만 쉬고 싶다는 듯 얼굴을 찌푸렸다.

"그래. 그만 쉬어라, 응? 저녁 먹을 때 깨워줄게."

"네."

너무나 아름답지만 너무나 파리한 지영의 얼굴에 어머니의 가슴이 아렸다. 어머니는 빈 잔과 접시를 들고 나가며 다시 한 번 돌아보았다. 등을 돌리고 누운 딸의 손에는 오늘도 경대가 들려 있었다.

마치 자석에 끌리는 것처럼 딸의 손에서 경대가 떨어질 줄 몰랐다. 지영은 건강이 몹시 나빠지는 대신 점점 아름다워지는 자신의 얼굴에 위안을 삼고 있는 것이 분명했다. 어머니는 그런 지영을 말릴 수가 없었다. 지금 지영을 위로해주는 친구는 저 낡은 거울뿐이니까.

2

정숙은 언니가 이끄는 대로 조카 지영의 방에 들어섰다. 무심히 문이 열린 조카의 방 안에는 냉기만 감돌고 있었다. 그곳에는 아름답고 착했던 조카의 웃음 대신 높이 쌓인 누런 상자들만 남아 있었다. 박스 안에는 지영의 옷과 물건이 고스란히 담겨 있었다.

햇빛 좋은 창가에 놓였던 옅은 색의 원목 책상은 언제 치웠는지 덩그마니 빈자리만 남았고 예쁜 조카의 기억처럼 분홍빛 레이스 커튼도 커다란 쇼핑백 안으로 자리를 옮겼다. 정숙에게는 이 모든 것이 너무나 안쓰러워 보였다.

지영의 엄마는 쌓아둔 짐들 가운데 크고 납작한 상자를 꺼내 정숙 앞으로 내밀었다.

"자, 이거……."

"이게 뭔데, 언니?"

정숙은 납작한 상자를 살짝 열어보았다.

"우리 지영이가 좋아하던 거울이야. 이걸 어찌나 갖고 싶어 하던지 내가 작년에 골동품 상점에서 사줬어. 거기 사람들 말로는 아주 귀한 물건이라고 하더라. 지영이가 무척 아끼던 거라 내가 가지고 있으면 자꾸 생각날 것 같아서……. 네가 정리해줘."

언니의 눈은 여전히 붉게 물들어 있었다. 그도 그럴 것이 그녀가 열일곱 살인 딸 지영을 잃은 지 겨우 열흘밖에 지나지 않았던 것이다. 그런 언니의 모습이 무척이나 안타까워 정숙은 언니가 밀어주는 상자를 선뜻 받을 수가 없었다.

"이렇게 급하게 지영이 물건을 정리할 필요는 없잖아, 언니. 마음 아프게 왜 그래?"

정숙은 열일곱, 꽃다운 나이로 유명을 달리한 조카로 인해 슬픔에 빠진 언니의 마음을 어찌 달래야 할지 막막했다.

"아니야. 빨리 정리하는 편이 낫지 싶다. 애지중지 갖고 있어봤자 지영이가 살아나는 것도 아니고. 그 애 물건을 두고 보는 것도 정말 가슴이 아파서 견딜 수가 없어. 그래서 다 정리하려는 거야. 지영이를 생각할 때마다 가슴이 찢어질 것 같아서."

"언니……."

결국 두 사람은 서로를 부둥켜안고 울음을 터뜨리고 말았다. 희고도 파리한 조카의 얼굴이 정숙의 뇌리에서 떠나지 않았다.

"꺄아! 정말 예쁘다!"

지선은 거울이 맘에 드는 모양이었다.

언뜻 보기에도 정교하고 아름다운 세공이 들어간 고급 경대니 지선이 좋아하는 것도 당연했다. 시대를 막론하고 사랑받을 작품을 만들어내기 위해 장인이 얼마나 애를 썼을지 짐작이 안 될 정도였다.

정숙은 딸 지선이 경대를 들고 기뻐하는 모습을 보며 어색한 표정을 지었다. 지영이 남긴 경대는 이제 사촌 동생인 지선의 방에 놓였다. 정숙으로서는 언니의 슬픔과 딸의 기쁨이 겹쳐지면서 묘한 감정이 되어버리고 말았다.

"예쁘니?"

"응, 엄마. 그러잖아도 이런 거울이 무지 갖고 싶었는데……. 이거 정말 예뻐! 우훗."

사촌 언니의 죽음으로 의기소침해 있던 지선은 한 달이 채 지나지 않았는데도 모든 것을 잊어버린 듯했다. 지선의 나이 열여섯. 당연히 죽음보다 삶이 어울리는 나이였다.

"엄마, 고마워!"

지선은 정숙의 목을 끌어안으며 얼굴을 비볐다. 정숙은 차마 죽은 지영의 물건이라고 이야기하지 못하고 골동품 상점에 들렀다가 눈에 띄어서 사왔다고 말했다.

"아주 귀한 거라니까 소중히 다뤄야 돼, 알았지?"

"응, 알았어!"

정숙은 신나게 경대를 살펴보는 딸을 잠깐 지켜보다가 방을 빠져나왔다. 즐거워하는 딸의 모습과 이제는 보지 못할 조카의 모습이 겹쳐지면서 그녀의 가슴을 아프게 했다.

"후후……."

혼자 방에 남은 지선은 경대가 너무나 마음에 들어 빙그르르 돌려보기도 하고 이리저리 비춰보기도 하면서 내내 즐거운 웃음을 지었다.

"으음……."

그러다 갑자기 거울에 비친 자신에게 마땅치 않은 표정을 지어 보였다.

"하아, 난 어쩜 이렇게 못생겼을까?"

지선은 여드름이 가득한 얼굴과 새우젓이라 놀림받는 작은 눈, 그리고 남들보다 누렇고 검은 피부색에 문득 한숨이 새어나왔다.

"아아, 난 어쩜 이렇게 못생긴 걸까? 아빠 때문이야! 아빠가 새까매서 나도 이런 거야."

지선은 한 달 전에 죽은 사촌 언니 지영을 떠올렸다. 어릴 때는 지선이나 지영이나 그 얼굴이 그 얼굴이었는데 언제부턴가 지영의 얼굴이 달라지더니 지선과 비교되지 않을 만큼 아름다워졌다. 심지어 죽기 얼마 전에는 세상 사람 같지 않게 선녀처럼 아름다웠다.

지선은 사촌 언니의 파리하리만큼 새하얀 피부와 새까맣고 커다란 눈동자를 떠올리며 자신의 못생긴 얼굴이 너무나 속상했다.

"으이그, 이렇게 생겨먹은 걸 어쩌라고! 아함, 어쨌거나 오늘은 좀 피곤한데? 에이, 잠이나 자자. 거울아, 그럼 잘 자."

지선은 머리를 휘휘 흔들고는 불을 꺼버렸다. 그러고는 침대로 기어 들어간 지 얼마 지나지 않아 잠이 들었다.

이불을 푹 뒤집어쓴 지선은 캄캄한 어둠 속에서 푸르스름한 빛을 내며 흔들리는 거울을 보지 못했다. 그리고 그 푸른빛이 그녀의 주변을 감싸며 점차 그녀의 온몸으로 스며드는 것을 느끼지 못했다. 지선은 악몽에 시달리는 듯 작은 신음 소리를 내며 꿈속으로 천천히 빠져들었다.

3

정희는 암자 식구들의 빨래를 눈이 시리도록 하얗게 빨아 높푸른 하늘가에 걸고 있었다. 식구들 모두 대무신제의 일월신검을 찾기 위해 도서관과 문화재원을 찾아나섰고, 그동안 조금 여유가 생긴 정희는 미뤄두었던 옷가지들을 빨아 널고 있는 참이었다. 정희는 깨끗해진 빨래를 보며 미소를 지었다. 정희의 마음까지 하얗게 맑아지는 기분이었다.

빨래를 마친 뒤 정희는 그동안 바쁜 걸음 탓에 제대로 끼니도 잇지 못한 식구들을 위해 음식을 준비하기로 했다. 한동안 이곳저곳으로 나뉘어 분주히 돌아다닌 탓에 함께 밥을 먹은 지도 오래되었다. 오늘은 오랜만에 모두들 일찍 들어온다고 했으니 영양이 가득한 반찬들을 준비해볼 생각이었다.

정희는 커다란 망태기를 들고 산 아래로 내려갔다. 산을 이리저리 누비다 보니 어느새 아랫마을 근처까지 내려왔을 때였다.

두 사람이 숲 속을 헤매는 모습이 보였다. 그들은 승복 차림으로 망태기 가득 나물과 버섯을 담은 정희를 보더니 부리나케 달려왔다. 중년의 여자와 그녀의 딸 같았다.

"저…… 저기, 당신이 정희 님이신가요?"

중년 여자의 말에 정희는 깜짝 놀랐다. 어떻게 자신의 이름을 알고 있는지 신기하기만 했다.

"제가 정희입니다. 그런데 어떻게 저를……?"

"온갖 병을 고치신다는 소리를 산장에서 들었습니다. 손을 한 번만 잡으면 온갖 병을 고쳐주신다고……."

"어머!"

정희는 깜짝 놀랐다. 소문은 발도 없이 하룻밤에 천 리를 간다더니 놀라웠다. 며칠 전 산 너머 계곡에서 발을 삐어 옴짝달싹 못하는 산장 주인을 구해준 적이 있었다. 걷지도 못하는 산장 주인을 정현이 업고 암자로 데려왔고 정희가 희생보살의 힘으로 그를 치료해주었던 것이다. 그때 산장 주인과 안주인이 정희의 놀라운 치료력을 보고 이리저리 아는 사람들에게 말을 흘린 모양이었다.

"부탁입니다, 제 딸을 좀 봐주세요!"

정숙은 거의 울상이 되어 매달리듯 정희의 손을 잡고 다른 손으로는 그녀의 뒤에서 비틀거리는 딸의 손목을 이끌었다. 정희는 정숙 뒤에서 비틀거리는 가녀린 지선을 바라보았다. 그녀의 얼굴은 진한 병색이 묻어 파리했다.

"제가 할 수 있는 일이라면 뭐든 도와드리겠습니다. 이리 숲을 배회하지 마시고 저희 암자로 가시지요."

정희는 정숙과 지선을 데리고 암자로 향했다. 수척한 지선을 정희와 정숙이 양쪽에서 부축하며 간신히 암자에 도착할 수 있었다. 암자 툇마루에 간신히 도착하고 나니 정숙이 다짜고짜 묻기 시작했다.

"얼굴이 바뀌고 예뻐지는 것도 병인가요?"

"네?"

그 질문에 정희는 눈만 말똥거렸다.

"무슨 말씀이신지?"

"다름이 아니고 이 아이가……."

정숙은 핏기 하나 없이 파리한 딸의 손을 꼭 잡으며 말을 이었다.

"얼굴이 바뀌었어요. 얼굴이 바뀌면서 건강도 점점 나빠지는 게 너무 이상해서요."

정희는 지선의 얼굴을 찬찬히 들여다보았다. 딱히 어디가 아픈지 꼬집을 수는 없지만 진한 병색이 배어 있는 건 분명했다. 파리하기는 했지만 무척이나 아름다운 얼굴이었다. 하얀 피부는 안이 들여다보일 듯 투명했고 검고 까만 눈동자 역시 무척이나 맑았다. 하지만 정숙은 딸의 얼굴을 바라보며 한숨만 내쉬었다.

"얼굴이 바뀌는 병이라니……. 병원이란 병원은 모두 찾아다니고, 용하다는 한의원도 모조리 들러봤지만 어디서도 병명을 들을 수가 없었습니다. 그러다 우연히 아가씨 이야기를 들었어요.

이곳 숲에 있는 젊은 아가씨는 아무리 힘든 병이라도 고쳐준다는 이야기를……. 그래서 찾아왔습니다. 이 아이를 좀 도와주세요!"

정숙은 눈물을 뚝뚝 흘리면서 지갑에서 사진 한 장을 꺼내 정희에게 내밀었다.

"이건 설마……."

정희는 사진 속의 얼굴과 지선의 얼굴을 번갈아 바라보며 놀라움을 감추지 못했다. 사진 속에서는 까무잡잡한 피부에 여드름이 가시지 않은 귀여운 10대 소녀가 웃고 있었다.

"이분이 설마 사진 속의……?"

정희는 고개를 끄덕이는 두 사람을 바라보면서도 도저히 믿기지 않았다. 까무잡잡하던 얼굴이 보통 사람들보다 하얗게 바뀌었고 작은 눈도 보통 사람들보다 훨씬 커졌다. 심지어 동그랗던 얼굴 윤곽까지 갸름하게 바뀌어 있었다.

"우리 애가 갑자기 얼굴이 이렇게나 달라져버렸어요! 얼굴이 변하면서 아기 때부터 잔병치레 하나 없던 애가 갑자기 학교에서 쓰러지고 걸핏하면 코피를 쏟는가 하면 매일 밤 가위에 눌려 헛소리를 해요."

정숙은 딸의 손을 잡고 울음을 터뜨렸다.

"사실 이 병은 우리 아이가 처음이 아니에요. 작년에 제 조카도 이 병에 걸려 스무 살도 되기 전에 죽었답니다. 제 조카의 증세가 이랬어요. 비실비실 아프면서 얼굴이 점점 예뻐졌어요!

조카는 죽기 전에 활짝 꽃을 피우듯 몰라보게 예뻐졌어요. 그런데 얼굴이 예뻐질수록 건강은 나빠졌지요. 죽기 전에 병원이란 병원은 다 돌아다녔지만 병명도 알아내질 못했어요. 결국엔 저세상으로 떠났답니다. 그런데 우리 지선이가 조카와 똑같은 증세를 보이는 거예요. 얼굴이 예뻐질수록 점점 쇠약해지는……. 이게 대체 무슨 일인지……. 무슨 유전병에라도 걸린 건지……. 우리 아이가 조카처럼 죽을지 모른다고 생각하면 정말…… 흐흐흑!"

그녀는 정신없이 울음을 토해냈다. 하나밖에 없는 딸이 조카처럼 되는 건 아닌지 걱정되어 미칠 것만 같았다. 정희는 슬픔으로 가득한 정숙의 마음을 헤아리며 모녀를 바라보았다. 눈물을 흘릴 기력조차 없는 지선은 하얀 얼굴로 울고 있는 엄마를 조용히 바라볼 뿐이었다. 정희는 울고 있는 정숙이 마음속에 담긴 것을 모두 토해낼 때까지 가만히 기다렸다.

"지선 씨, 손을 이리 주세요."

긴 머리를 단정히 땋아 내린 정희는 앞에 앉아 있는 새하얀 피부의 지선에게 손을 내밀었다. 정희의 두 손이 지선의 손을 감싸자 처음에는 야릇하고 짜릿한 느낌이 일더니 곧 푸근하고 따뜻한 느낌이 전해졌다.

"음……."

정숙은 딸의 손을 잡고 눈을 감은 정희의 얼굴을 바라보았다. 모든 정신을 한데 모으려는 듯 그녀의 미간이 깊숙이 파이고 구슬땀까지 송골송골 맺혔다. 그렇게 30분이 지나고 정희가 겨우 눈을 떴다.

"하아……."

정희의 온몸은 땀으로 흠뻑 젖었고 얼굴에는 피로감이 역력했다.

"어, 어떤가요? 제 딸의 병이 대체 뭔가요? 제 딸은 나을 수 있나요? 대체 뭐가 어찌 된 건가요?"

정숙은 잠시도 참지 못하고 곧장 질문을 쏟아냈다. 하지만 고개를 흔드는 정희의 얼굴은 무척 어두웠다.

"죄송해요. 저로서는 알 수가 없군요."

정희의 말에 정숙은 눈앞이 깜깜해졌다. 마지막 희망이 와르르 무너지는 소리가 들리는 듯했다. 또다시 정숙의 눈에는 커다란 물방울이 글썽거렸다.

"그럴 수가! 으…… 으흐흑!"

"어머님, 잠시만 진정하세요. 양약이나 한약을 공부하는 의사들이 모두 병명을 모르겠다고 하신 것이 이해가 됩니다. 지선 씨에게는 신체적인 질병이 없습니다. 아니, 병은커녕 오히려 아주 튼튼한 편이라고 말씀드릴 수 있어요. 잔병치레 하나 없이 튼튼했다는 어머님의 말씀대로 건강한 체질이에요. 그러니 병원에서 병을 찾아내지 못하는 게 당연하죠. 다만 이상한 점은 지선 씨의 기氣가 흐트러져 있다는 겁니다. 강한 기운을 타고났는데도 기운이 산란하다는 거예요."

"그, 그게 무슨 말이에요?"

"한 사람의 기는 그 사람의 성격처럼 매우 안정적이고 지속적이에요. 사람이 성격을 갑자기 바꾸기 어렵듯 기도 대개는 안정적인 상태를 유지하죠. 하지만 지선 씨의 기는 글쎄…… 뭐라고 표현해야 할지 모르겠지만, 마치 한 사람의 기가 아닌 것처럼 들쭉날쭉해요."

"그, 그래요? 왜 그럴까요? 어떻게 하면 나을 수 있나요?"

정숙은 마지막 지푸라기라도 잡는 심정으로 다급히 물었다.

"잠시만…… 어머님 잠시만요. 진정하세요."

정희는 정숙을 달랜 뒤 잠시만 지선과 둘만 대화하고 싶다고 말했다. 정숙은 마음을 진정시키며 암자 마당을 걸었고, 그사이에 정희는 지선과 단둘이 이야기를 시작했다.

"지선 씨, 악몽을 꾼 적이 있나요? 혹시 기억나는 꿈이 있나요? 아니면 이상한 환각을 겪은 적이 있다던가……."

"꿈이오?"

"네."

지선은 금방이라도 울 것 같은 표정으로 정희의 눈을 바라보았다. '악몽'이라는 정희의 한마디에 갑자기 감정이 북받쳤다.

"꿈…… 꿈이오! 사실 너무 이상한 꿈을 꿨어요. 하지만 아무도 제 꿈에는 관심을 갖지 않았어요. 치료하는 동안 꿈을 꾸냐고 물어본 사람…… 처음이에요. 전부터 말하고 싶었지만 엄마나 이모가 걱정할까봐……. 제게 나쁜 애라고 할까봐 아무 말도 못했어요."

지선의 맑고 고운 눈에서 눈물이 떨어졌다.

“이야기해보세요. 어머니께 못했던 이야기나 마음에 걸리는 일이라면 빠짐없이 이야기해주세요. 그런 이야기 속에서 치료의 실마리를 찾을 수 있을지도 모르니까요.”

그 순간 지선은 자신보다 한두 살밖에 많아 보이지 않는 정희가 어찌나 믿음직한지 눈물이 나오려고 했다. 지선은 마음에 걸렸던 몇 가지 기억을 술술 풀어놓기 시작했다.

“이렇게 얼굴이 바뀌기 시작한 것은…… 어느 날 그 꿈을 꾸고부터였어요. 꿈을 꿨어요. 너무나 생생한 꿈을요…….”

지선은 먼 곳을 바라보며 회상했다.

“사촌인 지영 언니가 꿈에 나왔어요. 언니는 아주 지치고 힘든 표정으로, 살아 있을 때처럼 파리한 얼굴로 어둠 저편에서 천천히 걸어왔어요. 여전히 언니는 아름다웠지만 표정은 아주 힘들어 보였죠. 살아 있을 때보다 더 아파 보였어요. 언니는 지친 눈초리로 한숨을 내쉬며 제 손을 잡았어요.

‘나는 꼭 가야 할 곳이 있어. 그런데 자꾸만 몸에 힘이 빠져서 움직일 수가 없단다. 나를 도와주지 않을래? 나를 도와주면 네게 아름다운 모습을 선사해줄게. 아름다워지고 싶지? 너도 나 같은 얼굴이 되고 싶지? 그렇지?’

지영 언니는 제 어깨를 감싸며 물었어요. 그 맑고 투명한…… 반짝이는 눈동자를 보면서 제가 어떻게 거짓말을 할 수 있었겠어요? 저도 지영 언니처럼 예뻐지고 싶었어요. 그리고 항상 아파서 더 많은 관심을 받던 언니처럼 차라리 항상 아팠으면 하고 바라기도 했어요. 전 단번에 고개를 끄덕였어요.

'으응, 언니. 근데 언니가 나한테 필요한 게 뭔데?'

나는 언니가 나의 어떤 점을 부러워할까 고민해보았지만 아무것도 떠오르지 않았어요. 그래서 제게서 가지고 싶은 게 뭐냐고 물었어요.

'네 젊음, 네 힘, 네 생명력……. 나는 자꾸 소멸되려고 해. 그래서 힘이 필요해. 너의 생명력이 필요하단다. 너는 네 건강한 생명력을 내게 주면 된단다.'

언니는 분명히 그렇게 말했어요.

'그럼 나도 아름다워지는 거야? 언니처럼?'

제가 물었죠.

'그럼…….'

언니는 살짝 미소를 지었어요. 전 언니에게 천천히 고개를 끄덕였어요. 몸이 조금 약해지더라도, 생명이 조금 짧아지더라도 언니처럼 인기 있고 모두의 관심을 받는 사람이 된다면 정말 행복할 거란 생각이 들었어요. 난 너무 건강해서 탈이고 언니는 너무 약해서 탈이었으니, 내 건강을 조금 주고 언니의 아름다움을 받는다면 서로에게 좋을 거라고 생각했죠.

'그래. 알았어, 언니!'

언니는 미소를 짓더니 처음 나타날 때처럼 공간의 저 끝 어딘가로 사라져버렸어요. 처음에는 지쳐 있던 언니의 발걸음이 조금 힘이 있어 보였어요. 그리고…… 그 뒤로 제 얼굴은 매일매일 조금씩 조금씩 바뀌기 시작했어요. 처음에는 울룩불룩 솟아 있던 여드름이 없어지고 검붉은 점들도 사라졌어요. 서서히 얼굴이 하얘지고 속눈썹은 검게 짙어지고 두꺼운 눈꺼풀이 서서히 얇아지면서 자연스럽고 시원스러운 쌍꺼풀이 생겼어요.

처음에 얼굴이 조금씩 바뀔 때는 그저 사춘기가 지나가서 여드름도 낫고, 좀 예뻐지려나 했죠. 엄마도 기뻐했고요. 저 역시 매일매일 거울을 보는 것이 낙이었어요. 거울을 볼수록 제 얼굴이 점점 예뻐지는 것만 같았어요. 생전 남학생들의 관심을 받지 못했던 제가 러브레터를 받기도 했어요. 너무 좋았어요. 지금 당장 죽어도 좋을 만큼 너무 행복했어요. 얼마 전 제가 갑자기 쓰러지기 전까지는요……. 엄마는 약한 모습을 보이다가 끝내 하늘나라로 가버린 지영 언니를 생각해냈고, 이상하게도 제 얼굴이 지영 언니처럼 파리할 정도로 새하얗게 변해가는 걸 눈치채셨죠. 그때부터 여기저기 병원을 돌아다녔어요. 하지만 전 여전히 건강하다는 결과만 나왔어요.

전 죽은 언니랑 계약을 맺은 것이 아닐까요? 엄마나 이모가 걱정하실까봐, 그리고 죽은 언니를 나쁘게 이야기한다고 화를 내실까봐 아무 말도 못했어요. 어쩌면 전 그때 돌이킬 수 없는 영혼의 계약을 맺은 것이 아닐까요? 그래서 제 생명력을 빼앗기고 있는 걸까요?"

지선은 마침내 눈물을 닦으며 고개를 숙였다. 들썩이는 지선의 어깨는 더없이 좁고 가냘팠다.

정희는 흐느끼는 지선의 등을 감싸 안았다. 흐트러진 기와 정체불명의 질병, 그리고 이상한 증세……. 정희의 머릿속이 복잡해졌다. 지선의 말을 들어보니 영계靈界, 즉 죽은 영혼의 기가 지선의 기를 혼란스럽게 하는 것 같았다. 문제의 핵심에는 다가갔지만 단지 희생보살의 힘으로 남의 아픔을 제 몸에 받아내어 치료하는 정희로서는 해결할 방법이 없었다.

"저는 지선 씨를 고쳐드릴 수 없어요. 지금 당장 기 치료를 하더라도 지선 씨의 기를 흐트러뜨리는 원인을 찾지 못한다면 또다시 증상이 반복될 거예요. 하지만 저희 동생이라면 지선 씨를 도와드릴 수 있을 거예요. 낙빈이라면 분명."

정희는 지선의 두 손을 감쌌다. 그리고 불안에 떠는 지선의 마음을 달래주기 위해 한없이 부드러운 미소를 지어 보였다. 지선은 정희를 바라보며 감탄했다.

지선 또래의…… 아니면 지선보다 고작 한두 살 많을 정희가 어쩌면 이토록 사람을 푸근하게 해주는지 놀라웠다. 지선의 마음속에서 정희에 대한 믿음이 솟아났다.

다음 날 정숙과 지선은 다시 암자를 찾아왔다. 암자에는 정희 말고도 하얀 한복을 단정히 차려입은 꼬마가 있었다. 낙빈도 지선의 과거 사진과 현재의 모습을 보고 입이 떡 벌어졌다. 정희에게 이미 들었는데도 놀라웠다.

'이렇게까지 얼굴이 바뀌다니 정말 이상한데?'

낙빈은 찬찬히 지선의 몸을 살폈다. 정희가 말한 대로 온몸의 기가 요동치고 있었다. 그뿐만 아니라 지선에게서는 산 사람의 기운이 아닌 또 다른 영적 기운이 느껴졌다.

"정희 누나, 확실히 저 누나 안에 이상한 기운이 있어요. 하지만 이렇게 얼굴을 바꾸는 귀신이 있다니……. 정말 처음 보는 일이에요!"

"그렇지? 나도 들어본 적이 없는 현상이야."

정희도 고개를 끄덕였다.

"저 누나 근처에서 아주 희미한 요기妖氣가 느껴져요. 요기가 확실한데 느낌이 아주 미약해요. 너무너무 약해서 뭐라고 해야 할까요? 영혼의 흔적이라고나 할까요? 그렇게 아주 작은 흔적만 느껴져요."

"그렇구나. 내가 어제 안 좋은 기운을 모두 거둬들였거든. 그런데 하루 만에 또다시 기운이 흐트러졌어."

정희와 낙빈은 서로 시선을 교환했다. 요기의 흔적. 지워버린 그 흔적이 하루 만에 다시 생겨났다는 사실에서 작은 실마리가 보이기 시작했다.

"그렇다면 본체는 몸 안이 아니라 어딘가에 따로 있다는 소리네요?"

"그래, 그런 것 같아."

정희가 고개를 끄덕였다. 그러다 문득 낙빈의 머리를 쓰다듬었다.

"일월신검을 찾느라 바쁜 줄 알지만 너무 안타까워서 모른 척 할 수가 없었어. 미안해, 낙빈아."

"에이, 누나는!"

낙빈은 미안한 표정을 짓는 정희에게 뭐라고 해야 할지 몰라서 몸을 꼬았다. 낙빈은 칭찬을 받거나 사과를 받을 때마다 어떤 표정을 지어야 할지 종종 당황했다.

"저, 그리고 정희 님…… 말씀드릴 게 또 있습니다."

정숙은 두 사람이 '요기'니 뭐니 속삭이는 소리를 듣고 얼굴이 하얗게 질려버렸다.

"어제 집에 가면서 지선이에게 들었습니다. 이상한 꿈 이야기요. 그동안 제가 걱정할까봐 말하지 않았다는데……. 지영이가 꿈에 나왔다는 이야기를 들었습니다. 그 이야기를 듣다 보니까 마음에 걸리는 게 있었어요. 바로 죽은 조카의 유품인데……."

정숙은 걱정이 가득한 얼굴로 안절부절못했다.

"조카의 유품요? 그게 뭔가요?"

"바로 경대랍니다."

"경대요?"

정희와 낙빈의 눈이 동그래졌다.

"네, 작은 골동품 상점에서 구입한 경대인데 조카가 죽으면서 우리 집에 가져왔답니다. 조카가 워낙 아끼던 물건이라 언니가 처분하지 못했어요. 저는 조카의 물건을 함부로 남에게 주고 싶지 않아서 집으로 가져왔답니다. 그리고 지선이에게 주었지요.

우리 지선이에게는 제가 사온 거라고 말했지만 사실은 조카의 유품이었답니다."

"골동품요? 오래된 경대란 말이죠?"

"네, 그래요."

낙빈은 깊은 생각에 잠겼다.

"죽은 조카 분이 무척 아끼던 물건이 맞나요?"

"그래요, 언니 말로는 그 경대를 사준 뒤로 계속 붙잡고 살았대요. 경대를 무척이나 아껴서 죽는 순간까지 품에 안고 있었다고……."

"그 물건을 언제부터 갖고 있었나요?"

"아마…… 조카가 죽기 일 년 전쯤 골동품 상점에서 샀다고 했어요."

낙빈이 고개를 천천히 끄덕였다.

보통 영혼들은 예전에 살던 곳에 머물거나 살아생전 가지고 있던 물건에 애착을 갖게 마련이다. 얼마나 애착을 가질지는 얼마나 오랫동안, 얼마나 친근하게 사용했느냐에 따라 달라지지만 보통은 세월이 흐를수록 강한 염念이 축적된다. 따라서 영혼은 자신이 오래도록 살았던 집이나 사용했던 물건에 붙는다. 그리고 그곳에 붙은 횟수에 따라 그들의 능력도 점점 깊어지는 법이었다.

따라서 죽은 지 일 년도 되지 않은 사촌의 귀신이 붙었다면 겨우 일 년간 영력이 쌓인 귀신이므로 힘이나 능력 면에서 수백 수천 년 묵은 귀신들과는 비교가 되지 않을 것이고, 따라서 성불시키는 것도 그리 어렵지 않을 것이라고 여겨졌다.

4

도시의 좁은 골목 사이에 오래된 주택이 촘촘히 늘어서 있었다. 비좁은 골목인데도 길 양쪽에 자동차가 빽빽이 주차되어 사람의 왕래조차 쉽지 않았다. 좁다란 골목 한쪽에 빨간 벽돌로 지은 지선네 이층집이 있었다. 손바닥만 한 마당이 딸린 빨간 벽돌집에는 커다란 은행나무 한 그루가 지붕 위까지 자라 있었다.

골목을 돌고 돌아 빨간 벽돌집이 보이자마자 낙빈이 미간을 잔뜩 찡그렸다.

"저 집에 사시지요?"

"어머나, 어떻게……?"

아무 말도 해주지 않았는데 금세 알아맞히는 낙빈을 보고 지선 모녀는 눈이 동그래졌다.

"그게……."

낙빈의 입에서 큰 한숨이 새어나왔다. 그럴 수밖에. 눈앞에 보이는 빨간 벽돌집은 온통 희뿌연 안개에 감싸인 것처럼 영기靈氣가 자욱하게 어려 있었다.

"나도 느껴지는구나."

정희 역시 영기를 느끼고 고개를 흔들었다. 뭔지 모르지만 이토록 자욱하게 영기를 뿜어내다니 놀랍기만 했다.

"뭐가요? 뭐가 잘못되었나요?"

지선 모녀는 심상치 않은 두 사람의 표정을 보고 물었지만 둘 다 확실하게 대답하지 않았다. 괜히 겁만 집어먹게 만들까 싶어서였다.

"저, 이거…… 몸에 지니고 계세요."

낙빈이 소매 안쪽에서 누런 종이에 붉은 글씨를 적은 부적을 두 장 꺼내더니 지선 모녀에게 건네주었다.

부적신장님의 힘으로 만든 백두신장부白頭神將簿였다. 이 부적을 지니고 있으면 백두신장의 힘으로 보호받을 수 있었다. 부적을 받아든 지선 모녀는 한편으로 겁이 더 나기도 하고, 한편으로 안심이 되기도 했다.

"금강청운계金剛青雲界!"

빨간 벽돌집 정문에 다다른 낙빈은 두 손을 모아 기도했다. 낙빈이 두 손을 모았다가 하늘로 힘껏 뻗으며 소리쳤다. 그러자 낙빈의 양손에서 영롱한 녹색 기운이 사방으로 뻗어나가더니 붉은 벽돌 주변을 단단히 에워쌌다. 금강청운계는 아름답고 푸르른 동시에 굳세고 단단한 숲의 힘을 담은 막강한 결계結界였다.

'스승님의 금강청운계로구나.'

정희는 낙빈이 펼치는 결계가 천신 스승이 만들어내던 강력한 결계라는 것을 떠올렸다. 어느새 낙빈은 스승의 능력까지 조금씩 자신의 것으로 흡수하고 있었다.

금강청운계는 보통 사람의 눈에는 보이지 않았다. 낙빈의 손끝에서 녹색이 반짝이는 듯하다가 투명하게 사라져버렸다. 요기의 원인이 되는 영체가 도망칠 수 없도록 집 전체에 금강청운계를 펼친 낙빈은 그제야 만족한 듯 고개를 끄덕였다.

"죄송하지만 누나와 아주머니는 집 밖에 계시는 것이 좋겠어요. 아까 말씀하셨던 경대가 어디에 있는지만 알려주세요."

낙빈은 자욱한 음기 밖으로 두 사람을 내보내고 정희와 함께 안으로 들어갈 생각이었다.

"그리고 혹시 경대 외에도 돌아가신 분의 물건이 더 있을까요? 생각보다 음기가 강해서 다른 물건도 살펴볼까 해서요."

"거울은 지선이 침대 근처에 있어요. 지선이 방은 2층 오른쪽이고요. 그 외에 지영이 물건이라면…… 글쎄요, 어릴 때 지영이랑 지선이가 같이 가지고 놀던 인형이나 장난감은 모두 치워버렸어요. 경대 외에는 없는 것 같아요."

정숙은 곰곰이 생각해보았지만 죽은 지영의 물건은 더 이상 생각나는 것이 없었다. 바로 그때 지선이 손뼉을 치며 소리쳤다.

"아, 사진! 그래요, 지영 언니의 사진이 남아 있어요. 제 앨범에 함께 찍은 사진들이 있어요."

"앨범…… 그건 어디 있죠?"

"책꽂이에요! 제 방 책꽂이에 있어요."

낙빈과 정희는 지선에게 자세히 이야기를 들은 뒤 천천히 붉은 벽돌집 안으로 들어섰다.

"낙빈아, 근데 참 이상하구나? 어떻게 바로 옆집들은 멀쩡한데 이 집에만 영기가 자욱하지? 보통은 요기나 영기가 이 정도라면 점점 옆으로 퍼지잖아? 요기가 온 동네를 휘감아도 이상한 일은 아닐 텐데 말이야."

정희는 유독 지선네 집에서만 강한 음기를 느꼈다. 바로 옆에 있는 집들은 온통 밝은 양기가 가득한데, 왜 지선네만 음기가 자욱한지 조금 의아했다.

"아마도 저것 때문인 것 같아요."

낙빈은 옆집에서 자라고 있는 작은 나무 한 그루를 가리켰다. 정희가 주위를 둘러보니 다른 집들에도 같은 나무가 심어져 있었다. 낙빈은 담장 위로 손을 내밀어 동쪽으로 뻗은 실한 가지를 꺾더니 정희에게 건넸다.

"복숭아나무◆예요. 귀신은 복숭아나무로 쫓는다는 속담이 있듯, 실제로도 복숭아나무에 축귀逐鬼의 힘이 있는 것 같아요. 예전

◆복숭아 나뭇가지로 못된 귀신을 물리치는 주술적 무격 풍습은 고려시대 이전부터 존재했다. 가령 열병을 앓는 환자의 침상을 복숭아 나뭇가지로 두드리면 병마가 도망간다는 이야기, 복숭아 나뭇가지로 병자의 얼굴이나 머리를 쓰다듬으면 낫는다는 이야기, 복숭아꽃을 끓여 먹으면 어린아이의 경련이나 기절에 효험이 있다는 이야기는 모두 이런 축귀의 힘에서 유래한 것이다.
아이의 돌이 되면 상을 차려 산신할머니에게 무병장수를 빌고 수수 살맥이로 잡귀와 병마를 쫓는 주술 행위를 한다. 수숫가루에 붉은 팥을 섞어 단자를 만든 다음 동쪽으로 뻗은 복숭아 나뭇가지 네 개에 한 알씩 꽂아 역시 복숭아 나뭇가지로 만든 활로 네 방향을 향해 쏘면 아이를 해치는 살煞(나쁜 병마)이 없어진다는 것이다. 이는 귀신이 무서워하는 붉은색 수숫단자에 복숭아 화살까지 맞음으로써 모든 살이 소멸되어 무병장수한다는 의미를 담고 있다.
이렇게 동양에서 복숭아와 얽힌 민간 신앙이 전해오고 있다면, 서양에서는 복숭아가 선악과로 자주 입에 오르내린다. 동서양을 막론하고 복숭아나무가 신수로 언급되는 것은 실제로 그 안에 우리가 알 수 없는 힘이 존재한다는 의미가 아닐까?

에는 축귀의 힘을 가진 복숭아나무를 신수神樹라고 믿기도 했죠. 특히 동쪽으로 뻗은 가지인 동도지東桃枝에는 잡귀와 병마를 쫓는 강한 힘이 있어요. 도교나 불교에서 사용하는 주부류呪符類◆에는 반드시 복숭아나무 도장을 사용한다고도 하고요. 복숭아나무에 새긴 주부가 병을 치료하고 악귀를 쫓는 데 비상한 효험이 있기 때문이에요."

"그렇구나."

정희는 낙빈이 꺾어준 나뭇가지를 쓰다듬으며 고개를 끄덕였다.

"바로 그 나뭇가지가 복숭아나무의 축귀력을 집약해서 담고 있는 동도지예요."

"이 나뭇가지가?"

정희는 자신의 손에 들린 얇은 복숭아 나뭇가지를 다시 한 번 쳐다보았다. 이 얇고 유연한 가지가 강한 축귀의 힘을 가지고 있다니 새삼 놀라웠다.

"이 복숭아나무를 누가 이 마을에 처음 심었는지 정말 대단한 분이네요. 사실 이 마을은 향向이 좋지 않을 뿐더러 지형 자체가 음기가 가득해요. 어떤 형상이냐 하면 음기를 받을 뿐만 아니라 계속 음기를 축적하는 형상이라고나 할까요? 그런데 복숭아나무는 나무의 양기성陽氣性으로 축귀를 하거든요. 그러니까 이 음기

◆ 잡귀를 쫓고 재앙을 물리치기 위해 붉은색으로 그리거나 쓰는 부적들.

가득한 마을이 요기로 가득 차서 버려지지 않은 것은 양기를 모아 인간에게 나누어주는 복숭아나무 덕분이죠.

그렇지만 이런 마을을 제외하고 보통은 복숭아나무를 집 안에 심지 않아요. 왜냐하면 귀신을 쫓는 복숭아나무가 울안에 있으면 집안을 돕는 여러 조상신, 성주신, 산신까지 쫓아버릴 염려가 있기 때문이죠. 제사상에 복숭아를 올리지 않는 것도 이 때문이고요. 하지만 이런 마을이라면 집 안에 복숭아나무를 한 그루씩 심는 게 큰 도움이 될 거예요. 그러지 않았다면 골목마다 범죄가 일어나고 완전히 우범지대가 되고 말았을 거예요. 이 마을이 지금껏 아무 탈 없이 잘 지내온 건 처음 이 마을이 생길 때부터 복숭아나무를 심게 한 누군가의 노력 덕분인 것 같아요.

그런데 유독 지선이 누나 집에만 복숭아나무가 없어요. 마을에 복숭아나무가 꽉 차 있어서인지 갈 길을 잃은 음기가 이곳에 다 모이고 말았어요. 복숭아나무 때문에 발을 못 들이던 온갖 음기가 모이는 장소가 되어버린 거죠."

"그래, 정말 그렇구나."

정희는 지선네 마당을 둘러보았다. 아마도 예전에는 나무가 몇 그루 심어져 있었으리라. 그러나 좁은 마당을 반으로 나눠 한편에는 시멘트를 덕지덕지 발라 주차장을 만들어버렸고, 다른 한편에는 커다란 바위를 땅속에 묻어 징검다리처럼 발을 디디게 만들어놓았다. 함부로 뽑아버린 복숭아나무가 이토록 집을 음침하게 만들 줄은 아무도 몰랐을 것이다. 한 그루의 복숭아나무라도 남아 있었다면 처음부터 바깥 귀신이 얼씬도 못했을 텐데, 안타까운 일이었다.

도시화와 산업화가 진행되면서 점차 영계와 육계의 결계가 흔들린다더니 바로 눈앞에서 조금씩 그 증거가 나타나고 있었다. 편리함만 좇느라 더 중요한 것을 생각지 못하는 것이 실로 안타까웠다.

"누나, 조심하고 제 뒤에 붙으세요. 여긴 그야말로 귀신 소굴이에요. 이렇게 강한 음기라면 위험한 일이 어디에 도사리고 있을지 눈치채기도 어려우니까요."

"그래."

정희는 몸집이 작은데도 자신의 앞을 막아서는 낙빈이 여간 믿음직한 것이 아니었다. 어리기만 하던 아이가 어느새 훌쩍 커버린 느낌이었다.

"음기가 탁해서 앞이 잘 보이지 않네요. 신안소원부神眼素願簿!"

낙빈은 두 눈을 감고 누런 괴황지에 경면주사로 쓴 부적을 들어 눈 바로 앞쪽에서 박수를 치듯 비볐다. 그러자 부적의 글자에 불꽃이 일더니 갑자기 화르륵 타올랐다. 감았던 눈을 뜨자 탁한 음기로 흐렸던 시야가 맑아졌다.

"후우. 이렇게 강한 영기가 집을 감싸고 있다니……. 이 집 식구들이 그동안 건강하게 살아왔다니 정말 운이 좋았네요. 하지만 원래 이렇게 심하진 않았을 거예요. 지선이 누나가 변하면서 집도 이렇게 음기가 가득해진 것 같아요. 정말 자욱한 음기예요."

"그래, 그렇구나. 그러니 치료를 해도 집에 돌아오면 다시 요기가 몸을 감쌀 수밖에……. 그런데 낙빈아, 이 영기의 근원이 어딘지 느껴지니?"

"어렴풋해요. 금강청운계를 시연했을 때부터 중심에 있던 음기가 존재를 감췄어요. 다른 음기들과 뒤섞여서 어디가 근원인지 잘 모르겠어요."

"그래, 그럼 실마리가 될 만한 경대나 앨범이 모두 2층에 있다니까 지선이 방부터 가보자."

"네, 누나."

낙빈은 2층 계단을 디디기 전에 한복 안주머니에 있는 제요사마부除妖邪魔簿를 확인해두었다. 자욱한 음기 속에서 갑자기 적이 튀어나오더라도 던질 수 있도록.

낙빈과 정희가 사방을 살피며 위층으로 올라섰다. 자욱한 음기가 워낙 곳곳에 어려 있어서 본체의 위치를 알아내기 힘들었다.

"누나, 제가 문을 열게요. 조심하세요."

낙빈은 한 손에 제요사마부를 들고 조심스럽게 지선의 방문을 열었다.

끼이이…….

오래된 나무문이 열리며 방 안에 있던 음기가 밀려왔다.

"아우……."

낙빈은 너무나 강한 음기에 숨이 턱턱 막히는 기분이었다.

"전 사진을 찾아볼게요, 누나."

"그래, 난 경대를 찾아볼게."

침대 근처에 있다는 경대가 눈에 잘 띄지 않았다. 정희는 침대 주변을 이리저리 돌며 섬세한 조각이 새겨져 있다는 오래된 경대를 찾았다.

낙빈은 지선의 책장 사이에서 금세 커다란 앨범을 찾아냈다. 빨간 벨벳 천으로 덮인 앨범을 열어보니 어린 지선의 모습부터 현재의 모습까지 시간 순서대로 정리되어 있었다.

다시 보아도 정말 이상한 일이었다. 사진 속에 보이는 까만 피부, 작은 눈, 낮은 코, 귀여운 얼굴이 새하얀 피부, 커다란 눈, 오뚝한 콧날, 갸름한 얼굴로 바뀌다니…….

어릴 적부터 사진 곳곳에 함께 나오는 사람이 사촌 언니 지영이란 것은 낙빈도 금세 알 수 있었다. 친척이라고 말하지 않아도 판박이처럼 닮은 소녀 둘이 사진첩 곳곳에서 미소 짓고 있었다. 하지만 몇 장 넘긴 다음 페이지에는 얼굴이 하얗게 달라진 죽은 사촌의 얼굴이 나타났다. 파리한 얼굴에 입원복을 입은 지영과 까무잡잡한 얼굴의 지선이 함께 찍은 사진이었다. 얼굴이 변하기 전 지선과 얼굴이 변해버린 지영…… 아마도 지영이 죽기 전 병원에서 찍은 마지막 사진이 아닌가 싶었다. 사진 속 파리한 얼굴의 지영은 변해버린 지선의 얼굴과 쌍둥이처럼 똑같았다. 대체 무엇이 지영과 지선의 얼굴을 저리 바꿔놓았는지 놀랍기만 했다.

"어쨌든, 이건 아닌 것 같네."

낙빈은 앨범을 접었다. 앨범에서는 요기가 느껴지지 않았다.

"경대 찾았어요, 누나?"

앨범을 제자리에 두고 뒤를 돌아본 낙빈은 깜짝 놀라고 말았다.

"누나……?"

정희는 섬세하게 음각이 새겨진 경대를 들고 황홀한 얼굴로 거울을 바라보고 있었다. 정희는 지선의 침대에 걸터앉아 경대 안쪽의 거울을 깊은 눈빛으로 바라보고 있었다. 낙빈의 목소리는 전혀 들리지 않는 듯 완전히 거울에 빠져든 얼굴이었다. 게다가 거울과 정희 사이에 푸른 연기 같은 것이 서로 이어져 있고, 그 연기를 통해 정희의 양기가 거울로 쑤욱 빠져나가는 것이었다.

"앗! 이런 요망한!"

낙빈은 재빨리 부적을 꺼내 경대 쪽으로 던졌다.

파바박!

"어머!"

불꽃이 튀며 손에서 거울이 떨어져나가자 정희는 깜짝 놀라 낙빈을 쳐다보았다. 그제야 눈동자가 제대로 돌아왔다.

"누나!"

낙빈은 정희의 손을 잡고 침대에서 끌어내렸다. 그리고 정희의 앞을 막아섰다.

"저 거울이에요. 영기가 깃들어 있는 곳이 바로 저 거울이라고요! 저 요망한 거울! 지금 누나의 기운도 빨아들이고 있었어요. 사람의 기운을 쭉쭉 빨아들이니 죽을 수밖에요!"

"세상에!"

정희는 조금 전에 지선의 침대 머리맡에서 경대를 발견했다. 그리고 경대 바깥쪽에 새겨진 견우와 직녀의 아름다운 세공에 넋을 잃고 말았다. 그 세공을 보다가 자신도 모르게 반짝이는 거울을 유심히 들여다보았던 것을 기억했다. 거울을 보는 순간 기분이 황홀해지면서 눈을 뗄 수 없었던 것이다.

낙빈은 바닥으로 떨어진 골동품 경대를 바라보며 얼굴을 찌푸렸다. 분명 경대 주위로 음기가 가득했고, 그 음기는 지선에게서 느껴지던 요기와 같았다.

"당신은 지선이의 사촌 언니인 지영 씨인가요?"

정희가 물었지만 거울 속에 깃든 영혼은 아무런 반응이 없었다.

"지영 씨, 왜 이런 일을 하는 거죠? 왜 사촌 동생에게까지 이런 일을……."

"아, 누나!"

그 순간 갑자기 강한 기운이 거울에서 쑤욱 빠져나와 정희 쪽으로 향했다. 기다란 손 같은 형상이 정희의 영혼을 잡아채려는 듯 정희 앞에 나타났다.

"제요사마부!"

낙빈의 제요사마부가 불꽃을 토하면서 펑 하고 터지는 소리가 울려 퍼졌다.

"누나!"

"괜찮아, 조금 놀랐을 뿐이야. 그보다 저기……."

낙빈은 정희가 가리키는 곳을 바라보았다. 낙빈의 등 뒤에 형상이 있었다. 그 형상은 경대에 새겨진 직녀처럼 아름다운 선녀 옷을 입은 여인의 모습이었다. 그녀는 천상의 미모를 지닌, 그야말로 아름답기 그지없는 선녀였다. 여자의 얼굴은 지선의 얼굴과 무척 닮아 있었다. 그녀의 얼굴은 더없이 파리했고, 더없이 아름다웠다. 그 여인이 먼 곳을 바라보는 눈빛으로 입술을 달싹거렸다.

'나는 가야 해요. 내 길을 막지 말아요.'

옥구슬이 구른다는 표현 그대로 더없이 맑고 아름다운 목소리가 그녀의 입술 사이에서 새어나왔다. 여인은 지영이나 지선과 닮았지만 그보다 한층 아름다웠다.

"우와, 굉장히 오래된 영이에요. 저게 바로 본체였어요. 지선이 누나의 사촌, 지영이란 분도 저 거울에 기운을 빼앗겨서 죽은 거예요. 기운을 빼앗길 때마다 저 영의 모습으로 바뀌어서 죽기 전에 그렇게 예쁜 모습으로 변한 거예요. 저 영이 사람들의 기운을 빼앗아간 범인이에요."

"그렇구나!"

세상에 날고 긴다는 아름다운 배우를 데려와도 그녀 앞에서는 고개도 들지 못할 정도로 출중한 외모를 가진 영혼이었다. 그러나 그녀의 표정은 무척이나 차가워서 감정이 섞인 것 같지 않았다. 게다가 어딘지 모르게 무척 공허하고 지쳐 보였다.

'나는 가야 해요. 나는 가야 해…….'

그녀의 입에서 기계적으로 똑같은 말이 반복되고 있었다.

"어딜 간다는 거예요? 당신은 누구죠? 왜 사람들의 기운을 빼앗아가는 거죠?"

"당신은 누군가요? 왜 이 거울에 깃들어 있나요?"

'가야 해요, 가야 해…….'

낙빈과 정희가 아무리 물어도 그녀의 입에서는 가야 한다는 말만 흘러나올 뿐, 정확한 대답은 들려오지 않았다.

"정희 누나, 저 사람…… 우리 말을 못 알아듣나 봐요."

낙빈은 영혼에게 물어보는 것을 포기하고 영이 가진 상념을 읽어보기로 했다. 하지만 어딘가로 '가야 한다'는 강한 바람만 있을 뿐, 그녀의 머릿속에는 아무것도 없었다. 악한 마음이나 복수심이 있는 것도 아니니 사람들의 기운을 빼앗고 해코지를 하는 것도 특별한 원한이 있어서가 아니었다. 다만 기운이 소멸되지 않기 위해 본능적으로 살아 있는 사람의 정력을 빼앗은 것이 아닐까 싶었다. 어딘가를 향해 가야 한다는 목표 의식은 강했지만 다른 상념이 있는 것도 아니어서 성불하는 데 어려움은 없을 듯했다.

"거울에 붙은 단순한 지박령 같아요."

세월이 지나 기억을 잃어버린 채 본능만 남은 지박령이라면 성불에 큰 문제는 없을 것이다. 영혼의 성불을 돕는다는 생각에 벌써부터 낙빈은 가슴이 두근거렸다.

"금강청운계!"

낙빈의 두 손이 하늘을 가르려는 듯이 펼쳐지고 그 주위로 푸르른 기운이 나와 아름다운 지박령을 감쌌다. 멍하니 '가야 한다'는 말만 중얼거리던 영이 강력한 결계의 기운을 느끼고는 갑자기 소리치며 음기를 뿜어냈다.

'안 돼! 비켜! 가야 해! 막지 마. 아무도 날 막을 수 없어! 가야 해!'

"어어……? 우와아악!"

금강청운계, 그 거대하고 강력한 결계에도 불구하고 아름다운 여인이 뿜어내는 집념이 폭풍과도 같은 바람을 일으켰다. 그 음기가 얼마나 강한지 낙빈의 발이 뒤로 주욱 밀릴 정도였다.

"으아……."

낙빈은 예상치 못했던 강력한 저항에 크게 당황했다. 겨우 거울에 붙어 있는 지박령이, 게다가 지독한 원한이나 상념도 없이 멍한 기억만 가진 영이 이토록 심하게 저항하리라곤 생각지도 못했던 것이다.

"낙빈아!"

정희가 뒤로 밀리는 낙빈의 등을 붙잡고 세찬 음기의 바람에 맞섰다. 그러나 영의 집념이 어찌나 강한지 두 사람이 합심해도 당해낼 재간이 없었다.

쩌억! 쩍!

두 사람은 지선의 방 베란다 창문까지 순식간에 밀려났다. 잠시 뒤 커다란 베란다 창유리가 갈라지는 소리가 들렸다.

퍼펑!

유리가 갈라지며 정희와 낙빈이 베란다 밖으로 떨어졌다.

"으아악!"

두 사람은 외마디 비명과 함께 2층 창문 아래로 떨어졌다. 잔디가 없었다면 크게 다쳤을 수도 있지만 잔디와 덤불들 덕분에 충격은 크지 않았다. 두 사람의 몸 위로 잔 유리가루가 후드득후드득 떨어져 내렸다. 비처럼 쏟아지는 유리가루를 맞으면서도 낙빈은 생각에 빠져들었다.

'별로 힘도 없어 보이고 횡설수설하는 영혼이 이토록 힘을 끌어내다니! 게다가 고작 물건에 붙어사는 지박령이 이토록 강한 집념으로 이렇게나 어마어마한 힘을 끌어내다니!'

2층에서 떨어져 내린 아픔보다도 지박령의 집념에 대한 놀라움이 낙빈에게 더 크게 다가왔다.

"이익!"

낙빈은 떨어져 내리는 유리가루를 피할 생각도 없이 다시 2층의 거울을 향해 내달렸다. 소매에 남아 있는 유리가루가 살을 갈아도 무시했다. 동정이며 옷고름에 끼여 있는 유리 조각도 신경쓰지 않았다. 다만 마음속 깊은 곳에서 이런 소리만 울려 나왔다.

'이대로 물러설 수는 없다! 저렇게 고집을 피운다면 또다시 소멸시켜야 될지도 몰라. 하지만 그럴 순 없어! 살리자, 성불시키자!'

낙빈은 단 하나의 영도 성불시키지 못하고 모두를 소멸시킨 경험이 깊은 한이 되었다. 이번에 만난 거울 속의 지박령은 어딘가로 '가야 한다'는 강한 상념만 남아 있을 뿐, 변변한 기억도 남아 있지 않았다. 원한이나 악의 따위도 가지고 있지 않은 영을 무턱

대고 소멸시켜서는 안 될 것 같았다. 비록 사람의 기운을 빼앗아 죽게 만든 영이긴 하지만, 그것이 원한이나 미움 때문이 아니라 살기 위한 본능 때문이었다면 성불시킬 수 있을 것으로 여겨졌다.

낙빈은 죽을힘을 다해 눈앞의 영을 결계에 가두기로 했다. 그리고 이 영의 과거를 알아내어 영이 가고자 하는 '그곳'에 데려다 주기만 한다면 어렵지 않게 성불시킬 거란 확신이 섰다. 이번만은 반드시 성불을 돕겠다는 강한 의지가 낙빈의 마음속 깊은 곳에서 용솟음쳤다.

"이야앗!"

지선의 방문을 박차고 들어서며 낙빈은 모든 기운을 끌어올렸다. 그 바람에 손등과 이마의 핏줄이 툭툭 불거져 금방이라도 터질 것만 같았다. 그렇게 온 기운을 짜내 뻗어낸 것은 거대한 금줄, 거대한 결계였다.

낙빈의 두 손에서 거대한 초록빛이 피어올랐다. 푸르른 오로라가 하늘을 덮듯 아름다운 여인이 펼쳐내는 세찬 음의 폭풍을 품어 안았다.

5

'귀보성貴寶城 고미술 전시관'은 예술의 거리 중심가에서 조금 벗어난 한적하고 넓은 도로 끝에 위치하고 있었다. '골동품 상점'

이라고 하면 언뜻 떠올리는 쾨쾨하고 좁고 어둠침침한 낡은 건물이 아니었다. 푸른 담쟁이 넝쿨로 휘휘 감긴 흰색의 이국적인 3층 건물 안에 수많은 골동품이 아름답고 우아하게 전시된 고미술 박물관 같은 곳이었다.

정희와 낙빈, 그리고 승덕과 정현까지 함께 귀보성을 찾은 것은 이곳이 바로 죽은 지영에게 경대를 판 상점이었기 때문이다.

"저를 만나러 오셨다고요?"

귀보성의 관리자이자 대표인 김영범은 정중하게 일행을 맞았다.

귀보성의 3층에 위치한 김영범의 사무실은 단아한 벽지와 고풍스러운 가구로 꾸며진 아름다운 곳이었다. 60대가량 되어 보이는 김영범 관장은 꾸밈없는 소탈함 속에 기품을 담고 있는 사람이었다. 금박이 새겨진 바다색과 풀색의 개량 한복을 입은 그는 천연 염색이 너무나 잘 어울리는 멋진 노신사였다.

낙빈은 김영범 관장의 얼굴을 유심히 바라보았다. 귓가를 중심으로 희끗희끗한 머리카락과 살짝 기른 희끗한 턱수염에서 그의 예술가적인 기질이 엿보였다.

"다름 아니라 이 물건 때문에……."

정희는 검은 보자기로 곱게 감싼 물건을 탁자 위에 올려놓았다.

"파실 물건이 있으신가요?"

"그게 아니라……."

정희가 머뭇거리자 김영범 관장이 천천히 보자기를 풀었다. 그리고 그 안에 고이 담긴 고동색 상자를 보자 양미간이 좁혀졌다.

"이 작품이라면…… 조선시대 젊은 미술가 노수현의 작품이군요."

김영범은 대번에 그 작품을 알아보았다.

"네, 감정서에도 그렇게 적혀 있더군요."

"이 작품이라면 기억하고 있습니다. 벌써 여러 번 주인을 찾아 나갔다가 되돌아온 불쌍한 녀석이지요."

김영범 관장은 검은 보자기를 완전히 펼치고는 아름다운 경대를 이리저리 살펴보았다. 경대는 이곳에 있을 때와 똑같았지만 금색 새끼줄이 경대를 십자 모양으로 친친 감고 있었다. 이렇게 되면 경대를 열어 거울을 확인할 수도 없고 아름다운 견우와 직녀의 조각도 가려져버린다. 김영범은 그 모양이 탐탁지 않은지 금색 새끼줄을 풀려고 했다.

"앗, 안 돼요!"

낙빈이 냉큼 나오더니 관장의 손에서 경대를 빼앗았다.

노란 새끼줄은 그냥 줄이 아니었다. 낙빈이 여러 장의 부적을 돌돌 꼬아 만든 금줄이었다. 낙빈이 금줄 안에 아름다운 선녀의 영혼을 가두고 결계를 쳐둔 것이다.

"죄송합니다. 일부러 저렇게 감아둔 것이니 만지지 말아주십시오."

김영범 관장이 이상한 눈빛으로 낙빈을 바라보자 승덕이 나섰다.

"몇 번이나 주인을 찾아나섰다가 돌아온 물건이라 관장님께서도 짐작하셨을지 모르겠지만 저 작품에는 다른 고미술품하고는 다른 점이 있습니다. 분명 이전의 주인들에게도 좋지 못한 일이 일어났고, 그래서 다시 이곳으로 돌아온 것이겠지요?"

승덕의 말에 김영범 관장은 깊은 생각에 잠겼다. 그는 한참 동안 턱수염을 쓸며 망설이다가 천천히 고개를 끄덕였다.

"별로 말하고 싶지 않은 일이지만 솔직하게 말씀드리죠. 그렇습니다. 제가 이곳을 차린 후에 이 녀석이 주인을 찾아나선 것도 벌써 네 번째입니다. 오작교 너머 아름다운 선남선녀에게 마음을 빼앗겨 고가품인데도 매번 쉽게 매도가 되었습니다. 그런데 어찌된 일인지 2년을 넘기지 못하고 이렇게 돌아오더군요."

관장이 미간을 좁히며 한숨을 내쉬었다. 영에 대해서는 아무것도 모르는 사람이라도 벌써 네 번째나 나쁜 일이 일어나 경대가 되돌아오는 모습을 보았다면 어렴풋하게나마 이상하다는 사실을 눈치챘을 것이다. 승덕은 모두 사실대로 말하는 것이 좋겠다고 판단했다.

"마지막 네 번째 주인은 지영이라는 고등학생이었습니다. 그 학생 역시 이 경대를 가진 후에 생명을 잃었습니다. 그뿐만이 아닙니다. 이 경대를 물려받은 사촌 동생도 죽음의 문턱에서 오락가락하고 있습니다.

골동품을 오랫동안 다루셨다면 자꾸만 사건을 일으키는 물건에 대해 듣고 보신 적이 있으시겠죠. 저희는 이 물건이 사람들에게 피해를 주는 이유를 알아내고 이 물건의 주인을 살리려고 합니다. 그래서 도움을 얻기 위해 관장님을 찾아온 겁니다. 이 작품과 관련된 어떤 정보라도 듣고 싶습니다. 부탁드립니다."

승덕뿐만 아니라 낙빈과 정희, 그리고 정현도 김영범을 향해 머리를 조아렸다. 경대에 붙은 지박령을 성불시키려면 반드시 그녀가 누군지, 왜 이 물건에 깃들었는지 알아내야 했다.

특히 낙빈이 적극적이었다. 대무신제의 일월신검을 찾는 것도 중요하지만 지금은 이 영을 성불시켜주는 것이 더 중요했다. 어렵고 힘들지만 영을 도와줌으로써 소멸시키지 않고 성불시키는 것이 지상 최대의 목표였다. 어린 낙빈의 착하고 대견한 마음을 알고 있기에 일행은 며칠이 걸리더라도 반드시 영의 성불을 돕기로 했다.

김영범은 승덕의 말을 듣고 곰곰이 생각하더니 이내 결심한 듯이 크게 고개를 끄덕였다.

"저 역시 도움이 된다면 무엇이든 알려드리겠습니다. 물건을 판 것은 다름 아닌 저이고, 그만큼 제 책임도 크다고 생각합니다."

김영범 관장은 기대했던 것보다 훨씬 쉽게 일행의 이야기를 알아들었고, 또한 책임감을 가지고 적극적으로 정보를 제공했다.

"이 경대를 조각한 사람은 노수현입니다. 젊은 화가 노수현의 집안은 조선 초기부터 일제강점기까지 손꼽히던 화가 집안이었습니다. 노수현뿐만 아니라 노성현, 노영현, 노상현, 노중현, 노영택, 노영배에 이르기까지 수많은 화가를 배출한 남해 노가盧家 집안이지요.

그들은 산수화, 인물화, 사군자, 영모화 등을 주로 그렸습니다. 대대로 화가로 활약하던 노씨 집안 사람들은 조선 전기에 남해에 마을을 세웠고 조선 후기에 그 마을은 거대한 집성촌으로 성장했습니다. 그들의 소문이 전국 방방곡곡에 퍼지면서 당대의 유력한 가문이라면 그 집안의 그림 한 폭은 반드시 가지고 있을 정도로 각광을 받았습니다.

노수현은 '화가의 부락'에서 태어난, 뿌리부터 깊은 화가인 셈이지요. 대대로 화가인 집안이라서 법도도 엄격하고 규율도 까다로웠습니다. 그중 하나가 바로 조소에 대한 배척이었습니다. 당시 그 마을에는 노가의 자손이라면 무조건 그림으로 먹고살아야 한다는 엄격한 규율이 있었답니다. 그래서 조선 전기부터 조선 후기, 일제강점기, 그리고 현대에 이르기까지 면면히 이어오는 노씨 집안의 작품 중에 조각이나 소조 작품은 손에 꼽을 정도로 드뭅니다.

제가 노수현에 대해 이렇게 조금이나마 알게 된 것도 희귀한 노씨 집안의 조각품, 바로 이 '오작교견우직녀경烏鵲橋牽牛織女鏡'을 만난 후였습니다. 세밀하고 아름다워서 계속 바라보다 보면 어느새 눈물이 흐를 만큼 놀랍도록 훌륭한 이 경대를 만난 후에 저는 '노수현'에 대해 나름대로 조사해본 적이 있습니다.

노수현은 20대 초반에 이 작품을 만든 것으로 추정됩니다. 젊은 나이임에도 그의 그림에는 사람의 마음을 사로잡는 무언가가 있어서 더욱더 유명했다고 합니다. 하지만 그는 상투를 틀기도 전에 저세상으로 갔습니다. 그가 남긴 마지막 작품이자 유일한 조각품이 바로 '오작교견우직녀경'입니다. 저는 '오작교견우직녀경'에 어떤 사연이 있는지 모릅니다. 하지만 지금까지도 이어지고 있는 노씨 마을을 찾아간다면 분명 자세한 이야기를 들을 수 있을 겁니다."

화가의 마을, 노씨 집안의 부락이 아직도 남아 있다니……. 김영범 관장은 일행이 기대했던 것보다 훨씬 유용한 정보를 주었다. 남쪽 바닷가 남해의 작은 마을을 향해 일행은 곧바로 일어섰다. 노수현이란 화가가 남긴 마지막 작품이자 유일한 조각품인 '오작교견우직녀경'에 담긴 사연을 알아내기 위해 그들은 기꺼이 황금 같은 시간을 바치기로 했다.

남해까지 오는 길은 힘들지 않았다. 작품을 판매한 것에 깊은 책임감을 느끼던 김영범 관장이 낙빈 일행과 함께 노씨 마을로 가겠다고 나섰다. 덕분에 일행은 그의 차를 타고 남해 구석에 위치한 화가의 마을까지 수월하게 찾아왔다. 김영범 관장의 커다란 왜건은 오래도록 고속도로를 내달리다가 구불구불한 산과 언덕을 넘어 마침내 작은 마을에 도착했다.

"여깁니다."

차에서 내린 일행은 낮은 분지 형태의 작은 마을에 오래된 기와집이 모여 있는 것을 보았다. 드넓은 평원을 배경으로 길게 늘어선 마을은 그림처럼 아름다웠다.

“이곳이 바로 노씨의 마을, 일명 화가의 마을이라 불리는 곳이죠. 벌써 수백 년 동안 면면히 이어져온 오래된 부락입니다. 마침 저희 귀보성과 거래하는 분이 계셔서 와본 적이 있어 다행입니다. 그렇지 않았다면 며칠 동안 이곳을 찾아 헤맸을 겁니다.”

김영범의 말은 과장이 아니었다. 그의 말대로 이곳은 구불구불한 비포장도로 안쪽에 아담하게 자리 잡은 벽지 중의 벽지라서 쉽게 찾기 힘든 곳이었다. 논과 밭으로 가득한 시골 마을. 아마도 조선시대에는 유명한 이름만큼이나 멋들어진 기와집이 가득했겠지만 지금은 네댓 채에서만 사람의 기척이 느껴질 뿐, 동네는 텅 빈 것처럼 한산했다.

동네의 가장 웃어른을 찾기는 아주 쉬웠다. 집성촌인 만큼 위계질서가 확실해서 웃어른들이 마을 중앙에 있는 큰 기와집에서 촌장 역할을 하고 있었다. 일행이 들어가 조심스럽게 인사를 드린 방에는 백발이 성성한 노인부터 검은 머리가 드문드문 섞인 노인까지 열 명가량의 어른이 모여 있었다. 그런데 그들은 ‘노수현’이란 이름을 듣자마자 갑자기 불호령을 내렸다.

“그분을 찾는 거라면 우리는 해줄 말이 없네! 당장 돌아가게!”

그들에게 ‘노수현’과 ‘오작교견우직녀경’에 대한 이야기를 듣기란 불가능했다.

“그분에 대한 이야기는 우리 집안의 금기라네! 몇백 년 전이었든 몇천 년 전이었든 간에 문중門中에서 결정한 것은 반드시 지켜야 하네. 그분에 대한 얘기를 입 밖에 내지 않기로 결정한 것은 지금도 바꿀 수가 없네. 그러니 우린 그분에 대해 한마디도 할 수가 없네."

그들은 너무나 단호했다. 낙빈 일행이 아무리 설득해도 노수현에 대한 이야기는 단 한마디도 나오지 않았다. 낙빈 일행은 고집스럽게 입을 다물고 외면하는 어른들을 뒤로하고 밖으로 나올 수밖에 없었다.

"대체 무슨 일이 있었던 것일까?"

정희는 낙빈이 안고 있는 '오작교견우직녀경'을 바라보며 한숨을 내쉬었다.

"아이고, 저렇게 옹고집 노인네들이라니……."

승덕 역시 답답한 마음에 툴툴거렸다.

슬슬 잘만 풀리던 일이 갑작스럽게 꽉 막힌 기분이었다. 대체 노수현이란 사람은 무슨 잘못을 저질렀기에 후손들조차 말하기를 꺼리는 것일까? 어떤 사연이 숨어 있는 것일까?

그렇게 터덜터덜 발길을 돌리는데 누군가 김 관장을 불렀다.

"이봐요, 이봐, 김영범 관장!"

뒤를 돌아보니 아까 모여 있던 문중 어르신들만큼은 아니지만 환갑이 훌쩍 넘은 듯한 은발의 노인이 그들에게 다가왔다.

"아니, 아니, 이거! 노 화백 아닙니까?"

두 사람은 악수를 하며 반가워했다.

"김 관장이 어쩐 일이신가? 3년 전쯤 들르고 영 소식이 없더니만."

"허허, 뭐 일이 좀 있어서 왔습니다."

"그런데 나는 안 만나고 가려는 건가? 무슨 일인가? 이번엔 그림이 아니라 다른 일로 왔나?"

마침 김영범 관장을 알아본 집안의 다른 화가 한 분이 돌아가는 김 관장을 불렀다. 그는 아직 문중의 이야기를 듣지 못했는지 김 관장과 반갑게 아는 체를 했다. 전시회에서 몇 번 만나고 판매를 대행한 적이 있는 친분 관계는 비밀스러운 노수현의 이야기를 알아내기에 더할 나위 없이 좋은 기회였다.

"노수현 화백이라니……. 나도 별로 이야기하고 싶지는 않아. 우리 집안이 그분 때문에 풍비박산될 뻔했다니까. 쯧쯧. 화가로서 가장 금기시되는 일을 저질렀으니 우리 집안의 수치지.

옛날 일이라 나도 자세히는 모르지만 그분이 실력만은 대단했다더군. 뿌리부터 화가 집안이긴 하지만 분명 천재도 있고 둔재도 있는 법이지. 그런데 그분은 우리 집안에서도 내로라할 만큼 천재적인 재능을 가진 분이었다는구먼. 초상화를 그리면 그림 속에서 금방이라도 사람이 튀어나올 것만 같고 영모화를 그리면 그림 속에서 새와 벌레가 춤을 추며 날아다닐 것만 같았다고 하니 실력은 당대 최고라고 해도 과언이 아니었지. 그러니 고작 스물도 되지 않은 나이에 그런 대단한 그림들을 완성했겠지."

그들은 문중의 눈이 두려워 동네에서 한참 벗어난 언덕 어귀의 돌부리에 앉아 늙은 화백의 이야기에 집중했다. 늙은 화백은 자신의 아버지와 친척으로부터 들었던 당대 최고의 젊은 화백 노수현에 대한 이야기를 천천히 풀어놓았다.

"노수현 화백은 우리 집안에서도 천재라며 칭송받던 분이었지. 그런데 그렇게 칭송받던 그림들은 그분이 죽은 그해에 불살라버렸다더군. 이미 높은 어른들의 안방에 걸린 그림까지도 다른 그림으로 바꿔주고 모두 불태웠다니 그분의 그림은 아마 단 한 점도 남아 있지 않을 거야. 다시는 그분과 같은 일이 일어나서는 안 된다는 점을 분명히 보여주기 위해 문중에서 결정한 일이었지."

늙은 화백은 깊이 담배 연기를 들이마시며 한숨을 지었다.

"그림을 모두 모아 불에 태울 정도의 죄가 대체 뭡니까? 무슨 큰 죄를 지었나요?"

김영범 관장은 같은 문중의, 게다가 같은 화가의 목숨과도 같은 그림을 불태워버렸다는 사실이 이해되지 않았다. 그것도 당대 최고의 그림들을 한 줌 재로 만들어버렸다니 예술인으로서도 용납이 되지 않았다.

"젊은 혈기 때문이었겠지. 한마디로 정분이 났지. 그것도 화폭에 담아야 할 사람과 말이야. 결혼을 앞둔 여자였다더군. 두 사람은 죽고 못살 만큼 사랑에 빠졌고 결국엔 함께 도망치기로 약속했던 모양이야. 그러나 세상에는 비밀이 없는 법이라서 동네 어귀에서 만나기로 했던 두 사람은 붙잡혔고 노수현 그분은 죽임을 당했지. 그것으로도 부족해서 그분은 사지가 찢긴 채로 마을 어귀에 매달렸다더군. 여자 쪽은 지체 높은 양반이었고 그녀와 결혼할 집안 역시 대단했던 모양이야.

우리 문중은 이 사건으로 완전히 쑥대밭이 되고 씨가 말라버릴 뻔했어. 간신히 연줄을 모두 동원해 노수현의 그림을 없애고 그분의 흔적을 말끔히 지움으로써 겨우 위기를 모면하고 이렇게 명맥을 유지하게 되었지. 그래서 지금도 그분의 얘기는 꺼내지도 못하게 하는 거야."

젊은 여자와 그녀를 그리던 젊은 화가의 사랑이라……. 이야기를 듣는 동안 경대를 안고 있는 낙빈의 심장이 점차 세게 뛰었다. 낙빈의 심장이 스스로 뛰는 것이 아니라 이야기에 대한 경대의 반응이 낙빈에게 전해진 탓이었다.

"그럼 그 여자는 어찌 되었나요?"

"그 여자는 그분이 죽은 후로 완전히 미쳐버렸다더군. 사실인지 허구인지는 알 수 없지만……. 사랑에 미치고 죽은 연인의 모습에 미쳐버렸다고 들었네."

낙빈은 화백의 이야기를 들으며 등줄기가 찌릿해졌다. '가야 한다, 가야 한다'고 외치던 멍한 눈동자. 아름답기는 하지만 '가야 한다'는 집념만 있을 뿐 어딜 가야 하는지, 무엇을 위해 가야 하는지 목표 의식이 없는 영의 모습이 '미친 여자'의 모습과 겹쳐졌던 것이다.

"그럼 그분의 작품은 단 한 점도 남아 있지 않은 겁니까? 그분의 어떤 작품에 대해 전설처럼 내려오는 이야기는 없습니까?"

승덕의 물음에 곰곰이 생각에 빠진 화백이 다시 담배를 한 개

비 물고는 필터가 닳도록 피우다가 고개를 끄덕였다.

"그렇지! 내 할아버님이 그러시더군. 내 할아버님의 할아버님 때쯤 그분에 관한 모든 것을 불태우고 그분에 대한 이야기는 절대 발설하지 않기로 문중에서 결정했다더군. 그런데 고조할아버님께서 너무나 생생하고 아름다워서 감히 불태우지 못하고 몰래 빼돌린 작품이 두 점 있었다네. 한 점은…… 예전에 김 관장에게 주었던 경대…… 그거 기억하나?"

"물론이지요!"

김 관장이 보관하고 있던, 그리고 모든 사건을 일으킨 '오작교 견우직녀경'을 지칭하는 것이 틀림없었다.

"바로 그 경대가 그분의 유일한 조각품이지. 양쪽에 있는 견우와 직녀가 너무나 아름답고 처연한 경대가 그분의 마지막 남은 작품이라네. 김 관장이 알다시피 우리 문중은 너무나 보수적이어서 자손들에게 한 우물만 파라고 강요했지. 그 때문에 그림 외에 조각이나 소조에는 절대 눈을 돌리지 못하게 되어 있네. 그런데 그분이 문중의 눈을 피해 몰래 만든 작품이 바로 그 경대였어. 사랑하는 여인을 위해 만든 작품이라더군.

그 작품을 보는 사람이라면 누구나 느끼는 것처럼 처연하고 애틋한 마음이 느껴져서 고조할아버님도 차마 불태우지 못하고 장롱 속에 숨겨놓았다는 거야. 다행히 그 경대는 문중 어른들 몰래 만들어졌기 때문에 숨기기가 어렵지는 않았겠지.

당시 고조할아버님이 빼돌린 또 하나의 작품은 그야말로 전설

속에나 있을 법한 그림이라고 들었네. 그분이 그렸던 수많은 초상화와 풍경화, 그리고 영모화가 불탔지만 단 하나 그분의 마지막 역작이었던 그림 한 폭만은 아무도 그 존재를 알지 못하고 있었던 거야. 다른 남자에게 시집갈 여자였으니, 당신의 마음을 들킬 만한 그림이라면 자신의 작업실에서 아무도 모르게 완성해놓지 않았겠는가? 그 그림이 운명이었는지, 필연이었는지 내 고조할아버님의 눈에 띄었지. 고조할아버님은 그 그림에 홀딱 반해서 역시 불태우지 않고 몰래 장롱에 숨겨놓았다고 하네.

그 그림은 그야말로 듣도 보도 못한 아름답고 생생한 것이었다고 하더군. 그림 안의 사람은 금방이라도 걸음을 옮길 것만 같고, 그림 속의 폭포수는 금방이라도 물줄기를 떨어뜨리며 커다란 무지개를 만들어낼 것만 같고, 작은 새는 금세라도 지지배배 울음을 터뜨리며 푸드덕 날아오를 것만 같고, 나뭇가지는 금방이라도 바람에 날려 팔랑거릴 것만 같은, 어마어마한 작품이었다고 하더군. 그러나 그분이 사랑하던 여인을 생각하며 그렸다는 최후의, 그리고 최고의 역작을 나도 본 적이 없네. 내가 아주 어렸을 적에 할아버지가 돈이 필요해서 팔아버렸다고 하더군."

같은 화가에게서 최고의 작품이라고 칭송받은 노수현의 그림은 대체 어떤 것이었을까? 낙빈의 심장은 아프도록 쿵쾅쿵쾅 요동을 치고 있었다.

"할아버지, 근데…… 그 그림은 어떤 그림이었나요? 뭐가 그려져 있었나요?"

낙빈은 심장이 찢어지도록 아파오는데도 경대를 가슴팍에 꽉 안으며 물었다. 낙빈은 어떤 해답이 코앞에 다가오고 있다는 느낌이 들었다.

"으음, 그것 역시 견우직녀성의 그림이라고 했던 것 같다."

"견우직녀성의 그림이오? 그럼 경대에 새겨진 것과 비슷한 그림이었겠네요?"

"글쎄……? 그 경대는 내가 가지고 있다가 김 관장에게 주었으니 잘 알고 있지만 그림은 본 적이 없어서……. 예전에 아버님이 돌아가시기 전에 그 경대를 보면서 그 그림을 떠올리신 적이 있지. 경대의 견우직녀성은 맑은 거울을 사이에 두고 서로 떨어져 있지만 그림 속의 견우직녀성은 함께 꼭 붙어 있는 것이라고 하더구나. 함께 있지만 조금은 슬픈 웃음을 짓는 아름다운 한 쌍의 다정한 모습이 담겼다더구나."

화백의 말이 끝나기도 전에 낙빈과 김영범 관장이 동시에 벌떡 일어섰다.

"견우직녀의 그림!"

그리고 동시에 외쳤다. 두 사람은 서로를 바라보았다.

"아윽!"

그러나 다음 순간 낙빈이 갑자기 바닥으로 쓰러져버렸다.

"아윽! 아으윽……."

낙빈은 두 손으로 보자기 속의 경대를 단단히 끌어안았다.

"낙빈아! 낙빈아!"

승덕과 정현, 그리고 정희가 낙빈을 부축했지만 이미 낙빈은 제정신이 아니었다. 거울에서 느껴지는 파리한 떨림과 두려움이 낙빈의 두 손에 전해졌다.

기억을 잃어버리고 미쳐버린 여인이었지만 자신의 이야기라는 것을 느낀 것일까, 아니면 그녀 역시 낙빈을 통해 자신의 이야기를 듣고 기억을 되찾아가는 것일까? 금줄에 묶인 경대 안에서 아름다운 여인이 뭔가를 기억하기 시작했다는 것을 낙빈은 느낄 수 있었다.

"윽! 우웁!"

이번에는 심장이 세차게 뛰면서 심한 구토 증세까지 올라왔다.

"악!"

외마디 비명과 함께 낙빈은 까맣게 정신을 잃고 말았다. 소년의 품안에는 노수현의 조각품인 '오작교견우직녀경'이 단단히 안겨 있었다.

낙빈은 눈앞이 노래지고 뿌옇게 변하면서 영화처럼 지나치는 생생한 이야기를 지켜볼 수 있었다. 낙빈이 언젠가 받아야 할 '예지의 신'이 한 일인지, 아니면 점복을 주관하는 맹인신장의 힘이었는지, 그도 아니면 낙빈이 끌어안고 있는 경대 속 여인의 기억인지 모르겠지만 낙빈의 눈앞에는 당시의 사건이 생생하게 스쳐 지나가기 시작했다.

6

양반이라는 이름뿐이지 집 안에는 내일 먹을 양식도 없다는 것을 저는 알고 있었습니다. 남동생이 서당에 나가지 못하는 것이 서책을 구하지 못해서라는 것도 저는 알고 있었습니다. 몸이 약한 어머니가 새벽부터 밤까지 두 손을 호호 불어가며 바느질감을 모아와 낮이고 밤이고 꿰매고, 또 꿰매야 한다는 것을, 어린 여동생이 아침부터 저녁까지 사람들의 눈을 피해 돌산을 돌아다니며 나무껍질을 벗겨 오는 것도 저는 알고 있었습니다. 그래서 저는 그분의 청을 거절할 수가 없었습니다.

김 부자 댁의 요구에 처음에는 아버님도 절대로 안 된다고 노발대발하셨습니다. 하지만 아무리 이름난 양반 집안이었다고 해도 눈덩이처럼 불어가는 빚 앞에는 장사가 없다는 것을 저는 또한 알고 있었습니다.

첩실…… 부끄러운 이름이겠지요. 하지만 더욱더 부끄러운 것은 바로 내일 먹을 양식이 없어서 굶주리고, 책이 없어서 서당에 가지 못하는, 아니 대문 밖에도 나가지 못하는 어린 남동생이 아니겠습니까? 저만 조용히 순종하면 이 집안이 살아난다는 것을 저는 잘 알고 있었습니다.

김 부자께 대답을 드린 후로 줄줄이 들어오는 비단, 엽전 꾸러미, 먹음직스러운 음식, 화려한 노리개들……. 제 앞에서는 미안함과 슬픔으로 가득한 얼굴을 보이던 가족들이 제게서 등을 돌리면 살며시 안도의 한숨을 내쉰다는 것을 저는 알고 있었습니다. 이제는 부끄러움 없이 밖으로 나다니는 남동생의 얼굴을 보면서 저는 제 결정을 후회하지 않았습니다.

오늘일까, 내일일까? 매일매일 도착하는 화려한 물건들을 바라보면서 제가 언제 출가해야 하는지 마음이 조마조마했습니다. 그러다 며칠 전에 줄줄이 들어오는 화려한 선물 뒤로 김 부자께서 찾아오셨습니다. 그분은 유복한 생활 덕분인지 온몸에 기름이 줄줄 흘렀습니다. 희끗희끗한 머리는 그분의 나이를 짐작하게 했습니다. 저는 그분의 얼굴만 뵈어도 눈물이 쏟아질 것만 같아서 인사를 올리고는 도망치듯 제 방으로 걸음을 옮겼습니다. 그리고 그분이 돌아간 후에 어머님으로부터 이야기를 들었습니다.

"김 부자 어른, 이런 황송한 선물들을 보내주시니, 정말 감사합니다. 그저 감사하고, 또 감사한 마음뿐이지만 한 가지 부탁이 있습니다. 너무나 갑작스러운 일이라서 안사람이 마음의 준비가 되지 않았나 봅니다. 출가 후에는 그 집의 귀신이 되어버리는 여식인지라 그 아이의 초상이라도 하나 남겨두었으면 합니다. 하해와 같은 아량으로 이번 한 번만 시간을 주십시오. 초상만 완성되면 제 여식을 보내드리겠습니다."

이렇게…… 아버님께서 한 가지 조건을 거셨다고 했습니다.

초상肖像. 어머니를 위한 저의 초상이 완성될 때까지 제게는 얼마간의 시간이 주어졌습니다. 저는 어머님께 이 말을 듣고 울음을 참을 수가 없었습니다.

초상이 완성될 때까지 저는 어머님 곁을 떠나지 않아도 되는 것입니다. 김 부자 댁의 첩실로 들어가지 않아도 되는 것입니다. 잠깐이나마 어머님, 아버님, 그리고 동생들의 곁을 떠나지 않아도 되는 것입니다. 저는 그것이 그저 기뻤습니다.

그리고 며칠 후 김 부자께서 유명한 화가라며 한 분을 보내셨습니다. 하늘이 말간 어느 가을날 그분은 커다란 보따리를 짊어지고 오셨습니다. 남녀가 한자리에 있을 수는 없는지라 그분은 대청마루에 앉아 화구를 꺼내놓았고 저는 방문을 활짝 열고 방 안에 앉아 그분의 눈을 피하고 있었습니다.

그분은 무척이나 깡마른 젊은 사내였습니다. 그분은 아직 머리도 올리지 않았습니다. 그분의 몸뿐만 아니라 손가락도 가늘고 깡말라서 그 손으로 어떻게 그림을 그리는지 저는 신기하기만 했습니다. 문과 문지방을 사이에 두고 그분은 대청마루에, 저는 안방에 앉아 있었습니다. 저는 어머님의 분부대로 그분이 먹을 모두 갈 때까지 아무 말 하지 않고 부채로 얼굴을 가리고만 있었습니다.

“아가씨, 우선은 원본이 아닌 제 화첩에 밑그림부터 그리겠습니다. 화첩의 밑그림을 토대로 원본은 제 작업장에서 완성할 생각입니다. 빨리 완성하라는 분부를 받았으니 저 역시 노력하겠습니다. 시집가는 아가씨의 모습을 남기고 싶어 하시는 마님의 마음 또한 구구절절 들었습니다. 부족한 솜씨지만 성심껏 아가씨의 모습을 남기겠습니다.”

그분이 말씀하시는 동안 저는 아무런 대답 없이 살짝 눈만 내리깔았습니다. 참으로 맑고 청아한 음성이었습니다. 저는 그분의 음성이 듣기 좋았습니다.

그분이 먹을 모두 갈고 붓을 들자 저는 천천히 얼굴을 가리고 있던 부채를 내렸습니다. 저는 그분의 얼굴을 똑바로 바라보기가 어려워 고개를 떨구고 방구석을 뚫어져라 바라보았습니다. 하지만 제 곁눈에는 그분의 일거수일투족이 또렷이 보였습니다. 그분은 부채로부터 해방된 제 얼굴을 바라보고 한동안 눈을 돌리지 않았습니다. 먹물 방울이 툭툭 화첩에 떨어지는데도 그분은 눈도 깜박이지 않고 저를 바라보았습니다. 왠지 제 얼굴은 붉게 달아오르고 어떤 알 수 없는 기운이 발끝에서부터 올라와 제 심장을 울려댔습니다.

참으로 이상한 기분이었습니다. 그분은 그렇게 제 모습을 바라보며 한동안 미동도 않으시다가 먹물이 떨어진 화첩을 넘기셨습니다. 그 순간 저는 흘끗 그분을 바라보았습니다. 그분의 까만 머리카락을, 그분의 하얀 살결을, 그분의 희고 얇고 기다란 손가락을. 그분은 다른 사내들과는 다른 모습을 하고 계셨습니다. 참 맑고 깨끗한 얼굴이 그분의 고요한 음성과 같았습니다.

언제나 그분은 저를 바라봅니다. 언제나 변함없는 눈동자로. 언제나 대청마루 한가운데서. 문지방을 사이에 두고 그렇게 저를 바라보십니다. 그분은 사내답지 않은 너무나 희고 가는 손가락으로 그분의 눈에 비친 내 모습을 그려내십니다.

매일매일 그분이 오셨다는 말을 들을 때마다 제 가슴이 두근두근 울려대는 것도, 그분 앞에 앉을 때마다 부채를 들고 있던 내 손이 파르르 떨리는 것도 저는 알게 되었습니다. 그리고 문지방을 사이에 두고 제 얼굴에서 살포시 부채가 내려질 때마다 그분의 입에서 작은 한숨이 새어나오는 것도, 그분이 눈을 한 번 깜박일 때마다 기다란 속눈썹이 바르르 떨리는 것도 저는 알게 되었습니다.

마소와 한가지로 김 부자 댁에 팔려가는 저는 그분이 만들어내는 그림 속 세상에서만큼은 그저 행복한 양갓집 아가씨로, 천상의 선녀로 변하고 있었습니다. 그분이 저를 바라볼 때면 저는 먼 산이나 방구석을 바라보고 그분이 그림 속의 저를 응시할 때면 제 눈은 어느새 그분의 기다란 속눈썹을 따라 움직입니다. 그리고 그 깊은 눈동자 사이에 파묻혀버립니다.

남자인데…… 분명 가장 강인하고 사내다워야 하는 청년인데도 그분에게는 강하고 굳건한 남자의 냄새보다 가녀린 여인의 향기가 묻어납니다. 괜스레 마음이 안타깝고 슬퍼지게 하는 분이었습니다.

그분과 저 사이에는 말 한마디 오가지 않았지만 저는 언제나 그분의 기다란 속눈썹과 하얗고 파리한 얼굴과 얇은 손가락과 많은 이야기를 주고받았습니다. 그분이 화첩 속 저를 응시할 때만 가능한 대화였지만 저는 그것이 좋았습니다. 하루하루 날이 갈수록 그분의 눈에 제 모습이 어찌 비칠까, 그분은 제 그림과 어떤 대화를 할까, 제가 간절한 마음의 대화를 하고 싶어 한다는 것을 그분은 상상이라도 하실까 하는 온갖 상념이 가득했습니다.

열흘이 지나도록, 보름이 지나도록 그분과 저는 그렇게 매일 매일 침묵의 대화를 했습니다. 어느새 저는 그분이 오시는 시간을 손꼽아 기다리게 되었고, 또 매일 밤 그분의 꿈을 꾸게 되었습니다. 대체 무슨 조화인지 제 마음은 이상했습니다. 매일 밤 함께 이야기하는 꿈을 꾸고 나면 언제나 두 눈에 눈물이 흐릅니다.

보름이 넘어가자 그분의 화첩에는 저의 모습이 가득 찼습니다. 그러나 그분은 그림의 완성에 대해서는 아무 말씀도 없이 묵묵히 저의 모습을 담아갈 뿐이었습니다. 시간이 흐르면서 한편으로는 김 부자께서 역정을 내지 않을까 걱정이 되었습니다. 하지만 김 부자께서 그림이 완성될 때까지는 저를 데려가지 않겠다고 약조하신 만큼 열흘이 지나고, 보름이 지나도 화를 내는 친정 식구는 없었습니다. 어머님 아버님은 그분의 더딘 속도를 위안 삼고 계신 듯도 했습니다. 그러나 김 부자는 그만큼 참을성 있는 분이 아니었습니다.

맑은 하늘에 가벼운 바람이 살랑이는 한가로운 어느 날이었습니다. 노 화가님과 만난 지도 보름하고 사흘이 지나는 날이었습니다. 얼굴이 벌겋게 달아오른 김 부자가 다짜고짜 집으로 찾아와 신도 벗지 않고 거침없이 마루로 올라서서는 그분의 멱살을 잡았습니다.

"이놈! 이놈의 화쟁이야! 네놈이 내 말은 귓구멍으로 흘려보내고 지금도 여기를 들락거리기만 한단 말이냐! 냉큼 그림을 완성하라고 했거늘 어째서 내 얘길 흘려듣고만 있단 말이냐!"

김 부자의 벌겋게 달아오른 눈과 몸에서 풍겨오는 냄새로 저는 그분이 낮부터 약주를 과하게 하셨다는 것을 알아챘습니다. 그렇게 거품을 물고 버럭 화를 내던 김 부자가 제가 있는 방으로 들어선 것은 순식간의 일이었습니다. 그저 고개를 숙이고 당황하던 제 옆으로 남정네의 역한 술 냄새가 풍겨왔습니다.

"기…… 김 부자 어른! 이러시면…… 이, 이러시면 아니……."

저는 놀란 토끼 눈으로 바라보았지만 김 부자는 제 옆에 바짝 다가앉았습니다. 저는 기겁을 하며 물러났지만 김 부자는 또다시 제게 바싹 다가와 제 어깨며 등에 손을 대는 것이었습니다.

"이봐요, 낭자. 어차피 우린 백년해로할 사이가 아니오? 그런데 뭘 그리 피하시오? 내가 하루가 멀다 하고 이 집 주변을 어슬렁거리는 게 모두 낭자 때문이 아니오? 어쩌면 이리도 아름다운 선녀의 자태를 가지셨소, 낭자?"

강한 술기운이 제 뒷목을 향해 뿜어 나오더니 김 부자의 손이 제 등줄기를 지나 치마폭을 향해 뻗어오는 것이었습니다. 저는 당장 울음이 터져 나올 것만 같았습니다.

"김 부자 어르신! 하루가 급하다고 하신 어르신께서 이렇게 제 작업을 방해하면 어쩌십니까? 진정 그림이 완성되기를 원치 않으시는 것인지요?"

그때 제 뒤에서 노 화백님의 목소리가 들려왔습니다. 은은하고 단정하지만 기백이 있는 목소리였습니다. 그 목소리에는 강한 격정이 묻어 있었습니다. 그분이 소리치자 김 부자의 손이 재게서 물러났고 진한 술 냄새도 멀어졌습니다.

"뭐가 어쩌고 어째?"

김 부자는 버럭 화를 내며 일어서더니 금방이라도 가냘픈 노 화백님을 때릴 기세였습니다.

"어르신께서 말씀하셨듯이 어차피 곧 백년해로하실 사이가 아니십니까? 그러니 이렇게 급하게 서두르실 필요는 없겠지요. 게다가 어르신을 어찌 대해야 할지 발만 동동 구르는 이 집 식구들의 눈은 어찌하시렵니까?"

노 화백님의 말씀대로 우리 식구들과 김 부자의 식솔들이 어쩔 줄을 몰라 마당에서 우왕좌왕하고 있었습니다. 그러자 김 부자도 침통한 표정을 지으며 화백님을 노려보더니 이내 마당으로 내려갔습니다.

"네놈에게 딱 3일의 시간을 더 주겠다! 그때까지 그림을 완성하지 못하면 너는 내 손에 죽을 것이다! 낭자도 들으시오! 3일째에 그림이 완성되면 다음 날 혼인 준비를 하고 그다음 날 혼례를 치를 테니 그리 아시오!"

김 부자가 버럭 소리를 지르며 대문을 박차고 밖으로 나갔습니다. 우리 가족은 분노한 김 부자를 대문 밖까지 마중하느라 썰물처럼 빠져나갔습니다.

저는 조금 전에 풍겨오던 역한 술 냄새와 제 몸을 더듬던 노인네의 굵은 손마디를 떠올리며 깊은 치욕감에 몸을 떨었습니다. 그래서 방구석에 쪼그리고 앉아 흑흑 하며 눈물을 흘렸지요.

그때였습니다. 훌쩍이는 저의 등 뒤에서 그분의 목소리가 들려왔습니다.

"아가씨, 은실 아가씨, 도망갑시다!"

순간 저는 그 소리를 믿을 수가 없었습니다. 도저히 그분의 목소리라고는 믿을 수가 없었습니다. 매일 밤 제가 꾸는 허망한 꿈이려니, 그 꿈의 기억으로 생겨난 저의 환상이며, 환각이며, 환청이려니 여겼습니다.

"아가씨, 도망갑시다! 저와 도망갑시다!"

그러나 제 뒤로 옷감이 서로 비벼지는 소리가 들리더니 곧이어 따스한 온기가 느껴졌습니다. 그분의 다정한 목소리가 제 귓가에 울려 퍼졌습니다.

"이토록 여리고 아름다운 아가씨가 노인네의 노리개가 되는 것을 지켜볼 수만은 없습니다. 이건 말도 되지 않습니다. 아가씨, 제 마음을 알아주십시오. 아가씨!"

그의 목소리는 떨렸습니다. 저는 그 목소리가 마음 아파서 더 많은 눈물을 흘렸습니다.

"아가씨, 아가씨……."

그분과 저는 밖에서는 보이지 않는 구석에서 서로를 부둥켜안고 한없이 울었습니다. 복받치는 설움으로 한없이 눈물을 흘렸습니다. 그분의 가는 팔이 저의 등을 감쌀 때 저는 단 한 번도 느껴보지 못했던 따스한 위안을 받았습니다. 그분의 어깨는 가늘고 말랐지만 기대기에, 의지하기에 조금의 부족함도 없었습니다. 그분의 길고 얇은 손가락이 가늘게 떨면서 제 볼을 쓰다듬을 때 저는 깊은 안도감을 느꼈습니다.

그리고 그분의 얇고 투명해 보이던 입술이 제 입술을 덮을 때 얼음처럼 차가운 세상이 밝은 봄빛으로 바뀌었습니다. 그분의 부드러운 입술 아래에서 저는 제 모든 것을 그분께 바쳐야 한다는 것을 깨달았습니다.

그날 밤 저는 잠을 이루지 못했습니다.

저는 문을 살짝 열고 둥실 떠 있는 반달을 보며 콩닥거리는 가슴을 달랬습니다. 하얀 반달에는 그분의 모습이 숨어 있었습니다. 달처럼 하얀 피부와 하얀 손가락, 그리고 까만 밤보다 더욱 까만 속눈썹과 눈썹. 얼굴은 가녀리지만 강단 있는 말투와 너른 가슴까지. 저는 붉어지는 얼굴을 무릎 사이에 파묻었습니다. 낮에 벌어졌던 일이 생생하게 떠올랐습니다.

다짜고짜 방으로 들어와 노발대발하던 김 부자. 그런데도 한 발도 물러서지 않고 또렷하게 자신의 생각을 말씀하시던 그분. 그 노인의 음흉한 손길에 사색이 되어버린 저를 구원해주신 그분! 참았던 눈물을 흘리던 제게 함께 도망치자던 그분. 그분의 따스한 손길과 품속. 말로 표현할 수도 없을 만큼 깊은 사랑이 묻어나던 그분의 몸짓 하나하나…….

저의 눈은 이슬처럼 촉촉해졌습니다. 그리움이 뼛속 깊이 사무쳐서 눈물이 흘렀습니다. 너무나도 그분이 보고 싶었습니다. 누가 볼세라 한구석에서 흐느끼던 저를 꼬옥 안아주시던 그분의 모습이 생각나 또다시 귓불까지 발개지는 느낌이었습니다.

저를 촉촉한 눈으로 내려다보시면서 제 손을 다잡아 가슴에 보듬어주시던 그분이 떠올랐습니다. 너무나 아름다운 그분의 눈동자가 저의 눈에 젖어들고 얇고도 붉은 그분의 입술이 저의 입술로 포개지던 그 순간이 잊히지 않았습니다.

그 순간 제 안의 무언가가 갈가리 깨지며 새로 태어나는 느낌이었습니다. 소녀였던 제가 드디어 '여인'이 되었던 것입니다. 그것이…… 사랑이란 것을 깨달았습니다.

3일은 눈 깜짝할 사이에 지나갔습니다. 사흘째 되는 날 그분이 완성한 초상화를 가지고 오셨습니다.

"아가씨, 이제 완성되었습니다. 초상화는 어머님께 드릴 것이고, 이것은……."

그분은 제게 아름다운 조각이 새겨진 경대를 건네셨습니다.

"아가씨를 위해 만들었습니다. 견우와 직녀가 마주 보는 모습이지요. 그동안 아가씨를 생각하며 매일매일 밤을 새워 만들었습니다. 보잘것없지만 아가씨를 향한 제 마음으로 받아주십시오. 견우성은 저이고, 직녀성은 아가씨라 생각하며 조각했습니다."

그분이 얼마나 심혈을 기울이고 얼마나 정성을 들였는지 경대는 너무나도 정교하고 아름다웠습니다. 아름다운 경대에 넋을 잃은 제게 그분은 돌돌 말린 그림 한 점을 살짝 보여주셨습니다.

"이것은 우리가 함께 있는 견우직녀성의 그림입니다. 우리는 지금 경대 속의 견우와 직녀처럼 서로 헤어져 있는 몸이지만, 곧 이 그림 속의 견우와 직녀처럼 영원히 함께할 것입니다."

그 그림은 이 세상의 것이 아닌 듯했습니다. 참 아름답고 신비롭고 황홀한 그림이었습니다. 신선들의 마을처럼 뒤로는 작고 맑은 폭포가 흐르고, 하늘에는 구름이 떠 있고, 작은 새들이 지저귀고, 푸르른 홍송紅松에는 다정한 원앙새가 앉아 있었습니다. 그 아래에는 견우와 직녀가 행복하고 다정하게 서로를 보듬으며 미소를 짓고 있었습니다.

"제가 가진 재주가 이것인지라 값비싸고 휘황찬란한 보석은 드리지 못합니다. 하지만 이 그림이 우리 언약의 증표이며, 우리 백년가약의 증인이 되어줄 것입니다. 평생 그림 안의 견우와 직녀처럼 헤어지지 말고 언제나 행복하고 다정하게 살자는 마음으로 그렸습니다. 이것이 바로 내일 밤 제가 평생을 함께할 색시에게 드릴 선물입니다."

저는 너무나 황홀하고 감사하여 또다시 울음이 터져 나왔습니다. 지금은 거울을 사이에 두고 떨어져 있는 견우와 직녀지만 곧 그림 속의 견우와 직녀처럼 함께 행복한 미소를 짓게 되리라는 생각에 눈물이 멈추지 않았습니다.

"아가씨, 시간이 없습니다. 김 부자와 약조한 시간은 오늘이 마지막이고 그 영감은 더 이상 기다려주지 않을 겁니다. 내일 하루 동안 잔치 준비를 하고 그다음 날 아가씨는 그 영감에게 가야 합니다. 저는 완성된 아가씨의 초상화를 오늘 어머님께 드릴 생각입니다. 그러면 오늘과 내일은 이 댁이나 김 부자 댁이나 안심하고 혼례 준비를 시작하겠지요. 그렇게 마음을 놓고 있는 이때가 남아 있는 유일한 기회입니다. 내일 자정에 마을 어귀 장승 옆 우물가에 있겠습니다. 아가씨가 나오실 때까지 밤이 새도록 기다리겠습니다. 아가씨께서는 내일 날이 저물면 옷가지만 챙겨서 그곳으로 오십시오. 모든 건 제게 맡기세요. 내일 자정에 마을 어귀 장승 옆 우물가에서 기다리겠습니다."

저는 그분을 바라보며 수줍게 고개를 끄덕였습니다.

'내일 자정에 마을 어귀 장승 옆 우물가에서 기다리겠습니다.'

경대 속의 견우님이 제게 외쳐대고 있었습니다.

내일, 내일……. 저의 마음은 그저 깃털처럼 가벼웠습니다. 사람의 마음은 참으로 간사해서 바로 전날만 해도 집안을 위해, 불쌍한 부모님과 동생들을 위해 달게 제 목숨을 바치자고 맹세했건만, 사랑하는 임이 나타나자 그 맹세는 산산이 부서지고 말았습니다.

"은실아."

하염없이 경대를 바라보는데 어머님의 목소리가 들렸습니다. 방으로 들어오는 어머님에게 들킬세라 저는 재빨리 경대를 감추었습니다.

"얘야, 이것 좀 보려무나."

어머님은 그분이 그려내신 제 모습을 들고 있었습니다. 제가 살며시 눈을 들어 화백님을 바라보는 모습이었습니다. 어머님은 그 그림을 조심스레 펼치더니 하염없이 바라보았습니다.

"어쩌면 이리도 곱고 화사하게 그렸을까? 천상의 선녀도, 옥황상제의 딸도 이보다 아름답겠느냐. 내가 낳은 딸이지만 보고 또 봐도 한없이 곱고 어여쁘기만 하구나."

그림을 쓰다듬던 어머님의 눈에서 굵은 눈물방울이 떨어져 내렸습니다. 옷고름을 모아 눈물을 감추는 어머님의 모습이 너무나 애처로워서 저 역시 눈물이 흘렀습니다.

"이토록 곱고 아름다운 아이를, 이리도 어리고 여린 너를 노인네에게 보내야 하다니……. 내 가슴이 갈가리 찢어지는구나! 무슨 영화를 누리겠다고 이 어린것을 노인네에게 팔아버리는 것인지! 맏딸로 태어난 것이 무슨 죄라고! 이리도 고운 얼굴이 무슨 죄라고! 으흐흑…… 모두 못난 어미 탓이다! 못난 어미 탓이야. 어흐흐흑!"

그림이 완성되었다는 것은 제가 김 부자의 첩실로 들어가야 한다는 뜻이었습니다. 이리저리 그림 핑계를 대며 미뤄왔던 혼례를 치러야 하는 순간이 오자 어머님의 눈에서는 하염없이 눈물이 흘러내렸습니다.

"어머님!"

어머님의 품에 안긴 제 눈에서도 눈물이 마르지 않았습니다. 가슴이 미어지고, 터지고, 조각나는 것만 같았습니다.

'어머니, 어머니, 용서하세요! 저를 가엾게 여기지 말아주세요. 어머니, 저는 천하에 몹쓸 계집입니다. 저는 도망갑니다. 사랑하는 임을 따라 도망가렵니다. 어머님과 아버님과 동생들을 버리고 달아날 거예요. 저는 천하에 다시없는 못된 계집이랍니다!'

아아, 간사한 마음에 떠오르는 것은 오로지 그분뿐이었습니다. 차라리 매정하게 내쫓았다면 이토록 마음이 아프지도 않았을 것을! 저는 어머님의 모습을 차마 똑바로 바라보지 못했습니다.

아아, 바람난 젊은 마음은 너무나 간사하고 이기적이었습니다. 제가 없으면 가족이 엄청난 고난을 겪을 줄 알면서도 제 마음은 '내일 자정'만 기다리고 있었습니다. 악독하다고 욕해도, 배은망덕하다고 욕해도 제 마음속에는 그분의 하얗고 투명한 얼굴과, 따스한 손길과, 너른 가슴과, 뜨거운 입술만 생생했습니다. 이미 저는 제 모든 것을 그분께 바칠 준비가 되어 있었습니다.

그림이 완성된 다음 날은 아침부터 집 안이 온통 들떠 있었습니다. 많은 일꾼이 몰려와 기름진 음식을 준비했고 지금껏 구경도 못했던 오색찬란한 옷가지가 제 앞에 펼쳐졌습니다. 제 집에서 보내는 마지막 밤이 오고 있었습니다.

저는 높게 쌓인 옷가지 밑에 보따리 하나를 챙겨두었습니다. 옷가지만 몇 벌 챙겨둔 단출한 보따리였습니다. 거기에는 무엇보다도 소중한 그분의 경대가 들어 있었습니다.

떠들썩한 낮의 정취는 붉은 놀이 하늘을 가릴수록 수그러들더니 저녁이 어둑하게 찾아들 무렵에는 집 안이 조용해졌습니다. 마당과 부엌은 조용해졌지만 제 가슴만은 세차게 방아를 찧고 있었습니다.

푸르스름한 저녁이 가고 다시 새까만 밤이 찾아왔습니다. 시간을 알리는 관원의 소리가 어쩌면 이리도 청아하고 맑을까요? 그분을 향하는 제 마음은 부풀어 올랐지만 한편으로는 맏딸로서의 의무감이 저를 괴롭혔습니다. 그러나 약속한 시간이 다가오자 제 마음은 오히려 평안해졌습니다.

저는 옷가지 밑에 숨겨놓은 보따리를 들고 조심스럽게 마당으로 내려섰습니다. 가슴은 마치 뭔가를 훔치려는 도둑처럼 정신없이 뛰어오르고, 손은 수전증에 걸린 것처럼 덜덜 떨렸습니다. 간신히 발소리를 죽이고 대문 밖으로 나서려는데……. 저는 하마터면 그 자리에서 고꾸라질 뻔했습니다.

"어딜 가느냐!"

낮은 음성으로 저를 불러세운 것은 다름 아닌 아버님이었습니다. 대문 밖에는 십여 명의 장정이 횃불을 들고 늘어서 있었습니다.

"네가 이럴 줄은 몰랐다!"

어제만 해도 저를 붙잡고 함께 울어주던 어머님의 눈엔 원망이 어려 있었습니다. 그 곁에는 하나뿐인 여동생과 어린 남동생도 있었습니다.

"언니, 미안해요."

여동생의 말을 듣고 저는 무슨 일이 있었는지 대충 짐작했습니다. 그분께서 그림을 완성해 오신 그날 여동생이 우리 이야기를 엿들은 모양이었습니다. 세상에 비밀은 없다더니……. 저는 망연자실하여 아무런 대꾸도 못하고 멍하니 대문에 기대어 있었습니다.

그런데 바로 그때 아버님께서 제게 무릎을 꿇고 머리를 숙이며 통곡하셨습니다.

"미안하다, 미안하다, 은실아! 너 하나 때문에 우리 집안이 망하고 흥한단다, 얘야, 부탁이다! 이 아비를 도와다오! 불쌍한 네 동생들을 살려다오!"

통곡하며 울부짖는 아버님을 보니 두 다리가 버티질 못했습니다. 저 역시 그 자리에 엎어져 대성통곡을 했습니다. 이처럼 어려운 집안 사정을 뻔히 알면서도 어떻게 나 혼자 잘살겠다고 그분께 가겠습니까!

그때였습니다. 제 머리에 번쩍하며 벼락이 내리친 것만 같았습니다. 모든 것을 알아냈다면 그분은…… 그분은 어떻게 되었을까? 갑자기 혀가 바짝바짝 타오르면서 눈앞이 노래졌습니다. 불길한 예감에 등골이 서늘해졌습니다.

"아버님, 그럼 그분은…… 그분은 어찌 되신 건가요?"

처음엔 아무 말도 하지 않던 아버님이 제가 울며불며 매달리자 겨우 이렇게 말씀하셨습니다.

"김 부자 어른께 말씀드렸다. 네 곁에 다시는 얼씬도 못하게 하실 거다."

제가 상상했던 말들 중에 가장 끔찍한 말이었습니다. 인정사정 없기로 유명한 김 부자가…… 지난번에 나를 도우려다가 김 부자의 원한까지 샀던 그분을……! 도저히 그대로 엎어져 있을 수만은 없었습니다. 그분을 따라가든 이곳에 남든 우선은 그분을 만나야 했습니다. 그분을 만나기만 하면 모든 것이 새하얀 창호지처럼 깨끗하게 정돈될 것만 같았습니다. 저는 벌떡 일어나 보따리를 챙겨 들고 날쌔게 대문 밖으로 뛰쳐나왔습니다.

"잡아, 잡아라!"

아버님의 다급한 비명이 들려왔지만 저는 이미 대문 앞의 장정들을 지나쳐 마을 어귀의 장승을 향해 달렸습니다. 고무신이 벗겨지고 버선발이 뜯어져도 저는 멈추지 않고 있는 힘껏 달렸습니다. 한참을 달리다가 뒤를 돌아보니 저를 놓친 것인지, 아니면 아버님이 만류한 것인지 제 앞을 막고 있던 장정이 한 명도 보이지 않았습니다. 안도감이 들면서 제 머릿속에는 한 가지 생각만 가득 찼습니다.

'무사하세요. 제발 무사하세요. 저는 당신의 여잡니다. 한순간이나마 망설였던 저를 용서하세요. 부디 무사하세요! 제발 무사하기만 하세요!'

저는 천 길을 한걸음에 내달리는 것처럼 정신없이 달려 장승이 서 있는 마을 어귀에 도착했습니다.

……장승 옆 우물가에는 커다란 버드나무가 있었습니다. 그분은 그 버드나무 위에서 저를 기다리고 계셨습니다. 부릅뜬 두 눈에는 핏줄이 맺혀 있고 얼굴 곳곳에는 푸르스름하고 불그스름한 멍과 핏자국이 가득한 그분이 저를 기다리고 있었습니다. 대롱대롱 버드나무에 매달린 채…… 그렇게 저를 기다리고 계셨습니다. 머리만 남은 내 임은 그렇게 매달려 있었습니다.

사지는 갈가리 찢기고 얼굴은 피와 멍으로 얼룩진 내 임이 원망스러운 눈으로 저를 바라보고 계셨습니다. 저는 멍하니 임을 바라보았습니다. 그리고 잠시 후 풀숲에서 부스럭거리는 소리가 들리더니 김 부자가 나타났습니다. 머슴들과 함께요. 피 묻은 곡괭이와 몽둥이와 칼을 들고 있는 무시무시한 머슴들과 함께요. 이번에도 김 부자는 술에 취해 있었고 며칠 전보다 더욱 화난 모습이었습니다.

"네 이년! 배은망덕도 유분수지! 반반한 얼굴 하나 보고 내 숱한 은혜를 베풀었거늘, 네년이…… 나를 배반해? 너희 연놈이 눈이 맞아 도망을 치려고 했어? 죽어도 못 보겠다! 내 살아서는 네년 앞에 이놈의 사지를 찢어놓고, 죽어서는 너희 연놈의 영혼을 찢어놓으리라! 내가 죽고 죽어 일백 번이고 일천 번을 죽는다고 해도 내 너희 연놈을 저주하고 방해하며 지옥을 선사할 것이다!"

짐승처럼 발광하는 김 부자의 목소리는 더 이상 들리지도 않았습니다. 머리만 버드나무에 매달린 나의 임만 제 눈에 들어왔습니다. 다른 사람에게는 흉측하겠지만 저는 너무나 사랑스러워서 견딜 수가 없었습니다. 피투성이가 되어버린 임은 무섭게 나를 노려보며 이렇게 말하는 것 같았습니다.

'왜 늦게 왔소? 왜 이리도 늦었소?'

저는 대답했습니다.

'임이여, 용서하세요. 나의 임이시여…… 부디 그런 무서운 눈으로 저를 책망하지 말아주세요. 제발 저를 용서하세요. 늦었지만 임의 품으로 뛰어온 저를 버리지 말아주세요. 당신이 주신 경대처럼 서로 멀리 헤어져 있던 우리는 이제 이렇게 함께하게 되었습니다. 그러니 부디 저를 용서하시고 임께서 주신다던 혼인의 증표를 보여주세요. 견우와 직녀의 그림을 보여주세요. 그러면 저는 그 아름다운 낙원에서 임의 품에 안긴 행복한 직녀가 되렵니다. 그리 차가운 입술로, 그리 차가운 눈빛으로 저를 나무라지 마시고 혼인의 증표라던 견우와 직녀의 그림을 보여주세요.'

제가 아무리 빌고 매달리며 용서를 구해도 임의 표정은 여전히 싸늘했습니다. 저는 너무나 가슴이 아파 왈칵 울음이 쏟아졌습니다.

'임이시여, 임이시여, 부디 노여움을 푸시고 저를 안아주세요. 저를 보듬어주세요. 팔다리가 없어 저를 안지 못하신다면, 가슴이 갈라져 저를 보듬지 못하신다면 당신의 따스한 체온만이라도, 그 부드러운 입술만이라도 제게 주세요.'

저는 임의 입술을 찾았습니다. 너무나도 따스하고 보드랍던 입술은 얼음장처럼 차가웠습니다. 임의 볼도 차가웠습니다. 제 임은 따스한 입맞춤도 해주지 않고 그저 무섭게 부릅뜬 눈으로 차갑게 저를 바라보기만 하셨습니다. 그러다 임은 천천히 제게서 고개를 돌리더니 어딘가로 떠나시는 것이었습니다. 저는 미친 듯이 그 뒤를 따라갔지만 자꾸만 넘어질 뿐, 임의 곁에 다가갈 수가 없었습니다.

'임이여, 저도 데려가주세요! 임이여, 저도 데려가주세요!'

미친 듯이 그분을 불러대자 그분은 저를 바라보며 하얗고 가녀린 손을 내밀었습니다. 온몸이 갈기갈기 찢기고 무서운 눈으로 바라보던 임은 이제 예전과 같은 모습으로 변해 있었습니다.

그분은 저를 향해 손을 뻗으며 어서 오라고 손짓했습니다. 저는 미친 듯이 그분의 뒤를 쫓았지만 결코 가까워지지 않았습니다. 넘어지고, 또 넘어지다가 정신을 차리고 보니 예전에 보았던 그림 속의 폭포와 새, 그리고 바위와 홍송이 있는 우리의 낙원 저편을 향해 임이 걸어가고 계셨습니다. 그러나 어찌 된 일인지 낙원은 제게서 한없이 멀어지기만 하고 임만 그 풍경 안으로 들어갔습니다.

'임이여, 홀로 그 낙원으로 들어가지 마시고 저도 데려가주세요! 저도 데려가주세요!'

저는 피를 토하며 그분을 부르고, 또 불렀습니다. 목이 터져라 그분을 불러댔지만 저는 그곳에 가지 못했습니다. 그분만 그 그림 속으로 들어가시는 것이었습니다. 우리는 서로를 향해 두 팔을 뻗고 목이 터져라 불러댔지만 곧 아무 소리도 들리지 않고 아무런 모습도 보이지 않게 되었습니다.

다만 남은 것은 임을 부르다가 쉬어버린 목소리와 임을 따라가다가 부르튼 발과 헝클어진 머리뿐이었습니다.

7

정신을 잃고 쓰러졌던 낙빈의 온몸이 발작처럼 펄떡였다.

"헉!"

자리에서 벌떡 일어난 낙빈의 온몸은 땀투성이였다.

"괜찮니? 괜찮은 거니, 낙빈아?"

정희가 손수건으로 낙빈의 땀을 닦아주고 있었다.

"여긴…… 여긴 어디예요?"

벌떡 일어나 앉은 낙빈은 양쪽 머리끝이 아파오자 다시 등을 기대며 쓰러졌다.

"차 안이야. 김 관장님이 몇 시간 동안 내내 운전하셨어. 벌써 귀보성 근처야. 그나저나 그 마을에서 네가 갑자기 기절하는 바람에 정말 놀랐다. 낙빈아, 어디 아픈 건 아니지?"

"네……."

그러고 보니 견우와 직녀의 그림에 대한 이야기를 듣자마자 진한 감정이 밀려오고 심장이 두근거리면서 정신을 잃었던 것이 기억났다.

낙빈은 정신을 잃은 뒤에도 내내 경대를 꼭 안고 있었고 지금도 경대를 놓지 않았다. 경대에서 강한 두근거림이 느껴지자 왜 그런 꿈을 꾸었는지 충분히 알 수 있었다.

"누나, 형! 저 꿈속에서 모든 것을 알아냈어요. 이 경대 속의 영도 기억을 잃었다가 이야기를 들으면서 기억이 되살아났나 봐요. 이 영의 기억을 모두 알아냈어요! 그리고 어떻게 하면 성불을 할지도 알겠어요. 그림! 노수현 님이 그렸다는 견우와 직녀의 그림이 영이 가려는 곳이에요! 혼인의 증표로 받기로 했던 그 그림 속으로 노수현 님의 혼이 들어갔고, 그 그림 속으로 이 영을 들여보내기만 하면 두 분 다 금방 성불할 거예요! 그러니까 그 그림만 찾으면……."

턱!

처음으로 성불을 시킬 수 있다는 마음에 들떠 있는 낙빈의 어깨에 묵직한 정현의 손아귀 힘이 느껴졌다.

"걱정 마. 그러지 않아도 지금 그 그림에게 가고 있는 중이니까."

"네? 그…… 그림이 어디에 있는지 알아낸 거예요?"

"응! 김 관장님이 그 그림을 가지고 계시대!"

정희의 얼굴이 밝았다.

"정말요? 견우와 직녀의 그림이 관장님께 있다고요?"

"응, 그렇대."

정희가 밝은 얼굴로 고개를 끄덕였다.

"그랬구나! 그래서 매번 경대의 영이 자신도 모르게 귀보성으로 돌아오고, 또 돌아왔던 거구나!"

씨익 웃는 정현을 보며 낙빈은 일이 믿기지 않을 정도로 순조롭게 풀리는 것이 그저 기쁘고 신나기만 했다.

귀보성에 도착한 일행은 김영범 관장을 따라 지하의 작품 보관실로 향했다. 귀보성의 1층부터 3층까지가 전시장으로 꾸며져 있다면 지하는 현재 전시를 하지 않는 작품들이 시대별, 작가별로 정리되어 있는 공간이었다.

김영범 관장은 지하로 내려가 두꺼운 철문의 비밀번호를 눌렀다. 그가 불을 켜자 넓은 공간에 수많은 골동품과 그림이 차곡차곡 정리되어 일행을 기다리고 있었다.

"신기한 일이군요. 이것이 노수현 님의 작품인 줄은 미처 몰랐습니다. 그분의 그림은 모두 불에 타고 남은 것이 없었으니까요. 게다가 이 그림 어디에도 그분의 작품임을 알려주는 글귀나 인장이 없으니까요."

김 관장은 연신 감탄사를 연발하며 둘둘 말린 그림을 커다란 책상 위에 조심스럽게 펼쳤다. 그림이 조금씩 펼쳐질수록 낙빈은 그림 안에서 영적인 느낌을 받았다. 흐릿하긴 했지만 그림 안에 분명 영혼이 깃들어 있는 듯했다.

"우와아……."

눈앞에 펼쳐진 그림은 그야말로 입을 다물지 못하게 했다.

말로만 듣던 노수현의 작품이 눈앞에 펼쳐지자 일행은 말을 잃고 말았다. 금방이라도 훨훨 날아오를 것만 같은 아름다운 원앙

새, 금세라도 쏟아져 내릴 것만 같은 맑은 폭포수, 폭포 위로 늘어선 홍송들……. 그림 가운데서 모두의 시선을 단번에 빼앗은 것은 바로 두 남녀였다. 지상의 선남선녀들과 비교도 되지 않을 만큼 아름답고 다정한 견우와 직녀의 모습.

"저희 부친 대에 우연히 손에 들어온 명품이었습니다. 작품의 주인이 누군지 알 길이 없어 안타까웠지만 이 그림에 매료되어 집안 대대로 물려줄 생각이었지요. 그런데 이 그림이 노수현 화백의 작품이고, 경대 속의 영혼이 가려던 목적지일 줄은…… 상상도 못했습니다."

일행 앞에 노수현의 마지막 유작이 펼쳐지자 낙빈이 안고 있던 경대가 요동치기 시작했다. 금줄로 단단히 동여맸음에도 경대 속의 영혼은 온 힘을 다해 움직이고 있었다.

"금방 성불시켜드릴 테니 조금만 기다려주세요."

낙빈은 경대를 부드럽게 문지르며 자신의 마음을 전했다. 경대 속의 여인은 낙빈의 마음을 전해 들었는지 곧 잠잠해졌다. 다만 낙빈의 손으로 그녀의 설렘과 같은 작은 떨림이 전해졌다.

믿기 힘들 만큼 모든 것이 잘 해결되고 있었다. 마치 약속했던 것처럼 노수현에 대해 아는 분을 만났고, 그분의 말에서 노수현이 남긴 유작의 힌트를 얻었다. 그뿐 아니라 그 마지막 유작이 다름 아닌 김영범 관장의 수중에 있었다. 낙빈은 이 모든 것이 믿을 수 없는 행운처럼 느껴졌다.

현대식 골동품 전시관인 귀보성의 3층 한쪽에 김영범 관장의 사무실이 있었다. 작품을 감별하거나 훼손된 작품을 복원하는 공간이기도 했다. 낙빈 일행은 이 사무실에서 노수현 화백과 여인의 성불 의식을 치르기로 했다.

낙빈은 단출한 제상을 마련하고 촛불을 켰다. 그리고 제상의 양 쪽에 견우직녀의 경대와 그림을 놓아두었다. 성불의 방법을 배운 적은 없지만 누군가 낙빈의 귀에 소곤대며 할 일을 알려주었다.

'낙빈아, 온몸을 정한 물로 깨끗이 씻어야 한다. 그림과 경대도 먼지 하나 없이 깨끗이 털고 잡귀가 붙지 않게 사방에 금줄을 쳐서 정한 기운만 채워놓아야 한다. 잊지 마라. 금줄은 세 번 쳐서 가장 가운데 제를 주관하는 네 자신과 너를 도울 제관을 두고, 나머지는 두 번째 금줄 밖에 두어야 한다.'

신이 내내 낙빈의 귀에 소곤대며 틀을 잡아주니 일이 척척 진행되었다.

'우선, 예藝의 신인 창부倡夫◆께 절을 올리며, 그림과 조각에 깃든 영을 어여삐 보아주십사 하고 빌어야 한다. 다음으로 오방신장五方神將◆◆께 불쌍한 영혼에게 평안과 무사안일과 태평함을 주십사 하고 빌고, 또 빌어야 한다. 그리고 사람의 생명을 농단한 영혼

◆창부는 예능 신으로 소리를 하고 춤을 추며 악기를 다루고 줄을 타던 광대의 신이다. 이곳에서는 창부신이 예술가를 제자로 보살피는 예술과 예술가들의 신으로 조명되었다.

◆◆도교에서 전해진 신으로, 인간에게 안과태평을 준다고 하여 무속에서는 가장 신령한 신중 하나로 모셔지고 있다.

이 있으니, 그의 죄를 사해달라고 빌기 위해서는 삼신제석三神帝釋께 잘못을 빌고, 또 빌어야 한다. 마지막으로 창부가 허락하고, 오방신장이 기원하고, 삼신제석이 화를 풀어주면 일월성신日月聖神◆◆◆께 빌고, 또 빌어서 이들이 함께 화합하고 금슬琴瑟 좋은 부부로 영생할 수 있도록 빌어주어야 한다.'

낙빈은 정한 물로 몸을 닦고, 그림과 경대를 손질하고, 방에 세 겹의 금줄을 쳐놓는 등 신의 말씀을 따랐다.

그리고 세 번째 금줄 안으로 들어가 두 개의 촛불을 켜고는 그 사이에 꿇어 앉아 신을 한 분 한 분 불러내며 간절히 빌고, 또 빌었다. 신과의 대화를 위해 정희가 몸을 정갈하게 하고 낙빈을 돕기로 했다. 정희는 촛불과 그림 사이에 앉은 낙빈의 뒤에 다소곳이 앉았다. 제의를 도울 제관이 필요한 법이지만 마땅한 사람이 없는 이상 희생보살을 섬기는 정희의 몸을 빌려 신을 부르고, 신과 대화하고, 신께 빌어보고, 갈구하고, 용서를 구하기로 했다.

모든 의식이 진행되는 동안 김영범 관장과 승덕, 그리고 정현은 금줄 밖에서 낙빈이 기도하는 모습을 말없이 지켜보았다.

낙빈은 제일 먼저 예술을 관장하는 창부신을 불렀다.

"창부신 어른, 창부신 어른. 당신의 보살핌을 받으며 당신이 주신 재능으로 살아가던 젊은 명인이 있었으니, 부디 그를 어여삐

◆◆◆해와 달과 별을 모두 관할하는 신. 하늘의 신은 신 중에서 높은 계열이기 때문에 일월성신은 매우 높은 계급의 신이다. 일월성신은 하늘과 땅의 최대 권력자이자 최고의 신인 천존과 함께 하늘의 신으로서 인간의 고통을 풀어주며, 특히 부부에게 금슬을 가져다주는 신이라고 한다.

여기시어 도와주시옵소서."

낙빈은 간절한 마음으로 창부신이 나타나기를 염원했다. 낙빈의 뒤쪽에서 정희 역시 간절한 마음으로 창부신을 부르며 낙빈의 바람에 힘을 실었다.

"내가 예의 신 창부니라!"

얼마 지나지 않아 창부신이 나타났다. 창부신의 목소리는 제관 역할을 하는 정희의 입에서 나왔다. 정희가 어깨를 크게 떨더니 정희의 목소리와 사뭇 다른 저음이 울려 퍼졌다.

"창부신이시여, 저희가 당신을 부른 것은 다름이 아니오라……."

낙빈은 최대한 공손하고 조곤조곤하게 노수현의 경대와 그림에 대해 이야기했다. 그러고는 비록 영혼이나마 불쌍한 연인을 용서하고 지금이라도 부부로 영생하도록 도와주시기를 소원했다.

"아아, 그래. 네가 참으로 큰일을 하고 있구나. 내가 아끼고 어여삐 여기던 제자를 네가 돕고 있구나."

다행히 예술과 예인을 관장하는 창부신은 노수현에게 깊은 애정을 가지고 있었다. 창부신은 살아생전 노수현이 얼마나 순수하게 예술을 사랑했는지, 얼마나 애정을 다해 작품을 그렸는지 기억했다. 그가 천재적인 재능을 가진 것도 모두 창부신의 보살핌이 있었기 때문이었다. 창부신은 그토록 어여삐 여기던 노수현이 운명처럼 사랑에 빠지고, 그 때문에 어이없이 목숨을 잃은 것에 대해 슬픔을 표했다.

"내 그가 이 거리 저 거리를 떠도는 부랑고혼浮浪孤魂이 되지 않도록 그의 그림 속에 머물게 도왔느니라. 객귀물림◆을 당하여 이리저리 떠돌고 천대받을 것을 생각하니 너무나 불쌍하고 마음이 아팠다. 그림 속에 잠든 노수현의 영혼이 여태껏 사랑을 잊지 못하고 외로워한 것을 내가 알고 있으니 어린 박수야, 네가 성심을 다해 도와주기를 바라노라."

낙빈은 창부신의 말씀을 듣고 안도감과 기쁨이 가득했다. 노수현의 마지막 그림에서 느껴졌던 흐릿한 영적 기운은 그의 것이 분명했다. 사지가 찢긴 노수현이 정처 없이 떠도는 영혼이 되지 않도록 창부신이 그림에 가두었다는 말을 들으니 크게 안심이 되었다.

사실 노수현은 허허벌판에서 살해당했으니 원한이 컸을 것이고, 노씨 집안까지 나서서 그의 작품을 모두 불태웠으니 오갈 데가 없었을 것이다. 그러니 그냥 두었다면 노수현은 떠돌이 원한령이 되어 사람들에게 해코지를 했을 것이다. 이런 노수현의 영을 그림에 넣어주고 뒤탈이 없도록 돌봐준 것이 바로 창부신이었다니 놀라웠다. 창부신은 자신이 사랑해 마지않는 제자의 영혼을 위해 제사를 지내고 김은실의 영혼과 혼사를 치러주는 것에 크게 기뻐하고 있었다.

낙빈의 마음도 기쁘고 흥분되었다. 창부신이 이토록 흡족해하

◆ 집에서 죽지 못하고 밖에서 죽은 사람의 영혼을 객귀라고 한다. 객귀가 되면 의탁할 곳이 없어서 저승에 들어가지 못하고 여기저기 떠돌며 사람에게 해를 끼친다. 이런 객귀가 붙으면 사람이 병이 나고 객귀를 퇴송하는 '객귀물림'을 행하게 된다. 즉 객귀를 위협하여 달아나게 함으로써 병든 이를 낫게 하는 것이다.

니, 다른 신들을 설득하는 데도 큰 힘이 되어주실 게 분명했다. 이처럼 일사천리로 일이 진행되니 낙빈은 한없이 설렜다.

다음으로 낙빈은 오방신장을 불러냈다.

"어린 박수야, 네가 나를 불렀느냐?"

이번에는 정희의 몸에 오방신장이 들어왔다. 정희의 맑은 목소리가 낮고 중후한 남자 목소리로 변했다. 낙빈은 창부신에게 그랬던 것처럼 지금까지의 사정을 말씀드리고 뒤탈이 없도록 도와주시길 간청했다. 다행히도 평안과 화평을 좋아하는 오방신장 역시 기꺼이 두 영의 성불과 무사안녕을 기원해주었다.

다음으로 낙빈은 삼신제석을 불렀다. 지금까지 순순히 넘어가준 신들과 달리 삼신제석은 고이 넘어가지 않았다. 삼신제석은 말 그대로 세 명의 신으로 정희의 몸에 들어온 분은 삼신할미였다.

"에잉, 못한다! 저놈의 왕신◆ 때문에 내 새끼들 중에 제 명을 다 살지 못하고 죽은 것이 넷이나 되느니라! 우리 삼신은 인간이

◆귀신 중에 제일 악독하고 무서운 귀신을 일컫는 말이다. 나이가 들어 과년한 처녀가 시집을 가지 못하고 죽으면 원귀가 되어 왕신이 된다. 왕신이 나면 그 집안은 되는 일이 하나 없고, 병이 번지며, 심하면 사람과 동물이 이유 없이 죽고 만다.
왕신은 처녀귀신이라서 제일 싫어하는 것이 바로 혼사다. 따라서 혼사 전에 이를 왕신에게 고하고 허락을 얻지 않으면 왕신의 살이 뻗쳐서 혼사가 깨지고, 혼사가 이루어져도 혼삿길에 오가던 일가친척에게 좋지 않은 일이 일어나게 된다.
이렇게 무서운 왕신이 되는 것을 막기 위해 처녀가 죽으면 시체를 조용한 산기슭에 묻는 대신 사람이 많이 다니는 네거리나 길에 묻는다. 그러면 인적이 많아 처녀의 혼이 무덤 밖으로 나오지 못한다고 한다. 또 처녀의 시체를 땅에 묻을 때는 남자 수의를 입혀서 거꾸로 엎어 묻기도 한다. 그리고 옷섶에다 많은 바늘을 꽂고 참깨 세 되를 관에 넣는다고 한다. 시체를 엎어 묻는 것은 무덤에서 일어나지 못하게 함으로써 밖으로 나오지 못하게 하는 방법이다. 수의 여기저기에 바늘을 꽂는 것은 처녀의 혼이 바늘에 찔려 무덤 밖으로 나오지 못하게 하려는 것이다. 또는 무덤 밖으로 나올 틈을 주지 않기 위해 관 속에 거울과 화장품, 그리고 책을 함께 넣어주기도 한다.

태어나 죽을 때까지 명과 복을 모두 관장하거늘, 어디 저런 악독한 귀신 따위의 성불을 도와주겠느냐! 나는 저년의 손에 죽은 아이들이 불쌍하고 인간들이 불쌍해서 그 꼴을 못 보겠다!"

노인의 목소리를 내는 삼신은 경대에 붙은 김은실의 영이 사람의 기를 빨아 제 명을 다하지 못하게 했으니 절대 용서할 수 없다고 말했다.

"저년은 천 년이 지나도록 고생을 해야 자기가 지은 죄를 알 터! 내 절대로 용서할 수 없느니라!"

고집스러운 삼신의 말에 낙빈은 이마가 바닥에 닿도록 조아리고 두 손이 발이 되도록 빌었다.

"할머님, 부탁이에요. 제발 용서해주세요. 저분이 나쁜 마음으로 그런 것이 아니라 제정신이 아니라 그랬어요. 사악한 원한을 품고 해코지를 하려던 마음이 없었다는 것을 알아주세요! 그러니 제발 용서해주세요!"

하지만 낙빈이 아무리 달래고 빌어도 삼신의 고집은 쉽게 꺾이지 않았다. 낙빈이 빌고 달래도 삼신 노인은 거부하고……. 이런 지루한 반복이 한 시간 넘도록 계속되었다. 결국 지루한 밀고 당기기를 참지 못한 승덕이 협박을 했다.

"아우, 삼신할머님! 지난번에 아기의 영혼을 데리러 오셨을 때 저희가 도와드렸잖아요. 잊으신 건 아니겠죠?"

"어, 어험험!"

승덕은 태아의 영이 삼신의 잘못으로 아버지를 찾아 여기저기 떠돌아다니며 사고를 일으키던 일을 상기시켰다. 그러자 삼신은 금세 곤란한 표정을 지었다.

"하늘에 올라갈 태아의 영을 내버려두고 하늘나라에서 무슨 일을 그리 급하게 하셨을까? 애가 여기저기 돌아다니면서 사람들을 만나는 동안 대체 어디 가셨던 거예요, 네? 이런 사실을 천존께서 아시려나 모르겠네요?"

"어험, 어험, 어허험!"

삼신의 헛기침 소리가 더욱 커졌다. 어린 영혼을 제때 받아가지 못한 실수를 지적하자 삼신은 못 이기는 척, 한 발 물러섰다.

"좋…… 좋다, 허락하마! 단, 그림에 7년 동안 갇혀 있어야 성불하게 해주마. 당장은 안 된다! 7년 동안 연놈이 그림 속에 함께 머물며 그동안 지은 죄를 깊이 뉘우치고 치성을 드리면 연놈이 성불하는 걸 허락하마!"

"만세!"

삼신의 말이 떨어지기가 무섭게 낙빈은 정희의 어깨를 꼬옥 안았다. 삼신이 내려와 앉은 정희도 빙긋이 웃음을 지었다. 정희의 얼굴에 푸근하고 인자한 삼신할머니의 미소가 어렸다.

7년.

7년 동안 그림 속에서 내내 잘못을 빌어야겠지만 두 사람이 함께라면 7년이 아니라 7천 년인들 어려울까 싶었다. 삼신이 회개의 시간으로 겨우 7년을 말한 것은 이미 성불을 허락했다는 의미였다.

마지막으로 일월성신께서 부부의 연을 맺어주고 이승에서 맺지 못했던 연을 영생토록 이어가라고 축복해주었다. 모든 허락과 축복을 얻어내자 낙빈은 경대를 친친 감고 있는 금줄을 찬찬히 풀어냈다.

화아아!

그 순간 낙빈의 양쪽에서 하늘하늘 타오르던 약한 촛불이 동시에 거대한 횃불처럼 화르륵 일어나더니 하나의 촛불에는 아름다운 여인의 형상이, 또 다른 촛불에는 선하고 잘생긴 사내의 형상이 맺혔다. 여인은 경대에 머물던 영의 모습이었다. 이 두 영혼은 한없이 그립고 한없이 행복한 미소를 지으며 서로를 바라보았다. 그리고 두 영혼의 가운데에 노수현을 아꼈던 창부신의 형상이 스르르 맺혔다.

"그림과 경대를 마주 놓거라. 그리고 경대 쪽에 있는 촛불을 세게 불어 끄고 꺼진 초를 그림 쪽에 두어라."

창부신은 낙빈에게 떨어져 있는 두 영혼을 그림에 넣을 수 있는 방법을 말해주었다. 낙빈은 창부신이 이르는 대로 그림과 경대를 서로 가까이 마주 놓고 여인의 모습이 맺힌 오른쪽 촛불을 세게 불어서 껐다. 촛불은 곧 생명을 의미한다. 촛불이 꺼지는 순간 경대에 깃들었던 여인의 영혼은 경대를 빠져나와 결계 안을 떠돌았다.

이때 낙빈이 왼편에 있던 촛불 옆으로 꺼진 초를 옮기고 기원하자 누구 하나 불붙인 자가 없고 불꽃 하나 튀지 않았건만 꺼졌던 여인의 초에 다시 환한 불꽃이 타올랐다. 서로의 불꽃을 나누며 함께 타오른 촛불 앞에서 노수현과 김은실의 영혼은 하나로 타올랐다. 두 영혼은 노수현이 마지막으로 그린 그림 속의 견우와 직녀 위에 맺혔다. 하나의 그림에 담긴 두 사람은 눈앞에 있는 서로를 감히 부둥켜안지도 못하고 그저 아련한 눈으로 회한의 눈물을 흘리며 서로를 바라보았다.

이제야 그들은 겨우 함께 생을 시작하는 셈이었다. 사랑을 깨닫자마자 죽음을 맞이한 청년과 사랑하는 사람을 잃고 미쳐버렸던 여인은 당시에 부풀었던 사랑의 마음, 그 진한 감정을 그대로 간직하고 있었다.

한참을 바라보기만 하던 두 사람이 겨우 서로의 손을 붙잡고, 서로의 얼굴을 보듬고, 서로의 몸을 부둥켜안았을 때는 이를 지켜보는 일행의 가슴에도 진한 감동이 일었다.

시큰한 코를 비비며 코를 훌쩍이는 낙빈의 눈앞에 갑작스럽게 휘황찬란한 빛이 번쩍하는 동시에 세찬 회오리바람이 불어왔다. 낙빈이 순간적으로 눈을 꾹 감았다가 살짝 뜨자 눈앞에서 활활 타오르던 촛불도, 번쩍이던 광채도, 회오리바람도 모두 사라진 뒤였다. 그리고 멍하니 서 있는 낙빈의 앞으로 감겨 있던 족자가 도르르 굴렀다.

"아아……."

그림 안에는 두 사람이 있었다.

참으로 아름다운 선남선녀인 견우직녀가 더없이 다정한 손길로 서로를 보듬으며 서 있었다. 그리고 기쁨과 연정으로 가득한 두 사람의 눈동자가 낙빈, 정희, 그리고 나머지 일행을 향해 천천히 돌아갔다.

"고맙습니다, 고맙습니다. 그저 너무나 감사할 뿐입니다. 감사합니다……."

두 사람은 감사하다는 말을 수없이 되뇌며 깊이 절했다. 감사하다는 말이 어찌나 기쁘고 뿌듯한지 낙빈의 콧등이 새빨갛게 달아올랐다.

"아아, 정말 잘되었구나. 이제 두 사람도 더 이상 괴로움이 없을 테지."

제의 마지막까지 낙빈을 도와준 정희가 낙빈의 어깨를 감싸 안았다. 정희의 눈가가 촉촉했다.

"네, 누나 정말로……."

낙빈의 눈에도 그렁그렁 눈물이 맺혔다. 처음으로 스스로의 힘으로 영혼을 성불시킨 낙빈은 더없는 감격에 눈을 감았다. 가슴이 벅차올라 한없이 뜨거웠다. 영혼의 이야기를 들어주고 성불을 도와주는 것이 이토록 고귀하고 소중한 일인지 새삼 깨달았다.

8

"그럼 관장님, 잘 부탁드립니다."

낙빈 일행은 김 관장에게 깊이 고개 숙여 인사를 드렸다. 노수현 화백의 그림과 경대는 모두 김영범 관장의 것인데다 그라면 누구보다 소중히 작품들을 간직해주리라 믿었기 때문에 일행은 완전한 성불이 이루어지기까지 7년간 아름다운 연인을 잘 맡아 달라고 부탁했다.

"네, 걱정하지 마십시오. 그럼 부디 조심해서 돌아가세요."

김 관장은 7년이 아니라 평생 경대와 그림을 가보로 소중히 간직할 테니 염려하지 말라고 일행을 다독였다.

"역시 만날 사람은 만나게 되는구나. 마음만 변하지 않는다면 죽어선들 사랑을 이루지 못할까!"

귀보성을 나와 근처 버스정류장으로 발걸음을 옮기던 승덕이 하늘을 향해 손을 번쩍 올리며 연극 대사처럼 읊조렸다. 한산한 거리 위로 어둑어둑한 하늘이 펼쳐져 있었다. 참으로 긴 하루가 저무는 순간이었다.

"그렇게 만나야 할 사람들이 몇백 년간 헤어져서 서로를 그리워하기만 했다니……. 오늘 정말 잘했어, 낙빈아!"

정희는 낙빈의 목에 팔을 두르며 어깨를 토닥토닥 두드려주었다.

"헤헤……. 이렇게 기분이 좋을 줄 몰랐어요, 헤헤……."

낙빈은 처음으로 해낸 성불에 아직도 가슴이 콩닥거렸다. 한참 생각에 잠겼던 정희가 빙긋 웃으며 말했다.

"생각해보니까 일월신검을 찾아다니면서 서로 헤어져 있던 이들이 자꾸 만나는 것 같아요. 떨어져 있던 해의 검과 달의 검이 만났고 이번에는 그림 속의 견우와 직녀가 만났으니까요."

"그렇구나! 마음이 통하면 결국 어디에 있건 만나는 법! 낙빈이에게 대무신제가 머무는 이상 일월신검은 당연히 눈앞에 나타나겠지! 곧 있으면 우리도 일월신검을 만나게 될 거란 말씀이지! 자꾸 주변에서 헤어졌던 것들이 만나는 것도 곧 대무신제와 일월신검이 재회하려는 전조가 아닐까?"

승덕이 이렇게 말하자 대무신제의 일월신검이 금세 곁에 나타날 것만 같았다. 승덕이 낙빈을 위해 일부러 희망차게 말하는 것인지는 몰라도 '마음이 통하면 만난다'는 말대로 곧 일월신검을 만나리라는 희망이 낙빈의 마음속에서 부풀어 올랐다. 이렇게 많은 인연을 이어주는 것이 선업善業이 되어 낙빈과 일월신검도 이어줄 거란 생각이 들었다.

"앗, 저 버스다! 타자!"

승덕이 도로를 달려오는 버스를 보며 소리쳤다. 버스의 앞쪽에 '고속터미널'이라는 글자가 적혀 있었다. 저 멀리 버스가 멈추려 하자 승덕이 소리쳤다.

"어서 뛰어!"

승덕이 먼저 버스를 향해 달리자 나머지 일행도 힘을 다해 내달렸다.

"악!"

차에 오르려는 순간 낙빈이 외마디 비명을 지르며 아스팔트 아래로 쓰러졌다. 정현이 뒤에서 낙빈의 어깨를 붙잡았고 버스에 올랐던 승덕도 놀라서 도로 내려섰다.

"낙빈아, 왜 그래?"

정현이 두 팔로 낙빈의 몸을 가볍게 안아 올리고 정희가 낙빈의 손을 꼭 잡았다.

"정희야, 낙빈이가 왜 이러는 거냐? 어디 안 좋은 거냐?"

"모르겠어요, 오빠. 전혀 아픈 곳이 없어요. 신기 같아요. 또 신의 조화가 시작되었나 봐요."

정희는 낙빈의 손을 통해 물리적인 통증이나 아픔은 전혀 느낄 수가 없었다.

욱씬!

무언가 낙빈의 심장을 강하게 내리누르는 느낌이 들었다.

"우욱!"

갑자기 낙빈의 온몸이 새우처럼 휘어졌다. 눈을 감은 낙빈은 무언가 잘못되었음을 무의식적으로 느꼈다. 수많은 질책과 아우성이 두 귀에 윙윙거렸다.

'왜…… 왜 이러는 거지? 분명히 성불하시도록 조치했건만, 또 뭐가 잘못된 거지?'

낙빈은 속이 울렁거리고 심장이 지끈거리는 가운데 머리를 굴려 보았다. 뭐가 잘못되었기에 신들의 예감이 이토록 몸을 들쑤시고 있는 것일까? 낙빈은 머릿속에서 왱왱거리는 수많은 소음에 귀를 기울였다.

울컥!

"우욱!"

낙빈은 수많은 소리에 집중할수록 더욱더 속이 뒤집히는 것 같았다. 뭐가 잘못되었는지 알 수가 없었다.

파아악!

그 순간 무엇인가 번쩍이는 것이 낙빈의 머리를 가를 듯이 정확히 정수리의 중심을 날카롭게 파고들었다.

"아악!"

그것은 실제로 머리 가죽을 벗겨내는 것처럼 극심한 통증을 가져왔다.

아픔을 참지 못한 낙빈은 그 자리에 털썩 누워 데굴데굴 구르고 펄쩍펄쩍 뛰었다. 다른 사람들이 본다면 단단히 미쳤다고 생각할 법한 모습이었다. 승덕과 정희, 그리고 정현은 낙빈을 어떻게 도와야 할지 감도 잡지 못하고 발만 동동 굴렀다.

파아악!

또다시 극심한 통증이 밀려오고 낙빈의 사지는 전기에 감전된 개구리처럼 펄쩍 뛰어올랐다. 순간 눈앞에 휘황찬란한 불이 번쩍하더니 영롱한 구름을 타고 위풍당당한 대무신제의 모습이 나타났다. 대무신제는 은빛으로 반짝이는 아름다운 수가 놓인 새하얀 포布에 검은 대를 두르고 가슴까지 내려오는 은빛 수염을 휘날렸다. 대무신제의 모습은 마치 안개에 감싸인 듯 흐릿하게 흔들렸다. 그런 모습은 아직 낙빈이 대무신제를 똑바로 바라보기에도 부족하다는 것을 알려주었다.

'어린 무당아, 지난번 약조 이후 네가 나의 벗을 찾아주기를 기다리며 너를 유심히 지켜보고 있었다. 하지만 차마 그대로 있을 수가 없어서 몇 번이나 내 부하들에게 너를 도와주게 했다. 그런데 결국엔 이리 돌아서려 하다니, 한심하기 그지없구나.'

대무신제는 낙빈을 나무라는 눈으로 바라보며 혀를 끌끌 찼다. 지금껏 모든 일이 술술 풀린 것은 모두 대무신제가 뒤를 돌봐준 덕분이었던 모양이다. 해의 검과 달의 검을 찾을 때도 수많은 신이 낙빈을 도왔고, 이번 성불식에도 이름 모를 신이 의식을 도왔다. 모두 대무신제가 뒤를 돌봐준 덕분이었다. 그런데 그중 무엇이 잘못되었다는 것인지 낙빈은 알 수가 없었다.

"대무신제 할아버님, 무엇이 잘못된 건가요?"

낙빈은 도통 이해할 수가 없었다. 분명 두 영이 성불하도록 도와주고 왔건만 무엇이 잘못되었다는 것인지 알아들을 수가 없었다. 게다가 생각을 하려고 해도 속이 울렁거리고 머리가 빠개질 것만 같아 정신을 차리기가 힘들었다. 아무래도 대무신제와 대면하기에는 낙빈의 영력이 부족한 것 같았다.

'어린 박수야, 오늘 내가 너를 도와 이것저것 많은 것을 알려주고 내 부하들을 시켜서 이리저리 힘을 써주었건만 기껏 이렇게 해두고 돌아갈 참이냐? 어린 박수야, 생각해보아라, 생각을! 내가 오늘 던져준 이야기들을 하나도 빠짐없이 생각하고, 또 생각

해보아라. 이것이 다가 아니지 않느냐!'

대무신제가 한 손에 들고 있던 낡은 지팡이로 낙빈의 정수리를 세차게 내려쳤다. 순간 낙빈의 머릿속에서 휘몰아치던 소용돌이가 반으로 쪼개지면서 왱왱대던 수많은 소리가 똑똑히 들려오기 시작했다.

'얘야, 내가 축복을 내린 두 아이가 위험에 처했구나.'

목소리들 중 하나는 분명 노수현과 김은실을 축복하며 성불의 길을 터준 창부신의 음성이었다. 창부신은 안타까운 음성으로 낙빈을 나무라고 있었다. 이렇게 나무라는 목소리들 사이에 어투가 조금 다른 음성 하나가 섞여 있었다. 교묘히 신들의 음성 뒤에서 처절한 저주의 말을 되뇌는 싸늘한 음성이 들렸다.

'네 이년! 배은망덕도 유분수지! 네년이…… 나를 배반해? 너희 연놈이 눈이 맞아 도망을 치려고 했어? 죽어도 못 보겠다! 내 살아서는 네년 앞에 이놈의 사지를 찢어놓고, 죽어서는 너희 연놈의 영혼을 찢어놓으리라! 내가 죽고 죽어 일백 번이고 일천 번을 죽는다고 해도 내 너희 연놈을 저주하고 방해하며 지옥을 선사할 것이다!'

한없이 차가운 분노와 저주로 가득한 목소리였다. 그 속에 까맣게 잊었던 존재가 있었다.

"아, 안 돼! 김 부자! 김 부자를 잊었어!"

바닥을 구르며 발작하던 낙빈이 갑자기 소리를 지르며 일어섰다. 그리고 다른 설명도 없이 부리나케 귀보성을 향해 내달렸다.

"겨우, 겨우…… 이제야 만나게 되었는데……. 안 돼! 안 돼!"

낙빈의 눈에서 자꾸만 눈물이 쏟아졌다. 낙빈은 하얀 한복으로 눈가를 비비며 미친 듯이 달렸다.

"어어, 낙빈아!"

멍하니 있던 승덕과 정희, 그리고 정현도 낙빈의 뒤를 따라 귀보성으로 달렸다. 무엇인지 모르지만 아주 급한 일이 벌어지는 것이 확실했다. 그리고 분명 좋지 않은 일일 것이라는 직감이 모두의 마음속에 울려 퍼졌다.

낙빈이 귀보성의 문을 붙들고 흔들었다. 문은 단단히 잠겨서 열리지 않았다. 벽에 붙은 벨도 누르고 문도 힘껏 두드렸지만 어떤 인기척도 나지 않았다. 낙빈은 너무나 급해서 가슴이 타들어 갈 것만 같았다. 문을 흔들면서도 눈물이 뚝뚝 떨어졌다.

"비켜, 낙빈아!"

정현이 낙빈의 몸을 옆으로 밀고 두 다리로 문을 힘껏 밀쳤다.

와지끈!

무언가 부러지는 소리가 나면서 커다란 문이 덜컹 열렸다.

일행이 귀보성에 들어서자 조금 전까지만 해도 은은한 음악 소리가 흘러나오던 귀보성의 내부가 쥐 죽은 듯이 조용했다. 게다가 사방의 불이 꺼져서 암흑 상태였다.

"아아, 안 돼!"

안으로 들어선 낙빈은 절망적으로 머리를 흔들었다. 아까와는 너무나 다른 음기가 귀보성을 휘감고 있었다. 영적인 능력이 없는 사람도 느낄 만한 스산한 기운에 으스스 몸서리가 쳐졌다. 그리고 그 음기의 중심에 작은 불꽃 하나가 흔들리고 있었다.

타닥. 타다닥…….

암흑의 공간 한가운데에서 새빨간 불꽃 하나가 타오르고 있었다. 그 불꽃을 확인하는 순간 낙빈 일행의 얼굴이 새하얗게 질리고 말았다.

"기…… 김영범 관장님!"

믿을 수 없는 일이었다.

암흑과도 같은 귀보성 전시실. 그 가운데에서 붉게 타오르는 모닥불. 그 모닥불 옆에는 김영범 관장이 서 있었다. 그리고 일행을 경악시킨 것은 김영범의 손에 들린 두루마리 그림이었다.

견우와 직녀의 그림이 금방이라도 모닥불의 붉은 혀 속으로 내던져질 것처럼 위태로웠다. 그림 속에 함께 담긴 노수현과 김은실의 영은 겨우 만나게 되었다는 기쁨과 즐거움도 잠깐, 또다시 두려움 속에서 파르르 떨고 있었다.

"나, 낙빈아, 대체 무슨 일이냐?"

일행은 도저히 이 상황이 이해되지 않았다. 왜 김영범 관장이…… 그토록 열심히 도왔던 그가 견우와 직녀의 그림을 태우려 하는지, 왜 그들의 성불을 방해하는지 알 수가 없었다.

"저건 김 부자의 영이에요. 김 부자의 영이 김 관장 아저씨께 씌었어요. 잊고 있었어요. 경대와 그림이 이곳에 모여 있는 게 우연치고는 좀 이상하다 싶었는데. 두 분의 영만 모여 있는 게 아니었어요. 김 부자의 영도 이곳에 함께 있었던 거예요! 게다가 김 관장 아저씨는 바로 김 부자의 후손이에요. 저분이 이렇게 골동품 상점을 하는 것도, 견우와 직녀의 그림과 경대를 모두 가지고 있었던 것도 바로 저분 안에 김 부자의 영이 안식하고 있었기 때문이에요."

"뭐라고, 그럴 수가!"

모두들 낙빈의 말에 놀라서 소리쳤다. 김 관장의 손에서 기다란 두루마리 그림이 흔들렸다. 그 안에 겁에 질려 파르르 떨고 있는 가냘픈 선남선녀의 얼굴이 어른거렸다.

"크흐흐……."

김영범의 얼굴은 이미 그의 것이 아니었다. 그의 얼굴 뒤에서 그를 조종하고 있는 것은 다름 아닌 김 부자의 영이었다. 그의 눈은 이미 붉게 충혈되어 징그러운 빛을 발했다.

"노수현 님의 영혼이 깃든 견우와 직녀의 그림을 꽁꽁 감추어 두었던 것도, 반대로 김은실 님의 영혼이 깃든 경대를 멀리 떠나보내려 했던 것도 모두 저분에게 김 부자의 영이 깃들어 있었기 때문이에요. 하지만 떼어놓으려고 해도 경대는 매번 이곳으로 되돌아왔죠, 운명처럼요. 김 관장님은 자신도 모르게 김 부자의 바람대로 경대와 그림을 서로 멀리 떨어뜨리려 했던 거예요."

김영범은 낙빈을 바라보며 크게 웃었다.

"파하하. 그래, 네 말이 맞다, 꼬마야. 나는 원한을 품고 죽어서 내 후손들에게 깃들어 있었다. 그리고 후손의 무의식 속에 저 그림과 경대를 함께 두면 안 된다는 사실을 내내 심어주었지. 바로 옆에 있으면서도 제 짝을 찾지 못해 방황하는 연놈의 모습은 나의 기쁨이자 위안이었다. 하지만 10년, 20년, 30년…… 세월이 지나고 지나자 나의 재미도 빛을 잃었고 시들해졌다. 그래서 연놈을 갈라놓아야 한다는 지독한 원한을 잊은 채 평범한 조상신으로 후손들의 앞날을 도와주고 있었다. 이런 나를 일깨운 것은 바로 너희다. 이 연놈이 만난 순간! 그림 속에서 기뻐하는 모습을 보며 배알이 꼴려서 미칠 것만 같았다. 그리고 그 순간 내가 바로 너희가 내내 이야기했던 김 부자였다는 것을 기억하게 되었다.

죽어도 못 보겠다! 이 연놈이 기쁨에 날뛰는 꼴은 내 결코 못 보겠다. 나는 죽고, 또 죽어도 이 연놈이 맺어지는 것을 방해할 것이다. 내가 죽고, 또 죽어 일백 번 고쳐 죽는다고 해도 그것만은 결코 보지 않을 것이다!"

김영범 관장은 더 이상 그 자신이 아니었다.

모든 일이 순조롭게 풀린 것도 영혼들이 경대와 그림을 중심으로 모여 있었기 때문이다. 그 중심에 김 부자의 영도 있었다!

"조상신이 되셨으면 자손들의 번창이나 기원하시지 왜 이렇게 사사로운 마음으로 불쌍한 영혼들을 괴롭히시는 건가요, 네? 분명 후손인 김영범 관장님은 잘 알지도 못하는 우리를 도와주시면서 대대로 쌓아온 업을 조금이라도 덜려고 노력하셨는데……."

"너같이 어린것이, 백 년도 살지 못한 놈이 뭘 알겠느냐? 내 마음 따위 그 누가 알겠느냐, 응? 나이를 먹는다고 연정이 사라지고, 부끄러움이 사라지겠느냐? 이 연놈이 사랑에 빠졌다면 내 마음은 무엇이냐? 연정이 깊으면 깊을수록 분노와 저주로 바뀌는 것도 순식간이다! 난 살아생전에도 이 둘을 용서하지 않았고, 죽어서도 결코 용서할 수 없느니! 내 이것들과 함께 지독한 화염지옥에 끌려가고 완전히 소멸된다 해도 기필코 이 연놈이 함께 웃는 꼴은 못 보겠다!"

언뜻 김 관장의 얼굴에 서글픈 표정이 스쳤다. 그제야 일행은 김 부자의 마음 밑바탕에 깔린 감정이 '연정'임을 눈치챘다. 깊은 사랑이 변하면 깊은 미움이 되는 법. 비록 나이 차이도 많고, 정실부인도 있었으나 김 부자의 마음 밑바탕에는 김은실에 대한 진실한 연정이 있었던 모양이다.

"네 연놈이 다정하게 있는 꼴은 내 죽어도 보질 못하겠다!"

그러나 그 감정이 어쨌건 지금 눈앞에 있는 그림, 정확히는 그림 속의 연인은 김 부자의 손에 의해 화염 속으로 사라지려는 판이었다. 김 부자는 두루마리 족자를 힘껏 불길 속으로 던졌다.

"으악! 안 돼엣!"

낙빈은 두 손을 뻗으며 물의 기운을 내뿜었다.

"아, 앗차!"

그러나 물길이 눈앞을 가리는 순간 잘못했다는 생각이 퍼뜩 들었다. 먹으로 그린 그림이 물에 젖는다면……!

"하아앗!"

하지만 낙빈보다 빨리 정현이 공중을 날았다. 정현은 화살처럼 허공으로 뛰어올라 거침없는 발길질로 김영범 관장의 오른손을 걷어차고 반동으로 튀어 오른 족자를 받아냈다.

"형!"

정현의 날쌘 행동에 다들 안도의 한숨을 내쉬었다.

"괜찮아. 귀퉁이만 조금 탔어……."

정현이 족자를 펼치자 귀퉁이가 조금 탔을 뿐, 멀쩡한 그림이 눈에 들어왔다. 불안에 떨던 그림 속 견우와 직녀도 안도의 한숨을 내쉬는 것만 같았다.

"이…… 이놈들! 갈가리 찢어줄 테다!"

김영범, 즉 김 부자의 영이 정현이 들고 있는 족자를 향해 달려들며 손을 뻗었다. 그러나 아이 때부터 무술을 배운 정현이었다. 아무리 오래 묵은 영이라도 영감의 영에게 호락호락 족자를 빼앗길 리가 없었다.

"만령수호부!"

게다가 낙빈이 족자 위로 만령수호부를 뿌리자 김 부자의 영은 그 앞으로 다가갈 수가 없었다.

"이놈들, 네놈들이 잘살 줄 아느냐! 네놈들이 잘살 줄 알아! 이놈들! 내 기필코 네 연놈을 갈라놓으리라! 네 연놈을 갈라놓을 것이야!"

김 부자의 영은 목소리를 쥐어짜내 정현과 낙빈 일행, 그리고 족자 속의 남녀에게 소리를 질렀다. 김 부자의 외침은 그저 욕심

많은 늙은이의 저주로만 들리지 않았다. 김은실을 향한 진실한 사랑 탓인지 그의 외침에는 조금 아련한 구석이 있었다. 힘껏 소리치던 김 부자의 영이 마침내 김영범의 몸을 빠져나가면서 김 관장은 그 자리에 털썩 주저앉았다.

"관장님!"

정희가 달려가 그의 손을 잡고 탈진한 영기를 북돋아주었다.

"용서하세요, 김 부자 어른. 서로 사랑하는 사람은 사랑하도록 허락해주세요. 이분들도 김 부자님께 나쁜 마음을 가지고 서로 사랑했던 건 아니니까요. 그러니 이제 부디 그만 용서하세요."

낙빈은 사라진 김 부자의 영을 향해 고개를 숙였다. 두 사람의 사랑이라고 단순히 생각했건만 세상에 겉보기처럼 그렇게 단순한 문제는 별로 없다는 사실을 낙빈은 깨닫게 되었다.

어쨌든 김 부자가 화를 내는 것도 이 두 사람의 업이리라. 두 사람의 사랑으로 모든 것을 용서받기에는 그들이 저지른 업이 너무 컸던 모양이다. 김 부자에게도, 억울하게 죽어간 사람에게도, 마음고생한 사람들에게도 두 사람의 업이 남아 있는 모양이었다. 낙빈은 7년 동안 그림 속의 남녀가 모든 이들에게 축복받을 수 있도록 깊이 반성하기를 간절히 바랐다.

이제 해는 완전히 자취를 감추고 사위는 어둠에 묻혀버렸다. 캄캄한 밤하늘 아래에서 귀보성 건물이 더욱 하얗게 반짝였다. 일행은 또다시 귀보성 앞에서 김 관장과 작별을 고하고 있었다.

"죄송해요, 관장님. 또다시 이런 일이 있을지도 모르니까…… 이 그림은 저희가 가져갈게요. 7년 후에 두 분이 모두 성불하시면 그때 관장님께 돌려드릴게요."

낙빈은 깊이 고개 숙여 인사했다. 지금껏 낙빈 일행을 따라다니며 도와주었던 김영범 관장의 마음은 분명 진실일 테지만 김 부자의 영이 있는 한, 언제 이런 일이 벌어질지 몰랐다. 그 때문에 연인의 영혼이 담긴 그림은 돌돌 말려 낙빈의 품에 안겨 있었다.

김 관장은 낙빈 일행을 향해 고개를 숙였다. 김 부자의 영혼이 사라지고 제정신이 돌아온 김 관장은 깊이 자책하고 있었다.

"저야말로 미안합니다. 두 분이 성불할 때까지 오히려 제가 부탁을 드립니다."

자신의 잘못이 아닌데도 미안해하는 김 관장을 뒤로하고 일행은 이제 정말로 귀보성의 문을 나섰다.

'죄송합니다……. 죄송합니다……. 모두 저희의 업입니다. 저희의 잘못입니다…….'

낙빈의 품에 안긴 족자 속에서 영의 속삭임이 들려왔다. 삼신할머니가 7년간 죄를 뉘우치게 한 것도 이런 뜻이 있어서가 아닐까 생각되었다. 7년간 두 영이 깊이 반성하고 뉘우친다면 성불하지 못하고 있는 김 부자의 영도 안식을 찾을 수 있을 것이라는 생각이 들었다.

처음에는 영을 성불시킨다는 사실에 들떠 있던 낙빈이 풀이 죽은 모습을 보고 승덕은 슬쩍 커다란 손으로 낙빈의 등짝을 후려쳤다.

"으앗!"

"수고했다! 넌 정말 오늘 큰일을 한 거야!"

승덕이 미소를 지었다.

"얼마나 고맙겠냐. 넌 두 사람의 은인이야."

승덕은 낙빈의 머리를 마구 헝클어뜨렸다. 낙빈은 그 손길 속에서 따뜻한 위로를 느꼈다.

"자, 가자! 이제 정말로 일월신검을 찾아서!"

승덕은 다시 낙빈의 등을 찰싹 후려쳤다. 손은 맵지만 따뜻한 승덕의 마음을 아는지라 낙빈은 고마운 마음이 가득했다. 낙빈 역시 펄쩍 뛰어 오르며 외쳤다.

"좋아! 어서 가요! 일월신검을 찾아서!"

날아오르는 낙빈의 손끝으로 강렬한 태양의 양기가 비쳐들었다.

제5화

영혼결혼식

1

저는 밤이 너무나 무섭습니다. 밤이 되면 나의 모든 신경이 곤두서면서 온갖 감각이 예민해지기 때문입니다. 그러면 저는 낮보다도 심하게 통증을 느낍니다. 발가락 사이사이, 손마디 하나하나, 모근 하나하나에까지 뻗어 있는 작은 신경에서 만 가지 통증이 느껴지니까요. 밝은 낮에는 수많은 소음과 소란 속에 묻혀버릴 작은 통증까지도 캄캄한 밤에는 제 온몸을 괴롭히고, 제 머릿속으로 파고드니까요.

저는 매일 해가 뜨는 것도 너무나 무섭습니다. 하얗게 새버린 밤의 끝에 간신히 잠이 들면 마침내 눈썹 사이로 느껴지는 밝은 빛이 하루의 시작을 알려줍니다. 그때면 저는 눈물이 왈칵 쏟아질 것 같아요. 또다시 하루가 시작되고 말았으니까요. 차라리 눈을 감은 그 순간 끝나버렸으면 좋았을 나의 하루가 또다시 시작되고 말았으니까요.

저는 정말 매일매일이 너무나 아프고 고됩니다. 학교에 다녀오거나 마당을 서너 바퀴 돌거나 친구들이 노는 동네 어귀에 잠깐 구경을 나갔다 와도 언제나 초주검이 되어 방바닥에 엎어져버립니다. 방바닥에 엎어지면 사지의 뼈마디에서 바람이 휭휭 지나가는 것 같은 통풍이 느껴지고 솜털마다 타들어가는 듯 따끔따끔한

화상의 느낌이 전신으로 퍼집니다.

친구들은 벌써 초등학교를 졸업하고 중학교에 입학하건만 저만 계속 5학년에 머무는 것도 바로 제 몸 때문입니다.

"선생님! 얘가 몇 대 독잔데요! 제발 좀 도와주세요!"

매번 겨울이 되면 할머니와 엄마, 그리고 고모까지 학교를 찾아가 싹싹 빌었지만 담임선생님은 난처한 표정으로 고개를 절레절레 저으십니다.

"학교에 나와야 6학년으로 올려 보내죠. 출석 일수가 모자라서 도저히 안 되겠습니다."

선생님도 어쩔 수 없을 겁니다. 제가 몸이 이 모양이라 학교에 나가는 날이 한 달도 안 되니 말입니다. 그래서 저는 벌써 3년째 5학년입니다. 하지만 저만 이렇게 몸이 안 좋은 건 아니랍니다. 아버지도, 할아버지도, 할아버지의 아버지도…… 저처럼 아프셨다고 합니다.

아버지는 제가 두 살 때 돌아가셨습니다. 할머니와 엄마의 이야기를 들으면 아버지는 편안하고 행복한 표정으로 기쁘게 눈을 감으셨다고 합니다. 살아 있는 동안 내내 아프고 힘들게만 사시더니 돌아가실 때는 아주 행복하셨던 모양입니다. 할아버지도 아버지가 두 살 때 돌아가셨다고 합니다. 할아버지 역시 편안하고 행복한 표정으로 눈을 감으셨다고 합니다.

할머니 말씀에 따르면 우리 집은 '손이 귀하다'고 합니다. 이 말은 대대로 남자아이가 잘 태어나지 않는다는 소리랍니다. 그래서인지 아버지도 혼자셨고 저도 혼잡니다.

그리고 우리 집의 남자들은 모두 같은 병이 있었다고 합니다. 기억은 안 나지만 저를 낳아주신 아버지도, 아버지를 낳아주신 할아버지도, 할아버지를 낳아주신 증조할아버지도, 또 그 위의 할아버지에 할아버지까지 모두 이유 없이 위가 썩고 내장이 곪아서 돌아가셨다고 합니다.

저도 어릴 때부터 매일매일 병원이랑 한의원을 번갈아가며 다녔습니다. 하지만 몸은 매년 겨울이 될 때마다 점점 안 좋아지고 있습니다. 요즘은 한 달에 한두 번밖에 학교에 나갈 수가 없답니다.

제게는 소원이 있습니다. 원래부터 아픈 몸이니까 깨끗이 나아서 건강하게 해달라는 염치없는 소원은 아닙니다. 다만 조금만…… 조금만이라도 좋으니까 저희 엄마가 보실 때는 덜 아팠으면 좋겠습니다. 저는 매일매일 저를 보고 우는 엄마 때문에 가슴이 너무 아프답니다.

어릴 때는 제 몸이 너무 아프니까 할머니와 엄마가 걱정해주셔도 귀찮고 싫었습니다. 참 철이 없었습니다. 먹어도 먹어도 낫지 않는데 매일 쓴 약만 먹이는 것이 싫었습니다. 하지만 제가 조금씩 나이가 들어보니까……. 하기야 아직도 한참은 어리지만, 어쨌든 우리 엄마가 얼마나 불쌍한지, 제 걱정을 얼마나 많이 하시는지 알겠더군요. 살날이 얼마 남지 않으니 그런 생각이 더욱더 강해졌습니다.

초등학교 3학년 때던가……. 어느 날 저녁 속이 너무 아파 데굴데굴 구르다가 거의 꼴딱 밤을 넘겼습니다. 누군가가 칼로 배를 쿡쿡 찌르는 것만 같고 쓱쓱 베는 것만 같아서 정신을 차릴 수가 없었답니다. 그렇게 하룻밤을 꼬박 넘기도록 데굴데굴 구르다가 아침이 밝아올 때쯤에야 겨우 잠이 들었습니다.

엄마는 제가 방바닥을 구르는 동안 배를 쓸어주고 다리를 주물러주며 한숨도 주무시질 못하셨지요. 하지만 그런 엄마가 왜 그리 미워 보였는지 모릅니다. 제가 아프니까 남을 생각할 겨를은 아예 없었나 봅니다. 갑자기 주위의 모든 것이 밉고 신경질이 났습니다. 엄마가 배를 쓸어주면 손으로 팔을 치고 다리를 주물러주면 발로 몸을 밀어버렸습니다. 너무 아파서 제정신이 아니었나 봅니다.

나중엔 제가 너무 아파하니까 엄마는 팔을 걷고 손에 헝겊을 감은 다음 제게 내미셨습니다. 제게 물라는 거였지요. 속이 뒤집히고 배가 쿡쿡 쑤셔오는데 도무지 견딜 수가 없어서 저는 엄마 손을 힘껏 깨물었습니다. 엄마는 그렇게 한 손은 제 입안에 넣고 다른 손으로는 제 배를 쓸어주시면서 제가 고통에 지쳐서 잠들 때까지 돌봐주셨답니다.

그날 저는 동이 트고야 겨우 기절하듯 잠이 들었다가 저녁때가 되어서야 눈을 떴습니다. 부스스 눈을 뜨는데 등 뒤에서 할머니랑 엄마의 목소리가 들렸습니다.

“이 꼴이 뭐꼬! 에구, 에구…… 생살을 움펑 잘라냈으니 이 꼴이 뭐꼬, 이 꼴이! 쯧쯔…… 울매나 아플꼬, 울매나 아퍼…….”

할머니의 목소리에 울음이 섞여 있었습니다.

“어머니, 제가 아프긴 뭐가 아픈가요? 내 자식이 아파서 죽겠다며 방바닥을 구르는데 어미가 되어 아무것도 못하는 년이 아파할 자격이나 있나요? 살점이 수십 점 떨어져나간다 해도 우리 용성이가 아픈 모습을 지켜보는 것만큼 아플까요? 매일매일 온몸을 물어뜯겨서 피가 터지고 흠씬 두들겨 맞아 시퍼렇게 멍이 든다고 해도 아픈 자식을 쳐다보는 어미의 심정보다 아플까요? 차라리 내가 아프다면…… 내 배가 곪아서 터진다면…… 내 속이 멍들어 데굴데굴 구른다면 저는 좋아라 춤을 추겠어요, 어머니……. 저 어린것만 아프지 않다면…… 저 어린것만 건강해진다면…… 온 동네를 춤추며 돌아다니겠어요. 흐흐흑…….”

엄마가 울자 할머니도 흐느꼈습니다. 저 역시 얼굴을 벽 쪽으로 돌리고 줄줄줄 눈물을 흘렸답니다. 제가 아프다고 화를 내며 힘껏 깨무는 바람에 살점이 떨어져나갔는데도 엄마는 아프다는 말도 한마디 하지 않고 인상 한 번 찡그리지 않으신 거였습니다. 그런 고통보다는 아픈 저를 지켜보는 것이 더 고통스럽다며 할머니 품에서 우는 엄마가 너무나 가엾고 불쌍해서, 그저 이런 제가 죄송하고 미워서 줄줄 눈물만 흘렸답니다.

그 후로 저는 제발 엄마 앞에서만은 조금만 덜 아프기를, 내가 참을 만큼만 아프기를 매일매일 빌었습니다. 엄마가 마음이 아파서 또 눈물을 흘리실까봐 아무리 아프고 괴로워도 티를 내지 않고 아프지 않은 척, 웃으려고 노력했답니다.

하지만 일 년, 일 년, 시간이 지나갈수록 제 몸은 점점 안 좋아지기만 했고 학교에 나가는 날도 점점 줄어들고 말았습니다.

2

오늘도 벌써 해가 뉘엿뉘엿 서산으로 지고 있습니다. 나는 작은 창문을 열어 동구 밖으로 지고 있는 붉은 해를 멍하니 쳐다보았습니다. 아무 일도 못하는 저는 하루 종일 방에 틀어박혀 시간이 지나길 기다립니다.

싸리문 밖으로 드문드문 흩어진 집들이 보이네요. 집집마다 말린 작물이며 농기구가 널려 있습니다. 마을에서 우리 집이 산과 가장 가까워서 기울어진 비탈길 아래를 내려다보면 마을이 한눈에 들어옵니다. 해가 지면 우리 집부터 저 멀리까지 차례로 산그늘에 덮입니다. 붉은 해가 떨어지고 산그늘이 지면 또다시 하루가 지나가고 끔찍한 밤이 시작됩니다.

밤이 마을과 집과 가족을 삼켜버리면 혼자 남은 저는 제 몸 곳곳에서 느껴지는 지독한 통증에만 집중하고 맙니다. 신경을 쓰지 않으려고 해도 딱히 할 일이 없는 밤에는 언제나 온몸의 통증만 제 곁에 머뭅니다. 떼어버리려 해도 거머리처럼 들러붙어 친구인 척 떨어지지 않는 지긋지긋한 통증이 저를 괴롭힙니다.

"마魔가 끼었어! 마가! 이놈의 집구석에 수천 년 묵은 구렁이가 앉아 있는 거야!"

오늘도 할머니는 마당에 널어놓은 호박고지를 걷으시면서 또 다시 마 타령을 시작하셨습니다. 할머니는 우리 집안 남자들이 대대로 시름시름 앓다가 죽는 것은 모두 우리 집에 마가 끼고 살이 껴서라고 말씀하십니다. 저는 마가 뭔지 살이 뭔지 잘은 모르지만 할머니 말씀이 틀리지 않다고 생각합니다.

어린 제 생각에도 우리 집안 남자들에게는 이상한 점이 참 많기 때문입니다. 할아버지도, 아버지도 갓난아기 때부터 저처럼 아팠다고 합니다. 그러다가 장가갈 때가 되면 아픈 몸이 씻은 듯이 낫는다고 합니다. 그래서 할머니나 엄마나 결혼할 당시에는 건강한 할아버지와 아버지의 모습을 보았다고 합니다. 두 분은 비실비실 병치레만 한다던 청년이 건강한 모습으로 인사하는 것을 보고 소문이 모두 거짓이라 생각하고 선뜻 시집을 왔다고 합니다. 그런데 이상하게도 시집와서 아기를 가지면…… 그러니까 할아버지는 아버지를 가지고, 아버지는 저를 가지고 나서 또다시 몸이 안 좋아지셨다는 거였습니다. 할머니는 아마 저도 스무 살이 넘어 결혼할 때쯤이면 잠깐 건강해질 거라고 하셨습니다. 제가 생각해도 이건 좀 이상하다는 생각이 듭니다.

이런저런 생각을 하며 구부러진 동네 비탈길을 쳐다보는데, 산길을 오르는 낯선 사람들이 눈에 들어왔습니다. 키가 들쭉날쭉한 네 사람이 산을 오르고 있었습니다. 마을 사람들은 물론이고 여기 놀러왔던 사돈의 팔촌까지 알아보는 저이지만 산을 오르는 저 사람들은 한 번도 본 적이 없었습니다.

"저, 실례합니다."

웬일일까요? 그 사람들이 찾아온 곳은 바로 우리 집이었습니다. 우리 집의 싸리문 안으로 들어선 네 사람이 할머니께 고개를 숙여 인사했습니다. 한 명은 모자를 쓴 아저씨였고, 그 옆에는 저보다 어린 꼬마가 있었습니다. 그리고 그 뒤에는 회색 승복을 입은 빡빡머리 형과 역시나 승복을 입은 긴 머리의 누나가 있었습니다.

"뉘슈?"

할머니는 마당에서 호박고지를 걷으시다가 꼬부라진 허리를 펴셨습니다. 할머니는 낯선 사람이 찾아오는 것을 달가워하지 않으십니다. 아픈 제게 병이라도 옮길까 걱정하시는 거지요. 그래서인지 곱지 않은 눈초리로 그들을 쏘아보았습니다. 그런데 작은 꼬마가 한 발 앞으로 나오더니 할머니께 이렇게 물었습니다.

"할머니, 한 가지 여쭤볼 것이 있어서요. 옛날에 이 집의 조상님들이 제검製劍, 그러니까 칼과 검을 만드셨지요?"

뜬금없는 소리에 할머니는 일손을 멈추고 꼬마를 쳐다보셨습니다. 저는 꼬마의 말을 듣고 눈이 동그래졌습니다. 제검? 칼을 만들었다고? 우리 조상이? 처음 듣는 말인지라 분명 집을 잘못 찾아온 것이라고 생각했습니다.

할머니도 이 이상한 질문을 듣고 다시 한 번 꼬마를 아래위로 쳐다보셨습니다. 흰 한복을 입은 어린아이가 제검이라고 하니 무척 놀라신 눈치였습니다.

"넌 뭐하는 녀석인데 그런 것을 물어보냐?"

이번에는 모자를 눌러쓴 아저씨가 앞으로 나와 할머니께 대답했습니다.

"할머니, 저희가 이리저리 자료를 찾다가 겨우 알아냈습니다. 이 지방에 옛날부터 아주 유명한 제검가의 집안이 있다고요……. 실은 저희가 찾고 있는 물건이 있어서 도움을 조금 얻을까 해서 겨우겨우 여기까지 찾아왔습니다. 할머니, 혹시 그런 이야기 들어보신 적 없으세요?"

이 지방에 유명한 제검가가 있었다고? 그러니까 유명한 칼을 만들던 사람이 있었다고? 저는 처음 듣는 이야기였습니다. 게다가 그 유명한 사람이 바로 우리 집안이라니 뭔가 단단히 잘못 알고 있는 것이 틀림없었습니다.

"뭔 소리야? 칼이라니……. 뭔지 몰라도 우리 집안이 아니구먼. 난 처음 듣는 소리구먼."

할머니의 대답도 마찬가집니다. 당연하죠. 저 사람들이 잘못 찾아와도 한참 잘못 찾아온 것 같습니다. 우리 집에서 칼이나 검이나 뭐 그 비슷한 것을 다루는 사람에 대해서는 들어본 적이 없습니다. 게다가 아버지, 할아버지, 증조할아버지, 고조할아버지까지 모두 몸이 안 좋아서 힘쓰는 일은 할 수가 없었으니 잘못 찾아온 것이 분명합니다.

할머니는 해가 뉘엿뉘엿 지는 것을 보시더니 낯선 사람들을 무시하고 다시 호박고지를 걷기 시작하셨습니다. 할머니가 대놓고 무시하시니까 네 사람은 당황해서 자기들끼리 쑥덕거렸습니다. 저는 두 귀를 쫑긋 세우고 그들의 말을 엿들으려 했습니다.

"하기야 수백 년이 더 지났는데 계속 칼을 만들고 있겠어? 지금껏 제검가의 집안으로 남아 있었다면 인간문화재쯤은 되어 있겠지."

청바지에 모자를 쓴 남자가 뒷머리를 긁적이며 말했습니다.

"그래도 엄청난 대가의 집안이라 남아 있을 줄 알았는데……."

흰색 한복을 입은 꼬마도 한숨을 내쉬었습니다.

"이렇게 되면 또다시 원점이구나. 일월신검에 대해 조금이라도 이야기를 들을 수 있을까 했는데……."

머리를 빡빡 깎은 형도 아쉬워하는 얼굴이었습니다.

"이 집의 터주신을 불러서 물어볼 수는 없을까요? 이 터가 확실히 그 제검가의 집이라면 이곳에 남아 있는 조상신의 넋을 동원해서라도 실마리를 얻을 수 있지 않겠어요?"

승복을 입은 긴 머리의 누나가 다른 사람들을 바라보며 말했습니다. 얼굴은 멀쩡한데 어쩐지 좀 이상한 말을 했습니다.

"그럴듯한데요? 직접 검을 만든 분이 아니더라도 위대한 제검가의 조상신들이라면 당시 천하의 명검이었다는 일월신검에 대해 알고 있을 테니까요."

"어때, 낙빈아, 할 수 있겠니?"

“이곳이 그 제검가 집안의 터가 확실하다면 어렵지 않을 거예요. 한번 해볼게요.”

저는 문 앞에서 숙덕거리는 사람들의 이야기를 모두 들었습니다. 분명히 우리나라 말인데 우리말 같지 않았습니다. 저 사람들이 무슨 말을 하는 걸까요? 제대로 알아듣지 못할 말이긴 하지만…… 뭔가 아주 이상한 이야기를 한다는 것은 알았습니다.

이것저것 궁리를 하던 네 사람은 아예 사람 취급도 하지 않고 돌아서버린 할머니 등에다 꾸벅 인사를 드리고 다시 싸리문 밖으로 나가버렸습니다.

저는 저도 모르게 벌떡 일어나 방문을 열고 나갔습니다. 그 사람들의 모습을 자세히 보고 싶어서였습니다. 제 방의 작은 창보다 대청마루에서 보면 좀 더 자세히 보일 것 같아서였지요.

저는 그 사람들이 집을 나가 곧장 비탈길로 내려갈 거라고 생각했습니다. 그런데 제가 대청마루로 나오는 사이에 그 사람들은 보이지 않았습니다. 비탈길로 내려가는 그림자도 없었습니다. 갑자기 증발해버린 것처럼 사라져버렸답니다. 이상한 것은 그뿐만이 아니었습니다. 할머니가 호박고지를 담은 바구니를 들어올리며 하신 말씀은 더 놀라웠습니다.

“이상한 놈들이네. 그게 대체 언젯적 얘긴데 물어?”

저는 할머니의 목소리를 잘못 들었나 의심했습니다.

“할머니, 그게 무슨 말씀이세요?”

할머니는 제가 할머니의 말을 엿들은 것에 조금 놀라시는 눈치였습니다. 저는 하루 종일 방에 앉아 작은 일에도 신경을 곤두세우고 있기 때문에 아주 작은 소리도 잘 듣게 되었습니다.

"아니, 뭐…… 나도 언젠가 네 할아버지한테 들은 이야기지. 옛날에는 우리 집안 남자들이 지금처럼 몸이 비실거리지 않았다는 거야. 옛날에는 다들 튼튼하고 아들이 많아서 유명한 대장장이인지 뭔지를 했다고 그러더라."

"어, 그럼 할머니! 그 사람들이 우리 집을 찾아온 게 맞잖아요?"

"맞으면 뭐혀? 그게 언젯적 얘긴데? 나도 그냥 언뜻 이야기만 들었구먼. 바람이 차가워지니까 넌 어여 방에나 들어가! 할미가 밥 차려 들어갈 테니."

할머니는 호박고지가 가득 담긴 바구니를 마루 위에 올려놓으면서 제게 얼른 방에 들어가라고 손짓하셨어요. 그러고는 부엌에 있는 엄마한테 소리치셨습니다.

"어미야, 밥 아직 안 됐냐?"

"다 됐어요, 어머니."

부엌에서 엄마의 목소리가 들려왔어요. 저도 엉거주춤 일어나도로 방에 들어가려 했지요. 바로 그때였답니다.

"저기, 할머니……."

싸리문 안으로 그들이 다시 나타난 거였어요. 네 사람은 비탈길 아래로 내려가는 대신 아마 집 뒤쪽을 한 바퀴 돌아본 모양이었습니다.

"아니, 또 왔어?"

할머니는 반갑지 않다는 눈초리로 버럭 성을 내셨습니다. 이제 밥도 먹어야 하는데 계속 기웃거리는 것이 맘에 들지 않으셨나 봅니다.

"아이고, 우리 조상 중에 칼을 만드는 사람이 있었든 없었든 알아서 뭐하려고 그러는데? 이젠 칼 만드는 사람도 없어! 이 집 남자들은 벌써 몇 대째 아파서 칼 만드는 일은 구경도 못 해봤구먼. 그런데 왜 자꾸 사람을 귀찮게 한대?"

"저기, 그게 아니고요, 할머니……."

얼굴을 찌푸리시는 할머니에게 한복 차림의 꼬마가 두 손을 휘휘 저으며 말했습니다.

"저기, 이곳 조상신이 검을 만들던 분이었다는 건 이미 터주신께 물어서 알았……."

"터주? 터주신이라니? 뭔 소리여?"

그런데 이상한 일이었어요. 꼬마가 실수한 것처럼 입을 막자 귀찮아하던 할머니의 표정이 심상치 않게 바뀌는 것이었어요. 할머니는 무시하던 표정을 싹 거두고 아이에게 바짝 다가가셨답니다.

터주? 그게 뭐기에 할머니가 깜짝 놀라신 걸까요?

"아니, 아니, 그게 아니라 저기……."

꼬마가 머리를 벅벅 긁으며 말을 잇지 못하자 옆에 있던 모자 쓴 아저씨가 피식 웃었습니다.

"그냥 얘기해, 인마."

그 아저씨가 어깨를 툭툭 치니까 꼬마는 머리에서 손을 내리고 결심한 것처럼 이렇게 말했답니다.

"할머니, 저 형이 이 집 장손長孫이죠?"

꼬마가 절 가리키며 말했어요. 한 번도 본 적이 없는 아인데 제가 우리 집의 유일한 장손이란 걸 어떻게 알았을까요?

"그래, 그렇다만……?"

할머니는 무슨 좋지 않은 낌새를 채신 것인지 제 앞을 가로막으면서 꼬마에게 물으셨어요. 제 앞을 막은 할머니의 어깨가 조금씩 떨리고 있었답니다.

"저기…… 저 형 어디 아프지요? 아파서 병원에 가면 왜 그런지 모른다고 하지요? 그런데 계속 아프지요? 형은 칼로 푹푹 쑤시는 것처럼 아프고 배가 갈라지는 것처럼 아프지요?"

꼬마는 정말 이상했습니다. 옷차림만 이상한 게 아니라 마술처럼 제가 아픈 것도 알고 있었습니다. 저를 언제 봤을까요? 언제 봤기에 저에 대해 알고 있는 걸까요?

"그…… 그런데 넌 뉘기냐! 넌 뭔데 그딴 소리야?"

할머니는 갑자기 그 꼬마가 무서워지셨나 봅니다. 이제는 단단히 제 앞을 막아서시면서 꼬마에게 버럭 소리치셨어요. 부엌에서도 할머니의 목소리가 들렸는지 엄마가 마당으로 뛰어나오셨습니다. 엄마는 무슨 영문인지 몰라 낯선 사람들과 우리 할머니를 번갈아 쳐다보셨습니다.

"저기, 저는……."

꼬마는 할머니가 소리치니까 겁을 먹은 모양입니다. 꼬마는 옆에 있는 아저씨를 붙잡으면서 어떻게 하냐고 울상을 지었습니다.

"할머니, 얘는 지금 무당 수업을 받는 애기 무당이에요. 저희가 사정이 있어서 어떤 검을 찾아다니는데…… 그 검을 만든 사람이 다름 아닌 이 집 조상님 같아요. 얘가 아직 애기 무당이긴 하지만 점복占卜을 치거나 신을 불러낼 줄은 알거든요? 아까 저희가 여쭤보았던 건 잊으셔도 좋아요. 이미 이 친구가 터주신을 불러 물어봤거든요. 이곳 조상이 검을 만들던 분들이 맞다는 이야기를 들었어요."

청바지에 모자를 눌러쓴 아저씨가 조금 빠르게 말했답니다. 이상한 말을 빠르게 해대니 제 머리가 복잡해졌어요. 아저씨는 잠깐 말을 멈추고 제 쪽을 바라보았습니다.

"근데 실은 좀 전에 터주신을 불러냈다가 이 집에 좋지 않은 일이 계속 이어지고 있다는 이야기를 들었어요. 그래서……."

"아이고, 아이고, 보살님…… 애기 보살님!"

아저씨의 말이 채 끝나기도 전에 할머니는 마당에 쓰러지듯 넙죽 엎드려서 꼬마에게 몇 번이나 절을 하기 시작했습니다. 할머니는 아이의 한복 바지를 잡고 늘어져서 눈물을 펑펑 쏟으셨어요. 할머니를 바라보시던 엄마도 곧 두 손을 모으고 꼬마에게 절을 하셨습니다.

"아니…… 아니, 이러지 마세요!"

꼬마는 난처한 표정으로 발을 동동 굴렀습니다.

저는 뭐가 뭔지 너무나 헷갈리긴 했지만 굉장한 일이 벌어지고 있다는 것을 느낄 수 있었답니다.

3

저는 마치 동물원의 원숭이가 된 기분이었습니다. 제 방 한쪽에 앉아 있는 저를 뚫어져라 바라보는 눈들 때문이었습니다.

저는 한쪽 벽에 붙어서 두 다리를 가슴에 모으고 방석 위에 쪼그리고 앉았습니다. 제 앞에 네 사람이 주르륵 앉아 저를 바라보았습니다. 그 사람들 뒤쪽에서 엄마와 할머니가 두 눈을 감고 두 손 모아 기도를 하고 있었습니다. 좁은 방에 여러 사람이 모여 있어서 여간 불편한 것이 아닌데도 누구 하나 불편하다고 말하는 사람이 없었습니다.

"저 형 뒤에 어떤 아저씨 영혼이 이런 칼을 들고 있어요. 저 칼로 쿡쿡 찌를 때마다 아파서 데굴데굴 굴렀을 거예요."

흰 한복을 입은 꼬마, 아니 무당…… 아니, 애기 보살인가? 여하튼 그 아이가 흰 종이에다 연필로 그림을 그렸습니다. 꼬마의 말에 따르면 내 뒤에 귀신이 하나 붙어 있다고 합니다. 칼을 들고 있는 귀신이오. 그래서 그 칼로 쿡쿡 찔러댈 때마다 제가 통증을 느끼는 거라고 했습니다.

꼬마가 저를 요리조리 살펴보더니 흰 종이에다 손잡이 끝에 둥근 고리가 달린 기다란 칼을 그렸습니다.

"이게 영이 들고 있는 칼이라면…… 운이 좋은 것 같다."

꼬마가 그린 칼을 보면서 아저씨가 슬며시 웃었습니다.

"왜요, 승덕 형?"

아저씨의 이름은 '승덕'인가 봅니다.

"이 칼…… 잘 봐. 손잡이 머리가 둥근 'C' 자 모양이지? 게다가 둥근 고리 세 개가 연접된 긴 검이야. 정현아, 넌 나랑 검에 대해 알아보기 위해 문화재 관련 책이며 자료를 찾아봤잖아?"

승덕이란 사람이 승복을 입은 빡빡머리 형에게 물었습니다.

"기억해요, 형! 둥근 손잡이에 고리가 세 개 달린 것이라면 바로 삼루환두대도三累環頭大刀◆겠군요?"

빡빡머리 형이 대답하자 승덕이란 아저씨가 무릎을 쳤습니다.

"그래, 바로 맞았어! 환두대도 중에 삼루환두대도야! 4~5세기경에 왕이 지니고 있던 검이지. 왕이 지니고 있던 검을 만든 영이라면 분명 초창기에 이 집안의 위대한 대도제검가大刀製劍家였을 거고 시대도 대무신제와 멀지 않으니 분명 일월신검에 대해 아는 바가 있을 거야. 게다가 그 당시부터 지금까지 이승에 내내 머물러 있었으니 중요한 이야기를 해줄 수 있을지 몰라!"

◆칼과 같은 무기류는 이미 선사시대부터 만들어졌다. 착용자의 신분에 따라 칼이나 칼자루의 재질, 형태, 문양 등이 달랐는데 신분이 높은 사람의 칼은 일반적으로 금이나 은으로 장식했다. 환두대도는 손잡이에 둥근 고리가 붙어 있어서 환두대도라 불리며 삼국시대 귀족들 사이에 널리 퍼졌다. 환두대도에는 고리에 아무런 장식이 없는 소환두대도素環頭大刀와 삼엽 무늬가 장식된 삼엽환두대도三葉環頭大刀, 둥근 고리 세 개가 연접된 삼루환두대도, 용문이 새겨진 용문환두대도龍紋環頭大刀가 있다.

승덕이란 사람의 말에 나머지 사람들의 얼굴이 갑자기 환해졌답니다. 모두들 조금 흥분한 것 같았어요. 너무 어려운 말이 나와서 저는 하나도 알아듣지 못했지만 말이지요. 방 한쪽에서 이야기를 듣는 할머니와 엄마도 멀뚱멀뚱 쳐다볼 뿐이었어요.

"어쨌거나 이제부터가 중요해. 낙빈이가 잘 이야기해봐야겠다. 잘 구슬려서 아이 몸에서 나오게 하고 우리도 도와주게 해야 하니까 말이야."

"알았어요, 형. 우선 왜 이 형한테…… 아니, 이 집안 장손들에게 대대로 붙어오는지 알아봐야겠어요."

꼬마는 제게 가까이 다가와 앉았어요. 그리고 제 눈을 보면서 말하기 시작했답니다.

"대체 왜 이 형한테 붙어 있는 거예요? 왜 아프게 사람을 쿡쿡 찌르고 못살게 구냐고요?"

"에? 나? 나 말이야?"

전 제 눈을 보고 묻는 꼬마에게 뭐라고 말해야 할지 몰라 어리둥절했어요. 왜 꼬마가 저에게 이런 말을 하는지 놀라서 말까지 더듬었답니다.

"시치미 떼지 말고 나와보세요! 거기 계신 거 알아요! 대체 뭣 때문에 이 집안을 괴롭히는 거예요?"

꼬마는 눈도 깜빡이지 않고 제 눈을 똑바로 쳐다보았습니다. 꼬마의 눈이 제 눈동자를 뚫을 것만 같아서 갑자기 겁이 났답니다.

"말씀해보세요! 대체 원하시는 게 뭐예요? 분명 이 집 조상님 같은데 조상님이 왜 후손들을 이렇게 괴롭히시는 거예요, 네? 제사를 안 지내줘서요? 아니면 무슨 한이 맺히신 거예요? 원하시는 걸 말씀해주세요."

처음엔 너무 당황해서 엄마도 쳐다보고 할머니도 쳐다보며 도움을 청했지만 두 분은 눈을 꾹 감고 두 손을 비비며 간절히 기원하고 계셨어요.

어찌해야 되나……? 뭘 어쩌라는 건가? 저는 계속 당황하다가 갑자기 제 눈을 뚫어져라 쳐다보는 꼬마의 눈을 저도 똑같이 뚫어져라 쳐다보았답니다. 그러니까 갑자기 눈앞이 멍해지면서 세상이 흐릿하게 보이더니 빙그르르…… 방 안이 휘익 도는 느낌이 들었어요. 저는 눈알이 돌아가는 것 같아서 순간적으로 중심을 잡지 못하고 방바닥에 쓰러져버렸답니다. 그리고 벌떡 일어섰을 때는 이상한 말소리가 들려오기 시작했어요.

"원수 같은 이 집안 식구들 때문에 열 받아서 못살겠다! 그래서 내가 대대로 장손에게 업혀서 이놈들의 속을 비틀고 쑤시고 갈가리 잘라버리는 거다!"

어디선가 걸걸하고 탁한 남자 목소리가 들려왔습니다. 도대체 어디서 나오는지 알 수는 없지만 무척이나 가까운 곳에서 들리는 것 같았고 누군지 알 것만 같았습니다. 낯선 목소리지만 언젠가 얼굴을 본 적이 있다는 생각이 들기까지 했지요. 어떤 모습이냐 하면 뭔가로 머리를 질끈 동여매고 한복 저고리를 입었으며 아까 꼬마가 그린 것과 비슷한 칼을 한 손에 들고 있는…… 그런 사람이었어요. 그런데 이상한 점이 있었어요. 그 사람의 온몸에 작은 바늘이 가득 꽂혀 있었거든요.

"왜요? 무슨 일을 당하신 건데요? 혹시 온몸에 꽂힌 바늘이라면…… 혹시 방술方術을 당하신 건가요?"

"에잉, 말도 하기 싫구나!"

남자의 화난 목소리가 들려왔어요.

"으아, 혹시 할아버님은 삼태귀신◆이에요? 장가를 못 간…… 삼태귀신?"

"그렇다, 이놈아!"

남자가 버럭 화를 냈어요. 뭔가 부끄러운 것 같기도 했어요.

"삼태귀신이든 뭐든 내가 살아생전 이 집안에 어떤 일을 해주었는데……. 그런데 내가 장가를 못 갔다고 이런 방술을 쓴단 말이냐, 응? 내가 얼마나 서러웠으면 내 후손들, 그것도 대대로 장손에게 얹혀서 이렇게 괴롭히겠느냔 말이다! 내가 살아생전 나이 마흔까지 장가도 가지 못하고 큰 어른들의 검을 만들며 이 집안의 이름을 빛내었다! 그래서 이 집안 사람들도 나의 업적을 길이 알리며 양달에다 고이 묻어주었다. 그 정성이 하도 갸륵하고 예뻐서 내 저승도 가지 않고 후손들을 돌보아주었다. 그런데 몇 대 전

◆일명 몽달귀신이다. 총각이 장가를 들지 못하고 죽으면 몽달귀신이 된다고 한다. 삼태귀신은 무척이나 사나운 악귀로, 산 사람을 덮쳐 병으로 죽게 만든다고 한다. 삼태귀신은 보통 음기가 가득한 어둠침침하고 한적한 곳에 깃들어 있다가 밤길을 가는 사람을 덮쳐서 병에 걸리게 한다. 이 귀신이 달라붙었을 경우 가마니, 멍석, 삼태기 등을 머리에 씌우고 퇴치하므로 일명 삼태귀신이라 불린다.

것들이 집안 일이 안 된다며 내 무덤을 파헤치더니 급기야는 총각으로 죽었다며 산골 음지로 무덤을 옮기고 온몸에 긴 바늘을 꽂아 놓지 않았더냐!"

걸걸한 목소리의 남자가 가슴을 팡팡 치며 속상한 듯이 말했습니다. 저는 그분의 말을 들으며 왠지 가슴이 답답하고 속상해졌습니다.

"무덤에서 일어나지 못하게 한다고 온몸에 바늘을 꽂아두고 별 짓을 다 하더구나! 내가 혼인은 못했어도 원한을 품기는커녕 후손을 도우려고 무덤에서 일어난 것이거늘! 내 너무나 한탄스럽고 기막혀서 이놈들이 대대로 뉘우치게 하려고 지금껏 이렇게 괴롭히고 있는 것이다!"

남자의 화난 목소리를 들은 꼬마는 난처한 표정으로 한숨을 내쉬었어요.

"아유, 누군가 선무당이 사람 잡았군요! 집안 일이 안 풀린다고 괜히 조상 탓을 하다가 총각으로 돌아가신 할아버님만 벼락을 맞으셨나 보군요, 아이고……."

꼬마도 혀를 차며 안쓰러운 눈초리로 저를 바라보았어요. 어라? 그러고 보니 꼬마는 왜 날 바라보며 저렇게 말하는 것일까요? 내가 말하는 것도 아닌데 말이에요.

"하여튼 잘 알았어요, 할아버님. 정말 후손들이 잘못했네요. 이제 알았으니까 후손 분들께 말씀드려서 할아버님의 묘에 있는 바늘과 그 외 방술들을 모두 없애버릴게요. 그리고 매년 제사를 지낼 때마다 꼭 할아버지도 불러드리라고 할게요. 좋은 음식을 차려서 할아버지께 용서를 빌라고도 할게요. 그러면 화를 푸시는 거죠, 네?"

"내가 당한 것이 어딘데 그걸로 화를 푸냐? 에잉!"

하지만 아저씨는 화가 풀어지지 않았나 봐요. 목소리는 훨씬 부드러워졌지만 여전히 불만이 많은 것 같았어요.

"왜요? 아직 불만이 있으세요? 그럼 원하는 걸 말씀해보세요. 어린 자손이 무슨 잘못이 있겠어요? 후손 분들이 몰라서 그런 거니까 불쌍하게 여기시고 화를 푸세요. 이 형의 할아버지에 할아버지에 할아버지 때의 일인 것 같은데, 어린 형한테 화를 내면 어떡해요? 영문도 모르고 아픈 형도 불쌍하잖아요, 네, 할아버지? 제발 화를 푸세요."

꼬마는 몇 번이나 고개를 숙이며 애원했답니다. 그러자 아저씨의 마음이 조금 풀어지는 것 같았어요.

"그럼 한 가지 조건이 있다. 이걸 들어주면 내 그렇게 하지."

"뭔데요? 말씀하세요!"

꼬마는 눈을 동그랗게 뜨고 귀를 쫑긋 세웠어요.

"나…… 더 이상 삼태귀신이란 소리가 듣기 싫구나. 살아생전엔 정신없이 일하느라 장가도 가지 못했지만 지금까지 그놈의 삼태귀신이란 소리를 듣는 것이 지긋지긋하다! 그 소리를 안 듣게 해다오!"

"그…… 그 말씀은?"

꼬마의 초롱초롱한 눈동자에 저는 어쩐지 조금 부끄러운 생각이 들어 고개를 돌렸습니다. 왜 부끄러운지는 알 수가 없었습니다. 오늘은 정말 이상한 날입니다.

“아하! 네, 알았습니다! 알았습니다, 할아버님! 알겠어요!”

꼬마는 무슨 말인지 알아들었다며 고개를 끄덕입니다.

“거기…… 그 아이면 어떻겠느냐?”

눈앞에 손가락이 보였습니다. 손가락은 꼬마 옆에 있던 보퉁이를 가리키고 있었습니다. 정확히는 보퉁이에 삐죽 튀어나온 두루마리를 말이지요. 저도 그 보퉁이를 바라보았습니다. 분명 처음에는 돌돌 말린 하얀 종이였는데 지금은 그 안에서 선녀처럼 어여쁜 여자 분이 보였답니다. 정말 한눈에 반할 정도로 아름다운 여자 분이었어요. 그런데 그분 옆에는 잘생긴 남자 분이 서 있었답니다. 그 남자 분이 한껏 인상을 쓰며 선녀님의 허리를 꼭 붙잡고 저를 노려보았습니다. 어, 그러고 보니 저분은 왜 저를 노려보는 것일까요?

“으악! 안 돼요! 이분은 이미 짝이 있으신 분이라고요! 견우직녀 그림을 알아보시다니. 아유, 눈은 높으셔가지고!”

꼬마가 화들짝 놀라면서 보퉁이를 단단히 안았습니다. 뭔가 중요한 것이 있는 모양입니다.

“험, 험험…….”

두루마리를 가리켰던 손이 갑자기 부끄러워졌습니다. 그 손이 제 입가에 다가오더니 아저씨의 걸걸한 기침 소리가 들려왔습니다.

"커험, 그…… 그건 뭐냐? 저 뒤에 저놈이 가지고 있는 것은……?"

아저씨는 부끄러운지 냉큼 다른 말을 했습니다. 이번에 아저씨가 가리킨 것은 빡빡머리 형 옆에 놓인 기다란 보퉁이였습니다.

"이거요?"

꼬마가 그 보퉁이를 들고 오더니 제 눈앞에 펼쳤습니다. 둘둘 말린 흰 천을 천천히 풀자 두 자루의 검이 나왔습니다. 가죽에 고이 꽂힌 두 검은 은빛으로 눈부시게 빛났습니다. 두 개의 검은 마치 쌍둥이처럼 서로 닮아 있었습니다.

"호오…… 이거, 이거……."

아저씨가 걸걸한 목소리로 감탄했습니다. 아저씨는 무척 놀라는 것 같았습니다. 뭔지 모르지만 정말 굉장하다는 생각이 들었습니다.

"할아버지, 할아버지께서 원하시는 대로 다 해드릴게요. 대신 한 가지 부탁이 있어요. 할아버지, 저한테 하나만 가르쳐주세요. 혹시 일월신검이라고 아세요? 대무신제의 둘도 없는 신검 말이에요."

"뭐? 어린 네가 그 명검을 어찌 아나?"

아저씨의 놀란 목소리가 들려옵니다. 처음 들어보는 이름이었지만 아저씨의 떨리는 목소리를 들으니 굉장한 검임에 틀림없었어요. 눈앞에 있는 저 쌍둥이 검보다도 더 말이지요.

"우와, 알고 계시군요? 지금 제가 그 검을 찾고 있거든요! 대무신제께서 그 검이 있으면 제게 강신하신다고 말씀하셔서 백방으로 찾고 있는데요……. 도대체 어디서 어떻게 찾아야 하는지 너무너무 막막해요. 당시 천하의 명검을 만든 이 집안 어르신이라면 필시 알고 계시지 않을까 해서 여기까지 찾아왔어요."

"그래? 허, 그렇단 말이지? 잘도 찾아왔구나! 알고 있느냐? 천하의 명검은 반드시 수호검守護劍이 있는 법이다. 천하의 명검은 함부로 칼집에서 나오지 않는 법! 수호검이 있어서 천하의 명검을 지키는 법이지. 일월신검의 수호검을 바로 나의 아버님이 만드셨다. 그 검은 언제 어디서건 일월신검을 수호하게 되어 있다. 검의 혼이 언제나 일월신검 주위를 맴돌게 되어 있기 때문이지. 일월신검에 담긴 혼이 무엇인지 아느냐?"

"일월신검에 담긴 혼이라고요? 그, 글쎄요? 그런 말씀은 처음 들어보는 걸요?"

"허어. 그래서야 과연 찾을 수 있겠느냐? 일월신검에 담긴 그 위대한 혼도 모르면서 어찌 그 검을 찾겠다는 거냐, 허어……. 네게 한 가지를 알려주마. 대무신제와 일월신검은 한 몸처럼 서로를 끌어당기게 마련이고, 또한 일월신검과 그 수호검도 서로를 강하게 끌어들이게 마련이다. 이런 이치를 안다면 일월신검을 찾기가 훨씬 수월해질 것이다."

"할아버님, 무슨 말씀이신지 이해가 안 되는데요? 너무 어려워요."

꼬마는 눈살을 찌푸리며 다시 뒷머리를 벅벅 긁었습니다.

"검에 대해 쥐뿔도 모르는 녀석이 알 리가 없지! 네가 지금 나를 찾아온 것도 우연은 아닌 것 같구나."

아저씨의 손이 아까 꺼냈던 두 자루의 검을 만졌습니다. 어? 그런데 왜 아저씨의 손이 아이 손 같을까요? 그것도 살이 없이 비쩍 마른 것이 왜 제 손과 닮아 있을까요? 정말 이상하기만 했습니다.

"설마…… 이 해의 검과 달의 검이 일월신검의 수호검인가요?"

아이는 무척 놀라는 표정으로 물었습니다.

"물론 아니다! 정말 검에 대해 까맣게 모르는 놈이구나. 척 보아도 이런 철검이 그 옛날의 검일 리가 없지 않느냐? 물론 일월신검의 수호검도 철검이기는 했지. 하지만 당시에는 이렇듯 반듯하고 번쩍거리는 은색 검을 탄생시키기가 불가능했다. 이 검은 세월이 한참 지난 후에 만들어진 것이니라. 허허……. 그건 그렇고 이 검의 이름이 '해의 검'과 '달의 검'이냐? 이름 참 잘 지었구나. 일월신검의 수호검도 이와 같았느니라."

"그게 무슨 말씀이신가요?"

"일월신검의 수호검은 일광검과 월광검이었느니라. 이놈들처럼 쌍둥이 검이었지."

꼬마는 이 말을 듣고 깜짝 놀라는 얼굴이었습니다.

"정말요? 정말 신기하네요? 그럼 일광검과 월광검을 찾아야 일월신검도 찾을 수 있는 건가요? 어떻게 해야 일월신검을 찾을 수 있는지 도와주시면 안 될까요?"

꼬마의 눈이 반짝반짝 빛났습니다. 꼬마에게는 무척이나 중요한 일 같았답니다.

“자세한 이야기는 네가 내 소원을 들어준 후에 들려주겠다. 그 때 일월신검을 찾을 방도를 알려주마. 알겠느냐?”

꼬마는 반짝거리는 눈으로 고개를 끄덕였습니다.

“네, 좋아요!”

꼬마의 힘찬 눈빛이 보이는 순간 저는 또다시 아까와 같은 이상한 일을 겪었어요. 눈앞이 멍해지면서 빙그르르 방 안이 돌았거든요. 저는 다시 눈알이 빙글 돌아가는 느낌이 들면서 중심을 잡지 못하고 방바닥으로 쓰러져버렸답니다. 눈을 뜨자 모든 것이 옆으로 넘어져 있었어요. 그리고 어찌나 피곤한지 저는 그대로 눈을 감았답니다.

4

“아이고, 이제야 우리 용성이가 살았구나! 우리 집안이 살았구나, 살았어!”

할머니는 덩실덩실 춤을 추면서 이리저리 바삐 움직이셨습니다. 엄마도 밝은 표정이었고요. 두 분은 부엌에 들어가 맛있는 음식을 한 아름씩 담아다 마당에 펼쳐놓았답니다.

두 분의 모습을 보며 저도 별로 기분이 나쁘지 않았어요. 며칠 전에 꼬마가 와서 이상한 말을 해준 뒤로 예전처럼 몸이 쑤시고 아프지 않았거든요. 밤이 되어도 온몸이 쑤시거나 뒤틀리지 않았고, 마당을 돌아다녀도 지치거나 힘들지 않았답니다. 약을 먹지도 않았고 운동을 하지도 않았는데 몸이 갑자기 튼튼해진 기분이 들었습니다.

낯선 네 사람이 우리 집에 찾아온 뒤로 우리 가족은 모두 바빠졌습니다. 지난 3일 동안 할머니와 엄마, 그리고 저는 아침마다 차가운 물로 목욕을 하고 바깥에 나가지 않으며 개미 한 마리도 죽이지 않으려고 조심했습니다. 꼬마 무당도 매일 새벽에 뒷산 폭포수에 가서 온몸을 씻고 온다고 했습니다. 온몸이 얼어버릴 것 같은 이 아침에 말이죠…….

또 며칠 동안은 옆 마을에 사는 고모가 저를 돌봐주시고 할머니와 엄마, 그리고 꼬마 일행은 아침 일찍 집을 나갔다가 저녁 늦게야 지친 얼굴로 돌아오곤 했습니다. 할머니 말로는 '왕신'을 찾는다던데……. 결혼을 하지 않고 죽은 처녀를 찾는 거라고 했습니다.

며칠 후에 할머니와 엄마, 그리고 꼬마 일행은 왕신을 찾았다며 기뻐했습니다. 생각보다 훨씬 빨리 찾아낸 거라고 하더군요. 그렇게 왕신을 찾아낸 뒤로 저는 매일 목욕을 하고, 함부로 밖으로 나다니지도 못했습니다. 함부로 아무거나 봐서도 안 된다고 했습니다.

그렇게 또 며칠이 지나고 어제부터 집에는 잔치가 벌어졌습니다. 온갖 전이며, 떡이며, 과일이며…… 처음 보는 음식이 줄줄이 만들어졌습니다. 음식이 만들어지는 동안 할머니는 저렇게 덩실덩실 춤을 추고 계셨답니다.

오늘 아침 동네 이장님과 아저씨들이 신부의 집으로 출발했습니다. 아저씨들이 신부를 가마에 태워 집으로 데려온다고 했습니다. 신부를 데려올 동안 우리 집은 결혼 준비에 정신이 없었습니다.

옛날 결혼식처럼 짚으로 만든 넓은 돗자리를 깔고 그 위에 상을 차린 다음 온갖 음식을 올려놓았습니다. 아랫마을 아주머니와 아저씨들은 아침부터 우리 집에 와서 신기한 눈으로 지켜보았습니다. 특히 동네 어른들이 유심히 바라보는 것은 바로 제 옆에 있는 커다란 인형이었답니다. 짚으로 정성스레 만든 인형은 어른만큼 컸습니다. 그 인형은 파란색 신랑 예복을 입고 있었답니다.

모두 꼬마가 시킨 일이었습니다. 그런데 꼬마도 누군가가 시키는 대로 하는 거라고 했습니다. 누가 귓속에서 '이건 이렇게 하고 저건 저렇게 해'라고 말을 해준다더군요. 무당은 참 신기합니다. 내게는 들리지 않는 귀신의 소리가 다 들리고 귀신이 일도 도와주니까요.

"왔습니다, 왔어요!"

아침 해가 뜨기도 전에 출발한 마을 아저씨들이 해가 중천에 뜨고서야 가마를 짊어지고 돌아왔답니다. 아저씨들은 어깨에 커다란 통나무를 이고 통나무 위에 까만색 나무 가마를 올린 채로 꽤 먼 거리를 걸어왔답니다.

우리 집 앞에 조심스럽게 가마를 내리자 마을 사람들이 그 모습을 구경하기 위해 몰려들었습니다. 반짝이는 비단에 가려졌던 가마 문을 열자 그 안에 신부 옷을 입은 지푸라기 인형이 다소곳이 앉아 있었답니다. 하늘색 한복을 입은 마을 아주머니 두 분이 조심스럽게 그 인형을 꺼내 양팔을 붙잡고 혼례상 앞으로 데려갔답니다.

마당 가운데 차려진 혼례상 앞에는 이미 신랑 옷을 입은 인형이 기다리고 있었어요. 마을 아저씨 두 분이 신랑 인형의 양팔을 붙잡고 있었지요.

"신랑 신부 맞절……."

마을에서 제일 어르신인 할아버지가 한복을 입고 갓을 쓰고 오셔서 결혼식을 치러주셨어요. 텔레비전에서 봤던 옛날 결혼식과 거의 똑같았습니다. 신랑과 신부가 인형이라는 점만 제외하면 말이지요.

그런데 참 신기했답니다. 인형들은 서로 술도 먹여주고 절도 하고 고개를 끄덕이기도 했어요. 물론 옆에서 아주머니와 아저씨들이 도와주기는 했지만 어쩐지 제 눈에는 인형들이 정말로 살아 움직이는 사람처럼 보였습니다.

인형들의 결혼식이 끝나자 아주머니와 아저씨들은 꼬마 무당이 시키는 대로 우리 집 안방에 두 인형을 들여보내기로 했습니다. 안방에는 엄마가 밤새워 만드신 보송보송한 이불이 펼쳐져 있었지요. 빨간색과 파란색이 섞인 푹신한 보료가 그 아래 깔려 있었고요. 신랑 인형이 먼저 안방으로 들어가려는 참이었습니다.

"잠깐만요, 아직 들어갈 수 없어요!"

갑자기 꼬마가 나서더니 신랑 인형과 신부 인형 사이를 가로막았어요. 신부 인형은 꼬마의 등 뒤에서 다가오지 못한 채 멈춰 섰고 신랑 인형은 안방으로 들어가려다가 천천히 꼬마 쪽으로 고개를 돌렸습니다.

"어서 알려주세요. 일월신검을 찾는 방법을 알려주세요!"

꼬마는 신부 인형을 단단히 막아서고는 커다란 목소리로 말했어요. 저는 어쩐지 대답을 해주어야 한다는 생각이 들었어요. 왜인지 모르겠지만 저는 신랑 인형 앞으로 달려갔답니다. 그리고 인형 앞에 우뚝 서서 꼬마를 바라보았습니다.

"오냐, 약속대로 알려주마."

또다시 귀에 익은 걸걸한 아저씨의 음성이 들려왔습니다.

"일월신검은 말 그대로 태양과 달의 힘을 받은 검이니라. 그래서 그 검을 수호하는 두 자루의 검도 일광검과 월광검이라는 이름이었느니라. 두 자루의 수호검이 일월신검을 찾는 방법은 그 충만한 양기와 음기를 좇아 방향을 정하는 것이었다. 지금은 두 자루의 수호검이 남아 있지 않을 터이나 놀랍게도 너희가 가지고 있는 검이 바로 양기와 음기를 찾는 검이다.

그 두 자루의 검은 필연적으로 양기와 음기를 모으고 충만한 양기와 음기를 찾아 헤매게 되어 있다. 그러니 두 자루의 검이 찾는 곳! 그곳에 바로 일월신검이 있을 것이다. 그러니 그 두 자루의 검에게 의지하여 길을 떠나보거라. 그리하면 어렵지 않게 찾을 것이다."

아저씨의 음성은 전보다 더 위엄 있고 또렷했습니다. 지난번 엄마는 걸걸한 아저씨의 목소리가 바로 제 입에서 나왔다고 하셨습니다. 그 말을 듣고 참 놀랐는데 어쩌면 이번에도 제 입에서 그 아저씨의 목소리가 나오는지도 모르겠습니다.

"알려주셔서 고맙습니다! 하지만 또 한 가지 약속할 게 있어요!"

꼬마는 또다시 또렷한 목소리로 인형을 향해 외쳤어요.

"할아버지가 이 집 사람들을 괴롭힌 만큼 앞으로는 이 집이 잘되도록 보살펴주세요. 형의 몸을 낫게 해주는 것은 물론이고 좋은 운을 타고 경사만 일어나도록 도와주세요! 그러지 않으면 신부를 들여보내지 않을 거예요!"

이번에는 아저씨의 목소리가 들리지 않았어요. 다만…… 제 눈이 착각한 것일까요? 꼬마가 소리치고 뚫어져라 쳐다보니 순간적으로 인형이 제 어깨 쪽으로 꾸벅 고개를 숙이는 것 같았어요.

"앗!"

저는 너무 놀라서 제 뒤에 있던 인형을 바라보았죠. 당연하지만 어떻게 지푸라기 인형이 고개를 숙이겠어요? 아마도 제가 잘못 보았겠지요.

꼬마는 인형과 저를 바라보며 방긋 웃음을 지었습니다. 그 모습을 보니 아마 아저씨가 좋은 이야기를 하신 것 같았습니다.

꼬마가 시키는 대로 아저씨들은 다시 안방으로 신랑 인형을 들고 들어갔어요. 그리고 그 뒤로 아주머니들이 신부 인형을 들고 방에 들어갔습니다. 꼬마의 말대로 아주머니와 아저씨들은 두 인형을 잘 포개놓았어요. 아주 다정한 모습으로 말이에요. 그리고 아무도 들어가지 못하게 단단히 방문을 닫고, 또 걸어 잠갔답니다.

이 모습을 멍하니 바라보는데 꼬마가 제게 다가와 말했어요.

"형, 이곳은 형이 지켜야 해요. 형이 낫고 싶으면 동틀 때까지 아무도, 그 누구도 얼씬하지 못하게 하세요. 무슨 소리가 들리든, 무슨 이상한 기척이 느껴지든 절대로 움직이지 말고 방문 앞을 지키세요. 아무도 방 안을 들여다보게 해서는 안 돼요, 알았죠?"

꼬마가 두 눈을 크게 뜨면서 제 손을 잡았어요. 꼬마가 힘껏 제 손을 쥐는 것이 느껴졌어요. 제가 맡은 일이 무척이나 중요한 것 같았어요.

"어, 알았어!"

하루 종일 결혼식을 지켜본 뒤라 너무 피곤해서 쓰러질 지경이었지만 전 그 아이에게 힘차게 고개를 끄덕였답니다. 결혼식이 모두 끝나고 마당 가득 마을 어른들이 모였어요. 모두들 밤새워서 할머니랑 엄마가 만드신 떡과 전과 술을 드시고 계셨어요. 저는 조금씩 맛만 보고는 계속 신랑 신부의 방 앞에 앉아 있었습니다.

어른들은 이 방에서 무슨 일이 일어나는지 궁금해서 못 참겠다는 얼굴로 힐끔힐끔 쳐다보셨어요. 어떤 아저씨들은 잔뜩 술에 취해 다가와서는 "어디 그 안에 좀 들여다보자, 응?"이라고 하시며 손가락에 침을 묻혀 방문을 뚫으려고도 했답니다.

"안 돼요!"

만날 비실비실하던 제가 어디서 그런 힘이 나왔을까요? 제 두 손이 활짝 펼쳐져서 아저씨를 밀어버리자 서너 발 뒤로 밀리는 것이었습니다. 전 그 꼬마와 약속한 대로 아무도 방 앞에 얼씬하지 못하게 했습니다.

이렇게 제가 방 앞을 지키고 있으니까 사람들은 재미가 없어졌는지 모두들 집으로 돌아갔어요. 엄마와 할머니도 하루 종일 정성껏 준비한 음식을 치우고 나서 저와 함께 방 앞을 지키셨어요.

"여긴 엄마가 지킬 테니까 할머니랑 어서 방에 들어가서 자. 무리해서 안 자다가 또 큰일 날라."

엄마는 새벽부터 이것저것 준비하느라 힘드실 텐데도 오히려 저에게 작은방에 들어가라고 하셨습니다. 조금 졸리긴 했지만 저 때문에 할머니와 엄마가 고생하시는데 저 혼자만 따뜻한 방에서 잘 수는 없었습니다. 그래서 저는 힘차게 도리질을 쳤습니다.

"괜찮아, 내가 지킬 거예요."

자정이 넘어 까맣게 어두운 밤이 되었습니다. 낮에 북적였던 탓인지 오늘따라 밤이 더욱 외롭게 느껴졌습니다. 집 뒤로 펼쳐진 산등성이가 더욱더 까맣게 느껴지는 밤이었습니다.

사르륵사르륵…….

그런데 이상한 소리가 들려왔습니다. 그 소리에 저는 눈이 번쩍 떠졌어요. 이미 세상은 온통 까만 어둠뿐이었고 밤하늘에 빛나는 별만 마당을 비췄습니다. 저도 모르게 깜빡 잠이 들었던 모양입니다.

"드르릉……."

며칠 동안 얼마나 피곤하셨을까요? 어느새 제 옆에 앉아 계시던 할머니와 엄마는 마룻바닥에 구부리고 누워 깊은 잠에 빠져드신 것 같았습니다. 며칠 동안 정신없이 뛰어다니던 꼬마 일행도 피곤했는지 일찍 건넌방으로 가 잠들어 있는 것 같았고요. 깨어 있는 것은 저밖에 없었습니다.

사르륵사르륵…….

또다시 그 소리가 들려왔습니다.

천 조각이 부딪히는 소리…….

그리고 무언가 움직이는 소리…….

분명 방 안에는 커다란 짚 인형들밖에 없을 텐데……. 이상하게 인형들만 있는 안방에서 그 소리가 났습니다.

바스락바스락…….

잘못 들은 것이 아니었습니다. 분명 방 안에서 소리가 났습니다. 갑자기 온몸에 소름이 돋았습니다.

"어…… 엄마, 엄마!"

저는 더럭 무서운 생각이 들어 엄마를 불렀지만 이미 깊이 잠든 엄마는 일어나지 않으셨습니다.

"할머니, 할머니!"

할머니 역시 코만 골 뿐, 일어나시지 않았습니다.

"으으……."

저는 갑자기 너무 무서워서 견딜 수가 없었답니다. 금방이라도 등 뒤에서 뭔가가 와락 튀어나올 것만 같고 무서운 귀신이 문풍지를 뚫고 손을 뻗어 제 어깨를 잡을 것만 같았습니다.

"으…… 으으으……."

당장 제 방에 들어가 이불을 뒤집어쓰고 누워버리고 싶었습니다. 하지만 자리를 뜰 수는 없었습니다. 절대로…… 절대로……. 그 꼬마가 제게 맡긴 일을 남에게 넘길 수는 없었습니다. 누가 오더라도 절대로 이 안방을 지켜야 했습니다.

바스락…… 바스락…….

나중에는 누가 안방에 몰래 들어간 건 아닌가 걱정되기 시작했습니다.

아니면 쥐새끼라도 나타난 것일까? 문을 열어볼까? 누가 있는지 확인해볼까? 그런 마음이 자꾸만 들었습니다.

'열어볼까?'

저는 문고리에 오른손을 댔습니다. 조금만 힘을 주면 문이 열릴 것 같았습니다.

'방문을 열까? 문을…… 문을…….'

"드르렁!"

손에 힘이 들어가는 순간 할머니가 크게 코를 고는 소리에 저는 깜짝 놀라 문에서 손을 뗐습니다.

"아, 안 돼! 절대로 문을 열지 말라고 했는데……. 맞아, 안 돼!"